双葉文庫

偽装

越境捜査

笹本稜平

偽装　越境捜査

第一章

1

もう秋口だというのに蟬《せみ》の声がやかましい。

ここ数日、窓は閉め切られ、エアコンも止まっていたらしいマンションの一室はほとんど温室状態で、そこに腐敗臭が充満している。

鷺沼友哉《さぎぬまともや》は口元にハンカチを当て、手の甲で額の汗を拭《ぬぐ》いながら死体の傍《かたわ》らにしゃがみ込んだ。相方の井上拓海《いのうえたくみ》巡査部長も血の気の失せた顔で覗き込む。

腹部がかなり膨満《ぼうまん》している。一見したところ大きな外傷はないが、喉元に黒ずんだ内出血の痕があり、その周囲に引っ掻《か》いたような細かい傷がいくつもある。

死んでいるのは木崎乙彦《きざきおとひこ》。三年前に起きた傷害致死事件の容疑で内偵を進めていた男だった。

事件は新宿駅の山手線ホームで起きた。ある若い男が行きずりの会社員と諍《いさか》いになり、激高して一方的に暴行を加え、その際、相手の後頭部をホームの柱に何度も打ちつけた。

会社員は重度の脳挫傷を負い、病院に運ばれた時点で死亡が確認された。警視庁は緊急配備態勢を敷き、逃走した男の行方を追ったが、ついに足取りは摑《つか》めなかった。

ちょうど夕刻のラッシュ時で、人込みに紛れて行方をくらましたようだった。要所に防犯カメラはあったものの、映像は不鮮明で、不審な動きをする乗降客の姿は見いだせなかった。

新宿署に設置された特別捜査本部は、目撃者の協力を得て似顔絵を作成した。新宿駅周辺のみならず首都圏全域の駅や交番にポスターを掲示し、チラシを配り、聞き込みを行ったが、ついに犯人に結びつく手がかりは得られなかった。捜査本部は昨年店仕舞いし、事件は継続扱いになって、鷺沼が属する警視庁刑事部捜査一課特命捜査対策室二係に移管されていた。

その犯人とおぼしき人物が浮かび上がったのは二週間前だった。通報してきたのは神奈川県警で、横浜市港北区の路上で車両同士の接触事故が起き、現場に駆けつけた警官が双方から事情聴取した際に、一方の男の顔にぴんとくるものがあったらしい。それが木崎だった。

年齢は二十代前半。右頰の大きなほくろと、顎が細く目鼻だちのはっきりしたソース顔、一八〇センチ近い身長――。交番に掲示してあった手配のポスターの似顔絵によく似ている。

腕のいい捜査員が目撃者の証言をもとに描く似顔絵は、機械的なモンタージュ写真より正確なことが多く、犯人の検挙に結びつく確率がきわめて高い。にもかかわらずこれまで有力な情報が得られなかったのには理由があったようだ。

木崎は事件が起きた時期の直後に留学を名目に渡米して、帰国したのが二ヵ月前だった。つまりつい最近まで日本にいなかったわけで、捜査本部による手配が空振りに終わったのはそのせいだとも言えそうだった。

しかし似顔絵を含む手配情報はテレビのニュースでも報道され、近親者や知人なら気づいていた可能性は高い。

事件当時、木崎は都内の私立大学の学生だった。休学の手続きをとって渡米しており、大学には籍が残っていた。逮捕に結びつく情報に対しては百万円の懸賞金が懸けられたが、同時期に在籍した学生からも有力な情報はもたらされなかった。

そのこと自体はさほど不思議ではない。たとえ似顔絵とよく似ていたとしても、氏名が不詳では、よほど素行に問題でもない限りわざわざ通報しようという気にはならないだろう。

家族なら気がついたかもしれない。当人の挙動からなにか察することもあるだろうし、肉親には犯行を告白することも考えられる。しかしその場合、親きょうだいなら犯人隠避の誘惑に駆られる可能性も同時に高い。刑法では親族は犯人蔵匿《ぞうとく》及び証拠隠滅の罪の対象外になっている。罪を犯した親族を匿《かくま》いたいという心理が肉親の情として当然のものという認識があるからだ。

いずれにしても人相や体格が似ているというだけでは証拠にならない。鷺沼たちは確証を摑むため捜査を開始した。

身辺情報を探るうちに、思いがけない事実が浮上した。木崎の父親は一部上場の大手金属加工機メーカー、キザキテック社長の木崎忠彦《ただひこ》だった。

祖父の木崎輝正《てるまさ》は創業者にして現会長。上場企業の体裁をとっているとはいえ、創業家を中心とする同族色の強い経営で知られる。

木崎乙彦は忠彦の長男で、その後継に擬せられているというのが衆目の一致するところらしい。だとしたら一族の人間が乙彦の犯行に気づいて、ほとぼりが冷めるまで外国に身を隠すように仕向けた可能性は十分ある。

財力にものを言わせ、企業ぐるみで隠蔽工作に走る惧《おそ》れもあるので、当面は捜査を慎重にというのが係長の三好章《みよしあきら》の指示だった。

乙彦の自宅は、港北区大倉山にある高級賃貸マンションの一室だった。鷺沼と井上が聞き込みで木崎の隣の部屋を訪ねると、住人はこれ幸いといった様子で話し出した。マンションに木崎が越してきたのは先月の中旬だったらしい。荷物を運び込む様子も挨拶もなかったのでそのときは気がつかなかったが、しばらくすると人が出入りするのを見かけるようになった。表札が出ているわけでもなく、その人物に見覚えもない。不審に思って管理人に訊くと、少し前に越してきた木崎という男だとのことだった。

その木崎の部屋から、ここのところ人の気配がしないという。

最後に物音を聞いたのは一週間前。大きな声が聞こえたあと激しい物音がしばらく続いた。その後、声や音はまったくしなくなったとのことだった。

高級物件だけあって遮音性は高く、それでも聞こえたということは、かなり大きな音だったのではないかと、住人は首をかしげながら言った。

さらに住人が不安げに口にしたのは、ここ数日、木崎の部屋からただならぬ異臭がするということだった。玄関のある外廊下側からはそれほどでもないが、ベランダに出ると鼻をつくほどだという。

管理人に確認してもらうと、部屋の窓は閉まっており、エアコンの室外機も動いていないらしい。

インターフォンを押しても応答はなく、管理人も対応に困ったが、この季節、生ものを室内に放置して外出すれば、それが悪臭の発生源にもなるからと、もう少し様子を見ることにした。

それがおとといのことで、きょうになっても悪臭は収まらず、住人はいよいよ不審に思って管理人に相談し、管理会社に掛け合おうとしていたところへ鷺沼たちが訪れたということだった。

できれば確認したいと鷺沼が申し出ると、住人は喜んで応じた。バルコニーに出てみると、たしかにただならぬ臭いがした。

鷺沼も商売柄、死体の腐臭は何度か嗅《か》いだことがある。漂っているのは明らかにそれだった。住人にそのことを伝え、管理人にも知らせてもらった。

管理人はすぐに本社に連絡を入れた。不審死体が出たというだけでその部屋は傷ものだ。会社にとっては一大事で、本部の責任者もさっそく飛んでくるという。

合い鍵を使って室内に足を踏み入れると、溜まっていた熱気とともにひどい腐臭が襲ってきた。隣人が気づいたのは、壁にある換気口からそれが漏れたせいだろう。リビングに仰向けに横たわっていたのは、あの似顔絵と瓜二つの男だった。

「絞殺された疑いがあります。一一〇番通報をお願いできますか」

鷺沼は管理人に言った。

「しかしそちらは警察の方では？」

青ざめた顔で管理人は問い返す。ここは神奈川県警の管轄で、自分たちは警視庁の人間だから一報を入れないと面倒なことになることを嚙み砕いて説明すると、管理人はその場で携帯から一一〇番に電話を入れた。

「まずいことになりましたね」

困惑を滲《にじ》ませて井上が言う。被疑者が死亡しただけでも難題だが、そこに殺人の疑いが浮上して、しかも現場は警視庁とはそりの合わない神奈川県警の縄張りだ。

県警のほうで帳場（捜査本部）が立てば警視庁は捜査の現場から弾《はじ》き出される。捜査の行方によっては木崎と新宿駅の事件を繋《つな》ぐ糸も出てくるかもしれないが、そこはあくまで県警任せだ。指を咥《くわ》えて待つわけにもいかないから、こちらはこちらで敷鑑（被害者や加害者の交友関係）をたどって裏付け捜査をすることになるだろう。

木崎が犯人で間違いなければ被疑者死亡で送検して落着するが、そこがはっきりしないと落ち着きが悪い。もし犯人が木崎ではなかった場合、ここで捜査が行き詰まれば真犯人を取り逃がすことになりかねない。

2

「木崎の事件、鷺沼さんとしてはえらい失態だったね」

宮野《みやの》は思惑ありげな口ぶりだ。木崎の死体のあった場所が神奈川県警管内だったことについては、警視庁と県警の因縁という点以外に危惧するところがもう一つあった。その危惧は当然のように的中した。

その日の夕刻、宮野はさっそく電話を寄越した。失態と言われれば結果的にはたしかにそうで、早い時点で事情聴取をしていれば、死なれる前に新宿駅の事件との関連がある程度は見えたかもしれないし、場合によっては本人の死を未然に防げたかもしれない。

だからといって宮野にそういう口を利かれると、素直に認める気にはなれなくなる。どうせ電話をしてきたのも、どさくさに紛れて一稼ぎしようという下心があってのことで、ここでつけ上がらせれば災いの元になる。

宮野裕之《ひろゆき》巡査部長。所属は神奈川県警瀬谷《せや》警察署刑事課だが、ある事件でうっかり手を組んだのが運の尽きで、ことあるごとにこちらの事件に首を突っ込んで、裏で小賢《こざか》しく立ち回っては犯人側から悪銭をむしり取る。

神奈川県警の鼻つまみ者。万年巡査部長で田舎の所轄をどさ回り。その所轄でもほとんどまともな仕事を与えられず、普通の神経の人間なら悲観して辞職するなり自殺するなりするところだが、その持ち味はゴキブリのような生命力だ。

組織内で嫌われているのは本人の性格や言動によるところ大だが、それでも宮野によれば、かつては正義感あふれる若手刑事だったらしい。

やくざと癒着して小銭を稼いでいた同僚刑事に楯突いて、逆に収賄の濡れ衣を着せられた。容疑は立証されなかったものの、不良刑事というレッテルがついて回るようになった。

それなら本当にグレてやると、やくざの賭場に出入りして億単位の借金をつくり、命を狙われていたところを救ってやった。それが悪縁の始まりで、以来こちらが扱う事件を商売のネタと勝手に見立てて、金が絡んだ事件とみるとすり寄ってくる。

「キザキテックの社長なんだけど、自宅が瀬谷区にあるの知ってる？」

これまでも鷺沼が関知しないところで余禄を稼いだケースが多々あって、そのたびに絶縁宣言をしているが、ほとぼりが冷めれば得意の料理を手土産に接近を試みる。悔しいことにその料理が絶品で、そのたびにあえなく陥落し、居候《いそうろう》を許してしまう。そんな自分がつくづく情けない。今回こそはと気を引き締めて、素っ気ない口調で鷺沼は応じた。

「そんなことなら、こっちだってとっくに調べがついてるよ。そもそもあんたには関係のないヤマだろう。瀬谷署の刑事がどうしてしゃしゃり出る？」

「だったら話が早いじゃない。木崎乙彦がどうして殺されたかについては、これから県警の薄ら馬鹿どもが捜査に入るわけだけど、そっちのほうはどうでもいいのよ」

県警の人間は自分以外はすべてゴミというのが宮野の変わらぬスタンスだ。

「どうでもよくはないだろう。人が殺されたんだ。あんたも刑事の端くれなら、もう少し気の利いた言いようがありそうなもんだ」

「でも鷺沼さんだって臭いと思ってるんでしょ。あいつがアメリカへ雲隠れしていた件だけど、木崎一族が手配したのは間違いないじゃない」

「そうだとしても、あんたがくちばしを挟む理由はないだろう」

「そこはおれも心配でね。こんどのことで鷺沼さんが地雷を踏んで左遷の憂き目にでも遭ったりしたら、こっちも商売に差し障りが出るわけだから」

「商売ってなんのことだ」

「だから、その、いわゆる刑事としてのプロ意識というのかな。持って生まれた正義感というのかな。金や権力をバックに悪党がのさばる世の中を、なんとかしたいという気持ちは鷺沼さんにだってあるわけでしょう」

「金や権力をバックにしている連中から小遣いをせびり取るという得意の作戦に支障を来《きた》すということか」

「そんな意地の悪い言い方しなくてもいいじゃない。さっそくなんだけど、耳寄りな話を仕入れたのよ」

「またガセネタを手土産に、うちに居座ろうという魂胆じゃないだろうな」

「なに言ってんのよ。おれの話がガセだったことなんて、これまで一度でもあった？」

　悔しいが宮野の言うこともあながち外れてはいない。これまで何度か大きな事件の端緒を掴んできた。つい気をそそられるところをぐっと堪《こら》える。

「被疑者が死んだからって捜査を手仕舞いする気はさらさらない。それじゃ被害者の遺族にだって申し開きできない。それにまだ木崎乙彦が犯人と決まったわけじゃない。人相や体格がよく似た人間は世間にいくらでもいるからな」

「あ、またそうやって逃げを打つ。しばらく油を売るだけ売って、あとは迷宮入りにして一件落着っていう筋書きが透けて見えるよ」

宮野が組織内で嫌われているいちばんの理由は、たぶんこういう口の利き方だろう。一言二言なら聞き流せても、会話の大半がこれだから、お釈迦様でも堪忍袋の緒が切れること請け合いだ。

「そういう警察の腐った体質が許せないから、あんたもおれも体を張って闘ってきたんじゃないのか」

宮野を擁護するわけではないが、不良警官に違いはないにせよ、権力を笠に着たり、風俗業者や暴力団と懇《ねんご》ろになって小遣い稼ぎをするタイプとはいささか違う。巨悪に立ち向かう反骨精神は旺盛だが、その決着の付け方が常識に照らしてずれているのだ。

「それならおれも安心だよ。今回もお互い、いいパートナーでやってけそうだね」

「勝手に決めるな。どうしても首を突っ込みたいんなら、県警の帳場に志願すればいいじゃないか」

「まだそういう意地悪なことを言うんだね。志願したって、うちのカスどもが仲間に入れてくれるわけないじゃない。おれだって自分からゴミ溜めに飛び込むほど物好きでもないし」

「だったら瀬谷署で真面目《まじめ》に仕事をしてたらいいだろう。こっちはこっちできっちりけりをつけるから、あんたに心配してもらわなくてもいいんだよ」

「いやいや、心配だね。鷺沼さんはおれと違ってなにかと脇が甘いから。木崎一族みたいな海千山千にかかったら、軽く手玉にとられかねないからね」

「木崎というのは、地元じゃそんなに評判が悪いのか」

「あれだけの大金持ちなのに、地元にほとんど金を落とさないらしい」

「税金はかなりの額になるんだろう」

「それが聞くところによると、個人で払っている税金はそのへんのサラリーマンとあまり変わらないそうなんだ」

「どういうからくりで」

「競馬仲間に税務署の職員がいてね。そいつから聞いた話だと――」

資産管理会社というのをつくり、役員報酬から配当からみんなそっちに振り込ませ、自分はそこから給料をもらう。法人税は個人の所得税より税率が低いし、会社にしておけば、親族に給料を払うことで所得を分散できるから、さらに税金は安くなる。株や土地の売却損は損益通算できるし、接待費や事務所費用も経費に算入できる。

「ただし会社の設立や運営に費用がかかるから、おれたち貧乏人には真似はできないけどね」

宮野はいかにも悔しげだ。しかしそういうことは、この国の富豪と呼ばれる人種ならみんなやっていることだろう。

「それだけじゃない。地元で評判が悪い理由はほかにもあるのよ――」

宮野は調子に乗りだした。思わず引き込まれてしまう。このあたりの話術もなかなか達者で、ガセネタに説得力を持たせる能力はピカイチだから、眉につばをつけて拝聴する。

「だいぶ前に瀬谷に工場を建てる話をぶち上げてね」

「キザキテックの工場か？」

「もちろんよ。国内最大で世界最先端の工場だという触れ込みでね。地元は舞い上がっちゃった。固定資産税は入るし地元からの雇用も増える。ところがそのまえに木崎一族が資産管理会社名義で建設予定地一帯を安値で買い漁っていたわけよ」

「その土地が高騰したわけだ」

「頭に血が上った不動産業者に、それを高値で売り抜いて一儲け」

「工場の計画は？」

「リーマンショックで立ち消えよ。そうじゃなくても、そもそも建てる気があったのかどうか」

「木崎一族は瀬谷区の出身なのか」

「いまの会長が社長時代に豪邸を建てて越してきたようだね。その家は息子に譲って、自分は都内の超高級マンションで一人暮らしをしているそうだよ」

「家族は？」

「子供はみんな結婚し、奥さんが五年ほど前に亡くなってからは気楽な独身生活。老いてなお盛んなようで、七十過ぎたいまも銀座で浮き名を流しているという噂《うわさ》だね」

宮野の得々とした顔が目に浮かぶ。

「よくそういう情報を仕入れたな」

「競馬仲間の証券会社のやつがその方面の噂に詳しくてね」

「あんたの情報はぜんぶ競馬場で仕入れているのか」

「川崎競馬場がおれのホームグラウンドよ。デカ部屋で口を開けて待ってたって、ネタは飛び込んできてはくれないからね」

「それならいっそ競馬場前の交番に転勤したらどうだ」

「それも魅力的な提案だけど、刑事をやめちゃうと元手が枯渇しちゃうから」

「交番勤務だって給料は変わらないだろう」

「それじゃ足りないわけよ。正義のための投資には」

「正義のための投資？」

「これまで鷺沼さんたちと幾多の大事件を解決してこれたのは、おれが自腹を切っての情報収集活動があってこそじゃない。ただ道楽で競馬場に通ってるわけじゃないんだからね」

いまの時点で真相究明に結びつくほどのネタでもないが、機嫌を損ねると厄介な性格なので、ここはさらりと応じておく。

「そうか。だったら有り難くもらっておくよ。じゃあ達者でな」

「ちょっと待って。話はそこで終わりじゃないのよ」

宮野は慌てて食い下がる。下心があるのは察しがつくが、無視するというのも心残りだ。ここまでは週刊誌ネタと言っていい話だが、それでもすでに興味をそそられている。

「その先が事件とどう繋がっていくんだ」

「新宿駅の事件と似たような話がじつはあってね」

「乙彦がらみで？」

「もちろんだよ。人間、もって生まれた性分というのは、そうは変えられないもんじゃない？」

「つくづくそう思うよ。あんたを見ているとな」

「おれの話はどうでもいいのよ。いまから六年前、乙彦がまだ高校生のころの話らしいんだけどね。ある日の夕方、頭を血まみれにした若い男が木崎邸から自家用車で運び出されるのを隣の家の主婦が見たというんだよ」

「救急車じゃなく、自家用車で？」

「運転していたのは木崎忠彦のお抱え運転手らしい。その奥さん、好奇心が旺盛なたちらしくてね、翌日、木崎邸で働いている家政婦に近所のスーパーで会ったんで、なにが起きたか訊いてみたそうなのよ」

「で、なんだったんだ」

「その若い男は乙彦の家庭教師で、うっかり階段から転げ落ちて、柱の角で頭を切ったんだって」

「どうして救急車を呼ばなかった」

「キザキテックのグループ会社が経営している病院が隣の大和市《やまと》にあって、車で五分もかからない。救急車を呼ぶよりその方が早いし、傷も見た目ほど深くはなかったからだと言っていたらしい」

宮野はどうだと言わんばかりの口ぶりだが、とくに入れ込むほどのネタとも思えない。

「それが本当なら、とくに不自然でもないだろう」

「本当ならね」

「と言うと?」

「家政婦とその奥さん、けっこう馬が合って、ときどき立ち話する間柄らしくてね。以前に聞いた話だと、木崎邸では階段をほとんど使わないそうなのよ」

「階段を使わない?」

「鉄筋コンクリート三階建ての豪邸なんだけど、階の行き来にはエレベーターを使うらしい。会長の亡くなった奥さんが足が悪かったらしくて、そういうつくりにしたそうなんだけど、人間てのは怠け癖がつくとなかなかもとに戻らないもんだから、いまじゃ階段の踊り場は物置代わりになってるらしいね」

「階段から落ちたという説明が不自然なんだな」

鷺沼は考えあぐねた。全体としてはたしかに妙で、その主婦が訝《いぶか》しんだ気持ちはわかる。宮野はさらに先を続ける。

「それからもう一つ。乙彦は中学生のときに暴力沙汰を起こして補導されていてね」

「グレていたわけか」

「そういうんじゃなくて、突発的に同級生を椅子で殴って、ひどい怪我をさせたそうなのよ」

「なにがきっかけで?」

「普段は品行方正なんだけど、突然興奮して見境なくなっちゃうようなところがあるらしい。似たようなことがそれまでにもあって、学校側はずっと隠していたんだけど、そのときは怪我の状態を見た医師が傷害事件の疑いがあると警察に通報してね」

「家裁に送致されたわけだな」

「ところが単なる説諭だけ。乙彦は釈放されて、代わりに校長が飛ばされた」

「どういう理由で？」

「そこは私立中学で、御曹司が通っているということで、けちで有名な木崎一族も寄付を張り込んでいたらしい。息子のことを警察沙汰にして体面を傷つけられたと逆恨みでもしたんじゃないのかね」

「そうだとしたら、息子と似たような性分だな、その父親も」

「父親というより祖父《じい》さんのほうらしいよ、厄介な性分なのは。社内じゃだれも口を出せない独裁者で、息子のほうは社長でも、やってることは使い走りみたいなものらしい」

「それは証券会社の社員からの情報か」

「そういう話に耳をそばだてるのも仕事のうちらしくてね」

「けっきょく噂にすぎないわけだ」

「そう言っちゃったら身も蓋《ふた》もないでしょう。木崎乙彦は死んじゃって、本人の口からもう話は聞けないんだから、噂だろうがなんだろうが使えるものはなんでも使って、真相に迫るのが警察官たるものの務めじゃないの」

宮野は説教じみた口を利く。それだけなら聞き流せばいいが、どうもこちらより動きが先行している。よほど心してかからないと、これでは先々引っ掻き回される。

「ところで、どうしてそんなに手回しよく鼻を利かせていたんだよ」

こちらは県警からの通報で木崎の身辺を洗ってはいたが、まだそのことは公表していない。他人の空似ということもあるから、慎重に対処すべきだという考えで県警とは一致していたが、どうしてそれが宮野に察知されたのか。

「県警の機密管理なんてザルだからね。上の人間の身に及びそうな不祥事は隠すのが上手だけど、捜査に関する情報なんて、ただ漏れ状態でもだれも気にしないから」

「木崎が手配の似顔絵に似ていると気づいた警官もあんたの競馬仲間なのか」

「そこまで都合よく人材は集まってくれないよ。でもうちの署は木崎の地元だからね。どこから漏れてきたんだか知らないけど、警視庁へ連絡が行った翌日には、署内はその噂で持ちきりだったよ」

「そこであんたは、また別の臭いを嗅いだわけだ」

「そう。お金の匂い——。いや、そうじゃなくて、金の力で悪事が隠蔽《いんぺい》されるような、正義の番人としては許しがたい事情が背後にあるような気がしてね」

「木崎を強請《ゆす》って一稼ぎするつもりなら、べつにおれと組む必要はないだろう。そっちはそっちで勝手にやればいい」

「そんなこと言われても、おれにとっては新宿駅の件も木崎殺害の件も管轄外だからね。そういうことは、鷺沼さんのような捜査権のある刑事がしっかりプレッシャーをかけてくれてはじめて結果が出てくるわけだから」

「あんたの強請を成功させるための梃子《てこ》に使われるんじゃかなわんな」

いつもの話で、いまさら怒る気にもならない。ただ、鷺沼たちが捜査を始めたのとほぼ同時期に動き出し、ここまでの聞き込みをした点は、金の匂いに引きずられてとはいえ、並の刑事にできることではない。そんなこちらの弱みを敏感に察知したように、宮野はさらに仕掛けてくる。

「それに鷺沼さんも県警の捜査状況は気になるんじゃないの。めぼしい材料が出てきたからって、わざわざ警視庁に報告するほど親切な連中じゃないことくらい、鷺沼さんだってわかってるでしょ」

「そっちの帳場の動きまで、あんたの耳に入るのか」

問い返す声につい期待が滲んでしまう。得々として宮野は請け合う。

「もちろんよ。帳場が立っているのは港北署だけど、あそこの警務課にも競馬仲間がいてね。おれの予想でずいぶん儲けさせてやったから、頼めばなんでも喋ってくれるよ」

結果的に強請の幇助《ほうじょ》をすることになりかねないが、そこはこちらの手綱の引きようで、なんとかコントロールできないこともない。むしろしっかり取り込んで、利用できるところは利用したほうがいい――。

そんなとりあえずの結論が悪魔の囁《ささや》きでなければいいがと少なからぬ危惧を覚えながら、渋い調子で鷺沼は言った。

「だったらあすあたり打ち合わせをしないか。無駄な動きを避けるためにはお互い担当領域を調整する必要がある」

「そりゃいい考えだね。鷺沼さんも近ごろはものの考えが柔軟になって、刑事として円熟味を増してきたような気がするよ」

宮野に褒《ほ》められても少しも嬉しくないが、いまここで機嫌を損ねるのも得策ではない。すべては職務遂行のためと割り切って、愛想のいい声で鷺沼は応じた。

「少しは成長しないとな。人の迷惑を顧みず、本業をないがしろにして、ひたすら私欲に走るような刑事にまでは堕ちたくないから」

「その言葉、なんだか心にちくちく刺さってくるんだけど、他意はないよね」

宮野は怪訝《けげん》な調子で確認する。まるきり自覚がないわけではないようだ。

「一般論として言ったまでだよ。刑事に限らず、公と私の区別を見失ったら人間おしまいだ」

「それもまたちくりとくるんだけど、きっと気のせいだね。あしたはどこで会う?」

「夕方、こっちへ出てこれるんなら、虎ノ門界隈の店で飯でも食おう。井上も連れて行くから」

宮野と差しの密談では万一のときに禍根となりかねない。井上の同席はこちらがあくまで清廉潔白なことを示す証人の意味もある。

「お、鷺沼さんも本気じゃない。行きずり殺人というのは遺族からすれば堪《たま》らないものがあるからね。迷宮入りにしちゃったら、日本の刑事警察の名折れだよ」

警察庁長官のような宮野の言いぐさに、鼻白みながら通話を終えた。

3

「宮野さんからですか」

通話を終えて受話器を置くと、隣のデスクから井上が身を乗り出す。ついさっき食事に出かけていたが、ちょうど席に戻ったところらしい。

「そうなんだ。さっそく首を突っ込んできたようだ——」

軽く舌打ちして話の内容を聞かせると、井上は嬉しそうに言う。

「また頼もしい味方になりそうじゃないですか。神奈川県警が事件に絡むと、僕たちだけじゃ手に負えませんから」

陰でやっている宮野の悪行については鷺沼が腹に仕舞ってきた。そのあたりの事情をそろそろ井上にも聞かせるべきだと思う一方で、警察内部の悪弊がまださほど染みついていない井上に、あえて身内の恥を晒《さら》すのも気が進まない。けっきょくバレたらバレたで宮野自身が責めを負えばいいことで、鷺沼がここで気を揉むことでもない。

井上も最近は新人の域を脱してきて、清濁併せ呑むようなところも見せている。宮野のような人間に対する免疫がつくのがいいのか悪いのか、迷うところはいまでもあるが、そこは井上に任せるしかない。

「さすがに地元ですよ。いいフットワークをみせてくれますね」

井上が無邪気に賛嘆するので、鷺沼は釘を刺した。

「事実というより噂の類いだ。それだけを端緒に本格的に動き出せる話でもない」

「でも木崎乙彦が新宿駅の事件の犯人である可能性は、これでますます強まったんじゃないですか」

「ああ。本人が生きていれば、事情聴取で突き崩せたかもしれないが」

「乙彦は身内に殺されたんじゃないかという臭いもしてきませんか」

井上が想像を逞《たくま》しくする。宮野の話を勘案すると、その線も決して否定はできない。それなら神奈川県警が真相を明らかにすれば、警視庁の出る幕がないうちに二つの事件は同時に決着することになる。

「その可能性はたしかにあるな。あの部屋には鍵がかかっていた。つまり、逃走する際に犯人は鍵をかけて部屋を出たことになる。乙彦が持っていた鍵で施錠したのかもしれないが、もし室内に鍵が残っているとしたら、犯人は合い鍵を持っている人間ということになる。部屋は荒らされた形跡がまったくなく、物盗りや強盗の可能性は極めて低い」

「そのあたりは県警に訊いても簡単には教えてくれないでしょうからね」

井上は恨みがましい口ぶりだ。死体を見つけて連絡して間もなく、飛んできた県警捜査一課の刑事に根掘り葉掘り事情を訊かれた。

こちらが捜査に動いた端緒が県警からの通報だったことを説明すると、とくに嫌がらせはされなかった。しかし、訊きたいことを聞き終えると、捜査協力の話などおくびにも出さず、即刻退散させられた。捜査の結果について情報が欲しいと要求しても、随時記者発表をするからと、木で鼻をくくったような返事だった。

「でもマスコミはたぶん大人しくはしてませんよ。なにしろ殺されたのが木崎一族の御曹司ですから」

「各社の報道合戦になったりしたら、逆に情報が混乱して、なにがなんだかわからなくなるな」

「それを考えると、むしろ県警が上手く蓋をしてくれるほうがましかもしれません」

「マスコミ先行型の事件になると、こっちが煽《あお》られて捜査面にも支障が出るからな」

「慌てて起訴に持ち込んで、公判で苦労するケースも多いですよね」

「マスコミと世論が先に裁判をしてしまうようなもんで、警察や検察がむしろ後追いになる」

「警察が摑んでいる事実と違う報道もまかり通ります」

「警察が把握していない事実が報道されたら、こちらは裏づけ捜査に動かざるを得ない。それがガセネタだったら徒労に終わり、そのあいだに真犯人はのうのうと逃げおおせるという事態にもなりかねない」

「そのうえ木崎一族がただ者ではなさそうですからね」

「乙彦の殺人容疑に関しては、よほど証拠を固めていかないと、名誉毀損《きそん》で逆に告訴されかねないな」

「思っていた以上に厄介な事件になりそうですね」

井上は腕組みをして天を仰ぐ。特命捜査二係は係長の三好を入れて総勢八名。捜査一課のお宮入り事案はすべてこちらに丸投げされるから、扱う事件の在庫は増える一方だ。

一件ずつ総掛かりで潰していく余裕はないから、手分けして複数の事件を追うことになる。しかしいずれも捜査一課殺人班が取りこぼした難事件。そんな手薄な態勢でやれることなど限られている。

木崎の事件は鷺沼と井上が担当しているが、その種の騒動に巻き込まれるとなると頭が痛い。当面の世間の関心は木崎乙彦の殺害に集まるはずで、それとの絡みで新宿の事件も取り沙汰されそうだが、そちらについてはまだ証拠らしいものがなにもない。

普通なら二係が総がかりで取り組む事案ではないが、マスコミにプレッシャーをかけられればスタンドプレーも必要になるだろう。

そもそも木崎一族のような有力者を捜査対象にするときは、決定的な事実を掴むまでは秘匿捜査が鉄則だ。捜査の手が及んでいると察知されれば、金に糸目をつけない対抗手段をとってくる。つまり鳴り物入りで捜査に乗り出せば、防御を固めてくださいと言っているのと同じなのだ。

「宮野さんや福富《ふくとみ》さんとの連携もやりにくくなりますね」

井上は恨めしげな声で言う。福富という男もイレギュラーチームのメンバーで、ある大きな事件がらみで付き合うようになった。かつては横浜を縄張りとする暴力団の大物幹部。いまはそちらの稼業からは足を洗い、イタ飯レストランチェーンのオーナーに収まっている。

足を洗ったというのは本人の言だから本当のところはよくわからない。宮野と結託して悪党から金をむしり取った形跡もなくはないが、裏社会に繋がる情報ルートはいまも健在で、彼がもたらす情報が局面を打開する重要な糸口に何度かなった。

今回もそんな情報がいかにも頼りになりそうだが、事件を取り巻く状況がこれから世間に大っぴらになってくると、元暴力団員と迂闊《うかつ》に接触するわけにもいかなくなる。

いっそ新宿事件に関して木崎が無実だという確証が得られれば、こちらはそこで手を引けばよく、厄介ごとはすべて県警に押しつけられる。だが宮野の情報から考えると、どうもその可能性は薄そうだ。

「せめて乙彦がうちの管内で死んでくれれば、こっちの仕事は楽だったんだが」

鷺沼も思わずため息をついた。警視庁が立てた帳場なら、関連捜査に携わっていた鷺沼たちも当然加わることになる。そこで新宿の事件と本人の殺害とを繋ぐラインが出てくれれば、特捜本部のマンパワーを駆使して木崎一族の牙城も一気に攻め落とせるはずなのだ。

しかし県警のほうはなにを考えているかわからない。以前も裏から隠然とした力が働いて、捜査妨害に類することをされたことがある。

警察に付与された公権力を利権と勘違いする連中がいるのは神奈川県警に限らない。いくら科学が進んでも、権力に群がる連中に効く防腐剤はまだ発明されていない。けちで名高い木崎一族が、金の力で県警をコントロールするようなことがないことを願いたい。しかし宮野が聞きかじった、乙彦が通っていた中学の校長を飛ばしたという一件を思えば、たとえけちでも金の使いどころは弁《わきま》えているとも考えられる。

4

心配していた夜のニュースでの事件の扱いはそれほど大きくはなく、氏名と年齢と現在は大学生だという事実が報道されただけで、殺されたのがキザキテックの創業者一族の御曹司だという件にはどの局も触れていなかった。

神奈川県警もそこは十分配慮したようで、マスコミには必要最小限の情報しか出していないらしい。もちろん傷害致死事件の被疑者として浮上していたことにも触れていない。

問題はあす以降だ。マスコミ関係者が気づいたり神奈川県警のだれかがリークすれば、朝のワイドショーの恰好のネタになる。三好もそんな事態になることが心配なようで、空いている会議室に鷺沼と井上と三人で集まって鳩首《きゅうしゅ》会議が始まった。

「継続捜査というのは息の長い仕事で、ノルマを課されちゃとてもやりきれない。しかし世間の注目が集まると、上からも結果を出せと発破をかけられる。しくじればおれが詰め腹を切らされかねない」

苦り切った顔で三好は言う。強い口調で鷺沼は言った。

「我々の力で答えを出すしかないでしょう。木崎乙彦が犯人かどうかはまだわからない。犯人じゃないことが立証できれば、我々のほうはこれから起きる騒動から逃れられる。もちろんそちらに答えを誘導するわけにはいきませんが」

「逆に犯人だと立証できれば手柄はおれたちのものになる。問題はグレーだった場合だよ」

三好は重い口ぶりだ。思うところはよくわかる。殺人事件の場合、被害者はむろん生きてはいない。事件の真相を知るのは犯人だけだ。だから被疑者が死亡した場合、よほど堅固な証拠や証言がない限り、答えはグレーでしかあり得ない。死んだ人間に自供はできないからだ。

「定年も近いこんな首、いつ切られても惜しくはないが、おれとしてはこのヤマ、もっとじっくり取り組みたかった。去年たまたま新宿の駅前で、手製のビラを配って犯人についての情報提供を呼びかけている被害者の親御さんの姿を見かけてな」

「その場に居合わせたんですか。私は報道番組で観ましたよ。ちょうど帳場がたたまれたころで、これから自分の仕事になるんだと思うと、ご両親の気持ちが肩にのしかかるのを感じました」

そんな鷺沼の言葉に、三好は大きく頷いた。

「警察サイドの人間にとってはいくらでもある迷宮入り事件の一つにすぎなくても、遺族にとっては世界にたった一人しかいない可愛い息子が殺されたわけで、犯人をとっ捕まえて罪を償わせることができなきゃ定年後の人生がやりきれないと、そのとき本気で思ったんだよ」

「山と積まれた迷宮入りファイルの一冊一冊にそういう遺族の思いが秘められているとするなら、気持ちとしては一つとしてないがしろにできません。しかし人数では殺人班に及びもつかない特命捜査対策室が、そのすべてを担うのは無理というものでしょう」

三好を慰めたつもりが、けっきょく自分の愚痴になる。

「無理でもやらにゃいかんのが宮仕えの身の辛いところでな。さもなきゃやってる振りをする。その手で出世したやつをおれは大勢知っている。振りをするだけなら失敗することもない。警察に限らず役所というのは減点主義で、たいした手柄は上げなくても、失敗しないやつが優遇される」

「出世はとっくに諦めてます。要は自分が納得できる仕事ができるかです」

「その点はおれも同じだよ。ついさっき担当管理官と話をしたんだが、先生、もう浮き足立ってたよ。万一の際に叩かれないように、体裁だけは整えようという腹のようだ」

「体裁というと?」

「乗りかかった船で、この捜査は二係が総力を挙げて取り組むことになりそうだ。必要なら他の係からも応援を入れ、管理官自ら陣頭指揮を執ると言っている」

「所轄の応援がない点を除けば、特捜態勢みたいなもんじゃないですか」

「それがはた迷惑だと言うんだよ。そんなやり方じゃ、このヤマは解決しない」

三好はきっぱりと断定した。いかにも確信ありげだが、果たしてそこまで言えるものなのか。特命捜査対策室の刑事たちも決して烏合《うごう》の衆ではない。

「さっきおまえから聞かされた宮野君の話が頭にあってな。木崎輝正のような創業経営者の企業防衛本能は凄まじいものがあるそうだ。企業防衛というより、創業家一族の利益防衛本能と言ったところかもしれないが」

「跡取り息子が人を殺したなどという話になれば、創業家の威光は地に落ちる。株式を上場している以上、いくらワンマンの木崎でも、株主の意向には逆らえないというわけですね」

「もし乙彦が犯人だとしたら、木崎輝正にしても忠彦にしても、死んでもらって一安心というところかもしれないぞ。乙彦の殺害に関しては、身内の犯行の臭いがぷんぷんするからな」

三好は井上と同じようなことを言う。共感を覚えながら鷺沼は言った。

「メディアの尻馬に乗って派手に宣戦布告すると、返り討ちに遭いそうです」

「そのうえ、例のタスクフォースが使えない」

「タスクフォース？」

「警察というのは重厚長大な組織だから、臨機応変な動きができん。相手がどんな禁じ手でも使ってくるなら、こっちもそれに対抗できる機動性が必要だ」

「宮野と福富のことですか？」

「ああ、あの二人とおまえと井上が組んだチームは最強だ」

「しかし他の係からも援軍が来て、管理官が陣頭に立つんじゃ、宮野や福富に首を突っ込ませるわけにはいかないでしょう」

「おまえと井上は遊軍だ。本隊は管理官の指揮下で愚にもつかないスタンドプレーを繰り広げることになりそうだ。おまえたちは本隊から離れて、いつものタスクフォースとして行動すればいい」

「のっけから大胆なアイデアですね」

「大事なのはかたちじゃなくて中身だよ。おまえたちはそのイレギュラーな陣容で大きなヤマをいくつも片づけた。お陰で警察勲功章にも警視総監賞にも縁がなかったがな」

「そんなものはどうでもいいんです。しかしそういうことが可能なんですか」

「なに、別件で忙しいことにしておくさ。いくら総がかりと言ったって、片づけなきゃいけない事案はほかにいくらでもある。緊急性の高いヤマがあって手が離せないとでも言っておけばいい。そういう態勢になれば、管理官はそこまで目配りしていられなくなる」

三好の口ぶりからは並々ならぬ気迫が伝わってくる。上の命令に逆らうことは、中間管理職の三好には半端な覚悟でできることではない。発覚したときは首を差し出すつもりだと鷺沼にはわかる。

「わかりました。見破られないように慎重に振る舞います」

鷺沼が応じると、弾んだ調子で井上が言う。

「あのタスクフォースが復活するなら鬼に金棒ですよ。とくに今回は事情がややこしくなりそうですから」

普通の状況だったら鷺沼は真っ先に反対しただろう。事件を小遣い稼ぎの材料とみる宮野の体質にはいまも辟易《へきえき》している。そのうえ人の神経を逆撫でするあの毒舌は精神状態への悪影響をもたらし、営業妨害そのものだ。ところがその宮野に三好も井上も妙な信頼を抱いている。蓼《たで》食う虫も好き好きというしかない。

福富にしても不安はある。人の手癖は簡単には直らない。万引きがある種の病気だと言われるように、人を脅して金品を要求するかつてのシノギの体質がきれいさっぱり消えたとは思えない。

しかし井上が言うように、今回に限ってはそうしたネガティブな面も含め、二人の力が必要だ。乙彦殺害の真相を解明する役回りが神奈川県警となれば、犬猿の仲である警視庁が現場レベルの情報を得るためには、宮野の怪しげな人脈が頼りになることもあるだろう。三好は予想される局面を打開するために、イレギュラーな捜査手法も辞さない腹でいるようだ。

「しかしコントロールはしっかりしないと。図に乗ると手がつけられない連中だから」

鷺沼は警戒線を張るのを怠らないが、三好も井上もさして気にする様子はない。

「警視庁から給料を出すわけでもないのにボランティアで働いてくれるんだから、多少は大目に見ないとな。べつにおれたちの懐が痛むわけじゃないんだし」

三好は事情を知っていて、すでに容認する腹でいるらしい。これまでは宮野が勝手に押しかけてきて、それに引きずられて福富が乗り出してくるパターンだったが、こんどは最初からパートナーになる。こちらの立場が弱まりはしないかという点も鷺沼にすれば気になるところだ。

5

案の定、キザキテック創業家の御曹司、木崎乙彦が殺害されたというニュースは翌日朝のワイドショーがこぞって取り上げた。

県警は情報を出し渋っているようだが、それが裏目に働いて、各局のコメンテーターが勝手な思惑を並べ立てる。

身内の犯行云々とまで踏み込む者はまだいないが、キザキテックグループ内部の権力構造の不透明さに疑問を呈し、徹底したワンマン経営の闇から漏れ出した澱《おり》のようなものではないかという微妙なコメントをする向きもある。

各局のレポーターは瀬谷の木崎邸や大手町のキザキテック本社に押しかけて、社長および会長のコメントを求めたようだが、本社広報から「慎重に捜査の推移を見守っている」というアナウンスがあっただけで、記者会見を開く様子もなく、会長も社長もどこに雲隠れしているのか、本社にも自宅にもいる様子がないという。

キザキテックの株式は午前中に売りが殺到し、午後早い時間にはストップ安をつけた。市場関係者の解説によると、今年も得意分野のNC旋盤の輸出が好調で、世界シェアトップの座は当分揺るぎそうにもなく、財務体質も堅実で、経営面から見て株価急落の要因は見当たらない。けっきょく乙彦殺害の報道を受けての売りだろうという判断だった。

木崎輝正のグループ内での独裁ぶりはつとに有名で、過去に何度も意に沿わない幹部を粛清し、それは血縁のある役員にも及んだという。

昨年は忠彦の義理の兄に当たる娘婿の原田《はらだ》隆昭《たかあき》が副社長の座から追い落とされ、いまは福岡にある子会社で、関連部品メーカーの社長に出向という身分らしい。

お家騒動画策の疑惑を持たれて更迭された役員は数知れず、一般管理職に対するノルマも厳格で、目標数値を達成できない部課長は即座に降格させられる。

一時はそれを果断なリーダーシップともてはやす評論家もいたが、堅調な業績の裏でそうした恐怖政治の体質が、社内に見えない亀裂を生じさせているという見方もあるらしい。

今回の事件にしても創業家に対する鬱屈した敵意の土壌から芽生えた犯行とも考えられ、だとすれば万事に機密主義が徹底するキザキテック内部に捜査の手を伸ばすのは警察にとっても容易《たやす》い仕事ではないだろうと、企業情報の裏読みを売り物にするあるコメンテーターは言っていた。

新宿駅の事件の話題は幸いなことにまだマスコミには出ていない。それはこちらにとって幸いと言えるが、一方で不安を覚えなくもない。神奈川県警が警視庁の便宜をはかって情報の流出を押さえているならいいが、そこまで親切だとは思えない。

乙彦殺害の事実は隠しようもないが、新宿駅の事件についてはまだ容疑の段階だ。そこを最後の一線として守るべく、木崎一族が財力に任せてマスコミや警察関係者の口を封じているとしたら、またべつの意味で相手は手強い。

県警は鋭意捜査中というだけで、この日の時点でも情報と言えるようなものは出していない。もちろん現場の状況については、神奈川に限らずすべてを公表することはまずあり得ない。

犯人だけが知る事実というのが被疑者の自供の信憑性をみる大事な尺度で、現場の詳細な状況などはまさしくそれに当てはまる。

マンションなら防犯カメラがあるはずで、隣の住人が大声と物音を聞いた日、そこに不審な人物が写っていた可能性も高いが、そちらにしても被疑者を泳がせる必要があると判断すれば公表を控えることもある。

いずれにしても県警の捜査はそれなりに進んでいるはずで、すでに被疑者が特定されているようなこともあり得る。

室長は港北署の捜査本部に何度も問い合わせているが、マスコミに発表した以上のものはまだ出せないと、先方は相変わらず煙幕を張っているようだ。

もちろん相手が警察関係者でも、捜査情報を外に漏らせば守秘義務違反になる。警視庁だって他の県警本部から捜査中の事案について興味本位の質問があってもおいそれと答えることはない。

しかし一方の事件の被害者がもう一方の事件の加害者となれば、守秘義務の壁を越えて協力し合うのもまた常識だ。その常識が通じないのは警視庁と神奈川県警の伝統とも言うべき確執から、というだけでは説明しにくい。

もし警視庁を外して事件に決着をつけたい意図が先方にあるのなら、それがなにかを知ることも喫緊の課題となってくる。

その点で頼りになるのはやはり宮野ということになる。表玄関はしっかり閉ざしていても、裏口は案外警戒が甘い。競馬仲間のネットワークがどれほどのものか知らないが、鼻つまみ者にされていると言う割には、これまでも県警内部の貴重な情報を拾ってきた。

その宮野とは今夜虎ノ門の居酒屋で落ち合う予定で、井上にも同席してもらって今後の手はずを打ち合わせることになっている。

三好はあれから管理官を上手く丸め込み、鷺沼と井上は手が離せない別件があるということにして、主力チームから外してくれた。

これからはフリーハンドで動ける一方で、警察組織が本来持つマンパワーと機動力は使えない。手漕ぎボートで大海に乗り出すようなものだが、それはいまに始まったことではないわけで、鷺沼にとってはむしろ気が楽だ。

6

夕刻七時に、虎ノ門交差点に近い居酒屋で宮野と落ち合った。過去にも何度かここで会っていて、味にうるさい宮野も太鼓判を押す店だ。

本業がよほど暇らしく、宮野は先に着いていて、お気に入りの豚足の煮込みをつつきながら手酌で日本酒の冷《ひ》やを飲っていた。

鷺沼と井上も適当に肴《さかな》を見繕い、とりあえずのビールを注文してさっそく本題に入る。

「いやいや、テレビは乙彦の件で持ちきりだったね」

騒ぎが大きくなるほど木崎一族との裏取引が有利に運べるという思惑でもあるのか、宮野はいかにも嬉しそうだ。

「こっちの事案がまだ表に出てこないのはもっけの幸いだが、当分マスコミが追いかけ回しそうで、キザキテック本社や自宅に話を聞きに行くのが難しくなったよ」

鷺沼が苦衷《くちゅう》を覗かせると、気にするふうでもなく宮野は応じる。

「どうせ鷺沼さんたちが出かけたって、なにも話しちゃくれないよ。要はなんのためにおれたちが手を組んでるかってことじゃない」

なにやら宮野は自信ありげだ。さほど期待もせずに問いかける。

「なにか伝手《つて》でもあるのか」

「じつは、さっき電話で福富と相談してね」

「もう喋っちまったのか」

「三好さんのお墨付きが出ているわけだから、なにも問題はないじゃない。善は急げと言うからね」

宮野たちの思惑が善かどうかはわからないが、たしかに話は早いに越したことはない。

「なにかいいアイデアが出てきたか」

「おっさん、以前は総会屋みたいなこともやっていたから、企業の裏事情に通じた人間を知っててね。どうも乙彦のことだけじゃなく、あの会社には表沙汰にしたくない材料が掃いて捨てるほどあるらしい」

「そのあたりを梃子に、開かない口をこじ開けようという算段か」

「そういう裏のルートだから、鷺沼さんやおれが動くわけにはいかないでしょう。昔の総会屋仲間を使って、まずは探りを入れてみるそうだよ」

「はした金を掴まされて、しゃんしゃんと手を打って帰ってくるんじゃないだろうな」

「福富はそういうけちな商売はしないよ。もっとでかい獲物を——、いやその、人としての大義というのかな。そういう志があいつにもあるわけで——」

なにやら苦しい言い訳だが、こちらとしては新宿駅の事件の真相究明が目的で、それに繋がる成果が得られれば、彼らのやることに関知することもない。

「乙彦殺害の件に世間の耳目が集まっているあいだに、こっちはきっちりそこを押さえてしまう。木崎一族だって乙彦の件で手いっぱいで、そっちは手薄になっているだろう」

「そこなんだけどね――」

宮野は意味ありげに声を落とす。

「県警はもう被疑者を特定しているという噂なんだよ」

「だれなんだ？」

「そこまではっきりはわからないけど、どうも社内の人間らしい」

「想像していたとおりだな」

「うん。創業家に恨みを持っている人間は内輪にごろごろいるようだからね」

日中に放送されたワイドショーでしっかり研究したらしい。重々しい顔で宮野は頷いた。

第二章

1

翌日から柿の木坂にある鷺沼のマンションがタスクフォースの本部になった。

本庁に宮野や福富は出入りさせられないからやむを得ないが、そうなれば宮野は当然居候を決め込むだろう。

あの料理の腕前と性格の鬱陶《うっとう》しさを天秤にかけると、前者がやや勝るのが悩ましい。そのうえ今回は三好の意向でもあり、防御線はあらかじめ取り払われているようなものなのだ。

きょうは瀬谷署で職務に励むと言っているが、どうせまともな仕事をあてがわれているはずもなく、上司を騙《だま》して長期休暇をとるために、親族のだれかを病気にするか殺すかしている最中だろう。

毎度そういう見え透いた嘘がまかり通るのは、上司も宮野が職場にいてくれないのを内心望んでいるからだ。その点では、蛇や毛虫のように嫌われることを宮野は福と転じている。

さすがに井上は住み着こうという気はなさそうだが、宮野の料理が楽しみらしいのは口元の緩み具合で見当がつく。

この日はいったん本庁に出て、三好や井上と当面の捜査の進め方を打ち合わせた。

神奈川県警からはあれからいくつか情報が入っていて、検視の結果、死因は鷺沼の見立てどおり絞殺だった。衣服の下には打撲痕がいくつもあり、ソファーやテーブルの位置がずれていることがカーペットの家具跡から確認されたとのことで、隣人が聞いたのは、乙彦が抵抗したときの物音だったと推測できる。

室内に物色された形跡はなく、十数万円の現金とクレジットカードが入った財布も無事だった。さらに部屋の鍵が残っていて、ドアが施錠されていたことを考えると、犯人は木崎と親しい人間、親族や友人、あるいは恋人が想定されるとのことだった。

しかし隣人によると、木崎が越してきて以来、本人以外が部屋を出入りするところは見ていない。もっとも四六時中隣戸を監視しているわけではないから、たまたまそういう場面を見なかっただけとも考えられる。

マンションには防犯カメラが設置されている。隣人が物音や人の声を聞いた時刻に不審な人物が写っている可能性があるが、それについては県警はあるともないとも答えない。

だが、県警はすでに被疑者を特定しているかもしれないとゆうべ宮野は言っていた。その話に信憑性があるなら、たぶんカメラに写っていた人物に目をつけているのだろうとは想像できる。

だとしたらそれがよほどデリケートな立場の人物で、県警が慎重に内偵を進めているとも解釈できる。宮野が小耳に挟んだという身内による犯行説の出処もおおかたそんなところだろう。

「木崎乙彦殺害事件そのものは事件としては単純だ。被疑者の逮捕にそれほど時間はかからないだろう。問題はこちらのヤマの真相究明だよ」

苦り切った様子で三好が言う。苦渋を滲ませて鷺沼は応じた。

「ここまでの経緯をみれば、県警は木崎殺害の一件だけで手仕舞いしてしまうかもしれない。新宿駅での傷害致死容疑には手をつけず、神奈川の事件単独で送検して終わりということも大いにあるでしょう。その場合は、こちらが状況証拠を積み上げて、被疑者本人から事情聴取するしかありません。乙彦殺害が新宿駅の事件を闇に葬るためだとしたら、もちろん真っ向から否定するはずだし、それとは別の動機によるのなら、やはり大した証言は得られないでしょう」

一族の御曹司が起こした事件の隠蔽が殺害の真の動機なら、こちらは面倒な立場に立たされる。犯人が木崎だという強い感触を持ちつつ、新宿駅の事件については振り出しに戻らざるを得なくなる。

犯人が死んだ殺人事件の解明ほど厄介なものはない。木崎乙彦が犯人だという確固とした証拠があるなら被疑者死亡で落着となるが、それがはっきりしない場合は別の犯人の可能性も否定できず、いつまで経ってもファイルが閉じられない。

乙彦が犯人だという心証がその捜査で強まれば強まるほど、慚愧《ざんき》の念も増すだろう。別の犯人を追い求めても無駄だという思いが募るほどに、捜査にかける情熱は薄れていく。そんな状況に追い込まれないために、なんとか今回の事件と新宿駅の事件を繋ぐ糸を見つけたい。三好は言う。

「しかし、物盗りでもないし、乙彦と密接な関係を持つ人間の可能性が高いと県警が示唆《しさ》している点では、状況はいい方向に進んでいる。これからキザキテックの裏事情を探っていけば、そこからなにかが見えてくるかもしれん」

「当面は福富頼みです。特命捜査対策室の正規部隊はどこから着手するんですか」

「乙彦と新宿駅事件との関係はマスコミに公表していないので、表だって動けば藪蛇《やぶへび》になる。乙彦の大学や高校関係の知人や教師から話を聞いてみようと思うんだが、現状は被疑者として扱える段階じゃないから、学校側には学籍簿の開示も要求しにくい」

「乙彦はまだ大学に籍があるんですか」

「渡米中は休学扱いだったからまだあるようだ。しかし学友の大半は卒業しているだろうな。事件が起きたのが乙彦が大学二年生のときだから」

「当時の乙彦を知っている教員はいるでしょう」

「心配なのはそこなんだよ。例の宮野君が聞いた話もあるからな」

「中学時代の暴力事件ですね。事件を起こした乙彦は無罪放免で、代わりに校長が飛ばされたという」

「高校の時は家庭教師の怪我があります。もし乙彦が新宿駅の事件の犯人だとしたら、大学関係者の口だって金の力で封じかねませんよ」

井上が不安を覗かせる。三好は頷いた。

「そこはこっちも覚悟の上だよ。なんにせよ正規部隊のほうには期待していない。乙彦と新宿の事件の繋がりが万が一マスコミに発覚したとき、なにもやっていないと自分の立場が危ういから、室長や管理官が派手に音頭をとっているだけだ。捜査の本命はあくまでおまえたちで、そっちの動きを邪魔しないように、おれのほうは正規部隊をコントロールするよ。ただし切迫した局面になったら言ってくれ。そのときは正規部隊も総動員して一気に追い込みをかける」

「宮野と福富の扱いが厄介じゃないですか」

そこが問題だからこんな変則態勢になっているわけで、鷺沼としてはやはり頭痛の種だった。しかし三好は気にしない。

「なに、結果が出さえすれば上の人間はつべこべ言わないよ。宮野君はああ見えてもれっきとした警察官で、福富君もいまじゃ立派な実業家だ。一般市民や県警の警察官が捜査に協力すること自体は、不自然でもなんでもない」

「正規部隊をダミーに使って、相手の警戒心を引きつける。そのあいだに僕らは裏口をこじ開けてこっそり中を覗き込む。いい作戦じゃないですか」

井上が膝を打つ。最近、選抜昇任で巡査部長に出世して、普通はそれに伴って別の部署に配転になるものだが、三好が警務部に直談判し、なんとか同じ部署に居残らせた。ある国会議員の殺人疑惑に関わる事件の際、捜査に手心を加えさせようという魂胆で議員先生が裏のルートを使って提示したいわば賄賂《わいろ》のようなもので、そのときは鷺沼と宮野にも同様に選抜昇任の話が舞い込んだ。

鷺沼は警部に、宮野は警部補に、さらに定年を控えた三好には現在の倍の給料で大手警備会社の部長職への天下りという美味しい餌を、鷺沼はもちろん、宮野も三好も断ったが、井上に関しては、断ろうとするのを鷺沼たちが無理矢理やめさせた。

巡査から巡査部長への一般昇任試験は他の階級の試験と比べ倍率がはるかに高い。そのための勉強に時間をとられて本業がおろそかになるなら刑事になった意味がないと、井上は着任以来試験に興味を示したことがない。そんな井上を万年巡査にはしておけないと、鷺沼と三好で懇々と諭した。

肩書きなどはどうでもいいと本人は思っていても、昇任してみればなにか感じるところはあったようで、近ごろは刑事として自信に溢《あふ》れ、風格を感じさせるようになった。

その事件絡みで付き合うようになった碑文谷《ひもんや》署の女性刑事、山中彩香《やまなかあやか》とはいまも交際が続いていて、そのあたりも自信の源になっているようだ。バツイチで独身の鷺沼にしても、家では粗大ゴミ扱いだと自嘲する三好にしても、めでたく二人をゴールインさせたい思いがあった。

「乙彦が新宿駅事件の犯人だとしたら、死んだからいいというもんじゃない。被害者を成仏させるためにも親御さんの無念を晴らすためにも、とことん真相は究明しないとな」

三好は気合いの入った声で言う。思いを込めて鷺沼も応じた。

「一族の犯罪を隠蔽するために金で面《つら》を張るどころか、その殺害まで企てた——。まだこちらの見立てに過ぎませんが、そこでシロクロをつけられなければ、警察は金権主義者の意のままです。貧乏人の僻《ひが》みじゃない。金の力で正義がねじ曲げられるようではまさに世も末ですよ」

2

柿の木坂のマンションで井上とキザキテックの社史やら会社概要やら創業者の評伝に目を通していると、夕方五時を過ぎたころ、宮野がほくほく顔でやってきた。

「しかし、鷺沼さん。また正義のために一緒に汗がかけるなんて嬉しいよ」

両手には食料品が詰まったスーパーのレジ袋を提げている。傍らで井上はもう生唾を呑み込んでいる。

「どうだろう。今回は木崎の地元の瀬谷に本拠を構えたいと思ってるんだが。だとしたらあんたの自宅が最適だ。おれと井上であすから居候させてもらっていいか」

鷺沼は無駄と承知で言ってみた。

「そりゃ間違った考えだよ、鷺沼さん。瀬谷は辺鄙《へんぴ》な場所で、東京には遠いし、おれも地元をうろついていて署の人間に姿を見られるのは具合が悪いし、ここより狭いし散らかってるし」

宮野は予想どおりの答えを返す。皮肉な調子で訊いてやった。

「今度はどういう口実で休暇をとったんだ」

「田舎の伯父貴が脳卒中で倒れたことにしてね。身寄りがないからおれが看病しないといけないと、涙ながらに訴えたのよ。そしたら課長がえらく同情してくれて、是非そうしてやれと即決で休暇願に判を押してくれたわけ」

「あんたの田舎の伯父さんというのは、心筋梗塞と交通事故でもう二回は亡くなっていなかったか」

「細かいことはどうでもいいのよ。課長はそんなこと知りゃしないから」

「じつは理由はどうでもよくて、あんたがいないとせいせいすると思ってんじゃないのか」

「そういうきらいもなくはないけど、まあ、おれが気にすることでもないからね」

「署に戻ったらデスクがなくなってたなんてことにならないか」

「そこは心配無用だね。うちの課長、以前は宮前警察署の生活安全課にいてね。風俗やパチンコ業界とべったりで、袖の下やら接待をずいぶん受けてたのよ。そんな密会の場面をおれがたまたま目撃してばっちりツーショットを撮っちゃった。瀬谷署へ配転になってからはその写真をいつも手帳に挟んでおいて、ときどきちらちら見せてやってるもんだから、そういう無下《むげ》なことはまずできないはずなのよ――」

提げてきたレジ袋をキッチンに運び込み、余裕綽々《しゃくしゃく》の笑みで宮野は続ける。

「それから、福富も来るって言ってたよ。今夜は本部開設祝いで、おれが料理の腕を振るうって言ったら、是非お相伴に与《あずか》りたいと泣きついてきてさ」

「それは楽しみです。だったら彩香も呼んでいいですか」

井上が嬉々として申し出る。鷺沼は確認した。

「これから呼ぶって言ったって、勤務はどうなんだ」

「非番だそうです」

「あのお転婆をまたタスクフォースに加えようというの？」

宮野は警戒心を隠さない。小柄でキュートな印象だが、大学時代に全国大会にも出たという柔道は三段の腕前だ。

鷺沼が腹を刺されて病院に運ばれたあの国会議員の事件のとき、彩香は病み上がりの鷺沼の警護役を命じられ、宮野を不審人物と見定めて、得意の払い腰で投げ飛ばしたことがある。金髪にピアス、派手なチェックのジャケットにエナメルの靴という出で立ちの刑事は、日本広しといえど宮野一人だ。あながち彩香の勇み足とも言えない。

以来宮野にとっては天敵のような存在で、口の争いでも負けてはいない。鷺沼にとっては心強い味方で、官舎も鷺沼のマンションから遠くないから、たまに遊びにきてくれるのはむろんけっこうだ。考えるまでもなく鷺沼は言った。

「おれにとっては命の恩人だ。歓迎すると言ってくれ」

「じゃあそう伝えます。じつはこちらに詰めることになりそうだと言ったら、また鷺沼さんに会えるって、とても喜んでいたんですよ。あ、その宮野さんとも——」

とってつけたように言われて、宮野は口を尖らせる。

「おれは別段会いたくもないよ。でもまあ、井上君の顔は潰せないからね。ただしあんまり食うなと言っといてよ。女のくせに大食漢だから」

「彼女はアスリートで、食欲も強さの秘訣ですから」

井上がやんわり反論する。我慢できなくなって鷺沼は訊いた。

「きょうのメニューはなんなんだ」

「メインは黒豚のしゃぶしゃぶ。鍋の季節にはまだ早いけど、美味いものはいつ食ったって美味いからね。たれは鰹出汁《だし》たっぷりのそばつゆ仕立て。これがまた黒豚に不思議と合うのよ。いやね、たまたまこの近所のスーパーに立ち寄ったら、鹿児島産の黒豚でかなりよさそうなのがあったから」

「もちろんあんたのおごりだな」

先回りして確認すると、宮野は鷹揚《おうよう》に言い放つ。

「鷺沼さんに払わせようなんてけちなこと、考えるわけないじゃない。これから当分こちらにお世話になるんだし、今回のカモはずいぶん肥えてて美味《おい》しそうだし」

「使うのは黒豚じゃなかったか。いつから鴨に変わった」

とぼけて訊くと、宮野は話をはぐらかす。

「鴨も豚も太ってるほど美味しいからね。でも鴨の季節は冬だからもうちょっと待ってもらわないと」

「鴨が葱《ねぎ》を背負ってやってきたと、いかにも喜んでいるような顔に見えるぞ」

「そいつは大きな誤解だよ。まあ木崎のご邸宅がたまたまおれの縄張りにあったというのが運の尽きかもしれないけどね」

宮野はさっそく調理に入ったようで、カウンターキッチンの向こうから醤油と鰹節の匂いが漂ってくる。

「そっちのほうでなにか新しい情報は？」

「そうそう、それなのよ――」

そこまで言って、宮野はしゃぶしゃぶのたれを味見する。もったいをつけているところをみると、なにやらめぼしいネタがありそうだ。

「帳場から漏れてきたらしい情報なんだけどね――」

言いながら宮野はまた味見して、味醂《みりん》はどこにあるのか訊いてくる。仕方なく渡してやると、満足そうに頷いて一たらしする。

「で、情報っていうのは何なんだ」

「そう焦らないでよ。隣の家で物音や人の声を聞いた時刻より少しまえ、エントランスの防犯カメラに不審な女が写っていたというのよ」

「マンションの住人じゃないんだな」

「それなら管理人がわかるはずだからね。それからしばらくして、ちょうど音が聞こえた時刻の少しあと、またその女がエントランスから出て行くのが写っていたらしい」

「捜査本部はその女が犯人だとみているんだな」

たれができたようで、宮野は手をとめて鷺沼を振り向いた。

「ほかには怪しい人間が出入りした形跡がないようでね」

「しかし身長一八〇センチ近い大男の乙彦を、女の手で絞殺できますか」

井上が首をかしげる。鷺沼は宮野に訊いた。

「その女の体格は?」

「身長は一六〇センチくらい。中肉中背で、まあ日本の女性の平均的な体型といったところだね」

「乙彦が本気で抵抗したら、とても相手にならないだろう。逆に殺されたっておかしくない」

「捜査本部の連中も、そこは釈然としないそうなんだ」

「その女が乙彦の部屋に向かったのは確認できたのか」

「エレベーターホールにも防犯カメラがあって、女が乗ったあと五階でエレベーターが止まったのが写ってたらしいよ。しかしエレベーターのなかと外廊下にはカメラはないから、確認できたとまでは言い切れない」

「たまたまその時間に別の部屋を訪れたのかもしれないな」

「しかしエントランスとエレベーターホール、外階段の上り口はすべて防犯カメラで監視されていて、死角はないという話だよ」

「おれも管理人からそう聞いている」

「スパイダーマンなら、壁を登れるけどね」

宮野は深刻顔で能天気なことを口走る。

「刑事ならもう少しましなジョークを言えよ。死体を発見したとき、ベランダ側の窓もなかから施錠されていた。そこから侵入した可能性は少ないな」

「しかし女が男を殺すとしたら、やはり刃物が確実だよね。あるいは毒殺とか」

「いくら死角がないと言っても、人間のやることだ。必ずどこかに穴がある。鉄壁の防犯設備だと自慢しているマンションでも空き巣事件は起きるからな。ただし、その女がなんらかのかたちで事件に関与している可能性は否定できない」

「そうだよね。第三の人物がいたという気はたしかにするね。女一人での犯行というのはやはり無理がある」

分別臭く宮野も応じる。鷺沼は問いかけた。

「県警が親しい人間による犯行を疑っている根拠は、犯人が施錠して出ていった点だけなのか」

「まあ、指紋やら下足痕やら髪の毛やら、現場にはいろいろあっただろうし、ほかにもそれを疑わせるなにかがあったのかもしれない。ところがそのへんがなかなか漏れてこないのよ」

「それが捜査の常道だからな。そもそもその女の件にしたって、あんたの耳にまで入ったんじゃ、神奈川県警の機密管理が杜撰《ずさん》だということになる」

「そこがうちの持ち味でね。今回の事案に関しては、そのへんを目いっぱい発揮して欲しいのよ」

「しかし県警としてはなかなか大胆な筋読みだな。もし乙彦の犯行を闇に葬るために殺害したのなら、発覚したときのダメージは乙彦の一件だけの比じゃなくなる。よほど防御を固めているか、さもなきゃ県警の見立て違いということだ」

「上層部には金に弱いのがいくらでもいるから、出来レースをやっているような気もしてくるね」

宮野は疑心を隠さない。鷺沼はすでに頭に入れていた、キザキテックと木崎一族についてのにわか知識を披露した。

情報源は暴露もので有名なノンフィクション作家による評伝で、その作家はこれまでもその種の著作でしばしば名誉毀損の訴訟を起こされている。そこでも木崎のネガティブな側面を仮借《かしゃく》なく抉《えぐ》り出しているが、木崎はけっきょく訴訟を起こさなかった。書かれているのが根も葉もないことであれば名誉毀損で訴えても当然と思われる内容なのに、あえて無視したところをみると信憑性は高いと考えてよさそうだ。

「現会長の木崎輝正というのは侮りがたい人物のようだ。創業者ということになっているが、本人は技術畑の出身じゃない。出発点は小規模事業者相手の貸金業だった——」

いわゆる商工ローンの走りで、資金繰りに窮した零細企業がターゲット。根保証つきの高金利の融資を持ちかけて、最初は少額でも言葉巧みに貸し込んで、返済不能に陥ったところで、事業設備から経営者の家屋敷まで奪いとる。

しかし世間から後ろ指を指されるような商売は木崎の最終目標では決してなかった。世界に冠たる企業のオーナーになる——。

そんな野望を胸に秘めた木崎は、あるとき顧客の一社に目をつけた。当時注目され始めていたNC（数値制御）工作機のメーカーだった。

NC工作機は戦後間もなくアメリカで開発されたが、コンピュータがまだ普及していなかったその時代、旋盤や切削加工機の数値制御にはパンチカードや紙テープが使われていた。

そのため当時は記録エラーが頻発し、その都度プログラムの作成をやり直すなど現場での使い勝手は悪かった。

そこの社長は旧帝大の数学科出身で、その学識を生かして精度の高いエラー訂正システムを開発し、それを搭載したNC旋盤は海外の航空産業や精密機械メーカーから高い評価を受けていた。

だが会社経営は順風満帆とはいかなかった。父親が創業した切削工具の製造会社を引き継いで自ら経営に乗り出したものの、NC工作機の開発に進出してからは、性能追求に邁進《まいしん》するあまりコスト管理がおろそかになり、財務状態は火の車だった。

木崎はその会社に担保能力を超えて貸し込んだ。自ら乗り込んでその技術力を賞賛し、そのうち世界を席巻するだろうとおだて上げた。

それでもその会社の高コスト体質は改まることはなく、性能で勝っても価格の面で欧米からの輸入品に太刀打ちできない。そのうえ悲しいかな、当時の日本の産業レベルでは、そこまでの高性能の製品がそもそも必要とされなかった。

会社はやがて破綻した。残ったのは木崎が貸し込んだ巨額の負債だった。木崎は異例の条件を提示した。負債の減殺と引き替えに経営権の譲渡を申し出たのだ。

社長には技術担当部長としての処遇を約束した。社長は渡りに船と乗ってきた。木崎はその会社を吸収合併し、金貸し業からは徐々に手を引いて、NC工作機の開発と販売にビジネスの軸足を移していった。

経営者としての才覚は元の社長より数段勝っていた。コスト管理を厳格にし、一方でニーズを掘り起こし性能面での妥協は許さない。元の社長や技術者たちは悲鳴を上げたが、楯突く者は容赦なく首を切った。

価格競争力と性能の両面でブラッシュアップされた製品は国内のユーザーからも歓迎された。国内での販売基盤を固めると、木崎は果敢に海外に打って出た。木崎総業というそれまでの社名をキザキテックに変更し、ヨーロッパと北アメリカに駐在員事務所を開設し、世界各地の見本市に積極的に出展した。キザキテックの名は急速に広まり、海外に本格進出してわずか十年のあいだに世界シェアトップの位置に躍り出た——。

「そこまでの話だと、スタートラインはともかく、なんだか名経営者に聞こえてくるじゃない」

感心したように言う宮野に、鷺沼は首を振った。

「そこまでで終わっていればな」

宮野はカウンターの向こうで頬を緩める。

「そうこなくっちゃ。お天道様の下をまともに歩けるようなことばかりやっていて、あそこまで財を成すなんてことはまずあり得ないからね」

「まず木崎輝正に会社を乗っ取られた社長だが、十年前に自殺したそうだ。自宅で首を吊って——」

「どういう理由で?」

「社内での自分の処遇に危機感を持っていたようだ——」

本人としては、NC工作機メーカーとしての技術基盤をつくったのは自分だという自負がある。木崎も最初のうちは元社長にも敬意を払い、技術部長の地位は与えたものの、その後会社が大きくなっても取締役の声はかからない。それどころか、やがて現場からも外されて、特許管理とやらの閑職に追いやられたという。

「自分より遥かに若い技術者が現場での実権を握り、元社長の意見はことごとく無視された。真綿で首を絞められるように死に追いやられたと、事情を知る関係者から取材した話が木崎輝正の評伝に載ってるよ」

「会社の成功を独り占めしたかったんだね。本当の意味で基礎を築いた元社長が、木崎にとっては目の上のこぶだった」

「そのあとも、社内で頭角を現した娘婿の原田隆昭を副社長の座から追い落とした。落ち度があったわけじゃない。次期社長は原田だという周囲の声が耳に入るようになったせいらしい」

「木崎は息子の忠彦に跡を継がせたかったわけだ」

「それも忠彦が経営者として優秀だからじゃなくて、むしろ凡庸な人間だからだという話だな」

「そういう考えの連中は県警の上層部にも大勢いるよ。警視庁だって似たようなもんじゃない？　仕事の出来ない連中ほど出世して、おれみたいな切れ者刑事は逆に日陰者扱いされる」

宮野は他人事《ひとごと》ではないと言いたげだ。本人が言うような切れ者かどうかは別にして、木崎輝正のような人間のお気に召すタイプではもちろんないだろう。それは鷺沼にも言える。そういう組織で冷や飯を食うのはむしろ名誉だと開き直るしかない。

「木崎がそういう人物なら、乙彦は可愛い孫というより、手塩にかけた会社に致命的なダメージを与えかねない時限爆弾だったかもしれませんね」

井上も深刻な口ぶりだ。鷺沼もそこは頷くしかない。

「たしかにな。いくら木崎でも、孫が殺人者だと発覚すれば、安穏と会長の椅子に座っているわけにもいかなくなるだろう」

「まさか自らの手でということはないだろうけど、指示を出すくらいはやりそうな気がするね」

宮野は眉間に皺《しわ》を寄せるが、いかにもそれがわざとらしい。その裏で舌なめずりしている顔が透けてみえる。

「まあ、ここで想像を逞しくしてもしょうがない。それに乙彦殺害の件はおれたちの仕事じゃないからな」

「それはそうだけど、県警は根性なしだから、どこまで本気でやるかだよ」

「県警にプレッシャーをかけられるのはむしろ僕らのほうですよ。乙彦殺害に関して、木崎側から犯人になんらかの指示が出ていたとしたら、それは新宿駅の事件があってのことしか考えられない。それと乙彦を繋ぐ糸を僕らが見つけたら、県警は手を拱《こまぬ》いていられなくなりますよ」

井上は気合いを入れる。宮野も楽しげに包丁の音を響かせる。

「その糸を見つけるために福富のルートでキザキテックの裏事情を探る——。なんか堂々巡りになりそうな気もするけど、そこはおれたち得意の不正規捜査の強みを生かすしかないじゃない」

3

福富は店が忙しい時間のはずなのに、手土産のトスカーナ産ワインを携えて午後六時過ぎにやってきた。

「前々からどうも気に入らない野郎だとは思っていたんだよ——」

木崎輝正の話を聞かせてやると、憤懣《ふんまん》やるかたない調子で福富は言った。

「このあいだもテレビで偉そうな口を利いてたよ。いまどきの若い連中の教育がなっていないの、失業率が高いのは日本人の勤労意欲が低下しているからだの、企業減税をしないと日本の産業は滅びるだの、好き放題ほざいていた。そういうことを言いながら、キザキテックの海外生産比率は七割近くで、何年か前には偽装請負でマスコミに叩かれていた。国士面をして大言壮語を吐くやつほど裏で汚いことをやっている」

「憎まれっ子世に憚《はばか》ると言うからね。ああいう人間は、周りが腫れ物に触るような扱いをするから余計につけ上がるんだよ」

ダイニングテーブルに卓上コンロと鍋をセットしながら宮野が言う。

「そこはあんたと共通するところがなきにしもあらずだが、スケールが違いすぎるわな」

言いながら福富は、いかにも食欲をそそるピンク色の黒豚肉を盛りつけた大皿に目を向ける。

「おれは人の首を切ったり、自殺に追い込んだりはしてないよ」

「ああ、あんたの場合はされて当たり前なところを見逃してもらってるだけだから」

「そこまで言われるとおれも考えちゃうよ。このタスクフォースに関しては、あんたの首くらいいつでも切れるんだからね」

「こんどは事情が違うだろう。はなから三好さんに指名されたんだから、あんたが口出しできる話じゃない」

「強気じゃないの。だったらそれなりの結果を出してもらわないと。旨い豚肉を好きなだけ食って、はいおさらばじゃ堪んないよ」

「おれがそういう不義理をしたことがあるか。じつは木崎にひどい目に遭わされたやつがいるんだよ」

「ダチの総会屋からの話？」

「まあそうなんだが、いかにも臭い話でね——」

福富は鼻をひん曲げる。

「キザキテックの元社員なんだけど、中米の子会社に出向していたとき、現地のゲリラに誘拐されて、身代金を要求されたらしいんだよ」

「いつごろの話？」

「五年前だそうだ」

「しかしそういう事件は国内でも大々的に報じられるんじゃないのか。おれはまったく覚えていないが」

鷺沼が首をかしげると、福富はさもありなんと頷いた。

「どうもキザキテックが事件そのものに蓋をしたようなんだ。キザキテックには大使館から連絡がいったはずだが、会社は記者発表もしないばかりか、日本にいる家族にも報告しなかったそうだ」

「またどうして？」

「当時、その国にでかい工場を建設する計画を立てていたらしい。そういう危険な場所だと世間に知られれば株価が下がる。いくらワンマン経営と言っても、一応は一部上場企業だから、株主総会で計画をひっくり返される可能性だってある」

「外務省も報告を受けたんだろう。公表しないわけにはいかないんじゃないのか」

「ところがそれもなかった。どういう手づるを使ったのか知らないが、人質の生命に関わる事態だから、会社のほうからそういう要請があれば口を閉ざすようなことはあるのかもしれない」

「世間からは見えないようにして、裏でいろいろ動いたわけか」

「そう考えるのが普通の人間だ。しかし木崎はどうも普通じゃなかった」

「というと？」

「その元社員があとで聞いた話によると、事件のことは社内の人間にもほとんど知らされず、解放に向けてゲリラ側と接触した形跡もなかったらしい」

「身代金を支払わなかったのか」

声を潜めて鷺沼は訊いた。

「そのようだ。ゲリラのほうは表向き政治的な主張をしているが、じつは金目当ての山賊のような連中で、身代金さえ払えば解放してくれる。逆に支払わなければ見せしめのために殺される。そこはなんともビジネスライクらしいんだ」

「金を払えばなんとでもなったのに、そうしようとはしなかった？」

「びた一文払わないから、好きなようにしてくれという話になっちゃうね」

宮野も深刻な面持ちだ。福富は重々しく頷いた。

「迂闊に身代金を支払えばゲリラが味を占めると警戒して、簡単には応じないのが最近の傾向らしいんだが、それでも普通の会社ならプロのネゴシエーターを雇って粘り強く交渉する。接触すらないのは初めてだと、ゲリラの連中も呆《あき》れていたそうだよ」

「その人はけっきょく助かったの？」

鍋に野菜を入れながら宮野が問いかける。福富は頷いて持参したワインの封を切る。

「銃殺すると宣告された直後に、対抗するゲリラ組織が襲撃してきた。そのどさくさに紛れて逃げ出して、三日三晩ジャングルをさまよってなんとか近くの村に出た。そこで警察に保護されたらしい」

「それが本当なら、ただけちなだけじゃなさそうだね」

「元社員は現地への大型工場建設に反対していたらしいんだよ。政情不安でリスクが大きい。クーデターで別の政権が成立すれば、せっかく作った工場を接収される。そうなると技術の流出という由々しい事態も起きてくる。そんな忠言が木崎の逆鱗《げきりん》に触れたらしい」

「木崎はどうしてそんな国にこだわってるのよ。世界にはもっとましな国がいくらでもあるじゃない」

「どうも大統領の側近に昵懇《じっこん》なのがいて、駐日大使時代に知り合って以来、長い交際が続いているらしい。現政権が安定するためには産業基盤の整備が必要で、その先駆けとしてぜひ工場進出をと口説かれて、まともな現地調査もせずに引き受けた。ワンマンだからできることだろうな」

「自分のところの重役や社員には情け容赦もないくせに、そういうことになるとやけに甘いね」

「その国へ行くと国賓扱いを受けるそうで、ああいう野心満々の人間にとっては、それが堪らないんじゃないのかね。地理的には北米にも南米にも近く、ヨーロッパへも大西洋を渡るだけだ。そのうえ人件費は中国なんかよりはるかに安い。欧米の会社も最近目をつけているらしい。木崎はその先鞭《せんべん》をつけて、首都の真ん中に銅像でも建ててもらいたいんだろう」

福富は持参したソムリエナイフで器用にワインの栓を抜く。いかにも高級品らしい馥《ふく》郁《いく》たる香りが漂ってくる。

「そもそもそういう名誉欲が、きょうまで事業に打ち込んできた原動力のようだから」

鷺沼は舌打ちした。そういう傾向は必ずしも木崎に限らないが、近ごろは学校や病院や老人ホームの経営にまで手を伸ばし、テレビに出ては企業の社会貢献がどうのと大層な理屈をこねているところをみれば、穿《うが》ち過ぎとは言えない気がする。

「ひょっとすると、ゲリラに金を渡して誘拐させた可能性だってありますね」

井上が身を乗り出す。それもあり得なくはないだろう。福富も声を落とす。

「じつはその人もそれを疑っていてね。だとしたらこの先も命の保証はないと、帰国してすぐ辞表を書いたらしい。もちろん木崎は引き留めもしなかった」

「その人はいまどこに？」

鷺沼が訊くと、福富は間をおかず答える。

「都内で中古工作機械の販売会社をやっているそうだよ」

「会って話を聞きたいな」

「おれもそう思ってね。総会屋のダチが外務省筋から事件のことを小耳に挟んで、確認しようとその人物に接触したらしい。騒ぎ立てればまた命を狙われかねないから黙っているが、本人としては恨み骨髄のようでね。それを晴らすためなら警察でもなんでも協力は惜しまないだろうという話だよ」

「そっちの事件の真相はまず解明できないだろうけど、木崎輝正という男の正体に迫る材料は出てきそうだな」

鷺沼は期待を覗かせた。乙彦の死に木崎の意志が働いているという疑いが強まる一方で、まさか自分の孫をという思いもどこか払拭できないでいた。

いまの話が本当だとしたら、自らの安泰を脅かすような存在なら、木崎は孫でも容赦しないだろうという確信めいたものが湧いてきた。

4

野菜がほどよく煮えたところへ彩香がやってきた。

「あら、美味しそう。絶妙のタイミングだったみたい」

「手伝う気もなくころ合いを見計らってやってきて、食い逃げしようという魂胆が見え見えじゃない」

宮野がさっそく嫌味の矛先を向けていく。そうなることは先刻承知だったとでもいうように、彩香はバッグから小綺麗な紙包みをとりだした。

「邪魔だからって手伝わせてなんかくれないくせに。でもそう言われるのはわかっていたから、これは私からの差し入れです」

「どうせデパ地下で仕入れた総菜でしょ。おれの料理のお陰でここにいるみんなは舌が肥えてるからね。ありきたりのものじゃ納得しないよ」

「だったら開けてみてください」

彩香はやけに自信ありげだ。さも胡散臭そうに鼻を鳴らして包みを開き、出てきたものを見て宮野は唸《うな》った。真空パックされた肉の塊のようだ。

「ハモン・イベリコ・ベジョータじゃない。それも骨付きのブロックで」

「ハモン・イベリ——。そりゃなんのことだ」

初めて聞く名前に鷺沼が首をかしげると、横手から福富が講釈を始める。

「イベリコ豚の生ハムだよ。ハモン・イベリコ・ベジョータはそのなかでも最高級品でね。ベジョータとはドングリのことで、ドングリの実だけ食べて育った豚の意味だよ」

「肉質は柔らかくて、脂身は淡泊でほんのり甘みがあって、牛肉みたいに霜降りになるのが特徴だね」

「高級品なんだな」

「このくらいのブロックだと、鷺沼さんの財布なんか一気に痩《や》せ細るね。でもどうして薄給のおまえがこんなものを手に入れられたのよ」

問いかける宮野はいまにもよだれを垂らしそうだ。彩香は殊勝な顔で言う。

「皆さんにはお世話になったし、宮野さんにもいろいろ美味しいものをごちそうになったから、なにかお礼をと考えていたの。でも中途半端なものじゃ宮野さんに馬鹿にされると思って、ふと思いついたのよ。何年か前にスペインへ旅行に行って、そのとき市場で食べた生ハムがすごく美味しくて、だったらあれにしようと」

「でも高かったんでしょ、彩香ちゃん？」

宮野が彩香をちゃん付けで呼ぶのは初めてだ。にっこり笑って彩香は答える。

「父方の叔父が食品の輸入商社をやってるんです。それで頼んでおいたんです。いいのが入ったら分けてくれって。そしたらさっそく届けてくれたんですよ。定価の三分の一でいいからって。イベリコ豚は最近扱いはじめたばかりだから、せいぜい宣伝して欲しいって言うんです」

「それならいつでもおれに言ってよ。いやいやぜひお近づきになりたいね、その叔父さんと。こんど紹介してくれる？　会社の名前は？　電話番号は？」

宮野は彩香にすり寄らんばかりだ。すげない調子で彩香は応じる。

「だめですよ、宮野さんじゃ。宣伝というのは見た目の印象も大事ですから」

「なに言ってんのよ、彩香ちゃん。おれみたいにセンスのいい刑事、日本じゅうどこを探してもいないよ。見てみなよ。鷺沼さんも井上君も十年一日ドブネズミ色のくたびれたスーツを着て、それを刑事のユニフォームだと勘違いしてる。そういう古い感覚が抜けないから、新しい時代の犯罪に対して後手に回るのよ」

「十年一日競馬場や競輪場通いで、浮き世の流れに背を向けているあんたには言われたくない言葉だな」

「そうですよ。刑事が目立ったら仕事にならないし、それにいまどき髪をブリーチしてるのって、宮野さんみたいなおじさんだけじゃないですか」

彩香の舌鋒《ぜっぽう》はきょうも鋭い。

「そうなの。じゃあけっこう。おまえは帰っていいよ。ここは大人の刑事の仕事場で、子供が出る幕なんかないからね」

「そうですか。残念です。だったら生ハム君と一緒に帰ります」

言いながら彩香は生ハムを包み始める。宮野が情けない声を出す。

「ちょっと待ってよ。そういう美味しいものを、ただ見せるだけで帰っちゃうなんて、あまりにむごいと思わない」

「それなら大人の皆さんの仲間に入れてくれますか」

「わかったよ。きょうのところは生ハム君に免じて仲間に入れてやるよ。ただしきょうだけな」

宮野は渋々頷いた。彩香は宮野の急所を心得ているようだ。

「鹿児島産の黒豚と、最高級のイベリコ豚と、きょうは豚づくしでけっこうじゃないの。さっそく味見をさせてもらって、いい品だったらぜひうちで仕入れさせてもらうよ」

福富が言うと、宮野は彩香から押し頂くように生ハムを受けとって、そそくさとキッチンに走る。

「前回の事件のフルメンバーが揃いましたね。これなら最強の布陣です」

井上は声を弾ませる。しかし彩香はあくまできょうだけのゲストで、タスクフォースの一員としては鷺沼は考えていない。

「彼女には本業がある。我々の仕事を手伝わせるわけにはいかないぞ」

「あ、心配しないでください、鷺沼さん。非番の日とか勤務を終えたあととか、いくらでもお手伝いする時間はありますから。有給休暇も残ってますし」

「おれが言いたいのはそういうことじゃないんだよ。前回は本来の職務の延長で付き合ってもらったわけだが、今回はそれとはケースが違うから」

「だったらどうして宮野さんは？」

彩香は予想通りのポイントを突いてくる。しらっとした顔で宮野は答える。

「おれはきちっと上司の許可をとって、休暇扱いにしてもらってるのよ。社会人たるもの、公私の区別はちゃんとつけないとね」

「まただれかを死なせたんですか」

彩香は委細承知のようだ。井上から話は聞いているらしい。

「あのねえ、彩香ちゃん。大人の世界というものは、いろいろと込み入った事情があって――」

「これからとりかかるのは木崎乙彦の事件でしょ。なんだか大きなヤマになりそう。ぜひメンバーに入れてください。鷺沼さん」

喋ってしまったのかと井上を睨《にら》んでも、素知らぬ顔で大皿の肉を鍋に入れている。そのあたりの呼吸が宮野と似てきたようで、なにやら先が思いやられる。

「だめだめ。あのときは腕力が必要な局面もあったけど、今回ははなから頭脳戦だから、武闘派の出る幕はないんだよ」

宮野は執拗に抵抗する。彩香に対する苦手意識はいまも相当なようで、そうなると鷺沼としてはかえって食指が動く。

「あくまで本業をおろそかにしない範囲でな。それからここで聞いたり見たりしたことは一切口外無用だ。おれたちの仕事を手伝うことについても同様だ」

「わかってます。宮野さんに負けないように頑張ります」

「ちょっと、ちょっと、そういう言い方は百年早いよ。偉大な先輩の爪の垢でも煎じて飲ませていただきたいとか、そういう謙虚なものの言い方があるじゃない」

「でもひどい水虫にかかったことがあるって言ってたでしょう。それが残ってるかもしれないじゃないですか」

「本当に尊敬している相手なら、水虫なんて怖くない」

「宮野さんは体質的に毒気が強いから、命に関わるかもしれません」

「ああ言えばこう言う可愛げのない女だね。こういうのと結婚すると男は寿命が縮まるよ。心しておかないとね。井上君」

助け船を求めるように、宮野が井上に目を向ける。余裕の笑みを浮かべて井上は応じる。

「宮野さんを尊敬してるからこそ、少しでも追いつきたいと思ってるんですよ。僕だってそこは同じです。でも爪の垢はやはり遠慮します」

「わかったよ。わかりましたよ。だったらそのうち、爪の垢で出汁をたっぷりとった料理を食わせてやるから」

ふて腐れた口ぶりに反して、生ハムをスライスしているその顔は情けないほど緩んでいる。

「それで、犯人の目星はついたんですか」

興味津々の様子で彩香が訊いてくる。鷺沼はその口のチャックを信じることにした。そもそも秘匿するほどの材料がまだ県警からは入ってきていない。ここまでに得た情報をかいつまんで説明すると、彩香は思いがけないことを言い出した。

「私なら殺せるかもしれません」

「乙彦をか？」

当惑して問い返すと、彩香はこともなげに言う。

「柔道の絞め技を使うんです」

「しかし乙彦は身長一八〇センチもある大男だぞ」

「相手が武道の心得がなければの話ですけど、絞め技が決まれば、非力な女子でも簡単に落とせます」

「落とすって、要するに失神させるわけだろう」

「ええ。頸動脈《けいどうみやく》を圧迫して脳を一時的な虚血状態にするんです。もちろん血流が戻ればすぐに意識も戻ります。私も練習で何度か落とされました」

「つまりそれだけじゃ殺せないわけだろう」

「その状態が長時間続けば脳細胞がダメージを受けて死に至ります。でも本当に殺そうと思えばもっと簡単です」

あどけない表情で彩香は恐ろしいことを言う。鷺沼は覚えず身を乗り出した。

「もっと簡単というと？」

「そのとき同時に気管を圧迫するんです。気道が完全に潰れれば窒息死します。この場合、一時的な脳虚血じゃなく、体全体に酸素が行き渡らなくなりますから、もちろん心臓も止まります」

「本格的に柔道をやっていると、そういう技も教わるのか」

「気道を塞ぐのは禁じ手です。ただし気をつけないと、普通の絞め技をかけたつもりがそうなっちゃう場合があるんです。だから意図的にやって出来ないことはありません」

「しかしおまえみたいな小柄な女の力で、いくらなんでも大男の乙彦を――」

宮野は鼻で笑ってみせる。彩香はさらりと言ってのける。

「三角絞めなら足を使いますから、決まれば男性にだって十分通じます。ここでやってみせましょうか。宮野さんに実験台になってもらって」

「冗談じゃないよ。そういう口実でおれを殺して、事故死だったと言って殺人罪を免れようという魂胆だろう」

「そんなことないですよ。落とすだけですから、活を入れればすぐに元に戻ります。そもそも、宮野さんを殺しても私が得することはなにもありませんから」

彩香はきっぱりと言うが、得することがあれば殺すとも聞こえるところが恐ろしい。

「要するに、防犯カメラに写っていた女が犯人である可能性が消えたわけじゃないと言いたいんだね」

井上が満足そうに確認する。彩香は頷いた。

「レスリングだって、習得している人はいると思います。公式な試合では絞め技は禁じられていますが、技として存在しないわけじゃないですから」

「女子柔道って、どのくらいの人がやってるの」

「黒帯以上だと、国内で一万人くらいだと言われています」

「そんなに少ないの」

宮野はいかにも興ざめという顔だ。たしかに人口比で言えば微々たるものだ。しかしあり得ないとは言い切れない。

県警は絞殺としか発表していない。柔道の絞め技によるものかそうでないのか、専門の法医学者ならわかるかもしれないが、そのあたりの情報は期待できない。

「スポーツとしての柔道を志す者にとって、そんな犯罪に利用されたとしたら悲しいです。でも本来は戦場で相手を殺すために生まれた武術ですから、その気で使えば殺傷能力は高いんです。それと気になるのは――」

一瞬言いよどんでから、彩香は続けた。

「キザキテックは全日本実業団柔道連盟に加盟していて、柔道部には女子選手もいます。団体戦でいつも上位まで勝ち進む強豪チームです」

「いよいよあり得なくもなくなってきたな」

宮野も真顔になってきた。それが当たりなら、事件と重なる時刻にマンションを出入りした不審人物がその女だけだったという点の説明がつく。県警は遺体の解剖所見から、単に絞殺という以上の事実を把握しているのかもしれない。

「だったらカメラに写っていた女がキザキテックの柔道部に在籍しているかどうかを調べるのは容易いんじゃないの。犯人逮捕は時間の問題だよ」

宮野はどこか落胆した表情だ。そうだとしたら、キザキテックに揺さぶりをかけて、どさくさ紛れに甘い汁を吸おうという作戦も不発に終わるというわけだろう。犯行の動機を解明するなかで、乙彦の傷害致死事件との関連が出てくれれば、鷺沼たちの捜査にしても県警に手柄を奪われるかたちになりそうだ。

事件が解決するならもちろんそれでかまわないわけだが、果たしてそう上手くことが運ぶものか。その見立てだと、新宿駅の事件が乙彦によるものだという事実を隠蔽するための犯行だったことになるが、鷺沼の感覚ではいかにもそれはお粗末だ。

犯罪を隠蔽するための殺人というのは理屈ではいかにもありそうに思えるが、実際には極めて稀で、それは発覚のリスクを倍加させるだけだ。

よしんば木崎一族の意向が働いていても、教唆の罪を立証するのは極めて難しい。組同士の抗争で起きた殺人事件で、やくざの親分が訴追されるケースは滅多にない。しかしトップの指示なしにチンピラが鉄砲玉となって犯行に及ぶとは世間のだれも考えない。

宮野がスライスしたイベリコ豚の生ハムが卓上に並び、各自の小鉢に肉と野菜を取り分けて、まずはトスカーナ産のワインで乾杯という段取りになったとき、部屋の電話が鳴り出した。

ナンバーディスプレイを見ると三好からだった。三好もこの場に同席したかったようだが、今夜も捜査会議で抜けられないとのことだった。さっそく三好は聞いてくる。

「どうだ。きょうも宮野君が腕を振るっているんだろう」

「ええ、鹿児島産黒豚のしゃぶしゃぶです。そこに思いがけないサプライズが加わって

――」

彩香の差し入れの話もしてやると、三好は無念そうに言う。

「おれはついさっき、庁内食堂でカツ丼を掻き込んで来たところだよ。食生活じゃ天地の隔たりがあるようだな」

「タスクフォースの立ち上げということで、今夜だけの話ですよ。そっちの状況はいかがですか」

訊くと三好は苦々しげに切り出した。

「どうもマスコミが感づいたようなんだ」

「乙彦の傷害致死ですか」

「ああ。神奈川県警かうちか、どっちからリークしたのかわからないが、いま室長のところへ問い合わせの電話が殺到しているらしい」

「面倒なことになりそうですね」

「そうなんだ。こちらとしては否定も肯定もせず、捜査中の事案につき回答は差し控えると逃げを打っているが、それでいつまで保つかだな」

「たとえ憶測記事であれ、そういう報道が世間に流れてしまったら、木崎にとっては痛手でしょう」

「もしその事実を隠蔽するために自らの手で始末したとしたら、無駄な努力だったことになる」

「無駄な努力どころじゃないですよ。日本を代表する経営者の一人と目されてきた木崎輝正にすれば、人生最大の失態ということでしょう」

「それもなんともお粗末な失態だ。だからこそ心配になってきた」

三好は大きなため息を吐く。鷺沼は問い返した。

「というと？」

「じつは木崎は乙彦の殺害には一切関与していないか、あるいは――」

「絶対に発覚しないというしたたかな計算があるということですね」

「そうなると、新宿駅の傷害致死事件については、乙彦の犯行だと立証することがいよいよ困難になる。死んだ人間から自供は引き出せないからな」

「まだ憶測の段階ですが、人相体格の一致のみならず、少年時代にみせた突発的な暴力衝動、事件直後の渡米といった事実を総合すれば、彼が新宿駅事件の犯人である蓋然性《がいぜんせい》は否定できません」

「そっちのほうでこれからマスコミが騒ぎ立てれば、おれたちにとっては重圧になるだろう。かといって証拠もなしに死んだ人間に罪を被せて一件落着というのもやはり寝覚めが悪い。ややこしい立場に置かれたもんだよ」

「マスコミの矛先が警察に向いた場合、ぐずぐずしていると木崎と結託しているように勘ぐられますよ」

「そのときはおれたちが批判の矢面《やおもて》に立つ。おまえたちは真相解明に全力を傾けてくれ。こうなれば是が非でも、乙彦がクロかシロか、世間を納得させられるような答えを出すしかない」

腹を固めたように三好は言った。

第三章

1

翌日の全国各紙は、木崎乙彦の事件を社会面で大きく扱っていた。

ストレートに乙彦の殺害と新宿駅事件を結びつけているわけではないが、前者について身内による犯行の可能性を匂わせる一方で、警視庁が公表した新宿駅の事件の犯人とされる似顔絵を掲載し、それが乙彦とよく似ていて、警視庁も関心を持っているというコメントが添えてある。

さすがに乙彦本人の写真は出していないが、これから先、報道の舞台が週刊誌に移れば、似顔絵とセットで公表するところも出てくるだろう。

警察のスタンスとしてはまだ断定できるところまではいかないが、二つを並べて、どうです似ているでしょう、と言われれば人の印象はそちらに引っ張られる。

ワイドショー関係は新聞の報道をほぼなぞっただけで、どちらかと言えば抑制的だった。キザキテックは民放各局に提供番組をもち、国内外のスポーツ大会の冠スポンサーになるなど放送広告業界にとっては大事なクライアントだ。その信用をあからさまに傷つけるような報道は避けたいという局側の意向が感じられた。

スキャンダル的な要素のあるこの種のスクープは、まず週刊誌が口火を切り新聞が後追いをする傾向があるが、今回は新聞が先行した点に鷺沼は不審なものを感じた。リークしたのは警察関係者という直感が働いたのだ。

全国紙や全国ネットのテレビ局は警視庁や各警察本部の記者クラブを通じて警察とは緊密な関係にある。

そのおかげで警察側からの円滑な情報提供が得られる一方で、警察に都合の悪い事実は報道しないという弊害も生まれる。

もちろん警察関係者の不祥事などに限らず、誘拐事件のように被害者の安全を考慮して報道を自主規制することもある。

一方、政治家や官僚が絡んだ事件などでは、世論を追い風にするために警察サイドから積極的に情報をリークすることがある。

その記者クラブに加入しているのは全国紙やテレビ局の記者だけで、週刊誌や外国の報道機関の記者は排除される。したがって週刊誌などのスクープは警察関係者とは別の情報源からのものが大半だ。

各紙がこぞって同様な記事を掲載したのも、横並び意識の強い記者クラブの体質を反映していたようにみえる。

そんな文脈から、リークしたのは警察関係者で、それも記者クラブにある程度の影響力がある人間ではないかという疑念が生じる。

しかし神奈川県警のこれまでの動きからは、乙彦の殺害と新宿駅の事件を関連づけようという意図がまったく感じられない。その気があるなら警視庁との連携をもっと重視していいはずなのだ。

ところが鷺沼たちは死体の発見現場からけんもほろろに追い返されて、それ以後、入ってくる情報はプレス発表の内容と変わらない。

では警視庁側からか。しかし特命捜査対策室の正規部隊は、マスコミに嗅ぎつけられた場合に言い訳が出来るように立ち上げたダミーのようなもので、できればいまの段階で二つの事件を結びつける記事は出て欲しくない。

なんにしてもそんな報道が全国紙に出てしまった以上、いやがうえにも世間の注目はキザキテックに集まるだろう。それが果たして捜査の追い風になるものか。

木崎のような大物の関与が疑われる事件の場合、相手に察知されないように水面下で慎重に証拠を固め、一気に浮上する潜水艦作戦が定石だ。権力も財力もある人間が本気で防御を固めたら、突き崩すのは容易ではない。警察関係者ならそこはわかっているはずなのに、わざわざリークした狙いはなんなのか――。

「木崎に恨みがある人間が警察内部にいるのかもしれませんよ」

宮野が用意した和風の朝食に嬉々として箸をつけながら井上が言う。

昨夜はさながらタスクフォースの決起集会になり、お開きになったのは零時をだいぶ過ぎたころだった。

福富と彩香はタクシーで帰ったが、井上は終電の時刻が過ぎたのをいいことに迷わず泊まりを決め込んだ。もとより宮野は帰る気などさらさらない。

「その結果、捜査が頓挫《とんざ》でもしたら、かえって木崎を利することになるだろう」

割り切れない気分で鷺沼が応じると、確信があるように井上は続ける。

「それでも木崎にとってはダメージになりますよ。どの記事も深読みすれば、木崎一族が乙彦の殺害に関与していたようにとれるでしょう」

「たしかにな。木崎がきょうまで築き上げてきた経営者としての信用に大きな瑕《きず》がつくのは間違いないな。シロクロつけばまだましで、グレーで終わればその瑕は一生ついて回るだろう。しかしああいう男にとって、それが致命傷になるほどのものかどうかはわからない」

鷺沼が首をかしげると、宮野はさっそく口を挟む。

「あのねえ。警察関係者からだと思い込んでいるから答えが出ないんだよ。まずは先入観を捨てないと」

「だったら情報を漏らしたのはだれなんだよ」

「乙彦が新宿駅事件の犯人だということを知っているやつに決まってるじゃない」

「だとすると親族か？」

「可能性はあるね。それから新聞に同じ日に同じような記事を書かせるとなると、マスコミにそれなりの影響力を持った人物ということでしょ」

「木崎輝正以外にはいないだろう。それじゃマッチポンプだ」

「ところがもう一人いるのよ。福岡の子会社に左遷されている娘婿の原田隆昭。おれが仕入れた情報だと、木崎の娘と結婚してキザキテックに入社する前は、日本で一、二を争う大新聞のデスクをやってたそうじゃない」

「どこで仕入れたんだ、そんな話？」

「あれ、知らなかったの。きのうは井上君とさんざん資料を読み漁ったって言ってたのに」

「娘婿の話までは出てこなかった」

「証券会社に勤めている競馬仲間から聞いたんだよ」

「便利なお仲間だな。注ぎ込んでいる金に見合っているかどうかは知らないけどな」

「その元をとるためにこうやって鷺沼さんと手を組んでるわけじゃない。必死なんだよ、おれだって」

宮野は井上の前でも遠慮なしだ。

「原田なら、新聞業界に顔が利くというわけだ」

「そもそも最初はマスコミ対策を強化しようとして木崎が引き抜いたそうなのよ。ところが原田は木崎が思っていたよりもずっとやり手で、そのうえ野心家でもあった。息子の忠彦は霞んじゃうし、木崎本人も危機感を抱いた。あとはほぼ鷺沼さんが例の評伝を読んでお勉強したとおりだけど、いまも恨み骨髄なのは間違いないよ」

「それで世間の疑惑の目が木崎や忠彦に向かうように仕向けたということか」

「そう考えると話の筋道が通ってくるじゃない」

「しかし原田がもし真相を知っているんなら、そんなまだるっこしいことをしなくてもいいだろう。事実をそっくり公表すればいい」

「そんなことをしたら会社を敵に回すことになる。原田が考えているのは、木崎一族を追い出したうえで会社はしっかり存続させる。つまり自分が乗っ取るのが狙いなわけだから、木崎一族を除いた役員や社員からはあくまで支持を得たいということよ」

「輝正の娘にしたって、自分の父親を敵に回すのは嫌なんじゃないのか」

「自分の夫は兄の忠彦よりもはるかに仕事が出来て人望もあった。なのに跡を継いだのはぼんくらの兄で、夫は九州の子会社に左遷させられた。たとえ親でも恨んだかもしれないでしょ」

「まあな。それで原田はどこまで真相を摑んでいると思うんだ」

「元新聞記者だから、かなり緻密な取材をしているんじゃないのかね。新宿の事件直後に突然渡米させたのは、乙彦が犯人だということを家族が知っていたからだと考えるしかない。いくら福岡に飛ばされているといっても、奥さんなら実家の内情がいろいろわかるだろうしね」

「乙彦殺害についても、なにか知っていると見ているんだな」

「たぶん虎視眈々《こしたんたん》とチャンスを狙っていたんだよ。そこで木崎や忠彦に疑惑の目が向けば、責任をとって退陣しろと迫れる。悪いことをしたのは会社じゃなくて木崎一族だから、二人まとめて追い出せば、会社は自浄能力を示したことになり、原田は汚点のない後継者として本社に凱旋《がいせん》できる」

宮野は立て板に水で分析してみせる。ほとんど想像だけでこね上げたような話だが、あながち外れてもいないない気がしてくる。

2

昼少し前に福富から電話が入った。

例の中米でゲリラに誘拐された元社員の件だとしたら動きが速い。期待しながら受話器を取ると、福富の元気な声が聞こえてきた。

「総会屋のダチに話を持ちかけてみたよ」

「そりゃ有り難い。反応はどうだった？」

「さっそく元社員に電話を入れてくれてね。先方は自分の名前が表に出ないなら話をしてもいいとのことだった」

「それはよかった。こっちはイレギュラーな捜査だから、調書をとるわけでもないし、証拠として採用されるようなこともない」

「おれもそうだろうと思って、心配はないと言ってやったよ。会うのはいつでもいいそうだ。ただし昼間は営業で忙しいから夜がいいという話でね」

「夜か。だったら一席設けなきゃいけないだろうな」

さっそく予算の心配をしだしたら、鷹揚な調子で福富は言う。

「その人の会社は北千住《きたせんじゅ》の駅に近いそうなんだよ。うちの支店を使ってくれるんなら、お代は勉強するよ」

昨年、福富が経営するイタリアンレストラン『パラッツォ』の支店が北千住駅近くに開店した。こけら落としには鷺沼たちも招待されて、福富自慢のイタリアンメニューに舌鼓を打った。

『パラッツォ』は味にうるさい宮野も一目置いていて、それ以前にも、捜査の関係で内密に人に会うとき関内《かんない》の本店を利用させてもらったことが何度かある。

「いつも申し訳ないな」

「いいってことよ。木崎みたいないけ好かない野郎を懲らしめるうえでお役に立てるんなら、イタ飯屋稼業もやり甲斐があるってもんだ。ところで、どうなんだよ。例の新聞のスクープは？」

「特命捜査対策室にはひっきりなしにマスコミから問い合わせがあるようだが、いまは捜査中ということで肯定も否定もしていない。しかしこれから週刊誌やらテレビやら、新聞以外のメディアが動き出せば、キザキテックの本社には取材陣が殺到するだろうな」

「そのとき木崎がどういう手を打ってくるかだな。尻に火がついたのは間違いないから。しかしそのわりに県警の動きが鈍いと思わないか」

「ああ、非常に気になるな。防犯カメラに写っていた不審な女の画像を公開する動きがいまもない。だとしたらもう素性を特定しているのかもしれないし、木崎との関連を突き止めているとも考えられる」

「それで逆に慎重になっているのか」

「だったらなおさら警視庁と連携したがらないのが不可解だよ。乙彦殺害の動機解明に関しては捜査上の利害が一致するはずなんだから」

「ああ。素人考えかもしれないが、乙彦殺害のほうはそれほど難しい事件だとは思えない。いまもぐずぐずしているのがいかにも怪しいな。宮野がなにか嗅ぎつけているんじゃないのか？」

「きょうも朝からお友達に電話を入れているようだけど、いまのところめぼしい情報はなさそうだ」

「頼りになるのが競馬仲間だけじゃ、あんまり期待は出来ないな」

福富は大きくため息を吐く。タスクフォースに参加するのはあくまで義憤に駆られてだと本人は言うが、かつて宮野と結託し、事件の裏でしこたませしめたことがあることを思えば、その大げさな落胆ぶりには、何匹目かの泥鰌《どじょう》への期待も含まれているかもしれないとつい邪推したくなる。

「その元社員からなにかヒントが出てくれればいいんだがね。どうする？　会うのはいつにする？」

「こっちはできるだけ早いほうがいいが」

「だったら今夜でどうだ」

「向こうにだって都合があるだろう」

「ところがえらく乗り気らしいんだよ。きょうの新聞記事を見て、木崎に一矢報いるには絶好のチャンスだと意気込んでいるんじゃないのかね」

「と言ったって、乙彦の件についてはなにも知らないんじゃないの」

「いやいや、そうでもないようなんだ。宮野が聞きかじったという隣のおばさんの話なんだが――」

「乙彦の家庭教師が頭から血を流して自家用車で運ばれたという？」

「ああ。その家庭教師、いまは木崎の子飼いになっているそうだ」

「キザキテックの社員に？」

「ところがそうじゃないんだよ。木崎一族の資産管理会社だよ。木崎はえらくそいつを信用していて、若いのに肩書きは社長だそうで、事実上の仕事は木崎の私設秘書のようなものらしい」

　家庭教師といえば普通は学生アルバイトだろう。乙彦が高校生のときとなると歳が合わないような気がする。

「いまいくつなんだ」

「三十半ばを過ぎたくらいだろうな。家庭教師をやっていたのは、大学を出て公認会計士の試験に挑戦していたころのことらしいんだよ」

「学生じゃなかったわけだ」

「いい大学を出たらしいんだが、公認会計士というのは日本でいちばん難しい国家資格のひとつだからな。そのために何年も浪人しているのは珍しくないそうだ」

「どうしてそんな話が出てきたんだ」

「おれが総会屋に宮野の話を聞かせてやったんだよ。そいつの口から向こうに伝わったようなんだ。その男についても薄汚い話が絡んでいるようなことをほのめかしているらしい」

いよいよ興味が湧いてきた。勢い込んで鷺沼は訊いた。

「元社員とその男のあいだに、なにか繋がりがあるのか」

「誘拐事件のあと日本に帰ってきたら、そいつが接触してきたそうなんだ。木崎の指示なんだろう」

「どういう話向きで？」

「詳しいことは会ったら話すそうだ」

「楽しみになってきたな」

「ひょっとしたら、木崎一族の汚れ仕事を一手に引き受けているのがそいつかもしれないぞ。乙彦の殺害にしても、おそらくなにか知っている」

「しかし、どうやってそいつに喋らせるかだよ。木崎の懐刀だとしたら、あっさり口を割るとは思えない」

「別件逮捕という手があるだろう」

「そういうネタがありそうなのか」

「いくらでもありそうな話だった」

「頭から血を流して病院に運ばれた事件と、その後の異例の取り立てにはなにか関係があるんだろうな」

「たぶんね」

「なんにしても、まずはその元社員から話を聞くことだ。おれのほうは時間を空けておくよ」

「そうしてくれ。調整がついたら電話する」

機嫌よく言って福富は通話を終えた。話の内容がよほど気になるとみえて、宮野は気ぜわしく訊いてくる。

「福富からでしょ。さっそく美味しい話をもってきたの」

「ああ。例のゲリラに誘拐された元社員の件なんだが――」

かいつまんで説明すると、宮野は鼻息を荒くする。

「その話を聞く限り、別件で十分いけそうじゃない。ちょっと周辺を嗅ぎ回るだけで、たぶん詐欺罪や脅迫罪がいくらでも成立するよ」

「汚い手だが、この際遠慮はしていられないな」

「そうだよ。県警は動きが怪しいからね。乙彦殺害の件も含めて、真相はおれたちが解明するしかなさそうだよ。その元社員なら、いろいろ裏の事情を知らないわけがないからね」

「県警がどうしらばくれようと、こっちの事件と向こうの事件が繋がっているのは間違いない。それなら縄張りを気にして遠慮することもなくなる」

「どんどん捜査を進めていいんだよ。木崎が乙彦を殺させたんなら、二つの事件は切り離せない。ところが県警に連携しようという意志が皆無なんだから、分業なんてそもそも無理だ。向こうがぐずぐずしているあいだにこっちが事件を解決してしまえば、赤っ恥を掻くのは県警だよ」

宮野にとっては県警に恥を掻かせることが至上の喜びのようだ。井上も傍らで気合いを入れる。

「県警の手助けなんか要りませんよ。こっちはお互いの捜査にプラスになると思って協力を申し出たのに、袖にしたのは県警ですから。本部同士の仁義なんて、いまさら守る必要はないですよ」

「そのとおりだよ、井上君。本部同士が勝手に引いた縄張りなんてただの慣例で、場所がどこであれ、犯罪の端緒を見つけたら捜査に乗り出すのが司法警察員たる者の責務だからね」

その言い分は間違いではないが、実際には各都道府県の警察本部同士の線引きは不可侵と言っていい決まりごとだ。

しかしどのみちこちらはイレギュラー捜査で、県警の宮野は勝手に警視庁の陣営に加わっている。出てきた答えを先方に突きつけて、逮捕手続きだけ任せるようにすれば辻褄はいくらでも合わせられる。力を込めて鷺沼は言った。

「ここはやるしかないだろう」

どうやら木崎輝正の頭のなかでは、人の命より経営者としての体面のほうがはるかに大事なようだ。そういう人間が日本を代表する名経営者と褒めそやされて、財界や政界を通じて世の中に影響力を及ぼしているのだとしたら、警察官の仕事などごまめの歯ぎしりに過ぎないことになる。

3

福富は手早く先方と話をつけて、午後七時ちょうどに『パラッツォ』の北千住店で桑《くわ》沢幸広《さわゆきひろ》というその元社員と会食する約束を取り付けた。

ただし先方は条件をつけてきた。こちらの出席者は鷺沼と福富の二人だけ。桑沢には話を繋いでくれた総会屋が付き添うことになった。

宮野と井上は残念な様子だが、むしろ大勢で押しかけて質問攻めにしたら、出てくるはずの話も引っ込めてしまうかもしれない。任意で協力してくれる証人に警戒心を抱かせるのはまずい。

桑沢には気心の知れた総会屋、こちらにはその総会屋とも親しい福富が同席することで雰囲気も和らぐものと思われた。

関内の本店ほど豪華ではないが、こちらの店にも個室が用意されていて、鷺沼たちは、そこで桑沢たちを待っていた。

無線マイクで個室の会話を傍受させろと宮野は迫ったが、相手は被疑者ではないし敵対する立場でもない。それは失礼に当たると福富が拒絶した。

宮野と井上は一般客のテーブルで待機する。福富はそのあいだ機嫌直しに自ら見繕ったコースを二人に供することにした。

桑沢と総会屋は約束の時間の五分前にやってきた。桑沢は五十前後の身なりのいい男で、現在の会社がそこそこ上手くいっていることを窺わせる。

付き添う総会屋の名は古川修司《ふるかわしゅうじ》。歳は六十代半ばくらいか。好々爺《こうこうや》然とした如才のない男で、総会屋という商売から想像する凄みを感じさせない。

「いやね、私も昔は仕事柄、よく警察のご厄介になったもんですから、いまも苦手意識がついて回ってね。しかしこんなかたちなら肩が凝らなくていいですよ。桑沢さんだって安心して話せるんじゃないですか」

くつろいだ様子で福富が応じる。

「私もそう思ってね。しゃちほこばった席にしたくはなかったから、厚かましいとは思いながらもうちの店でということにさせてもらったんですよ。こちらの鷺沼さんは酸《す》いも甘《あま》いも嚙み分けた名刑事さんでね。桑沢さんのように、捜査にご協力いただける方を不利な立場に立たせるようなことは決してしません」

ウェイターがキャビアをあしらったカナッペ風のオードブルを運んできた。

福富がピエモンテ産ワインのテイスティングを済ませ、各自のグラスに注いだウェイターが立ち去ったところで、桑沢は慇懃《いんぎん》に口を開いた。

「古川さんからもそう伺っています。中米の事件については、会社を辞めるに際してそれなりの見返りをもらいました。お陰で新しい会社を始められたんですから、それだけならいまさらこんなことをする気はなかったんです。ところが古川さんから木崎にまつわる話を聞きましてね。そういう人間をこのまま世間に野放しにしていいものかとつい考え込んでしまって――」

穏やかななかにも憤りを滲ませたその言葉に、鷺沼は率直なものを感じた。

「まだ疑惑の段階ですが、我々の読みでたぶん間違っていないと思います。相手がどれほど大物であっても、ぜひとも真相を解明し、罰すべきはきちっと罰する。それが我々の使命だと考えています」

桑沢は生真面目な表情で頷いた。

「そういう言葉を聞かせていただければ、税金の払い甲斐もあるというものですよ。最近はコンプライアンス（法令遵守）が喧《やかま》しく言われていますが、そもそものこと自体が、世間の経営者の法や正義への関心の薄さを示しているような気がします」

「我々にとっては、正義の追求こそが本業ですから」

大きく頷いて鷺沼は言った。必ずしもそうではない輩が少なからずいる点では警察も変わらないが、ここではそれは言わずもがなだ。桑沢が続ける。

「その手の経営者にとっては、売り上げや利益の拡大だけが正義なんです。それがやがて至上命題になって、普通の人間なら持っているはずの正義の感覚が麻痺してしまう。木崎輝正という男の正体を知って、私はそれを痛感しました」

「テレビや雑誌のインタビューじゃ、ずいぶん立派なことを言ってますがね」

福富が横から割り込む。げんなりした調子で桑沢は言う。

「腹のなかが黒い連中ほど、外に対してはそういう虚像をつくりたがる。汚職や選挙違反を平気でやる政治家が教育論をぶち上げるようなものでしょう。法には抵触しなくても、人の道に反する行為はキザキテックには蔓延していますよ」

「それでも業績はこの不景気のなかで右肩上がりじゃないですか。社内に不満は溜まっていないんですか」

「そこが木崎会長の手腕なんでしょうね。そういうムードはたしかにあっても、決して表には出てこない。この不景気を上手く逆手にとっているんです。いま会長に楯突いて、馘《くび》になったらまともな再就職先はありませんから」

「そういう処遇を受けた人がいるんですね」

原田の件を想定して話を向けると、桑沢はさっそくそれに応えた。

「会長の娘婿の原田隆昭という人が、突然、副社長を解任されて九州の子会社に飛ばされました。実力があり社内での人望も厚かった。落ち度があったわけでもない。社内ではどうしてという思いと、やはりという思いが同居していましたよ」

「やはり、というと?」

「原田氏は会長に直言できる貴重な人だったんです。会長にとっては、それがいちいち癇《かん》に障《さわ》ったんでしょうね」

「あなたの場合も似たような話だと伺っていますが」

「ええ。例の国への工場進出について反対していましてね。政情が不安定で政権はいつ転覆するかわからない。それを考えれば投資リスクが大きすぎるとね」

「ゲリラに誘拐される前の話ですね」

「そうです」

「会社は誘拐されたあなたを救出するためになんの努力も払わなかったばかりか、その事実を世間にひた隠しにした——」

「ゲリラの手から逃れて帰国したとき、空港に降り立ってびっくりしましたよ。マスコミの取材陣が押しかけていると覚悟して、話すことも頭に入れていたんです。ところが記者の姿は一人も見えない。迎えに来たのは会長の側近一人で、そのまま都内のホテルに連れて行かれ、そこで事実上の引導を渡されました」

ウェイターが料理を運んできたので、会話はいったん中断する。こういう点がコース料理の面倒なところで、張り込んでくれた福富には申し訳ないが、その点では密談にはあまり向いていない。

運ばれてきたプリモ・ピアット（第一の皿）はシンプルなペペロンチーノ風のパスタ料理だが、ふんだんにトリュフをあしらっているところは心憎いサービスだ。

ウェイターが去ったところで、鷺沼は話を戻した。

「引導とは？」

「事件について公表せず、黙って辞めて欲しい。そうしてくれれば正規の退職金に加えて、木崎会長個人から相応の支度金を提供する。しかし拒否すれば、会長は私を排除するためにいかなる手段も辞さないだろうと――」

「けっきょく、受けざるを得なかったんですね」

「会社には愛想が尽きていたし、木崎と争って勝てる見込みもなかった。彼は危険な男です。誘拐事件そのものを仕掛けたのが木崎ではないかと、私はいまも疑っているんです。じつは事件が起きる直前に、木崎と親しい政府高官がゲリラ側と接触していたという話を現地警察の担当者から聞きました。情報の出処がはっきりしないので、そのときはいくらなんでもと思いましたが」

桑沢の話が核心に向かう。鷺沼は固唾《かたず》を呑んで聞き入った。

「しかし帰国する直前に現地の知人が知らせてくれたんです。そのときの警察の担当者から内密の連絡があり、逮捕されたゲリラの幹部クラスからはっきり証言を得たとのことでした。だとしたら、会社に居残ればまたも命を狙われる羽目になりかねない。それに提示された条件は、小さな会社を興すのに十分な額でしたから」

桑沢がかすかな慚愧を滲ませる。絶妙な飴と鞭のバランスで、それを呑んだ桑沢を非難はできない。すでに福富から話は聞いているが、鷺沼はあえて訊いた。

「会長の側近とは？」

「三宅《みやけ》省吾《しょうご》という男なんですがね。表向きの肩書きは木崎一族の資産管理会社の社長です」

傍らから古川が身を乗り出す。

「それが例の頭から血を流して病院に担ぎ込まれた家庭教師ですよ。登記簿で調べたところ、三宅が社長に就任したのがその事件の半年くらいあとで、それまでは忠彦の奥さんが社長をやっていたようです」

「その事件がきっかけで取り立てられたのは間違いなさそうですね」

鷺沼が言うと、桑沢は皮肉な笑みを浮かべて頷いた。

「あまり恵まれていなかった三宅の人生がそこからいい方向に転がり出したとしたら、当人にとってはむしろ乙彦様々じゃないんですか」

「その怪我は、やはり乙彦によるものだとお考えですか」

「中学生のころ、学校でクラスメートに暴力を振るったという話は社員の耳にも入っていました。それを考えればあり得なくはないんじゃないですか。ゆくゆく彼が社長になるとしたら、そのときキザキテックの命運は尽きると感じていた社員は多かったようです。もちろん表だってそんなことは言えませんがね」

「問題のある跡取りだという認識は社内にあったんですね」

「ありました。あるいは会長にとってもアキレス腱だったかもしれません。一族以外に社長の座を渡す気はないと社内ではつねづね口にしていたようですが、乙彦は社長の一人息子で、跡を継がせられる人間はほかにはいなかったわけですから」

「新宿駅での傷害致死事件の際、警察は似顔絵を公表しましたが、そのとき社内で気づいた人は？」

「そのとき私は辞めていたので社内の様子はわかりませんが、うちの商売が中古工作機械の販売で取引先が一部重なるものですから、キザキの営業担当者と情報交換することがあるんです。その際に、ひょっとしたらという話は聞きました。私は乙彦とは面識がないのでなんとも言えませんが、役員連中は木崎邸によく出入りしていて、そのあたりから噂が出たようです」

「しかしだれも警察に通報はしなかったわけですね」

「一〇〇パーセント確信が持てたとしても、だれもそんなことはしないでしょう。会長や社長に発覚したら一巻の終わりですから」

桑沢はそこが無念だと言いたげだ。三宅を通じた木崎の恫喝《どうかつ》に屈した彼自身にしてもそうだった。

そんな見て見ぬふりの累積から、組織はやがて腐敗臭を放つようになる。警察という組織に身を置く鷺沼にしても、それは日々感じることなのだ。

こんな話が聞けるのも体よく放り出された桑沢が相手だからで、現役の社員から事情聴取したところで真相に迫る情報はまず期待できない。

「三宅という人物について伺いたいんですが、木崎会長の懐刀として、いわゆる汚れ仕事を一手に引き受けているというようなことを古川さんから聞きました」

「私のときもそうでしたが、キザキテック本体には籍を置かず、会長個人の意向を受けて水面下で行動する。彼が接触してくるのはおおむね進退に関わる問題が起きているときで、社内では死神とか刺客とか呼ばれているんです」

「そういうことは、普通は人事の部署が担当するのでは?」

「会長には会社は自分個人のものだという強烈な意識があります。しかし上場企業であれば当然株主がいますから、必ずしも彼の意のままにはならない。そこで会長は一種の二重権力をつくりあげたんです」

「その資産管理会社を使って?」

「ええ。KTマネージメントという会社ですが、キザキテック本体とは資本関係は一切ありません。最初は節税目的の資産管理が唯一の業務だったようですが、そのうち性格が変わってきて、労働法や労働協約に抵触するような人事上の処遇はその会社が裏から手を回し、私のときのように恫喝をかけて辞表を書かせる。表向きは自己都合退職に見えて、じつは会長都合の馘切りだった事例は数え切れないほどです」

「三宅という人物が、それを実質的に担っているんですね」

「そういう動きが目立つようになったのは、三宅が社長に就任してからです。彼には人の弱点につけ入る才能があり、木崎会長はそれを見込んで登用した。乙彦から暴力を受けたのはたしかにきっかけなんでしょうが、ただの口封じにしては重用ぶりが度を超しています」

「というと?」

「会社は別ですから単純な比較は出来ませんが、会長のうしろ盾がフルに利用できるから、実質的に本社の取締役と対等の発言力があると見なされています。会長秘書という立場で取締役会にも同席し、本来なら発言権はないのに遠慮なしに他の役員に議論を仕掛けるとも聞いています」

「そのうち本社の取締役に鞍替えするんじゃないかという噂もあるね」

古川が口を開く。桑沢は頷いた。

「キザキテックの社員からもそんな話は聞いています。会長が現社長の後継に擬しているのは、孫の乙彦ではなく三宅なのではないかと社内ではもっぱらの評判です。乙彦が死んでその可能性が一気に高まった。本社の役員連中は戦々恐々じゃないですか。三宅はじつは会長の隠し子だという噂もあるんです」

たしかにあって当然の噂だろう。それなら乙彦殺害の動機にも整合性が出る。

「つまり乙彦がいなくなっても、キザキテック当主の血脈は途絶えないということになりますね」

「ええ、あり得ない話ではないと私は見ています」

「あくまで仮定ですが、もし乙彦の殺害に会長の意向が働いているとしたら、三宅が大きな役割を果たしたとみていいですね」

鷺沼は思い切って踏み込んだ。桑沢は強く頷いた。

「会長自身が実行するはずはないし、三宅にしても将来のことがあります。自ら手を下すようなことはしないでしょう。得意の手口でだれかにそれを強要した可能性は高いと思います」

「その三宅という人物、脅迫や強要といった犯罪に類するようなこともしばしば行っているとみていいですね」

「叩けばいくらでも埃《ほこり》が出るはずです。三宅が私立探偵を使って浮気現場の写真を撮らせ、それを奥さんに見せると脅されて泣く泣く子会社への出向を呑んだ部長もいると聞いています」

「だったら脅迫罪が成立します。そういう事例で心当たりのあるものがいくつもあるわけですね」

「ただし私がいたのは五年前までで、以後の社内事情は把握はしていません」

「そうですか。脅迫罪の時効は三年ですから――」

落胆気味に鷺沼が言うと、代わって古川が身を乗り出す。

「いやいや、KTマネージメントがやってることはそれだけじゃない。脱税やら粉飾決算やら、法に触れることならデパート並みに揃ってるはずですよ」

「あんたのほうで、それを洗い出す手はなにかないのか」

福富が興味深げに問いかける。古川はかつての仕事仲間だと聞いている。いまも単なるダチかどうかはわからない。

その目が美味そうな魚を見つけた猫のように光っているのが気になった。以心伝心でなにかが伝わりでもしたかのように、古川はとたんに相好を崩す。

「任せておいてよ。もちろん見返りなんて期待しないよ。警察の皆さんが木崎のようなろくでなしを懲らしめようと頑張ってくれてるときに、こっちが商売っ気なんか出しちゃ天罰が下る」

聞かれてもいない見返りの話を自分からするところがいかにも怪しい。

「そのとおりだよ。総会屋や元やくざだって、ときには義憤で立ち上がる。金にしか関心がなくなったら、木崎のようなくず人間に成り下がる」

福富も気炎を上げる。ここに宮野が加われば母屋を乗っ取られかねないが、たかる相手が木崎一族なら、こちらとしては見て見ぬふりをするしかない。

「なにかいい手がありますか」

鷺沼は訊いた。古川は余裕綽々の様子で胸を叩いた。

「それを考えるのが私たちの本業でね。要するに別件逮捕に繋がるネタを探しゃいいんでしょ。そんなのたいがいの人間について回ってるもんで、なにもない人間を探すほうがむしろ難しいくらいだね」

またウェイターがやってくる。セコンド・ピアット（第二の皿）の肉料理は鴨肉のローストで、ヨーグルトベースのソースが添えてある。

これまでも何度か食べたことがあり、宮野も絶品と認めている。しっとりと柔らかい鴨肉にナイフを入れながら、桑沢が恐縮したように言う。

「私のほうはあまりお役に立てなかったようですね」

鷺沼は慌てて首を振った。

「そんなことありません。キザキテックという会社の内情や木崎輝正の人となりについて、ここまで踏み込んだ話が聞けたのは大きな収穫です」

「それならいいんですが。しかし木崎輝正という人物にはくれぐれも気をつけたほうがいいですよ――」

桑沢は深刻な口ぶりで続ける。

「彼は警察とも太いパイプをもっていますので」

「というと？」

「キザキテックは昔から警察庁の幹部クラスの天下り先になっているんです」

「どうしてまた？　工作機械の会社と警察というと、あまり関係があるとは思えませんが」

「貸金業をやっていた時代には、業界全体に強引な貸し付けや取り立てが横行していました。取り立てに暴力団を使うことも珍しくなかった。そういう行為には警察も目を配りますから、なにかのときの保険にと、警察の大物を取締役や顧問として抱え込むことがあったらしいんです」
「しかし、貸金業からはいまは撤退しているんでしょう、その慣例がまだ続いていると
いうことですか」
「そうじゃないんです。工作機械のメーカーに転じてからは、ココム規制という問題が
出てきましてね――」
ココム規制は冷戦期に、対共産圏への軍事技術や戦略物資の輸出を規制するために生
まれたもので、アメリカを中心とした西側諸国が主に加盟し、もちろん日本も加わって
いた。桑沢は続ける。
「NC工作機というのは、コンピュータなどと並んで、軍事転用可能な技術と見なされ
ます。意図していなくても、輸出したものが共産圏に再輸出されて、それが規制に引っ
かかることもあるし、なかには意図的に偽装するケースもあるでしょう。向こうは喉か
ら手が出るほど欲しい製品ですから、規制のない西側への輸出より利幅が大きい」
「キザキテックもそれをやっていたということですか」
「そこまではわかりませんが――」
「ココムはすでに解散したのでは？」
「ええ。冷戦が終わって間もなくです。いまはそれに代わってワッセナー協約というの
があります。新ココムとも呼ばれていて、対象はイランや北朝鮮などのいわゆるテロ支

援国家です」

「キザキテックはそういった国とも取引があるんですか」

「日本企業による輸出が摘発されたニュースをよく目にしますが、私は氷山の一角だと見ています。イランや北朝鮮の核やミサイルの開発が、先進国の技術なしに成り立たないことは、私のような技術者にはよくわかります」

「それがキザキテックの製品だと？」

「特定は出来ませんが、ＮＣ工作機の技術レベルは日本がトップです。それなしにつくれるはずのない兵器や核施設を彼らはもっています。その日本のメーカーのなかでも筆頭格がキザキテックですから」

「そういう危ないビジネスをやっているとしたら、元警察官僚を抱え込んでおけば、なにかのときに役に立つということですね」

「警察だけじゃありません。税関からの天下りも抱えています。ココムにせよ新ココムにせよ、取り締まりに際しては税関と警察が連携して動きますから」

「事前に取り締まり情報を入手したり、その伝手を使ってもみ消しを依頼したりもできるかもしれない」

「それが狙いでしょう。しかしそのパイプは別の目的にも使えます」

「いま捜査中の事案に対しても働きかけられるという――」

その話には不安を煽られる。神奈川県警のはっきりしない動きの背後で、そういう工作がすでに始まっているとしたら、乙彦の殺害事件がうやむやに終わる。

捜査の手は木崎まで伸びず、乙彦は死んで、新宿駅の事件も迷宮入りとなる。そんな可能性がいよいよ高まる。

「けさの新聞のスクープなんですが、リークしたのはだれだと思いますか」

鷺沼は思い切って訊いてみた。桑沢が思案げに言う。

「会長に矛を向けられる人物が一人だけいます」

「さきほどの原田隆昭さんですね。以前は大手の新聞社にいて、マスコミにはいまも顔が利くと聞いています」

「ご存じなんですね」

宮野が仕入れた情報はどうやら当たりだったようだ。鷺沼はさらに訊いてみた。

「原田さんとは面識がありますか」

「かつては同じ会社に在籍していたので、もちろんないことはない。ただ向こうは副社長で、こちらは課長でしたから、それほど深い関係ではありません」

「そうですか。話を繋いでいただければと思ったんですが」

落胆の表情を覗かせてしまったが、すかさず古川が声を上げた。

「だったら探りを入れてもいいよ。あの人は以前は広報分野を一手に引き受けていたから、私のような商売の人間とも接触があったんですよ」

「その人とは、いまも付き合いがあるんですか」

「ここしばらくご無沙汰してるけど、魚心あれば水心でね。総会屋だって企業にたかるだけが商売じゃない。健全な経営に寄与するようなところもあることを、あの人はよくわかっているからね」

「だったらそっちもお願いしますよ」

鷺沼は遠慮なく言った。古川が言う健全経営が社会常識に照らしてどうなのかという疑問は残るが、そのあたりは殺人捜査が本業の鷺沼には関係がない。

当然見返りは期待しているだろうが、そこは福富に勝手にやらせておけばいい。警視庁の予算から出すわけにはいかないが、木崎からむしり取るぶんにはこちらが気にすることもない。

4

「なんだか、えらくとんとん拍子に進んでいるじゃない」

会食を終えて桑沢と古川が帰ったあと、宮野と井上を個室に呼んで話の内容を報告すると、宮野は声を弾ませた。

「とりあえず、こちらの皮算用どおりにことは運んでくれそうだよ」

鷺沼は期待を滲ませた。井上も興奮を隠さない。

「木崎輝正という男、やはり普通の悪党じゃないですね。それなら闘い甲斐があるじゃないですか」

「そうだよ。これだけ大きな獲物、そうざらにはいないよ。福富ちゃんもその古川っていう総会屋を上手く使って、昔のように美味しい商売をしないとね。おれもしっかりお手伝いするからさ」

宮野はいまにも涎《よだれ》を垂らしそうだが、福富は素っ気なくあしらった。

「まだわからねえようだな。そういうシノギからはおれはすっぱり足を洗ったんだ。あんたが期待しているようなことは金輪際起きないよ」

「そんなこと言ってていいの、福富ちゃん。経営者たる者、貪欲さを失ったらお終いよ。いまは羽振りがいいふりをしていても、どうせ台所は火の車のはずなんだから。裏で稼いだ蓄えがピンチを救うことだってあるんじゃないの」

「ここであんたに経営者の心得を説かれてもな」

福富は話に乗ろうとしない。本気で足を洗っているならそれは大いに結構だが、さきほどの古川との息の合ったやりとりを思うと、やはり丸々信用はできない。

「しかし木崎が県警に手を回しているとしたら、ことは厄介だね」

宮野はあっさり話題を変えるが、裏仕事の件にこだわりを見せないところがかえって怪しい。

「そっちの情報はあんたに探ってもらうしかないな。といっても情報源が競馬場のお仲間だけと言うんじゃな」

「いやいや、馬鹿にしたもんじゃないよ。あしたは川崎が開催日だから、おれも大変だけど出かけてみるよ」

「川崎競馬場には、ウィークデーでもご友人がいるのか」

「警察官の勤務は変則的だからね。二十四時間ぶっ通しで働くかと思えば、非番で丸々休みだったりするわけで、競馬や競輪をやるにはもってこいの商売なのよ。おれは職場じゃだれも相手にしてくれないけど、競馬場じゃ非公認の天才予想師として知る人ぞ知る存在でね。このあいだは捜査一課長まですり寄ってきてさ」

「県警の捜査一課長が競馬場をうろついてるって？」

「そりゃ一課長だって人間だもの。競馬場だって赤ちょうちんだってうろつくよ。しょうがないから極秘のダークホースを教えてやったら、なんとこいつがきちゃってね。一課長、もう大喜びで、そのうちなにかで礼をするって言ってたから」

「そんな大物じゃ、逆に口が固くて役に立たないだろう」

「そういう固い口を緩めるのがおれの特技じゃない。持って生まれた人柄がなせる技かもしれないけどね」

「そうだよな、あんたの人柄は折り紙付きだから」

鷺沼は皮肉を言ったつもりでも、宮野は馬耳東風だ。

「そういうことよ。ところで警視庁のほうはどうなのよ。上の人間は案外根性なしだから、あっさり木崎に丸め込まれるようなことはない？」

「ないとは言い切れないな。そこは三好さんにしっかり目配りしてもらうしかないだろう」

「さしあたり、その三宅とかいう男だよ。総会屋のおっさんに頑張ってもらって、ぜひ別件逮捕といきたいもんだね」

「あまり使いたい手じゃないが、この件じゃやむを得ないな」

「大人しく事情聴取に応じてくれる相手ではなさそうだし、もし話が聞けても、どうせ嘘八百を並べて煙に巻かれるだろうしね。死に神だ刺客だと異名を奉られているといっても、どうせ口先で人を脅したり賺《すか》したりだけが取り柄のいけ好かない野郎に決まっているから」

宮野はいかにも不快そうに言うが、同病相憐れむに聞こえないこともない。井上が言う。

「でも油断は禁物ですよ。桑沢という人の誘拐を仕掛けたのが木崎輝正だという話が本当なら、どんな荒っぽい手を打ってくるかわかりませんから」

「そうだよね。乙彦を殺したのも木崎の差し金だとしたら、おれたちも背中に目をつけて歩かなきゃいけなくなるかもしれない」

宮野は軽く怖気を震う。気を取り直せとばかりに福富が言う。

「いまから怖気づいてたんじゃ話にならないよ。追い詰められているのは木崎のほうだ。こちらとしては、隙を見つけたら裏からでも表からでも攻めていくだけだ。なあに、がっちり固めた砦ほど裏手からの攻撃に弱いもんだよ」

「たしかにそれは言えるだろう。いま向こうが想定しているのは正規の手順に則《のっと》った警察の捜査で、おれたちのようなイレギュラーな動きは考えていないはずだ。本庁の正規部隊はダミーに過ぎないから、そっちに手を回されたとしても、おれたちは勝手に動くだけだ」

「それを思いついたのは、いまとなっては三好さんの大ヒットだね」

たしかに宮野の言うとおりで、当初は宮野と福富というイレギュラーメンバーを捜査に参加させるための苦肉の策でしかなかったが、こうなってくると、これから木崎に対抗する上で、まさにお誂《あつら》え向きの態勢と言えそうだ。

5

午後十時を過ぎていたが、本庁に電話を入れると三好はまだ残っていた。

「どうだった。めぼしい話は聞けたのか」

興味津々という様子で訊いてくる。正規部隊のほうはいまだ捜査に乗り出す端緒も摑めず、せいぜい時間を持て余しているところだろう。面談の内容を報告すると、三好は鋭く反応した。

「いささか無理があるかと思っていたが、どうもおれたちの読みが当たっていそうだな。三宅という男への木崎の寵愛ぶりを考えれば、隠し子説も信憑性がある。そうだとしたら血筋を重んじる木崎にすれば、厄介者の乙彦には消えてもらってかまわない。となると話の辻褄が合ってくる」

「そのあたりは神奈川県警の領分ですが、向こうが協力を拒んでいる以上、こちらが動くしかないでしょう。そこが解明できないとしたら、新宿駅の事件も闇に埋もれてしまいますから」

「こうなると縄張りなんか気にしてはいられない。そもそも仁義にもとる態度をとっているのは県警だ。なにかうしろ暗いことでもあるのかと勘ぐりたくもなってくる」

「そのへんは宮野が鼻を利かせると言ってます」

「それより古川という総会屋、ずいぶん役に立つ男だな」

「向こうは向こうで思惑があるのかもしれませんが、付き合って損はないでしょう」

「ああ。民間企業が総会屋と付き合えば商法違反に問われるが、こっちは警察だから関係ない」

「そちらのほうでなにか動きは？」

訊くと三好は一声唸った。

「室長にしても管理官にしても、とり立てて知恵もないくせに、とにかく結果を出せと喧しくてな。マスコミの取材への応対に嫌気が差して、こっちにプレッシャーをかけてストレスを解消してるんだよ。だったら県警から情報を引き出してくださいと言っても、いまさら頭を下げるのは沽券《こけん》に関わると意地を張る」

「それはそれで厄介な状況ですね」

「しかしそういうことなら、少なくともうちに対しては木崎はまだ手を回していないことになる。とりあえずおれが辛抱すれば済むことだから、気兼ねしないでどんどん捜査を進めてくれ」

「県警はあれからなんの発表もしていないんですか」

「大人しいもんだよ。ほとぼりが冷めるのを待っているような気さえするな。いまマスコミは騒いでいるが、そんなのはもって一週間だ。そのうち気の利いた事件が起きれば、興味は一気にそちらに移る。どう決着をつける気か知らないが、木崎がすでに動いているとしたら、知らない間に迷宮入りということだってあり得るな」

三好は苦い口ぶりだ。殺人事件だけに限れば日本の警察の検挙率は九五パーセントで、世界的に見ても高水準だ。しかし見方を変えれば二十件に一件は未解決で、取りこぼしもざらにあることになる。

乙彦の殺害それ自体はごくありふれた殺人事件で、殺されたのが木崎一族の跡取り息子という点を除けば、ことさら世間の注目を集めるものではない。

犯人の検挙も一見容易そうだが、迷宮入り事件というのは意外にこの手のものが多いのだ。鷺沼たちが扱う継続事案も、いわゆる難事件よりも、どうしてこれがという平凡な事件がむしろ多い。

県警にやる気がなければ、三好が危惧しているように、世間の関心が薄れるのに任せて迷宮入りにしてしまうのは難しくない。強い思いを込めて鷺沼は言った。

「そうはさせませんよ。この事案に関してはとことん真相を明らかにしないと。金と権力があればなにをやっても許される世の中にはしたくありませんせん」

第四章

1

「やっぱりおかしいよ、県警の動き」

電話の向こうで宮野が言う。

桑沢との会食から三日経っていた。鷺沼と井上はその翌日から三宅の張り込みを始めた。宮野は県警サイドの情報収集だと言って、連日、川崎競馬場に通い詰めている。

「おかしいのは最初からだけどな。またなにか不審なことでもあったのか？」

鷺沼は訊いた。声を落として宮野が言う。

「さっき乙彦の事件を担当している捜査一課の管理官の姿を見かけたのよ」

「見かけたって、競馬場でか？」

「そうなんだよ。競馬好きなのは県警本部でも有名でね」

「県警の捜査一課じゃ、課長から管理官まで暇を見つけては競馬場通いをしているのか」

「警察官が競馬をやっちゃいけないっていう法律はないから、それ自体はとやかく言う話でもないんだけどね、普通なら」

「今回の事件はたしかに普通じゃないな」

「警視庁ほど殺人事件が多くはないけど、それでも捜査本部をいくつか掛け持ちしているわけだから、普段から競馬場に出掛ける時間を捻出するのに苦労するって愚痴をよく聞いてたのよ。本物の競馬好きは場外で馬券を買うだけじゃ物足りないからね」

「この騒ぎの最中に現場責任者の管理官がそういう時間をやりくりできるというのは、怪しいといえば怪しいな」

「マスコミからは動きの悪い県警に批判の声が上がっているし、警視庁にしても県警にしても普通の殺人事件とは事情が違うはずなのに」

「なにか話をしてみたのか」

「もちろんしらばくれて声をかけたよ。そしたらなんだか慌ててたね」

県警内部では鼻つまみ者の宮野に、競馬場でなら幹部クラスが親しく接するというのがどうにも解《げ》せないところだ。しかし鷺沼にしても魔術的とも言える料理の腕に誑《たぶら》かされて、普通なら絶対にお近づきにはなりたくないタイプのこの男と、ただ付き合うどころか居候までさせている。そう考えれば、彼らにもまた同病相憐れむべき事情があると理解するしかない。

「うしろめたいことがありそうな気配だったのか」

「というより、競馬とは別の用事があったようなのよ」

「競馬とは別の用事？」

「変な奴と会ってたんだよ。警察関係者じゃなさそうでね。刑事の薄給じゃどうやっても買えそうにない高そうなスーツを着てさ。怪しいのは、三度の飯より競馬が好きなその管理官が、おれが穴馬の話を振っても乗ってこないってことよ。馬券売り場の前でそいつと会って、重そうな紙袋を受けとると、馬券も買わずに帰っちゃって——」

「中身が気になるところだな」

宮野は美味いものに鼻が利くのはもちろんだが、ほかにも犬並みの嗅覚をもつ対象物がある。案の定、宮野は嬉しそうに言う。

「間違いないね。札束だよ。あのサイズの紙袋に目いっぱい詰め込むと、ざっと五千万てとこかね」

「しかし現金の受け渡しなら喫茶店や駅のホームでもいいだろう。どうしてわざわざ競馬場で？」

「大穴当てたって言えば大金持ってても怪しまれないでしょ。払い戻しを受けるときに名前や住所を訊かれることはないし、身分証明書を提示させられることもない。クスリの売人が代金の受け渡しをするときよく使うって聞いてるよ。人込みに紛れるにも最適だし、入場券を持ってれば競馬場にいたというアリバイにもなるからね」

その講釈がどれだけ当たっているかは定かではないが、札束に対する嗅覚に関しては信じてよさそうだ。

「紙袋を渡した男となにか話をしたのか、その管理官は？」

「いや、すれ違いざまにさりげなくって感じだったね。そいつは下島《しもじま》っていうんだけど、普段はお喋りで、おれも競馬場でつかまると振り切るのが大変なのよ。ところがきょうは別人でね。変だと思って目を光らせていたから気づいたようなもんで、そうじゃなかったら、他人同士がただすれ違ったようにしか見えなかったと思うよ」

「だったらますます怪しいな。その男のあとは尾《つ》けたんだろう」

「いや、それがね。一発狙ってたレースの出走時間が迫ってたもんだから」

「当てたのか」

「だめだった」

「本気で仕事する気がないんなら、いつでも抜けてくれていいんだぞ」

「そういう言い方はないじゃない。だったら鷺沼さんのほうはなにか成果があったわけ？」

「いまのところ三宅に変わった動きはない。きょうも午前中はKTマネージメントのオフィスにいた。午後はキザキテックの本社に出向いて、会議にでも出席しているのか、まだ出てこない」

「きのうもおといも似たような動きだったね。万引きするとかスカートのなかを盗撮するとか、なにか面白いことをしてくれないとこっちも商売あがったりじゃない。サービス精神のない男だね」

宮野は落胆を隠さない。人間、なくて七癖と言っても、そう簡単に別件逮捕の材料は提供してくれないだろう。そこは古川の情報力に期待するしかなさそうだ。

「それで、いまどこにいるのよ、鷺沼さんたちは」

「キザキテック本社ビル一階のティールームだよ。ここにいると出入りする人間がチェックできる。張り込みにはなかなか向いている場所だよ」

本社ビルは大手町にあり、有楽町にあるKTマネージメントのオフィスまでは車で十分もかからない。三宅は移動にほとんどタクシーを使っている。

「それで、どんな奴なのよ、三宅っていう男は」

「すらりと背が高くて、どちらかと言えばイケメンだな。髪はオールバックで、着ているのは仕立てのよさそうなスーツ。押し出しの強い洒落者《しゃれもの》という印象だ」

「ちょっと待ってよ。顎に短めの髭を生やしていなかった？」

「どうしてわかる？」

「どうしてって、下島に紙袋を渡したのがそいつだからだよ」

「しかし三宅は本社に入ったきり、まだ出てこない」

「あーあ、鷺沼さん、何年刑事やってんのよ。どこのビルにだって裏口というものがあるでしょう」

「たしかにそうだ。張り込みを見破られている気配はなかったので、そこまで想定していなかった。迂闊だったな」

「迂闊じゃ済まないよ。大ドジだよ。と言いたいところだけど、おれという名刑事がいたお陰で敵の尻尾が摑めたわけだから、結果オーライということだね」

みすみす手柄をくれてやったのは面白くないが、摑んだ尻尾はたしかに太い。

「しかし渡したのが本当に札束だとしたら、金額が馬鹿にでかいな。事件がここまで注目されてしまうと、管理官クラスを買収したところで、捜査の方向を曲げるのは難しいだろう」

「受けとったのは下島個人でも、ちゃんと上に流れる仕掛けになってるんだよ。そいつはせいぜい使い走りで、大半は捜査一課長からさらに上、刑事部長や本部長の懐にまで入るんじゃないの。そこまでいくとなにが起きてもおかしくないよ。殺人事件の握りつぶしなんて、世間の人間が思っているほど珍しいことでもないからね」

そこは宮野の言うとおりだ。今回は死体を発見したのが鷺沼と井上で、しらばくれて事故やら自殺にするのは無理だっただろうが、今後の捜査に関してはいくらでも手心が加えられる。未解決のままずるずる引きずっていけば、そのうちマスコミも世間も忘れてしまう。

「桑沢の誘拐事件さえ封じ込めたくらいなんだから、日本の警察を丸め込むくらい木崎や三宅にとっては朝飯前のような気がするね。でも、そういうふざけたことは絶対に許せないよ」

宮野の憮然《ぶぜん》とした調子からは、自分以外の人間の懐に入る悪銭はびた一文許容できないという純粋な意志が伝わってくる。

「三宅の顔は何枚か撮ってある。それをあんたの携帯に送るから、一応確認して欲しい。人相風体の似た人間はけっこういるからな」

「そうだね。間違いなしとなったらこっちも忙しくなるよ。県警は手抜き捜査をするどころか、警視庁の捜査を妨害さえしかねないからね」

「もっとまずいことも考えられる。そういう動きがすでにあるなら、警視庁に対してだってなにもしないとは考えにくい」

「いいところを突いてるね。金の亡者は世間に掃いて捨てるほどいるからね。警視庁が例外なんてことはあり得ない。どうなのよ。上の人間がすでに鼻薬を嗅がされている気配はないの」

「いまのところこれといった不審な動きはないようだ。いったん切るぞ。すぐメールで送るから」

鷺沼は言って通話を終え、井上に事情を説明した。井上は三宅の写真を宮野の携帯に送信する。宮野はすぐに返事を寄越した。

「間違いないね。こいつだよ、下島に紙袋を渡したのは」

「贈収賄で立件できれば一気に事件の核心に迫れるんだが、これだけじゃ証拠が薄弱だしな」

「桜田門のほうにもこれからなにかあるかもね。こんどはしっかり見張ってもらわないと。現職の警察官が事件の関係者から大枚の金銭を受けとった現場を押さえれば、立件は間違いなく可能だろうから」

「うちのほうにはそういう不心得者がいないことを切に願いたいところだが」

「だったら鷺沼さんがその不心得者になるという手はどうなのよ」

「誘いをかけて金を受けとって、その場でご用という作戦か。残念ながら日本ではおとり捜査は禁じられている」

「おとりじゃなく、鷺沼さんも収賄側として起訴されればいいんじゃない。しばらく刑務所に入ることになるかもしれないけど、木崎を道連れに出来るわけだから、大いにやり甲斐があると思うけど」

「そういう役回りはあんたに譲る。金持ちの被疑者を強請るのは得意技じゃなかったか」

「また人聞きの悪いことを。刑事罰だけじゃ足りない悪党が世の中には大勢いるわけで、おれはそいつらに天に代わって経済的制裁を加えようとしているだけよ。あくまで正義感の発露であって――」

「おれの関知するところじゃないからせいぜい勝手にやってくれ。それより得意の手管を使ってその管理官からなにか情報を引き出せないのか」

「そうだね。あの紙袋の中身が現金だとしたら、あいつにだってまとまった取り分がいくはずだから、そのうち張り切って競馬場にくるかもしれない。そのときはぴったり張り付いて、しっかり話を聞き出してやるよ。もともと口は軽いほうだから、穴馬情報をちらつかせてやればぼろぼろと話すんじゃないのかね」

「いずれにしてもそういう画策をしているとしたら、そのこと自体が乙彦殺害に木崎や三宅が関与している状況証拠だ。場合によっては警察も返り血を浴びることになるが、そういう犯罪ならなおのこと、とことん摘発しなきゃならん」

「まったくもってそのとおり。県警のクズに大枚くれてやったって、金をどぶに捨てるようなもんだということを思い知らせてやろうじゃない」

宮野の場合はあくまで金の恨みのようだが、動機は不純でも結果が正しければそれでいい――。そう割り切ったとき、ふとある作戦が思い浮かんだ。

2

「えらく簡単に尻尾を出したな。もっとも宮野君がそこにいなかったら、いいようにやられていたわけだから、おれたちもそう威張れた話ではないが」

さっそく報告すると三好は言った。本人は無自覚のようでも鷺沼の心にはぐさりと突き刺さる。

「裏から出るとまでは気が回りませんでした。今後は抜かりないようにします」

「少ない人員でやってるんだから、そこはしょうがない。しかしこちらの読みが外れていなかったことはこれでわかった」

「ただしうちのほうも警戒しないと。いまのところ上層部に不審な動きはないんですね」

「きょうもさんざん発破をかけられたよ。県警にやる気がないのなら、乙彦殺害の件についてもこっちで動いていいんじゃないですかと言うと案外乗り気だったから、まだ木崎の鼻薬は嗅がされていないと思うがな」

「うちの人員を動員して、殺害現場のマンションや近隣で聞き込みをするという手もあるでしょう」

「そうなんだよ。こっちは新宿駅の殺人事件が本来のヤマだが、関連捜査ということなら筋が通らない話じゃない。マスコミは乙彦と新宿駅の事件を結びつけて報道しているわけだから、なにもしないでいるほうがむしろおかしい」

三好は強気で言い放つ。その腹のうちを確認するように鷺沼は訊いた。

「県警とのあいだで、いろいろ鞘当てが起きるとは思いますが」

「受けて立つしかないだろう。先方の帳場がどうなっているかは知らないが、こっちになにも教えないということは協力する意志がないということだ。いままでは向こうの縄張りを尊重して下駄を預けていたが、ことここに至れば遠慮する理由はなくなった」

「わかりました。そっちは正規部隊のほうでお願いします。我々が乙彦殺しの犯人の目星をつけたら、県警も木崎も慌てふためくでしょうから」

「ああ。ただ心配なのは、木崎がうちに対しても、今後、県警と同じやり口でちょっかいを出してくることだよ」

「それに引っかかってやる手もあるんじゃないですか」

鷺沼が大胆に言うと、三好は慎重に水を差してくる。

「薬物や銃器の事案ならともかく、この件じゃおとり捜査は御法度だぞ」

「もちろんそれはわかってます。しかしここ何日か張り込んだ限りでも三宅はかなり慎重で、簡単に別件のネタはくれません。もちろん古川氏のほうから面白い材料が出てきたらそれは大いに利用します。しかし三宅の口が固ければ、追及はその件だけで行き止まりです」

「どうしようと言うんだ」

三好が興味を抑えられないように訊いてくる。鷺沼はさきほど思いついたアイデアを披露した。

「我々はイレギュラーな別働隊で、庁内でその存在を知っているのは係長だけです。木崎はこれから鉄壁の防御をしてくるでしょう。懐に入り込むために悪徳捜査チームを偽装するんです。おとり捜査としては使えませんが、内情は探れます。そのために最適の役者が揃っていますから」

「宮野君と福富君だな」

「あの二人なら地で行けます」

「しかし下手をするとこっちも収賄罪でとっ捕まるぞ。渡るにはあまりに危ない橋じゃないのか」

「そこは抜かりなくやりますよ。金については、受けとる意志だけ見せて、引っ張れるだけ引っ張ればいいんです。よしんば受けとらざるを得ない状況になったら証拠品として押収したことにすればいい。収賄罪が成立するのは私物化して見返りに便宜供与した場合ですから」

「なるほどな。だが怪しまれずにこっちから接触するのは、そう簡単じゃないだろう」

「正規部隊がこれから県警の縄張りで動き回れば、向こうも尻に火がつくんじゃないですか。頃合いを見て声をかければ、渡りに船と乗ってくるでしょう」

「そうだな。いまごろおれたちが動き出したところで、押収した防犯カメラの記録や遺留物を県警が開示してくれるわけじゃない。それだけじゃ、けっきょくパフォーマンスで終わりかねない」

「しかし正規部隊と我々が連携して動けば、有利に駒を進められるかもしれません」

自信を秘めて鷺沼は言った。三好も意欲を覗かせる。

「うまくいけば、タスクフォースの面目躍如《めんもくやくじょ》という作戦になりそうだな。敵は一筋縄ではいかない大物だ。そのくらいの手を使わないと取り逃がす。いいよ。やってみろ。厄介な話になったら責任はおれがすべて背負うから。なに、もうじき定年で自然消滅する首だ。いまさら惜しくもなんともない」

「係長にご迷惑はかけません。心配なのは宮野と福富ですよ。鵜飼《うか》いの鵜みたいに、咥えた獲物を呑み込ませないようにコントロールする必要がありますから」

「そこも承知でスタートさせたタスクフォースだ。こっちにとばっちりがこない範囲で勝手にやるなら、好きにさせてもおれはかまわない。人間、大切なのはモチベーションだからな」

清濁併せ呑む気概といってもなにもそこまではという気がするが、三好には三好なりの刑事人生の花道の飾り方があるのだろう。

それは当人の心にだけ秘められた花道で、愚にもつかないしがらみに絡めとられ、組織の悪弊を見て見ぬ振りをしてきたきょうまでの人生への、彼なりの落とし前のつけ方でもあるらしい。

「それじゃ、心置きなくやらせてもらいますよ」

腹を括《くく》って鷺沼も言った。自分にしても、いまさら立身出世の願望などかけらもないし、刑事がことさら天職だと感じたこともない。

しかしこの歳になって思うのだ。正義などという言葉が昔は鼻についたが、いまはそれを口にする人間が絶滅危惧種と言っていいほど減っている。

それならそういう希少動物として人生を終わるのも悪くはないだろう。正義を追求するのが飯の種になる商売は、刑事をおいてほかにない。

3

「そりゃ三好さんの大英断だよ。そこまで頼りにされちゃ、おれだって体を張ってでもという気になるよ」

午後十時過ぎに井上と一緒に帰宅すると、宮野はすでに戻っていて、なにやら夜食の準備を始めていた。川崎競馬の最終レースが終わるとすぐ、道草せずに帰ってきたらしい。

「問題はどうやって、怪しまれずに三宅と接触するかだな」

鷺沼は冷静に言った。作戦の大枠は決まっていても、重要なのは細部の詰めだ。

「そっちのほうはおれに任せてよ」

宮野はカウンターキッチンのなかでフライパンを動かしながら胸を張る。炒め物の匂いが漂ってくる。料理のほうはすべてお任せで不味《まず》いものを出されたためしはないが、この作戦に関しては手放しでお任せというわけにもいかない。

「なにか目算があるのか」

「ないこともないけどね。これから正規部隊がいろいろ動き始めるんでしょう」

「ああ。県警はもう当てにならないし、三好さんも上からやいのやいの言われて、アリバイづくりに動かざるを得ない状況らしい」

「その捜査情報を事前に三宅に流してやるのよ。最初に接触するのはおれがいい。警視庁にいろいろ伝手があるような話をでっち上げてね」

「その下島とかいう管理官に問い合わせでもされたらまずいだろう」

「むしろそのほうが都合がいいよ。おれは県警内部じゃ札付きだから、このケースじゃ逆に信用されると思うのよ。悪口を言ってもらうほど箔《はく》がつく——」

いつもは不満たらたらのそういう評判を、ここでは逆手にとって有利にことを運ぶ武器にする。そのあたりはクレバーでしたたかでもある。

「三好さんたちがその情報どおりに捜査を進めれば、向こうはおれたちを信用するしかなくなるじゃない」

「それが県警に流れて、妨害されるかもしれないぞ」

「そんなの最初から計算のうちだよ。県警はすでに抱え込んでいる物証を桜田門に渡すはずはないから、はっきり言って正規部隊に期待は出来ない」

「しかし乙彦殺害の件にまで警視庁が手を出してきたとなれば、木崎にとっては大変なプレッシャーになるな」

「たぶん、向こうからすり寄ってくるよ。頃合いを見て警視庁きっての悪徳刑事の鷺沼さんが登場し、三好さんと呼吸を合わせて、どうでもいい捜査情報を流し続ければ、向こうはこっちを信じるしかないじゃない。上司役で福富を起用するのもいいかもね。そのあたりで捜査情報提供への見返りに一億とか二億の金を要求する」

「まさかそこまでは出さないだろう」

「いいのよ、そんなこと。向こうは値切ってくるかもしれないけど、時間をかけて交渉しているうちに、いろいろぼろを出してくるはずだから」

「そこで得た情報から、最後は一気に勝負をかけられるな」

「なんかいけそうじゃない。言い出しっぺは鷺沼さんだけど、さすがのおれもそこまで汚い手は思いつかなかったよ。性格の悪さが滲み出ているアイデアだね」

宮野はいかにも楽しげだ。今夜も帰る気はないらしく、勝手にビールの栓を抜きながら井上が言う。

「面白くなってきたじゃないですか。それなら宮野さんのキャラクターが存分に生かせますよ」

「おれのキャラクターって、どういうことよ、井上君？」

オリーブオイルとニンニクの香りが漂う、最近よく出るイタリア風野菜と魚介の炒め物をテーブルに運びながら、宮野がさっそく突っかかる。

「あの、一見、軽めの印象の背後から滲み出る深みのある人柄とか――、会う人の心を惹きつける話術の巧みさとか――」

井上が苦もなく歯の浮くようなことを言う。堅苦しいほど真面目だと思っていたら、近ごろ性格が変わってきて、宮野と共通する調子のよさを覗かせるようになった。鷺沼としては複雑だ。

「そうなの。井上君はおれをそう見てくれてるの。鷺沼さんとは大違いだね」

宮野は嫌味な視線を向けてくる。背に腹は代えられない状況とはいえ、これからいよいよつけ上がりそうで、先を思えば鷺沼としては頭が痛い。

なんとかへこませる手はないものかと思い悩んでいるところへ電話が入った。ナンバーディスプレイの表示を見ると、宮野の天敵からだった。

「あ、帰ってらっしゃったんですか？　井上さんと宮野さんも？」

「ああ。彩香か。二人ともついさっき帰ったところでね。宮野が先に戻って夜食の準備をしてくれてたんだよ。時間はちょっと遅いけど、これから遊びに来るか」

とたんに宮野の表情が険しくなる。そんな気配は読めているとでもいうように、弾んだ声で彩香は応じる。

「じゃあ、車で飛んでいきます。じつは面白いものを手に入れたんです」

「そりゃ楽しみだ。このまえのイベリコ豚の生ハムは本当に旨かった」

声を殺して彩香は言った。

「そういうのじゃないんです。手に入れたのは、キザキテック柔道部の部員名簿なんですよ」

「そんなものが簡単に手に入るのか」

「ホームページをつくっているところなら、主な選手の写真とプロフィール、戦積くらいは載ってますけど、私が入手したのはちょっと違うんです。単なる名簿じゃなくて、監督やコーチが使う個人別の指導要領のようなもので、一人一人の選手の生い立ちや家族関係から、食べ物の好き嫌いや交友関係まで、プライベート情報が満載なんですよ」

「どうしてそんなものが――。いったいどうやって手に入れたんだ」

「これからそれをお持ちします。手に入れた経緯もそのときお話しします。ひょっとしたら、木崎乙彦を殺害した犯人についての重要なヒントが隠れているかも――」

彩香は気を持たせるように言って通話を切った。宮野がさっそく身を乗り出す。

「今夜の手土産はなんなのよ。ペリゴール産のフォアグラとか、カスピ海産のキャビアとか？」

「残念ながら食える物じゃない。ただし乙彦殺害の犯人に繋がる重要なヒントがあるかもしれない――」

彩香とのやりとりを説明すると、宮野は素っ気なく鼻を鳴らす。

「刑事と言ったって、あんなのほとんど素人じゃない。どうせガセネタを拾ったに決まってるよ」

「彼女は素人じゃないですよ。刑事としての使命感は人一倍強いし、勉強熱心です。柔道だって国体級の実力だし」

井上が眦《まなじり》をつり上げる。宮野は上から目線でたしなめる。

「井上君の気持ちはわかるよ。惚れた男の目から見れば畑の案山子《かかし》もスーパーモデルよ。おれも若いころはずいぶん女に熱を上げたけど、目が覚めてみればすべて蜃気楼みたいなものだった。人生は短い。いまからしっかり目を開けて、おれみたいに人生の王道を歩かないとね」

「王道とはよく言ったもんだな。人生の獣道なら話はわかるが」

鼻白みながら鷺沼が言うと、哲学者然とした顔で宮野は応じる。

「鷺沼さんみたいな凡人から見たら、おれなんか道を踏み外したはぐれオオカミに見えるかもしれないけど、志さえしっかり持てば人生至るところ王道なのよ。いい歳をしてまだその境地に達していないのかと思うと、他人事《ひとごと》とはいえ切ないね」

「同情はけっこうだ。あんたのようなすれっからしと違って、井上にも彩香にも花の咲く未来がある。それを応援できないようなけちな根性の人間に人生を語る資格はないな」

鷺沼は素っ気なく言った。宮野の言いぐさもわからないではないが、人生を悟るには井上も彩香もまだ若すぎる。悟った人生とは、先が見えた人生の別名だ。

十分ほどしてインターフォンのチャイムが鳴った。井上が歩み寄り応答すると、元気な声が聞こえてきた。

「あ、井上さん。彩香です。遅くなって済みません。タクシーがなかなか摑まらなくて」

マイカーではなくてタクシーを使ったところをみると、最初から呑む気でいるらしい。井上は嬉々として玄関に走る。天敵の到来で、宮野は急にそわそわしだした。

4

「来ましたよ、三宅。なんか緊張した感じですね」

五卓ほど離れた席を横目で見ながら井上が言う。

東京駅八重洲口にほど近い老舗ホテルのティールーム。宮野は派手なチェックのジャケットに黒シャツ、ノーネクタイという出で立ちで、ブリーチした髪もいつものとおり。まるまる地のままで県警の不良刑事の役柄を演じきっている。

シナリオでは鷺沼が三宅の前に登場するのはもう少し先の話だから、こちらは井上と鉢植えの陰になる席に身を隠している。視界の隅で二人をとらえながら鷺沼は言った。

「宮野は余裕綽々だな。初めから相手を食ってるよ」

川崎競馬場で、宮野が巨額の現金とみられる紙袋の受け渡しを目撃してから一週間が経っていた。

作戦どおり、三好たちは大倉山三丁目の木崎乙彦が殺されたマンションに正規部隊の捜査員を張りつかせ、管理人や近隣住民からの聞き込みを開始した。それに加えてものは試しと乙彦の部屋の捜索令状も請求してみた。

すでに県警による家宅捜索は済んでいるが、新宿駅の事件を捜査事由にしたところ、裁判所はあっさり令状を発付した。マスコミが、乙彦と新宿駅の事件の関連を示唆する報道をしたことが裁判所の判断にも影響したようだ。

こちらの読みどおり、その情報をリークしたのが木崎輝正に遺恨を持つ娘婿の原田隆昭だとしたら、とりあえず狙いは当たったことになる。

宮野は三宅に電話を入れた。むろん身分は隠さず、本名を名乗った。

自分は県警の刑事だが、警視庁に特別なパイプを持っていて、乙彦の事件に絡む捜査情報が手に入る。多少の見返りが期待できればそれを提供する用意があると言葉巧みに持ちかけて、家宅捜索の予定日時と、これから有楽町のＫＴマネージメントが入居するビルや瀬谷区の木崎邸にも捜査の手が及ぶという話を漏らしてやった。

三好はそれに呼応して、翌日からこれ見よがしにその周辺に捜査員を配置した。

神奈川県警とは懇《ねんご》ろな関係らしいが、それは本部の大物クラスとの付き合いで、事件現場ともほど遠い瀬谷署の刑事からの接触に、三宅も最初は警戒したという。

もちろんその反応は織り込み済みで、宮野はいわば試供品として、そういう情報を流してやったわけだった。

マンションの部屋は母親の木崎聡子《さとこ》の名義だが、ＫＴマネージメントがいったん借り受けて賃貸するかたちをとっている。

そういう形態のマンションを木崎一族は首都圏を中心に相当数保有しているようで、たまたま空いていたその一室に、アメリカから帰国して間もない乙彦を住まわせていたらしい。

家宅捜索は宮野が三宅に漏らした日時に行われたが、三宅とオーナーの木崎聡子のもとへ当然連絡はいっただろう。捜索自体はほとんど成果もなく終わったが、三宅や木崎たちには大きなプレッシャーを与えたはずだった。

捜索があった日の午前中に、出来るだけ早く会いたいと三宅は電話を入れてきた。宮野は少し焦《じ》らすことにして、二日後のきょう、東京で会うことにした。

そのあいだ、鷺沼と井上は別の方面の調べを進めた。材料は彩香が入手したキザキテック柔道部の部員名簿だった。極秘の印が押されたその名簿を、彩香は昨年までキザキテックの柔道部にいた友人から入手したという。

その友人が柔道部を辞めた理由は当時のコーチから受けた性的暴行だった。友人は監督に事実を告げたが、監督は取りあわず、逆に口外したらすべての大会への出場を認めないと脅された。

友人はその恫喝《どうかつ》に屈することなく、勇気を奮い起こして刑事告訴した。コーチは準強姦罪で逮捕されたが、事実を知っているはずの部員たちが口裏を合わせているかのようにその犯行を否定した。彼らも自分と同じように、大会出場の夢をかたにとられて、監督に言い含められているらしい——。

途方に暮れていたところへ、ある先輩部員が手渡してくれたのがその名簿だった。監督やコーチだけが持っているもので、その存在を彩香の友人はそれまで知らなかった。先輩部員もセクハラの被害者で、コーチがその名簿の余白に、相手についてのコメントや採点を書き込んでいるのを、性交渉を強要される中で目撃していた。

自分も勇気を出して告訴しようかと悩んでいたというその先輩は、ある日、コーチが練習場にバッグを置き忘れたのを見つけ、その名簿を抜き取ってコピーした。

しかし当人はけっきょく告訴に踏み切れず、せっかくの貴重な証拠物件も宝の持ち腐れになりかけていた。そんなときにコーチが逮捕された。

自分も監督からコーチの犯行を否定するようにとの圧力を受けたが、止むにやまれずその名簿を彩香の友人に渡した。

彼女はそれを証拠として警察に提出した。否認を続けていたコーチはそれを突きつけられて犯行を認め、懲役五年の実刑判決を受けた。

彩香の友人はそれから間もなく退部し、会社も辞めた。監督は試合への出場を認めず、職場では裏切り者扱いされ、執拗な嫌がらせを受けたからだった。

そんなこともあろうかと、彼女は警察に提出したものとは別に、コピーをもう一部とっておいた。監督に対してのみならず、社員の人格より会社の体面を重んじるキザキテックの体質に対する恨みは強く、なにかの際に役に立つかもしれないと、手元に置いていたらしい。

彩香の問い合わせを受けて、友人はそれを提供してくれた。そこからは彩香が期待していたとおり、ある重要なヒントが読みとれた。鷺沼と井上は、そこに記載されていたある人物に着目し、その記述内容の裏をとる作業に集中した。

5

宮野は名刺を差し出した。

「どうも、どうも、宮野です。お忙しいところ申し訳ない」

「いやいや、こちらこそ貴重な情報を頂戴して――」

三宅が差し出す名刺を受けとり、宮野はさらりと言葉を返す。

「あれは営業用のサンプルのようなものでして。多少は信用いただけたかと」

ポケットに忍ばせた無線マイクが拾う二人のやりとりがこちらのイヤホンに流れてくる。足下を見るような態度は与えられた役柄そのものだ。三宅は最初に訊いてきた。

「しかし、なぜ私に接触を？」

「いやね、県警の上のほうの人間に、お手柔らかにという意味を込めて現金が渡ったという噂を小耳に挟んだもんですから——」

「どうしてそれを？」

三宅の当惑した声が続いた。とくに暑いわけでもないのに、しきりにおしぼりで額の汗を拭いている。

「そういう情報はタイヤの空気みたいに漏れてくるもんなんです。とくにおれみたいな地獄耳の人間にはね」

三宅は訝しげに訊いてくる。

「しかし神奈川県警に所属するあなたが、どうして警視庁内部の情報を？」

「おれみたいに素行の悪い刑事はどこの本部にもいるんです。飲み水が流れる水道管も必要なら、汚水が流れる下水管も必要で、その二つがセットになって街の衛生は保たれる。警察だって同じです。正義の実現を表看板にしていても、きれいなだけじゃ物ごとは回らない」

「その下水管を伝わって、他本部の情報も耳に入るということですか」

「そういう貴重なネタを必要な方々にご提供する。場合によっては捜査そのものに手心を加えさせる。そういうのも社会が円滑に回っていく上で大事なサービスだと思うんですよ。現に県警の上の人たちには、ずいぶんお金を使ってらっしゃるようで」

「問題は情報の信頼度ですよ。こちらだって、湯水のように金があるわけじゃないですから」

「しかし警視庁の家宅捜索の情報は当たりだったでしょう。三宅さんの事務所や瀬谷の社長宅に捜査員が張り付いているのはご確認済みだと思いますがね――」

宮野はじんわり距離を詰めていく。

「そのあたりは上の人たちには無理な芸当です。ご存じかもしれませんが、神奈川県警と警視庁は昔から犬猿の仲でしてね。そんな関係で、警視庁関係の情報にことのほか疎《うと》い。角突き合わせている相手にどちらも重要な捜査情報を流したりはしませんから」

「おたくたちは、それが出来ると言うんですね」

三宅が身を乗り出す。

「警視庁との仲がどうこうは偉い人たちにとっての話で、我々のような下々にはどうでもいいことなんですよ。それよりマスコミが報道している内容は事実なんですか」

問いかける宮野は舌舐めずりするような表情だ。三宅は慌てて首を振る。

「冗談じゃないですよ。ああいう根も葉もない話が一人歩きし始めると、キザキテックのような社会的信用の高い会社へのダメージは小さくないんです」

「県警はこれ以上騒ぎが大きくならないように蓋をしているようですが、聞くところによると警視庁はどうも本気らしい。昔の事件との繋がりで、乙彦さんが殺された件まで手を広げようとしている」

「しかし事件は神奈川県警の管轄でしょう。どうして警視庁なんですか」

「三宅さんや木崎家のみなさんにとっては心外な話でしょうが、マスコミの報道のとおり、乙彦さんが三年前に新宿駅で起きた傷害致死事件の犯人ではないかという疑惑からです。殺害されたのはそれを隠蔽するためだった。社長のご子息が人を殺したとなると、それこそ会社の信用が損なわれることになる。それを惧れた身内による犯行ではないかと考えているようなんです」

「そんなことはマスコミが騒いでいるだけです」

「ところが警察にしても検察にしても、マスコミが摑んだネタを後追いで立件することがありましてね。そういう場合はなかなか退《ひ》くに退けない。世論の圧力が加わるわけですから」

宮野はしたり顔で言う。奇体な出で立ちの所轄刑事の話に、三宅は疑う様子もなく頷いている。

三好が事前に撒《ま》いた餌が利いたうえに、見るからに胡散臭い宮野の物腰や口の利き方が、当人も認めているように、逆に信用に繋がっているようだ。

「申し上げておきますが、マスコミが騒いでいる話にしても警視庁が抱いている嫌疑にしても、我々からみればひとかけらの真実もない。普通なら放っておいてかまわないんです。しかし世間はそれを信じ込む。お陰で株価は下がる一方で、営業面にも支障が出る始末です。やむなく県警さんにお願いしたのは、そういう事情があるからでしてね」

三宅は予防線を張ってくる。宮野はわかったふうな顔で頷く。

「真相はともかく、会社にとっては大変でしょうよ。県警のほうはもともとあまりやる気がないところですから、ほっといても迷宮入りになるかもしれません。しかし警視庁となるとそうもいかない。やり始めると案外しつこい。まあ突つかれてもなにも出ないと自信がおありなら、要らぬ出しゃばりということになりますがね」

宮野は微妙な力加減で押してゆく。三宅は表情を硬くした。

「もちろんなにも出ませんよ。乙彦さんが殺されたのはお気の毒としか言いようがない。おおかた押し込み強盗かなにかでしょう。木崎家の御曹司だと知っていて狙われたんじゃないですか」

「現金もクレジットカードも残っていたと聞いています。室内も物色された様子はなかったと――」

「怨恨というようなこともあるでしょう。いまの時代、本人の知らないところで、誰かの恨みを買っているということは珍しくありませんし」

「例えば女性関係とか？」

「おかしな男女関係があったような話は聞いていません。そもそも女性の力で、あの体格の乙彦さんを絞殺するなんてできっこない」

三宅はまた額の汗を拭く。

「県警は当初、身内の犯行と見ていたようですがね」

「それはあり得ません。なにしろキザキテックの後継者ですから」

「会社にとっても木崎家にとっても秘蔵っ子だった――。そのわりに会長も社長も妙に動きが静かですね」

「怪しげな報道でマスコミが過熱しているいま、なにを言っても火に油を注ぐだけだと自重しているんですよ」

三宅はひたすら煙幕を張る。むろんこちらもそれは計算のうちだ。宮野はさらに踏み込んでいく。

「警視庁にしても、どうも身内犯行説に立っているようでしてね。そのあたりについて、三宅さんは心当たりがないんですね」

「まったくありませんよ。それにどういうことですか。こちらに情報を提供するとかうまいことを言って呼び出して、これじゃほとんど事情聴取だ。そういう用事なら、私はいますぐ帰りますよ」

「まあまあ、そうおっしゃらずに。こちらも警視庁側から情報を引き出すのに、ある程度の予備知識は必要なもんですからね。それに大きな声じゃ言えませんが、いま目の前にいるおたくが木崎乙彦殺害の犯人だとしても、少しも驚きはしませんよ」

宮野は大胆に鎌をかける。三宅は平然とした顔だが、オールバックの額にまた汗が滲んでいる。さりげない調子で宮野は続ける。

「もちろん警視庁にも神奈川県警にも通報なんかいたしません。正直言ってどうでもいいんですよ、そんなことは」

「だったらどうして根掘り葉掘り聞こうとするんですか」

「我々も、ある意味で危ない橋を渡ることになりますから。そちらを信じていないわけじゃないんですが、もし万一、おたくの関係者が訴追されたら、我々も犯人蔵匿の罪に問われかねない。それ自体は大した量刑じゃないにしても、警察の職を失うのは間違いない。薄給の身とはいえ、民間企業にお勤めの皆さんと比べたら、遊んでいて飯が食えるようなものですからね。それを失うのはもったいない。もちろん見返りに一生左うちわで暮らせるほどの金を頂戴できると言うんなら話は別ですが」

あくまで演技だと信じたいが、普段口にしている物言いとほとんど変わらない点に不安を覚える。

「要するに、ただ与太話を聞かせて金をむしり取ろうという魂胆ですか。人の弱みにつけ込んで、ふざけるにもほどがある」

三宅は不利な体勢を立て直そうというように、強い調子で吐き捨てる。しかしその表情から不安の色は隠せない。宮野はこの程度でひるみはしない。

「あのねえ。刑事警察にとって、家宅捜索の情報は機密中の機密なのよ。事前にばれたら証拠隠滅に走られて、なんのための大仕事かわからなくなっちゃうでしょう。それを探り出して的中させたわけじゃない。いったいどこが与太話なのよ」

多少は紳士ぶっていた宮野の口調が、いつもの下卑ておちゃらけた調子に変わった。三宅は身構えた。

「偶然ということだってあるだろう。どうもあんたには信用がおけない」

「信じることの出来ない人間は不幸だよ。我が身を守る命綱を疑心暗鬼で手放して、地獄に落ちたって知らないよ」

インチキ教祖のような宮野の言いぐさに、思いがけなく三宅は動揺した。

「あんた、いったいなにを知っているというんだ」

「県警が発表した程度だよ。それがどこまで当たっているのかは知らないね。警察なんて、それほど見通しがあって捜査をしているわけじゃないんだから」

「だったらそれほど心配することはないんじゃないのか」

「たしかに行き当たりばったりやっているうちに、運よく真相に突き当たれば儲けものっていう商売よ。ただし殺人事件となるとそれを人海戦術でやるからね。当たる確率も高くなる」

「これは仮定の話だが――」

三宅は身を乗り出した。

「もし万一、まかり間違って、絶対にあり得ないはずのことが起こって、我々の身内に犯人がいることをあんたが知ったとしても、それを警察に売ったりはしないと保証してくれるのか」

「当たり前じゃないの。そんなことをしたって一銭にもなりゃしない。もし、最悪、想像もしないことが起きて、太陽が西から出るくらい驚くことに、あんたがこの場で乙彦を殺したのは自分だと告白したとしても、それはおれたちの仲間内だけの秘密であって、永久に表に出ることはない」

宮野はきっぱりと言って胸を張る。三宅はそれでも気を緩める様子がない。

「言っておくが、天地神明に誓って我々にやましいことはない。困るのは無責任な風説がこれ以上広がることなんだ。それを防ぐためになにか知恵があると言うのなら、拝聴する用意はあるよ。多少の謝礼は用意したうえでね」

宮野の過激な誘い水に三宅は乗ってこなかった。ぎりぎりのところを出したり引っ込めたりの駆け引きはいかにも腕利きのネゴシエーターで、木崎輝正が懐刀にしている理由もよくわかる。

「そう言われても、こっちはコンサルタントじゃないし――」

さすがの宮野も攻めあぐねる。三宅は大げさに落胆して見せる。

「なんてことはない。あんたたちは総会屋と変わりない。ありもしない不祥事をネタに強請ってみたり、愚にもつかない裏情報を高い値段で売りつけようとしたり。これ以上付き合う必要があるとは思えない」

三宅が立ち上がろうとする。宮野は慌てて引き留める。

「まあまあ、そうつれないことを言わないで。おれはお互いにメリットのある付き合い方を提案しているわけで、騙して金をむしり取ろうなんて魂胆はまったくないんだよ」

「だったらそのメリットというのがなにか教えて欲しいね。たしかにあんたがくれた捜査情報に間違いはなかった。だからといって警視庁がやることを止められるわけじゃないんだろう」

「そりゃまあそうだけど」

「こちらにはやましいことがないんだから、嗅ぎ回りたいなら嗅ぎ回らせておくしかない。神奈川県警と繋がりを持ったのは、くだらない憶測で騒ぎを大きくして欲しくないからで、その意味で彼らは納得のいく仕事をしてくれている」

「そこはなんとも言えないよ。警視庁がこれからなにかほじくり出してしまうようなことでもあったら、県警だって頰被りはしづらくなるからね」

「我々のあいだには十分な信頼関係がある」

「その思い込みは危険だよ。そういう連中は、金にも強欲だけど、出世に対する執着はそれ以上だからね。自分たちの失態とみられるようなことは死んでもやりたくない。そのうち警視庁のお株を奪って、真相究明の急先鋒にだってなりかねない」

「心配は無用だよ。キザキテックは神奈川県とは深い繋がりがあってね」

「社長の自宅が横浜市内にあるくらいで、県内に工場があるわけじゃないし、地元に貢献するようなこともとくにしている話は聞かないけど」

「ところがいま県内に、大きな工場を建てる計画が進んでいる」

「それって、だいぶ前にぽしゃったんでしょ。事前に瀬谷区の山林を二束三文で買い占めて工場建設計画をぶち上げた。そのあと土地の値段が上がったところで売り抜いて、直後に計画を取りやめた――。地元じゃ詐欺みたいなもんだと、いまでもえらく不評だよ。それをやったのはあんたが社長をやってるKTマネージメントじゃないの」

「そのころはまだ私はいなかった。それに、工場の建設が中止になったのはあくまで当時の経営環境によるもので、土地についての悪い噂は、工場建設で勝手に舞い上がった地元の不動産業者が逆恨みして流したデマに過ぎない」

「あら、そうなの。話ってのは聞いてみないとわからないもんだね。こんどの工場の建設計画はいつ立ち上がったの」

「去年だよ。いま言ったデマのこともあるから、今回は極力内密に話を進めている」

「それで県はキザキテックに頭が上がらないということね。県警というのは県の予算で仕事をしているから、キザキテックにも神経を使う。下手に摘発して会長がへそを曲げて、また計画が頓挫したんじゃ元も子もないからね」

「そういうことだよ。だから今回の事件にしても、出来るだけ捜査を手控えることについては、お互いにとって利害の一致があるわけだ」

三宅はどうだというように顎を上げる。宮野もむろん負けてはいない。

「それは素人の考え方だよ、三宅さん。県警の本部長なんてしょせんはキャリアの腰掛けポストで、ローテーションから行けば、来年には人が替わる。本部長の次のポストは警察庁の刑事局長という下馬評で、それならじきにいなくなる地元に義理立てするより、いまマスコミを賑わせている事件で成果を上げて、凱旋しようという気にもなるんじゃないの」

「本当なのか、それは」

「嘘だと思うんなら、お付き合いのある県警のお偉いさんに確認してみたら」

「そもそも、そういう重大なことを、どうして教えてくれなかったんだ」

「決まってるでしょ。そんなことを教えたら金蔓を失うからだよ」

宮野はしゃあしゃあと言ってのける。本部長人事の話は鷺沼も初耳だが、それは十分あり得ることだ。全国共通の裏金システムから考えれば、管理官の下島に渡った金が本部長の懐を温かくするのは明らかで、甘い汁を吸わせた挙げ句、掌《てのひら》を返されたとしたら、三宅の立場はないだろう。

「まさか、そういうことはあり得ない」

三宅は左右に大きく首を振る。その大げさな動作がかえって内心の不安を想起させる。宮野の繰り出すジャブが少しずつ効いているようだ。

「ねえ、三宅さん。県警がいくら突っ張ったって、しょせん図体がでかいだけの田舎の警察だよ。警視庁が本気で捜査に乗り出したら、抵抗するすべもない。そんなところを頼りにするより、おれたちを味方につけといたほうが利口だと思わない？」

宮野は上手く仕掛けている。ここで三宅が乗るかどうかが勝負のポイントになりそうだ。

もし潔白なら、そんな話に応じる必要はない。逆に宮野が言っている情報が金を出しても欲しいとすれば、それは身内による犯行という読みを間接的に裏付ける。

「宮野さん。引っかけようとしてもだめだよ。あんたたちの情報がないと困る事情はこちらにはないんでね。我々が望んでいるのはあくまで事態の沈静化で、警視庁が粛々と捜査を進めてくれるというのなら、受けて立つ覚悟はあるんだよ。いずれ潔白が証明されるのは間違いないからね」

三宅はなおも自信を覗かせる。身内犯行説が間違っているとも、その目算を確実なものにするための今回の偽装作戦が見破られているとも思わないが、三宅は独特の嗅覚でこちらの足下を見透かしているような気がしてくる。宮野は本領を十分発揮しているが、想像以上に手強い敵だ。

「しかし冤罪《えんざい》ということだってあるでしょう。たとえ事件が迷宮入りでも、グレーだという噂はいつまでもついて回る。会社にとって決していいことじゃないと思いますがね」

宮野はしつこく食い下がる。ここで逃がせば、すべては振り出しに戻ってしまう。三宅は見下したような薄笑いを浮かべているが、テーブルの下で貧乏揺すりをしているのが鷺沼にはよく見える。三宅も万全の自信はないようだ。どうやらチキンレースの様相になってきた。

宮野がさりげなくこちらに視線を向けてくる。鷺沼は鉢植えの隙間から見えるように、小さくこくりと頷いた。

もうしばらく温存しておくつもりだった切り札を、ここで出すしかなくなった。宮野は四方山《よもやま》話《ばなし》のような調子で切り出した。

「そうそう。つかぬことを伺いますが、キザキテックの柔道部に、三宅厚子《あつこ》という選手がいますね」

三宅の顔から血の気が引いた。

「さ、さあ。柔道部のことまで私は詳しくないから——」

「国内大会では何度も上位入賞をしている実力者だそうで」

「それがどうしたというんだね」

問い返す三宅の声がかすかに震える。人を食った調子で宮野が言った。

「その人は三宅さんの実の妹さんだと聞いてますが——」

第五章

1

「ありゃ間違いなく当たりだね」

新丸ビル地下一階のティールームで、宮野はたっぷり泡だったカプチーノを楽しそうに口に運ぶ。

鷺沼と井上は、三宅と別れた宮野と別々に店を出て、東京駅を挟んで反対側の中央口にあるその店で落ち合った。

「ああ、ただならぬ慌てようだったな。実の妹がキザキテックの社員だったとしてもとくに問題になる話じゃない。縁故採用なんて世間で珍しくもないし、その妹が柔道部に所属していたとしても、それ自体はべつにおかしな話じゃない」

鷺沼は頷いた。宮野は声を弾ませる。

「ところが三宅の最初の反応は悪事が発覚した犯罪者そのものだったね。すぐに平静をとり繕ったのはなかなかの狸ぶりだったけど」

「彩香の推理が当たっていそうじゃないですか」

井上は自分の手柄のように誇らしげだ。

三宅はもちろんその事実を否定せず、だからなんだという口ぶりで、そうなった経緯を説明した。

妹の厚子は高校三年生のとき、インターハイの女子柔道で三位に入賞した。その話を聞いた木崎輝正がキザキテックの柔道部にスカウトしたいと言ってきた。

妹は大学に進学して柔道を続けるのが希望だったが、キザキテック柔道部は全国的にも有名なうえに、木崎の悲願はそこからオリンピック選手を輩出することで、その有力候補として白羽の矢を立てたのだという。

彩香から聞いたところでも、三宅厚子は高校時代には全国的に注目を集めた選手で、キザキテックに入社してからも勢いは衰えず、次期オリンピック代表の声もあったらしい。

ところが入社三年目に膝を負傷してからは低迷が続き、ここ数年は国内の主要な大会に出場することもなかったという。

三宅の説明そのものに不審な点はない。しかし鷺沼たちは三宅厚子の戸籍関係を洗っていくうちに、気になる事実を摑んでいた。

厚子は戸籍の続柄欄に「長女」と記載されているが、三宅は「男」とだけ記載されていた。母親は三十年前に結婚しているが、三宅の出生はそれ以前で、母親の現在の夫、厚子の父親とは別の男とのあいだに生まれた婚外子ということになる。父親の欄は空欄で、だれからも認知されていないことを意味している。

もちろんそのことについて宮野はその場では口にしなかったが、先日桑沢が言っていた、三宅が木崎輝正の隠し子ではないかという社内の噂は根も葉もないということでもなさそうだ。

そんな説明をしてから、三宅は当然のように訊いてきた。

「要するに、妹がキザキテックの社員だということが、今回の事件とどういう関係があるのかね」

「県警のほうから聞いてるかもしれないけど、事件があった時刻にマンションに出入りした不審な女が防犯カメラに写ってたんですよ」

「犯人がその女だという話は聞いていないがね」

「うん。ところが県警の帳場は馬鹿ばっかりでも、警視庁にはさすがに目の利くのがいてね。絞殺されたといっても、それに使ったロープとかタオルのようなものが現場になかったのが変だと気がついたらしいのよ。県警も素手で絞め殺した可能性が高いと見ているようで」

「なにが言いたい？」

「いやね、小柄な女でも、たとえば柔道の有段者だったりすれば、身長一八〇センチ近い男を絞め技で殺すことは十分可能だろうと、柔道に詳しい刑事が言い出したそうなのよ。まあ、あくまで想像のレベルですけどね」

「それでキザキテックの柔道部のことを嗅ぎ回ったわけか。ふざけた話だ。そういうのを思惑捜査と言うんだろう。そうやって冤罪をつくるのがあんたたちの商売なのか」

「ちょっと待ってよ。警視庁がそういう動きをしてるって話を、出血大サービスでお耳に入れようと思っただけですよ」

「その女の顔は、はっきり写っていたのかね」

気のない調子で三宅は訊いたが、額に滲んだ汗と貧乏揺すりが内心の動揺を表していた。とぼけた調子で宮野は応じた。

「防犯カメラってのは二十四時間三百六十五日回っているわけだから、ディスクの容量を節約するために解像度をぎりぎりまで落としてるんですよ。まあ犯人像が絞り込めたときに、ああ、この顔だって納得できるくらいなもんで、デジカメみたいにシャープなわけじゃない」

「女だってことがなんとかわかる程度なのか」

「まあ、服装とか身長、髪型といった特徴は摑めるでしょうけど、県警はその映像を警視庁に渡さない。おたくたちにとって幸いにと言うべきか——」

「それはどういう意味だよ」

「いやいや、語弊のある言い方で——。ただね、警視庁がそんな勘ぐりで妹さんにチェックを入れてるという話を小耳に挟んだもんだから、お知らせしたほうがいいんじゃないかと思ってね」

「妹は乙彦君とはなんの接点もない。それとも、私が殺させたとでも言いたいのかね。それなら場合によっちゃ名誉毀損で告訴することになるぞ」

「そんなに気色ばまなくても。おれがそう見ているんじゃなくて、警視庁がそんな動きをしているということをお伝えしたいだけじゃない」

「なんとかならないのか。警視庁というのはもう少し頭がいい人間のいるところかと思っていたよ。そうやって妄想で犯人をでっち上げて、あとで後悔することになっても知らないぞ」

「おれにそう言われても警視庁の人間じゃないんだから。まあ、三宅さんの話を聞く限り、どうも向こうの見当違いのようで、心配することもなさそうだけどね。ただ、そうやって疑惑の目で見られるだけで会社にとってはダメージだって、おたくもさっき言ってたじゃない。そういうところでお役に立てるんじゃないかと思うのよ」

にやつきながら宮野が言うと、三宅の態度が微妙に変わった。

「あんたの言うとおり、そういう勘ぐりはうちにとって迷惑だ。動きを封じる手段があるんなら、相応の見返りは考えてもいいよ」

「お、話がわかるじゃない。それでどのくらいの数字を考えてるの？」

「こんなもんでどうだろうか」

三宅は指を二本立ててみせた。

「二億？」

喜色を浮かべて宮野が訊くと、三宅は渋い顔で言う。

「二百万だよ。あんたにとっちゃけっこうな実入りになるんじゃないのか」

「ちょっと、冗談じゃないよ。人を見下すにもほどがある。そういう噂が世間に広まったとき、株価の下落やら販売の不振やらで失う金と比べれば、一億くらいはした金じゃない。二億、いや三億以上の値打ちはあると思いますけど」

「言うにことかいて億の金をせびるとはな。警視庁の動きをコントロールできるって言うんなら別だが、信用できるかわからない情報をただ垂れ流すだけじゃ二百万だって払いすぎだ」

そう言う三宅の顔には関心の色がありありだ。宮野は餌に食いついた大魚を引き寄せるように巧みに竿を加減する。

「たしかにそうかもしれないね。もし希望どおりの額を出してくれるんなら、そういう対応だって出来ないことはないよ」

「要は金次第なんだな」

「もちろん。そういう込み入った仕事をするにはなにかとコストがかかるからね。県警の捜査をなんとか抑え込めたのは県内への工場進出の話もあったからで、警視庁に対しては、おたくたちもそういう梃子は利かせられないはずですから」

「あんたたちだって警視庁の実力者と繋がっているわけじゃないだろう」

「甘く見ちゃいけないよ。おれたちにも、いろいろと伝手はあるんだよ。地獄の沙汰も金次第でね」

「その金が使いどころを間違えて死に金になってもな」

「その心配はいらないよ。とりあえず手付けだけもらって、あとは成功報酬でもいいんだから」

「手付けって、いくらくらい？」

今度は宮野が指を一本立てた。三宅は身を乗り出した。

「百万か？」

「それじゃ子供の小遣いですよ。もう一桁多いに決まってるじゃない」

「それで成功報酬は？」

「一億はもらわないとね」

「面白い冗談だな」

三宅はせせら笑うが、宮野は意に介さない。

「だったら警視庁には好きにやらせるしかないね」

「それはどういうことだ」

「ごく普通のことを言ってるんだけどね。警視庁の狙いは新宿駅の傷害致死事件のほうなんだけど、乙彦さんがその犯人じゃないかという話をマスコミにすっぱ抜かれて尻に火がついてるわけ。このまま県警に事件をもみ消されると、警視庁としては面子《メンツ》が立たない。警察本部同士の縄張りなんてこの際気にしちゃいられない。それなら警察庁を動かして、神奈川県警がしまい込んでいる物証や捜査資料をすべて開示させようという声が現場から出てるのよ」

「県警がいやだと言えば、それは無理なはずだ」

「よく知ってますね。建前上は県警の専権事項で、警察庁には現場に対する捜査指揮権がないからね。しかしなにごとにも裏というものがあってね。さっきも話したけど、いまの県警本部長は、たぶん来年は警察庁の刑事局長で、気持ちはもうそっちに飛んでるよ。いま警察庁に楯突くとそういう話が消えちまうかもしれないから、ちょっと圧力がかかったらすぐ言うことを聞くに決まってるでしょ」

「だからといって警視庁にいるあんたのお仲間が、そんな上の人間を動かせるとは思えない」

「ところがどっこい。金に目がない人間はどこにもいてね。おれたちはそういう連中に裏からアプローチするルートを持っているわけですよ」

足下を見るように宮野は言った。きょうまでのところ、上が捜査に口を挟むような動きはない。裏から警察に手を回すと言っても、それはしっかり急所を押さえている場合の話で、ラインから外れたところにいくら金を撒いても、効果がないどころか逆に不信感を抱かせるのが落ちだ。

そのくらいは木崎も三宅も十分承知なのだろう。いまも警視庁側に事件もみ消しの圧力がかかるどころか、室長も管理官もしゃかりきになって現場を煽り立てている。

それを見る限り、木崎側は警視庁にも警察庁にもさほど強いパイプを持っていないと読める。そのあたりの感触を探るために宮野は鎌をかけたのだった。

「べつに手づるがないわけじゃない。そこまでするほどの話でもないと思っていたからだ。そもそも乙彦君殺害の件も含めて、こちらに疑われるべき事実などなにもないのに、県警が身内の犯行を匂わせた。木崎会長は県知事とは親しいから、なんとかならないかと相談したら、本部長に話をしてくれたということだ」

「しかしそれにしちゃ、動いた金が大きすぎない？」

宮野はさらに鎌をかける。三宅はそれでも動じない。

「そういうかたちで口を利いてもらって、謝礼もなしとはいかないだろう。常識の範囲だよ」

千万単位の贈賄が常識の範囲だとは聞いて呆れるが、宮野はアジの干物を見つけた猫のような顔で頷いた。

「そりゃそうだよ。人間、礼節を重んじる態度が大事だからね。だったらその金の一部は、県知事にも回ったわけだ」

「そんなことは知らないよ。少なくとも県警の動きは鈍ったということだ。工場建設計画は神奈川県民にとっても喜ばしいことで、キザキテックだけにメリットがあるような話じゃない」

「でも現実は、県警を抑えただけじゃ足りなかったということじゃない。このままじゃ、そっちで使った金も死に金になっちゃうよ」

宮野は巧みに誘い水を掛けた。乗ってくるようなら容疑は固い。しかし三宅はなかなか用心深い。

「そもそも疑われているような事実はこちらにはなにもない。それを考えれば、あんたが言う額はいくらなんでも法外だ。やってもいない犯罪を隠蔽するために一億という大金を払う馬鹿はいない」

「そうは言うけど、三宅さん。キザキテックみたいな会社になると、株価が一円下がっただけで資産価値が億単位で目減りするわけでしょう。それがここんところの騒ぎで百円近く下落した。それが未然に防げるんなら一億くらい安いんじゃないですか」

「警視庁の捜査に、本当にブレーキが掛けられるのか？」

「おれみたいな平刑事の話が信用できない気持ちはわかるよ。だったら今度はもう少し大物を紹介するから、そっちの話も聞いたみたら――」

「大物って、どのくらいの？」

「会ってみてのお楽しみ。あんたが接触している県警の連中クラスとは格が違うってことは言っておくよ」

「いつ会える？」

三宅の目の色が変わった。宮野はさらに焦らす。

「そうだね。一週間くらい先になるかね。なにかと忙しい人だから」

「もう少し早くできないか。あんたの話に興味がなくもない。あくまでその人に会ってみてのことだが、こちらも答えはなるべく早く出したい」

「なるほどね。警視庁が本格的に動き出して、それがまたマスコミに流れたりしたらあとの祭りというわけだ」

宮野はいかにも親身な口ぶりだ。三宅が張ってきた煙幕も、いまやだいぶ薄れてきたようだ。半ば本音をさらけ出すように、三宅は苛立った表情で問いかけた。

「こちらはあすでもあさってでもいい。時間もそちらに合わせるから」

「そこまで言われると、おれも一肌脱ぎたくなっちゃうね」

「手付金と成功報酬のほうも、もう少し考えてみてくれないか」

「うーん、今回は特急仕事になっちゃうから――」

宮野は渋い顔で応じたが、値切ってきたということは餌に食いついたという意味でもある。

「まあ、そこはビジネスだから、お互い多少は譲らないとね。そこも含めてちょっと動いてみることにしましょうか」

「いい返事を待ってるよ。それも早急にね。ただし勘違いはしないで欲しい。おたくに仕事を頼むにしても、あくまでマスコミ対策上の予防的措置だ。こちらにうしろ暗いことはなにもない。警視庁のお偉方にも、そこはしっかり伝えて欲しい」

三宅は真剣な表情だ。鷹揚な調子で宮野は応じた。

「もちろんですよ。おれも警察官の端くれとして、冤罪づくりに荷担するのは不本意でね。こういう事件で世間が騒ぎ立てるのは、おそらく成功した企業へのやっかみもあるんでしょう。そういう声にきっちり蓋をすることで、世の中というのはうまく回っていくんです」

「そこをわかってくれるのは心強いね」

三宅は安堵の色を隠さなかった。とりあえず、宮野の術中にはまっているのは間違いなさそうだ。

「殺人捜査ってのは、じつは虚しいもんなんです。いくら犯人を捕まえたって、殺された人間は戻らないわけだから」

神妙な顔で宮野が言うと、三宅はどこか複雑な表情だ。

「そこはあんたの言うとおりだよ。乙彦君を殺害した犯人は憎い。しかし、経営者にとっては企業を存続させることが最大の使命でね。木崎会長はそれがわかっている。可愛い孫を失って悲しくないはずはないんだが、それでも気丈に業務に打ち込んでいる」

その後釜に座るのが三宅だという社内の噂がもし当たりだとしたら、事件の隠蔽工作は、木崎以上に三宅にとって生命線だろう。

遅くともあさってまでには連絡すると言って、宮野は席を立ったわけだった。


「早々と福富の出番が来そうだね」

宮野がにんまりほくそ笑む。やろうとしているのはまさしく詐欺師の手口だが、海千山千の三宅が引っかかったことで先の見通しが立ってきた。鷺沼は頷いた。

「最近は風格が出てきたからな。参事官クラスの役回りなら不足はないだろう」

警視庁で参事官というと部長の補佐役で、課長より上の役職だ。階級は警視長もしくは警視正。上にも下にもパイプがあって、捜査一課長に対しても指揮命令権がある。現場に影響力を及ぼせるという意味ではまさに絶好のポジションだ。

福富がなりすませば官名詐称という立派な犯罪になるが、こういう経緯で会う以上、騙されたとわかったとしても三宅のほうは表沙汰には出来ないだろう。

「嘘八百を並べさせたらおれなんか足下にも及ばないからね。名刺は井上君に立派なのをつくってもらって、うっかりぼろを出さないように警視庁の内輪の事情は鷺沼さんにレクチャーしてもらう。もちろん当日は鷺沼さんも同席したほうがいいね。金に目がない悪徳刑事役でね。持ち前の性格の悪さをそのまま出せば、ことさら演技することもないだろうから」

宮野ははしゃいで止まらない。その理由が自らふっかけた大枚の手付け金と成功報酬なのはわかっているから、やむなく釘を刺しておく。

「あくまで芝居だということは忘れないようにしてくれよ。三宅がどう値切ってくるかわからないが、びた一文でも懐に入れたら犯罪だからな」

「もちろんそうだよ。目的は金じゃないんだから。大経営者の仮面の裏で人の命を屁とも思わない木崎輝正のような悪党を、これ以上のさばらせておきたくないという一警察官としての切なる思いがおれを動かしているわけだから」

いつもなら本音をちらりと覗かせるところだが、それを封じているところがかえって怪しい。とはいえそこは鷺沼がしっかり目配りすればいいことで、せっかく餌に食いついた大魚を、ここでバラしてしまうわけにはいかない。

2

東京駅で宮野と別れ、三好への報告がてら、鷺沼と井上は警視庁に向かった。

宮野はこれから横浜に向かって、福富と一芝居打つための打ち合わせをするという。なにやら危ない相談をされそうな気配は感じるが、人手が足りない以上、仕事は手分けして進めざるを得ない。

いずれにせよこれから仕掛けようとする、詐欺すれすれというより詐欺そのものというべき手口に関しては彼らに一日の長がある。餅は餅屋ということで、いまは黙って任せるしかなさそうだ。

特命捜査対策室の大部屋は閑散としていて、三好は一人で新聞を読んでいた。開店休業というわけではない。人が出払っているということは、こういう部署では商売繁盛を意味している。

いかにも退屈そうにしているが、三好はいまや本来の担当である二係に加え、三係、四係からの応援要員計十名を加えた総勢十八名の特捜チームをまとめる立場だ。

新宿駅の傷害致死事件がもともと二係のヤマだったことと、三好が各係のなかで最古参だったことがその理由で、結果は鷺沼たちのタスクフォースが別働隊として活動する上でお誂え向きの態勢となっている。

鷺沼と井上は別件の継続捜査に携わっていることになっていて、タスクフォースとしての活動は特捜チームのメンバーにも上司の管理官にも知らせていない。

宮野と福富を加えての捜査活動を上が承認するはずがないし、神奈川県警に働いているような隠然たる圧力がこちらの捜査にもかかってこないとも限らない。それを警戒しての作戦だ。

事件がめでたく解決すれば結果オーライで不問に付されると楽観視しているが、しくじったときは自分の首が飛びかねないことを三好は重々承知している。

特捜チームの捜査員たちは、乙彦が殺害されたマンション周辺や瀬谷区の木崎邸周辺での聞き込みや、三宅のオフィス周辺での行動確認に張り付いている。

自分たちの縄張りでの警視庁の露骨な捜査活動に、当然のごとく神奈川県警は嚙みついてきたらしいが、嫌なら乙彦殺害事件の捜査資料や物証を開示しろというこちらの要求に応えようとする気はまるでなく、それなら勝手にやらせてもらうと強引に捜査を続けているようだ。

むろん県警も負けてはおらず、警視庁の捜査員にほとんどマンツーマンで人員を張り付けて、捜査妨害や嫌がらせに精を出しているらしい。

当然、はかばかしい成果が出るわけもなく、上からはやいのやいのとせっつかれ、普通なら三好は針の莚《むしろ》の心境のはずだが、もとより覚悟していたことで、それが天命だとでも言わんばかりにしっかりデスクの置物をやっている。

「案の定、こっちはなんの成果も出てこない。県警の妨害はえげつなくて、こちらの捜査員が行く先々で、悪徳商法のセールスマンが出没しているから注意するようにと触れ回っているらしい。おかげでチャイムを鳴らしても人が出なくて、聞き込みの歩留まりが極端に悪い。もともと県警と木崎サイドにプレッシャーをかけるのが目的だから、こちらも成果は期待していなかったがな」

午後三時を過ぎて閑散とした庁内食堂に場所を変え、慨嘆するように三好は言った。

「上のほうから妨害圧力がかかっている気配はないんですね」

鷺沼が確認すると、三好はつまらなそうに頷いた。

「むしろそういう動きを期待してたんだがな。やはり連中、警視庁にはあまり伝手がないようだな」

「宮野とのやりとりからして、どうもそこが弱みのようです」

「向こうはしっかり餌に食いついてくれたわけだ。しかし一億とは宮野君もふっかけたもんだ」

「簡単に呑めるような額じゃ話が終わってしまいますから」

「金の話で引っ張り続ければ、向こうがそのうちぼろを出す。そういう作戦だとしたら、まずまず妥当な額だと言えそうだが、まさか本気で懐に入れようと思ってるんじゃないだろうな」

「その惧れは多分にありますから、しっかり目配りはするつもりです」

「まあな。せっかく犯人を捕まえても、こっちが詐欺罪で逮捕されたんじゃ笑うに笑えないからな」

そう言いながらも三好には深刻なところがまるでない。あわよくばそのおこぼれに自分も与ろうなどと、まさか思っているはずはないのだが、一つ間違えば首が飛ぶ作戦をいかにも楽しんでいるように見える。

すでに電話であらかたのことは伝えておいたが、録音した二人の会話を再生しながら改めて微妙なところを報告すると、三好は言った。

「木崎にとっては億単位の金もとくに痛くはないだろうが、それでも食いついてきたというのは怪しいな。彩香君の推理があながち外れていないような気がしてきたよ。問題は県警が物証を開示してくれない点だ。せめて防犯カメラの映像が手に入れば、それが三宅の妹かどうか、ある程度の目星はつけられるんだが」

「彼女が手に入れた部員名簿の記載によると、三宅厚子の身長は一六二センチで、宮野が聞いてきた情報と一致しています」

「そのときはこちらにもまさか女がという思いがあって、それ以上突っ込んだ話は問い合わせていなかった。そのうち県警の帳場が情報を出し渋りはじめて、いまやほとんどシャットアウトだ」

「その裏で三宅が暗躍しているのはこれで間違いないでしょう。もし彩香の推理が当っていたら、きょうの話で三宅も尻に火がついたはずですよ」

「そこに福富君がガソリンを撒きにいくわけだ」

「私も同席するつもりです。内輪の事情はあらかじめレクチャーしておきますが、それでも細かく突っ込まれたら、返答に困る場合があるでしょうから」

「三宅厚子にじかに接触してみる必要はないか」

三好が唐突に訊いてくる。それは鷺沼も考えてはいたが、いまのところ証拠と言えるものはなにもない。そんな動きを三宅に知られれば、いま持ちかけている話が無駄になりかねない――。

考えを説明すると、三好はわかっているというように頷いた。

「警察として動いたんじゃ、もちろん藪蛇だよ。しかし同好の士としてなら怪しまれることもないだろう」

「彩香がということですか」

「無理にとは言わんが、彼女も張り切っているからな。三宅厚子とは多少の面識はあるんだろう」

「国内大会で何度か顔を合わせているようです」

「偶然を装《よそお》ってどこかで会って、雑談してくれるだけでいいんだよ。今回の疑惑についてはむしろ触れないほうがいい。そういう犯行に手を染めるようなタイプかどうか、そうする動機がありそうかどうかを探って欲しいんだ」

「その心証が真相解明の補強材料になるかもしれないですね」

「ああ。刑事の聞き込みといっても、ほとんど雑談して帰ってくるようなもんだ。ところがその雑談のなかに宝が埋まっている場合が少なくない」

「たしかにそうです。彼女にしても、刑事としての眼力を磨くうえでいい修練になるでしょう。ただし三宅は危ないことを平気でやりそうな男です。きょうの話でこちらが妹に関心を持っていることを知った以上、無警戒でいるとも思えない」

「それなら井上が警護につけばいい。柔道の有段者でも、刃物や飛び道具には勝てないからな。追い詰められるとなにをしでかすかわからんから」

「もちろん任せてください。拳銃携行で同行します」

井上は張り切って身を乗り出す。そこまで必要かどうかはわからないが、彩香にすれば勤務外の仕事で、怪我をするようなことがあっても公傷扱いにはならないから、用心するに越したことはないだろう。

「三宅が危ないと言えば――」

小首をかしげて井上が言う。

「例の桑沢氏の話、気になりませんか」

「というと？」

鷺沼が問い返すと、井上は他聞をはばかるように声を落とした。

「三宅が木崎輝正の実子で、次期社長という噂もあるというあの話です」

「つまり乙彦殺害は――」

「必ずしも木崎輝正の指示によるものではなく、三宅自身の意思によるものだったとは考えられませんか」

「乙彦がいなくなれば後継者のポストが空く。認知はしていないにしても実子だとしたら、血筋にこだわる木崎にとっても収まりがいいはずだ」

「しかし三宅の独り相撲だとしたら、事件の隠蔽のために勝手に木崎の金を使っていることになる。県警に渡った金は半端な額じゃないんだろう」

首をかしげて三好が問いかける。鷺沼は言った。

「宮野が提示した額を値切ってはきましたが、とくべつ驚いたふうではなかった。それに劣らない金が動いたのは間違いないでしょう」

「たしかにそうですね。三宅個人の犯罪の隠蔽のために、そんな大金を動かせるはずはないですね」

井上はあっさり撤回するが、理屈としてはそれもあり得る。妹の厚子が木崎のために殺人を引き受けるというのは動機としては考えにくい。しかし兄のためならどうだろうか。

父親が違う兄妹のあいだにどんな心の絆があるのかわからないが、少なくとも兄がキザキテックの後継者の座を射止めることで、物質的な面での恩恵が受けられると期待したとしても不思議ではない。

金銭目当ての殺人はいまも凶悪事件の王道だ。もしそうだとしたら構図は想像以上に複雑だ。操られ利用されているのはむしろ木崎のほうかもしれない。

桑沢から聞いた話では、キザキテックには警察の大物官僚が天下《あまくだ》っているという。新ココム関係の輸出規制を潜り抜けるためのコンサルタントのような役割らしいが、それなら彼らを使って警視庁にパイプが通っていてもいいはずだ。

ところが三宅はその手蔓《てづる》がないことを否定せず、宮野の誘いに応じた。新ココム関係の脱法行為の幇助なら、刑事部門よりも公安の外事関係の領分のはずで、今回のことで伝手がないのはそういう理由かとも考えられる。

いずれにしても三宅が鍵を握っていることに変わりはない。当面そこにターゲットを絞っていけば、自ずと活路が見出せる——。いまはそう信じて進むしかなさそうだ。

「じゃあ、井上のほうから彩香に話してみてくれないか。やってもらえるんなら早いほうがいい」

「わかりました。いま連絡を入れてみます」

井上は携帯を取り出した。ＩＴおたくの井上だが、電話はいまもガラケーだ。電池が保《も》たない、肝心なときにフリーズする、かかってきた電話にすぐ出られない――。スマホが出初めのころ、一度はスマホに変えたものの、それでは刑事としての仕事に支障が出る。けっきょくタブレットとの二台持ちが合理的だとの結論に達したらしい。

「僕だけど、いま話している時間はある？」

井上は携帯を口元に近づけて声を落とす。心なしか頬が緩んでいる様子だが、それでも口ぶりは真剣だ。ざっと事情を説明し、詳しい話は今夜、鷺沼の自宅でということにして、井上は携帯をたたんで振り向いた。

「やってくれるそうです。問題はどう接触するかですね」

「名簿によると、自宅はたしか吉祥寺だったな」

「ええ、キザキテックの東京工場が立川にあって、厚子はそこに勤務しているようです。柔道部の練習場もその工場内にあるそうです。通勤ルートでばったり会ったように装うというのも手かもしれません。事前に下見をして、まずルートを確認してみます」

「彩香が警視庁勤務だというのを向こうは知っているんだろう」

「たぶんそうだと思います。知らないようなら、こちらから言ってもいいんじゃないですか。それで警戒するようなら怪しいということになりますから」

井上の理屈はもっともだ。心強い思いで鷺沼は言った。

「そうだとしたらチャンスは一回だな。行動監視も事前にしっかりやっておいたほうがいいだろう」

「あすは彼女は非番だそうですから、朝からぴったり張り付きます」

「不審な挙動が見られるようなら、接触はせずに監視だけ続けるのも手かもしれないぞ」

「そうですね。とにかく乙彦殺害の件でこちらが動いていることは、極力察知されないように気をつけます」

井上が張り切って応じると、満足げな表情で三好は言った。

「彼女には休日勤務の手当も出してやれんが、せめて事件が解決したら、福富君の店で盛大に祝勝会でも開こうか。埋蔵金はたんまりあるからな」

三好が言う埋蔵金とは係長クラスから上の幹部に配られる裏金で、受けとった個人が自由に使っていい金だ。

しかし三好はそれを潔しとせず、なにかの際の捜査費用の足しにしようと、せっせとため込んでいる。今回のタスクフォースに関しては、そういう使い方も納得がいくというものだ。

「ところで木崎輝正なんだが――」

三好はコーヒーを一口啜《すす》って、おもむろに身を乗り出した。

「前科はないものと思って見過ごしていたんだが、記録を精査したら一つ出てきた」

「なんですか、それは？」

「強姦事件だよ。三十六年前の話だ。もっとも示談が成立して、被害者が告訴を取り下げた。それで不起訴になったから、正確には前科ではないんだが」

「事件の記録が残っていたんですね」

「一係の連中が犯歴データベースをくまなく洗っていたら引っかかったらしい。同姓同名の可能性もあるが、職業は会社社長となっていて、当時の年齢も木崎と一致する。当時の住所は横浜市瀬谷区だった」

「だったら間違いないじゃないですか。どういう事件だったんですか」

「自社の女性社員に手を出したらしい」

「いったんは告訴したんですね」

「ああ。強姦は親告罪だからな。記録が残っているということは、逮捕もされたということだろう」

「それが示談で決着となると、金の力にものを言わせたと勘ぐりたくもなりますね」

「証拠不十分で不起訴というような記述はなかったそうだ。あくまで告訴取り下げによるもので、犯行の事実があったのは間違いなさそうだな」

「じつに気になる話ですね」

落ち着きの悪いものを感じながら鷺沼は言った。三好は頷いた。

「要するに、三宅の生い立ちだな」

「被害者の名前は？」

「告訴取り下げという経緯があった関係で記録から削除されているんだが、もしそのとき妊娠していたとしたら――」

「さっき井上が言ったことにも信憑性が出てくるじゃないですか」

鷺沼は覚えず嘆息した。しかつめらしい顔で井上が言う。

「だとしたらこちらも慎重に行かないと、木崎にあらぬ濡れ衣を着せることになりかねませんよ」

「そこもなんだか割り切れないな。乙彦殺しが木崎の教唆によるものじゃないとしたら、どうして事件に蓋をするためにそこまで金を注ぎ込むのか」

三好は思いあぐねる表情だ。たしかにすっきりしない。ジグソーのピースが揃えば揃うほど、得体の知れない構図が浮き上がる。

「井上の言うとおり、慎重に捜査を進めるべきだな。木崎の評判が悪すぎて、どうしてもそっちに目がいってしまうが、どうも一筋縄ではいかない事件のような気がしてきたよ」

腕組みをする三好に鷺沼は言った。

「しかし人が殺された事実が消えるわけではないし、不当な力の行使によって県警の捜査が歪められているのもたしかです。三宅の一存だけでそれほどの金が動かせるとは思えない。その背後には、逆にこちらがまだ気づいていない、大きな謎が隠れているような気がします」

「そうなんだ。すっきりしないというのはそういう意味だ。たとえ出来が悪くても、木崎にとって乙彦は大事な孫だ。新宿駅の事件のあとほとぼりが冷めるまでアメリカに渡らせたのも、孫が可愛いからだとみるのが普通だろう。三宅の一存で殺害されたとしたら、木崎が気づかないのもおかしな話だ。もし気づいているとしたら、事件の隠蔽にそれだけの金を注ぎ込むようなことを、金に汚い木崎がどうしてやるのか、おれの頭じゃ説明がつかない」

「もしそうなら木崎に事件を隠蔽する動機はありません。新宿の事件については、なにもしなければ乙彦の死で迷宮入りになった可能性が高い。おかしな隠蔽工作をしたために、かえって我々は注目せざるを得なくなった。こと木崎に関しては、やっていることが矛盾に満ちています」

「かといって我々もこのままじゃ引き下がれない。潤沢な財力で捜査を攪乱《かくらん》しているのは明らかで、それに屈するなら最初からこのヤマに手をつけることもなかったわけだ」

三好は強い調子で言い切った。

3

「金に汚いだけじゃなく、女癖も最悪だったわけね、木崎という男は」

三好から仕入れた話を聞かせると、宮野は君子然とした顔で慨嘆する。

鷺沼と井上が帰ってくると、宮野も福富との打ち合わせを終えたらしく、キッチンで晩飯の準備を始めていた。

きょうは中華街に寄って仕入れてきた冷凍フカヒレを使ってのフカヒレ三昧という趣向のようだ。

そんな高級食材を勝手に買っても金は出さないと言ってやったが、これは奢《おご》りだと気前のいいところを見せる。

三宅にふっかけた例の謝礼を、本気で懐に入れようと福富と相談してきたのではとまたしても不安になるが、やはりその献立の誘惑には勝てない。

彩香も来ることはすでに電話で伝えておいたが、さすがに今回は彩香の貢献度がすこぶる大きく、宮野もいつものように嫌な顔はしなかった。

「確実なところは調べようがないが、三宅が木崎の実子だとみてまず間違いはなさそうだ。異例の厚遇をしてきたのはそのせいだろう」

鷺沼がそう応じると、宮野は得々として自説を述べる。

「井上君の読みも傾聴に値するけど、そう考えると木崎にだって動機がないわけじゃない。もともと血も涙もない男だから、出来の悪い孫より切れ者の三宅に気持ちが移ることは十分あり得るし、もし乙彦が新宿事件の犯人だったら、木崎の権力をもってしても後継者には指名できない。それならいっそ抹殺して、会社と家名の安泰をはかろうと考えたとしても不思議はないけどね」

そう考えるのが自然なような気もするが、そんな構図にも埋めがたい隙間がある。しかし宮野は意に介さずだ。

「そのあたりの真相は追々わかってくるんじゃないの。三宅が勝手にやったんだったら、逮捕したら木崎はおれたちに感謝するね。なにかプレゼントを要求するという手もある」

「そんな奴にプレゼントをせびるなよ。それと、もう一つ気になることがある」

「鷺沼さんは心配性だね。いったいなにが気になるの」

「桑沢氏の話だと、警察OBを社内に抱えているという話だった。そのルートから警視庁に圧力が掛けられそうなものだが、そんな気配が一つもない」

「どういうクラスを抱え込んでいるのか知らないけど、OBの影響力なんてほとんどないよ。だいたいトップクラスの連中は、利権が集中する警察の外郭団体に天下ったり政界に進出したりするわけで、企業としては大手でも、民間に天下るくらいの連中は現役時代の階級もたかがしれている。それに腐っても首都を預かる警視庁だから、地元への利益誘導のような餌にも食いつかないでしょう。木崎が政治家ならそっちからのパイプもあるかもしれないけど、民間企業の経営者だから、とくに警察に睨みが利くという立場でもない。要するに、やりたくてもできないからだと素直に解釈しておく方がいいと思うけど」

楽観的すぎるきらいはあるが、納得のいく説明ではある。金の力で意のままに動くなら、警察は税金で養われる資格がない。そこまではまさか腐っていないと鷺沼も出来れば信じたい。

「それでどうなんだ、福富のほうは?」

訊くと宮野は調理の手を休めてカウンターから身を乗り出した。

「喜んでやってくれるってさ。いくらレストランのオーナーに収まっていても、持って生まれた性ってのがあるからね。人を騙して金をむしり取るのは、ライオンが草食獣を襲うのと一緒で、ああいう男にとっては生きていく上で必要な栄養みたいなもんじゃないの」

「やはりおたくたちはそういう魂胆なのか？」

「いやいや、福富がそういう色気を見せるもんだから、おれが諭してやったんだよ。人間、金にばかり目がいくようになると、木崎のような極悪人になって、あんたの店のスパゲッティみたいに地獄で釜ゆでにされるよって」

諭されたのは宮野のほうのような気がしてならないが、追及しても埒《らち》はあかない。

「三宅と会うのはいつにするんだ」

「あさってか、しあさってにしようと思うのよ。あした井上君と彩香が三宅の妹に探りを入れるんでしょう。こっちもせっかく三宅に会うんだから、その報告を頭に入れておいたほうが、切れるカードが多くなるからね」

「場所はどこにする？」

「警視庁の近く。日比谷あたりのレストランでいいんじゃないの。参事官は多忙だということになってるから、関内の福富の店というのも不自然だし」

「いいだろう。予約しておいてくれれば、費用はうちの部署で持つよ」

「さすが警視庁、太っ腹だね」

「イレギュラー捜査だといっても、うちのヤマには違いないからな。当然だろう」

「だったら、あのあたりでいちばんの高級店を物色しておくね」

「必要ない。並の店でけっこうだ」

「そうはいかないよ。袖の下が大好きな腐敗官僚を演じるんだから、道具立てもそれにふさわしいものにしなくちゃね。福富だってボランティアでやってくれるんだから、そのくらいは楽しませてやらないと。さすがはイタ飯屋のオーナーで、あれでなかなか舌が肥えているから、食い物が半端だと調子が出ないかもしれないし」

「わかったよ。三好さんによく言っとくよ。それで、どういう作戦を立てたんだ」

「やっぱり三好さんが挙げてくれた、寺尾《てらお》という参事官の名前を使わせてもらおうと思うのよ」

その参事官は収賄の常習者との噂がある。実在の人物を使うのはまずくはないかという危惧もあったが、架空の名前だとキザキテックの警察ＯＢに問い合わせでもされたらばれるので、毒を食らわば皿までと、その名前でいく方向に傾いていた。しかし詐欺罪に問われるようなことになれば、そのぶん福富の罪科が重くなる。それで最終決断は福富に任せようということになっていた。

「福富は心配ないって言ってるよ。今回の仕掛けが成功したとしても、三宅や木崎は善意の被害者というわけじゃないから、そんな話を申し立てれば罪がそれだけ重くなる。

だから表沙汰になることはまずない――。昔、プロだった福富が言うんだから間違いないよ。そんなうしろ暗い連中ほど安全なお客さんはいないそうでね」

なにやら旨そうな匂いを漂わせながら、宮野はキッチンで熱弁を振るう。度胸がいいのか脳天気なのか、福富にも宮野にもリスクを惧れる気配がまるでない。

「こういう捜査ってぞくぞくしますね。FBIの捜査官になったような気分じゃないですか」

井上も妙な方向に盛り上がる。鷺沼としては背に腹は代えられない選択で、できれば使いたくない手だが、そんな雰囲気に押されていると、わだかまっていた不安も薄らいでしまう。

4

午後六時を過ぎたころ彩香がやってきた。部屋に入ったとたんに盛んに鼻を蠢《うごめ》かす。

「なんだかすごく美味しいものがあるみたい」

「手土産なしじゃ参加はお断りだよ」

すげない調子で宮野が言うと、彩香はさらりとやり返す。

「叔父の会社に来週ペリゴール産のフォアグラが入荷するんですけど、宮野さんはお好みじゃないのかしら」

「あ、そういうことになってるの。いやいやごめんね。つまらない料理だけど好きなだけ食べてって」

宮野はとたんに低姿勢だ。食べ物と金を餌につければ、地獄の底までついて行きかねない。彩香がさっそく問いかける。

「つまらない料理ってなんですか」

「フカヒレの姿煮にフカヒレスープ。仕上げはフカヒレのあんかけ炒飯というフカヒレ三昧の献立よ」

「すごい。なんだか張り切ってますね。手ぶらで来ちゃって申し訳ないみたい」

彩香は鷺沼に目を向ける。もちろん宮野は黙っていない。

「慢性的に懐が寂しい鷺沼さんに、そんな大盤振る舞いが出来るわけないじゃない。今夜はおれの奢りだよ。感謝の気持ちで食べなきゃだめだよ」

「そうなんですか。競馬でも当たったんですか」

「そういうことじゃないんだけどね。なんだか近ごろ先行きが明るくなってきて、とりあえず前祝いでもしようかという気分になったのよ」

やはりなにかを目論《もくろ》んでいるらしい。それをぎりぎりの線まで覗かせないと気が済まないのが宮野という男の性分のようだ。

「結婚でもされるんですか」

宮野の本性を知ってか知らずか、彩香は怪訝な表情で問いかける。宮野はぶるぶると首を振る。

「冗談じゃないよ。結婚なんて人生の墓場だよ。独り身になって自由な空気を吸っちまうと、二度と戻りたくない世界だよ」

「やっぱり墓場なんですか」

彩香は真顔で問いかける。井上が慌てて口を挟む。

「宮野さんの場合はね。そういうことは人それぞれで、宮野さんの結婚がたまたま不運だっただけで」

「言ってくれるじゃないの、井上君。だったら鷺沼さんに訊いてみなよ。浮気のせいで奥さんに見限られて、多額の慰謝料を取られたけど、その後は華麗とは言えないまでも、気楽な独身生活を楽しんでいるじゃない」

まったくの外れではないが、いい雰囲気で付き合っているらしい井上と彩香から、希望の芽をむしり取るようなことはとても言えない。

「べつに結婚が嫌なわけじゃない。しかしあんたのような居候にいつも入り浸っていられたら、そんなチャンスもなくなるよ」

「そうなの？　おれは鷺沼さんの人生の障害物なの？」

宮野は切ない声で訴える。なんとも扱いにくい相手だが、悲しいかな、いまは不可欠な人材で、機嫌よく働いてもらわないとせっかくのタスクフォースが頓挫しかねない。

「そんなことは言ってないよ。ただ人生というのは人それぞれで、自分の価値観を押しつける必要はないと言いたいだけだ。ところで、三宅厚子との接触の件だが」

鷺沼は話題を切り替えた。彩香はさっそく身を乗り出す。

「私は三宅さんとは面識があるという程度ですけど、例の名簿を渡してくれた人は、最近までキザキテックの柔道部員でしたから、なにか情報が入るかと思って――」

「面白い話が聞けたの？」

井上が期待を隠さず問いかける。彩香は声をひそめて語り出す。

「怪我をするまではエースだったそうです。性格も明るく、リーダーシップもあって、将来は女子部の監督かコーチにという声もあったそうなんです。ところが膝を痛めて調子を落としてから、塞ぎ込むことが多くなって、チームメートとの付き合いもしなくなった。いわばチームのお荷物になっていたそうなんです」

「普通、そういうのは退部させられるんじゃないの」

宮野は同情のかけらもない。切ない調子で彩香が言う。

「社会人のスポーツって、最近はけっこう厳しいんですよ。昔なら選手生活を終えても正社員として残れるのが普通だったのが、最近はそうでもなくなって、公然と肩叩きされてやめていく人も多いんです。とくにキザキテックはその傾向が強いらしくて、実績も残さずに選手生活が終わると、子会社へ出向させられたり退職させられたりということがほとんどらしいんです」

「いかにも木崎らしいやり方だね。安い給料で雇って広告塔に使って、要らなくなったら放り出すなんて」

キッチンのなかで宮野はいきり立つ。

「でも三宅さんは別格扱いで、形式的にコーチ兼任になって、社員としてもそのまま在籍。そんなことがあるからますます周りから人が離れて、部内でも社内でも孤立しているらしいんです」

「なんだか身につまされる話だね」

自分の境遇がそこにダブるのか、宮野は一転して同情を寄せる。鷺沼は問いかけた。

「部員たちは彼女の兄が会長の懐刀だという話は知ってるの？」

「友達はそれを聞いて驚いていました。正社員といっても練習をしている時間のほうが長いですから、そういう社内事情には疎いんじゃないでしょうか」

「もし知ってたら、もっと嫌われたかもしれないね。僕ならそんな会社、自分から辞めちゃうと思うけど」

苦い口調で井上が言う。宮野はさっそくたしなめる。

「井上君。そういう弱気じゃ生きていけないよ。おれだって鷺沼さんだって組織のなかじゃ爪弾きにされてるけど、それで逃げたら負けなのよ。嫌がられても居座って、元気に明るく生きていかないと、どこへ行っても負け犬になるよ」

宮野と一緒にされるのは心外だが、言っていることは頷ける。逃げ出すことは簡単だ。しかし一度逃げたら次も逃げ出すことになる。逃げて失うのは境遇と闘う力だ。いまいる場所で闘うことでしか人生の活路は開けない。

しかし三宅厚子に関しては、それとは事情が違う気がする。兄が木崎からあれほど厚遇されているのなら、本人が望めば有利な転職先を見つけるくらい簡単にできるのではないのか――。鷺沼は彩香に訊いた。

「柔道に対する本人の執着はどうなんだ」

「膝の怪我と言っても、それが不調の原因のすべてではないはずです。オリンピックを目指すくらいの選手なら、だれでも体のあちこちに怪我を抱えています。一流選手というのは、それと付き合いながら勝ち進んでいける選手です」

「彼女がかつての強さを取り戻せなかったのは、別のところに問題があるということか」

「その友達はそう見ていました。周囲の見方も同じようでした」

「兄のほうは会長の寵愛を受けて、本社の役員を上回るほどの権限を与えられていると聞いている。なんだか対照的な人生だな」

複雑な気分で鷺沼は言った。もし厚子が乙彦殺害の犯人だとしたら、その背景にはなにか悲劇的な経緯が隠されていそうな気がしてならない。暗い表情で井上が言う。

「キザキテックという会社は、表の顔は超優良企業でも、内部は超ブラック企業のような気がしますね」

「それと比べたら、警察なんかまだましなくらいかもしれないね」

キッチンカウンターの向こうで宮野も浮かない口ぶりだ。そのときソファーテーブルの上の電話が鳴った。ナンバーディスプレイの表示を見ると福富からだった。

「帰っていたか。宮野もそこに？」

「ああ。井上もいるし、彩香もいるよ。あんたを除いてタスクフォースが勢揃いだ」

「じつはいま、総会屋の古川から電話があってね」

「なにか耳寄りなネタでも？」

「そうなんだ。三宅に関する話なんだが――」

福富はそこで間を置いた。いかにも大ネタを摑んだと言いたげだ。鷺沼は問いかけた。

「別件の材料になりそうなネタなのか」

「なるにはなるが、大ネタすぎて、こっちの事件が吹っ飛んでしまうかもしれないな」

「いったいどういうことなんだ」
「外為法違反と巨額脱税の容疑だよ」

第六章

1

電話の向こうで、福富は高揚を隠さない。

「古川がコネのある元国税庁幹部から仕入れたネタらしいんだが、三宅の会社が、香港につくったダミー会社を使って、キザキテック製の工作機械を新ココムで輸出規制されているテロ支援国家に密輸しているらしい。そこから得られる巨額の利益は、香港を経由してタックスヘイブン（租税回避地）として名高いケイマン諸島に流れ、その額が数百億円に上るというんだよ」

「信じていい話なのか」

「古川はそう言っている。国税庁は信憑性が高いとみて、現在東京国税局の査察部が内偵に乗り出しているそうだ」

「査察部というと、マルサだな」

「そうだよ。警察サイドにはそういう情報は入っていないのか」

「いまのところはない。扱うとしたら捜査二課だが、国税と警察は連携が悪いんだ。そもそも捜査の目的が違うからね」

「というと？」

「国税の目的はあくまで税金の徴収で、脱税した側が事実を認めて、追徴税や加算税を払えば、よほど悪質でない限り刑事告訴はしない。要するに査察官の仕事は税金を取り立てることで、脱税を犯罪として摘発することは二の次だ」

「しかし犯罪には違いないんだろう」

「悪質な詐欺事件の捜査で警察が逮捕した被疑者が、犯罪収益に対する税金をきっちり払っていたというような例がよくあると聞いてるよ。課税したからには、それがどういう行為に起因する収益か税務署はわかっていたはずなのに、警察には通報しなかった」

「外為法違反となると、そうはいかないだろう」

「脱税とは別事案になるが、それも担当するのは税関だから国税の所管になる。違法薬物や銃器の密輸入の場合は警察から税関に捜査協力を要請するケースがあるが、輸出規制違反の場合、警察が端緒を摑むことはまずない。国税が独自に証拠固めをして、最終的に警察や検察に告発するかたちになる」

「要するに警察は蚊帳《かや》の外か」

「もちろん明白な刑事事犯だから、警察が事件性を認知すれば捜査対象にはできる。しかしいまの段階で、国税が捜査情報を開示してくれるはずもないからな」

「役所同士の縄張りというのは、ずいぶん厄介なもんだな」

「ただその話、これから三宅を追い込むうえでは、十分使えるカードかもしれないな」

「ああ。奴の尻に火がつくのは間違いないな」

福富は嬉しそうに言う。宮野と同じような下心があるにせよないにせよ、これから三宅に対して打とうという大芝居を大いに楽しみにしているようだ。声を落として福富は続ける。

「ところで、面白い話はそれだけじゃないんだよ」

「それも古川から？」

「そうだよ。その元国税庁幹部によると、その一件を国税にチクったのが、どうも木崎の身内だという話なんだ」

「身内というと、娘婿の原田隆昭か」

「古川は原田とは知らない仲じゃないから、そこは確認したそうだ」

「違うのか」

「はっきり否定したそうだ。もっとも原田だったとしても、そこは隠すだろうからね。そんな話が木崎の耳に入ったら、どういう報復が待っているかわからない」

「現社長の木崎忠彦は？」

「忠彦がそんなことをチクる理由はないだろう。キザキテック本体にまで火の粉が飛んでくる」

福富がほのめかしているのがなにか、鷺沼は理解した。

「乙彦なら、必ずしも動機がないとは言えないな」

「そうだよ。新宿駅での事件がきっかけなのか、あるいはそれ以前からなのか知らないが、三宅が最高権力者のじいちゃんの寵愛を一身に受けている。このままじゃ自分はそのうち排除されるかもしれない。だったら先手を打って三宅を陥れるのが得策だ——。おれが乙彦だとしたら、そう考えるな」

「その結果、逆に乙彦が殺害された。理由は口封じか」

「それもあるだろう。そういう理由なら木崎も反対できないだろうから。しかしいちばんの理由は、乙彦を亡き者にして、自分がキザキテックの後継者として盤石の地歩を固めようという腹だった。もし乙彦がそんな行動に出てくれたとしたら、三宅にとっては願ったり叶ったりだったかもしれないな」

どこか満足そうな声で福富は言う。勘ぐりすぎかもしれないが、それならこれまで答えが出なかったいくつかの矛盾点にもある程度の説明がつく。

「そうだとしても、たかが大学生の乙彦がそこまでの機密情報に接することができたのか。そのあたりがいささか腑に落ちない」

「言われてみればたしかにそうだが、乙彦は周りで言われているほど馬鹿じゃないのかもしれない。高校時代に三宅に大怪我をさせた事件はあっても、そのあと輝正が三宅を取り立てるようになったんだから、乙彦と三宅の縁がそれで切れたとは必ずしも考えられない。雨降って地固まるなんてことわざもあるからね。その後も三宅との接触が続いていたとしたら、そういう情報をどこかで仕入れたとしても不思議じゃない」

「三宅が祖父の隠し子だということも、乙彦は知っていたのかもしれないな」

「ああ。そのうちじいちゃんが三宅をやたら取り立てるようになって、乙彦は疑心を抱き始めたというわけだ」

「いまのところ想像に過ぎないがな」

鷺沼は冷静に言ったが、福富は自信満々だ。

「仮説としては筋が通るだろう。とりあえずそれでいいんだよ。その方向から突ついてやれば、三宅は必ずぼろを出す」

「想像していた以上の大芝居になりそうだな。おれのほうはお手並み拝見といくしかないがね」

「それでいいんだよ。世間に迷惑をかけているろくでなしを嵌《は》めてやるのは、おれの道楽みたいなもんだから」

「趣味と実益を兼ねているんじゃないだろうな」

「心配ないよ。そこは宮野とは違うから。こう見えてもおれは表社会の経営者で、唸るほどの金は持っちゃいないが、いまさら裏稼業に手を染めて悪銭を懐に入れようという魂胆はさらさらない」

「ぜひ、そうあって欲しいと願っているんだが」

心許《こころもと》ない思いで鷺沼は言ったが、福富は意に介す様子もない。

「大船に乗ったつもりでいてくれよ。宮野が抜け駆けしないように、おれがしっかり目配りするから」

抜け駆けという言い草が微妙だが、とりあえずここは任せるしかないだろう。

2

「古川のおっさん、別件を嗅ぎつけると言っても、せいぜい立ちションくらいかと思っていたら、とんでもない大ネタを拾ってきちゃったね」

フカヒレの姿煮をそれぞれの皿に盛りつけながら宮野が言う。本場気仙沼《けせんぬま》産だという大ぶりの尾鰭《おびれ》が透明感のある淡黄色のスープに黄金色の姿態を横たえている。

「せっかくの絶品をまえに、そういう単語を口にするなよ」

鷺沼は眉をひそめたが、宮野は得々とした表情だ。

「その程度のことで食欲を失わせるような柔な料理じゃないよ。もっとも鷺沼さんの舌で、そのあたりの絶妙さがわかるかどうかだけど」

「今夜はあんたの腕より材料が勝っているような気がする。しかし古川の話、当たりだとしたらたしかにとんでもないネタで、かえって扱いが難しくなった」

「心配ないよ。そのほうがおれとしてはモチベーションが高まるから。でもそうなると、三宅に一億なんて口走っちゃったのが悔やまれるね。ゼロをもう一つ増やしてもいいくらいの話になってきたじゃない」

「そういう問題じゃないだろう。おれたちの仕事は新宿駅の傷害致死事件の犯人を捜すことで、外為法違反や脱税というのは手に余る」

「そんなこと言っちゃいられないよ。なんであれ、犯罪の端緒を見つけたら適切な捜査活動を行うのが司法警察官たるおれたちの職務じゃない。乙彦殺しの件も含めて一連の事件は不可分に繋がっているわけだから、どこからどこまでが領分だなんて線引きをしたら職務怠慢というもんじゃないの」

その下心は別として、宮野の言っていることはけちのつけようのない正論だ。新宿駅の事件、乙彦の殺害事件、そして三宅の会社が関わっているとされる外為法違反と巨額脱税疑惑——。

普通に考えればそれぞれ独立した事件だが、背後ですべてが繋がっているかもしれないと、鷺沼も直感めいたものを感じている。宮野のようなモチベーションを持たない自分としては、予想もしなかった負荷がかかったような気がしてならない。

しかしこうなれば毒を食らわば皿までだ。その毒気が強すぎてさしもの宮野と福富でも中和するのは難しいかもしれないが、それでもここまで来ると骨肉の争いどころの騒ぎではない。国家を害する犯罪事実があるとするなら、見て見ぬふりをするのはそれに荷担することと同罪だ。

「たしかにあんたの言うとおりだよ。いまやるべきことは事件の核心を突くことだ。一連の事件として扱うことで、見えなかったものが見えてくるのかもしれないな」

「そういうこと。県警はうまく手懐《てなず》けられちゃったけど、警視庁は骨があるところをしっかり見せてやろうじゃない」

宮野はいつ警視庁に入ったのか。居候の分際ですでに母屋を乗っ取ったつもりのようだが、仕方ない。料理の腕に加えて、今度の事件では福富とともにせいぜい悪知恵を働かせてもらう都合があるから、いまは言わせておくしかないだろう。

さっそく警視庁に電話を入れると、三好が出た。

「おまえたちの推理、いい線を行っているかもしれないぞ」

「どうやってそこを解明するかです」

「まず、おれのほうで裏をとってみるよ。国税局がそこまで動いているなら、いくらなんでもうちが匂いすら嗅いでいないということはないだろう。捜査二課なら、なにか摑んでいる可能性がある」

「それはあるかもしれませんね」

「懇意な人間がいるから、あすにでもおれが話を聞いてみよう。向こうにとって新ネタなら、率先して動いてくれるかもしれん。そういう事案だと、いつも下請け仕事をさせられて面白くないようなことを言っているから」

「国税は自前で捜査をほぼ完了して、逮捕手続きだけ警察にやらせますからね」

「ああ。国税を出し抜けるチャンスとみれば、本腰を入れてくれるかもしれないな」

「そうなら面白くなりますよ。二課がそっちの容疑で三宅を逮捕してくれれば、共同捜査というかたちでこちらも取り調べに参加できます。場合によっては合同捜査本部を立ち上げるようなことになるかもしれません」

「むしろそのほうが効率がいいだろうな。殺しの容疑が確実なら、こちらで再逮捕ということになる」

「そのときは、県警がやいのやいの言ってきても遅いでしょう」

「どうしても自分のところの事案だと言うんなら、こちらできっちり仕上げたうえで身柄だけ引き渡す。向こうがやるべきことは送検の手続きだけだ。県警のお偉方の収賄容疑もおまけでつけてやれるかもしれん」

「そういうことなら、乙彦殺しのほうは、我々で固められるところはしっかり固めておきます」

「そうしてくれ。井上と彩香君はさっそく動いてくれるんだろう」

「その彩香からさっき聞いたんですが――」

柔道部内での三宅厚子の評判を聞かせると、三好は唸った。

「なにやら込み入った事情がありそうだな」

「キザキテックという会社の体質にも、いろいろ問題がありそうです」

「一介の柔道部員にまで会長の情実人事がまかり通っているとしたら、あれだけの規模の会社としては普通じゃないな」

「いずれにせよ、二人の仕事に期待したいところです」

「くれぐれも慎重にと言ってくれ。なにしろ人を殺したかもしれない相手だからな」

「そこは大丈夫でしょう」

「それならいい。とにかくしばらくは三宅を騙し続けることだ。そのうち必ずぼろを出す。外為法違反にしても脱税にしても、いまに始まったことじゃない。三宅のやり口を考えれば、金で口を封じることには手慣れているんだろう。警視庁にはたまたまそういう伝手がなかったようで、おれたちにすればそこがもっけの幸いだった」

「伝手がなかったと安心してはいられませんよ。高を括っていただけかもしれません」

「とりあえず神奈川県警が命綱と踏んでいたのは確かなようだ。そうだとすると、こちらもうかうかしてはいられない」

「キザキテックはいまも警察OBを抱えているようですからね。その連中が本気で動き出したら、こちらの作戦が発覚する惧れもあります」

気を引き締めて鷺沼は言った。

3

翌朝早く、井上は三宅厚子が住む吉祥寺に向かった。

彩香とは吉祥寺の駅で待ち合わせ、厚子が自宅を出て勤務先の立川の工場に向かうルートを確認するという。もちろんそのとき挙動も観察できるから、場合によっては無理な接触は試みない。

そのあたりは昨夜の打ち合わせ通りだ。へたに動いて感づかれて、福富を主役に仕掛ける大芝居が頓挫するようなことになれば目も当てられない。

鷺沼と宮野はその大芝居の段取りを打ち合わせるために、関内の『パラッツォ』へ出向いた。いつものVIPルームで早めのランチを囲みながら作戦会議に入った。

「その寺尾とかいう参事官はどういう人間なんだ」

福富がさっそく聞いてくる。そのあたりは三好がしっかり調べてくれていた。出がけにファックスで届いたメモを手渡し、鷺沼は説明に入った。

「生まれは東京で、東大法学部卒の五十二歳。階級は警視長で、もちろん警察庁採用のばりばりのキャリアだ」

「警視長ってのは、どのくらい偉いんだ」

「その上は警視監で、さらに上となると警察庁長官か警視総監しかいない」

「歳はちょうどおれくらいだな。会社だと、平取締役といったあたりか」

「まあ、そんなところだ。警視庁以外の道府県警だったら、規模の小さいところの本部長、警察庁なら課長とか管区警察局部長、歳からすると、そろそろ警視監の声がかかるところだ」

「性格は？」

「人当たりがよくて面倒見がいい。それが行き過ぎて、金でいくらでも融通を利かせてくれる高級官僚として、うしろ暗いところのある業界からは重宝がられているらしい」

「たとえばどういう？」

「名古屋県警の生活安全部長だったとき、風俗業界から多額の賄賂を受けとっているという内部告発を受けた。一時はマスコミにも取り上げられたが、けっきょくうやむやなままに終わって、当人は警察庁のどこかの室長にご栄転。得意なのは収賄だけじゃなかったようで、警察庁の上役連中に鼻薬を利かせて、疑惑のもみ消しに成功したらしい。その後もきな臭い噂はいくらでもあったが、どれも立ったとたんに煙のように消えてしまうという話だ」

「そういうのはよくいるよ。早い話が、政治家なんてのは大概そうだから」

訳知り顔で福富が頷くと、宮野がさっそく口を挟む。

「政治家だけじゃないよ。役人の世界なんて、みんなそういうもんで、警察もご多分に漏れずというだけのことじゃない。おれみたいに馬鹿正直な人間ばかりが割を食うことになる」

馬鹿正直という点に疑念は湧くが、鷺沼もその手の噂はしばしば耳にする。警察官に付与された公権力は、使いようによっては私腹を肥やす打ち出の小槌《こづち》になる。寺尾参事官はその道のいわば名人というところなのだろう。

「むかつくタイプの人間だけど、そこは割り切って役柄に徹するしかないな。いやね、若いころ、おれは役者を目指したことがあってね」

福富が自信を覗かせると、宮野はふふんと鼻で笑う。

「せいぜい学芸会で馬の足でもやっただけじゃないの。大丈夫。あんたならその手の人間の役は地でいけるから」

「そういう減らず口を叩いていいのか。おれを怒らせて得することは、あんたにゃなにもないと思うが」

「あ、そういう意味で言ったんじゃなくてさ。持って生まれた風格というか知性というか、東大法学部卒のキャリアの役なんか、苦もなく演じちゃいそうだと言いたいわけで」

宮野は慌てて弁解する。どちらにしても胡散臭さは拭えないが、いま肝心なのは、これからどう三宅を揺さぶるかだ。言い含めるように鷺沼は言った。

「このまえの宮野との対面の感触では、三宅が焦っているのは間違いない。例の話はするんだろ」

「ここまできたら、それもいいんじゃないの。慌てる顔が見物だよ」

楽しげに言う福富に、すかさず宮野が注文をつける。

「それだけの大ネタを繰り出す以上、金額はもう一声吊り上げてね。きのうはつい弱気に一億なんて言っちゃって、それからずっと後悔してたのよ。言い値は五億くらいにしてもいいんじゃないの」

「あんまり欲張ると警戒されるぞ。このくらいの仕事だと二億が相場だ。三億と吹っかけておいて、交渉で一億まけてやるといったところじゃないのか」

福富は完全にビジネスモードだ。しかし犯罪のスケールがここまで大きくなると、鷺沼も違和感を持たなくなってしまうから恐ろしい。

「そんな話はどうでもいい。相手を引っかけるネタに過ぎないんだから。それよりこのチャンスを目いっぱい生かすことに知恵を絞ってくれよ」

「もちろんそうだよ。ただ三宅をだまくらかすには、こっちの話にも信憑性を持たせないとね。ネタの割には安売りだとみられたら、怪しまれるんじゃないかと気になってね」

福富がさっそく取り繕う。宮野も真面目な顔で身を乗り出す。

「鷺沼さんはどうするのよ。やっぱり偽名刺を用意するわけ？」

「おれのほうは本名でいい。階級も部署もそのままで問題はないだろう」

「そうだね。調べを入れられたとしても、警視庁内じゃ評判がいいほうじゃないから、そのままでも役柄にうってつけだしね」

「その点はあんたには負けるがな。しかしどうなんだ。古川の情報の信憑性は？」

鷺沼は福富に話を振った。

「おれも最初は話半分に聞いていたんだが、そういう噂はいまに始まったものじゃなく、連中の世界じゃ何年もまえから話題になっていたそうだ。そのネタをキザキテックにちらつかせて小銭を稼いだ同業者もいるらしい」

「金を出したというのが本当なら、あながちガセでもなさそうだな」

鷺沼が頷くと宮野は慌てた。

「だったら急がないとまずいじゃない。国税に先を越されたら、ここまでの努力が水の泡だよ」

「心配しなくていいよ。告発するにはまだ証拠が固まっていないらしい。しかしおれたちの場合は、三宅に口を割らせるための梃子に使えさえすりゃあいいんだから」

福富は落ち着き払って宮野をなだめる。そのとき鷺沼の携帯が鳴った。井上からだ。耳に当てると、困惑気味の声が流れてきた。

「いま三宅厚子のアパートの前にいるんですが――」

「なにかあったか?」

「早朝練習があるかもしれないと彩香が言うので、朝七時から張っていたんです。ところがいつまで待っても出てこないんです」

「おかしいな。もう昼飯時だろう」

「ええ。彼女は立川工場勤務ですが、職種は事務系ですからシフト勤務ではないはずなんです。それで郵便受けを覗いてみたら、三日分の新聞が挿さったままでした」

「旅行にでも行っているのか」

「そのへんを確認しようと思って、彩香が会社に電話を入れてみたんです」

「大胆なことをしたな。大丈夫か」

「高校時代のクラスメートだと言って、名前は適当に」

「それで、どうだったんだ」

「きょうは私用で休みだという返事でした。だったらあすはと聞くとしどろもどろだったそうで。彩香はさらに突っ込んで、いつから休んでいるのか、さりげなく聞いてみたら、三日前からだと渋々答えたそうです」

「休んでいる理由は？」

「あくまで私用だということで、それ以上の情報は得られませんでしたが、応対した社員も困ったような様子で、どうも理由がわからないようなんです」

「無断欠勤か」

「そうかもしれません。それでなんだか気になったもんですから、部屋の前まで行ってみたんです」

「なにか不審な点が？」

乙彦の事件のことを思い、鷺沼はかすかな慄《おのの》きを感じた。井上は拍子抜けしたように言う。

「とくに変わった点はありませんでした。悪臭とかがしたわけでもありません」

「人の気配は？」

「まったくありません。窓はしっかり閉まっていて、カーテンも引かれていました」

「近隣の聞き込みはしてみたか」

「やりましたが、隣近所の付き合いがほとんどないようで、これといった話は聞けませんでした」

「鍵はどうだった」

「かかっていました」

「なんだか嫌な感じだな」

「ええ。なんらかの理由で失踪したか、あるいは――」

「そのあるいはじゃないことを願いたいんだが」

不穏なものを禁じ得ないまま鷺沼は言った。井上が続ける。

「ついさっき、所轄に問い合わせてみたんですが、武蔵野署にも立川署にも家出人捜索願は出ていないようです」

「そうか。実家はわかるか」

「埼玉県の越谷《こしがや》市だと思います。例の名簿に緊急連絡先として住所と電話番号が書いてありました。名前は三宅忠則《ただのり》。たぶん父親でしょう。電話を入れてみましょうか」

「これから三宅と会う件があるから、それはまずいな」

「そうですね。三宅の耳に入れれば警戒させるだけですね」

困惑げに応じる井上に鷺沼は訊いた。

「これからどうするんだ。これ以上そこにいても、得るものはないだろう。いったん帰ってくるか」

「それじゃ無駄足になっちゃうんで、ちょうどお昼どきだから、どこかで食事をして、そのあと立川へ行ってみようと思うんです」

「工場には出勤してないんじゃないのか」

「そうなんですが、彩香が友達から聞いた話だと、柔道部の練習場が工場の隣にあって、午後三時くらいには部員が集まってくるらしいんです。たまたま近くに来たので立ち寄ったということにして、彩香が話を聞いてみると言うんですよ。知っている部員が何人かいるそうなんです」

「だったら、ここ最近の厚子の様子もわかるかもしれないな」

「ええ。本人と接触するより、むしろそのほうが得るものは多いかもしれません」

「くれぐれも気をつけてくれ。そこが木崎の牙城なのは間違いないんだから、三宅を通じて警戒警報が発令されているとしたら、飛んで火に入る夏の虫だ」

「そこが心配なんです。彼女がいくら強いといっても、向こうには日本選手権クラスが大勢いるし、男子部員もいますから、ボーイフレンドのふりでもして僕もついていくしかないでしょう」

　そういう井上の口ぶりがどこか弾んでいる。いまさらふりをするという話でもないだろうが、自分の力で彩香を守ってやれることがことのほか誇らしいようだ。

「十分気をつけてな。なにかあったら連絡をくれ」

「ええ。そちらの作戦会議は順調に進んでいますか」

「いつものように脱線気味だが、なんとかいいプランを練り上げるよ」

「面白くなってきたじゃないですか。こちらもなんとか糸口を見つけます。厚子とそちらの別件と両方向から攻めていけば、三宅も逃げ場を失うはずですから」

「しかし、やはり気になるな。厚子の消息は」

「そうなんです。どうしても乙彦の死体を見つけたときの記憶が甦ってしまって」

「おれもそうだよ。厚子の現在の境遇を思い合わせると、なにやら複雑な事情が絡んでいるような気がしてな」

「そう思います。もし口封じのために乙彦が殺され、さらにその口封じのために厚子が殺されでもしたらと思うと、気分が暗くなりますよ」

「なんだか後味の悪い結末を迎えそうな事件だな」

切ないものを感じながら鷺沼は言った。

4

「ちょっと、そりゃまずいんじゃない。早いとこドアをぶち壊して踏み込まないと。若い女の子が腐乱死体で発見されるなんて気の毒じゃない」

井上の話を伝えると、宮野は大げさに騒ぎ立てる。鷺沼は言った。

「あんたも刑事をやってるんだから、そうはいかないくらいわかるだろう。おれだって事件で何日も帰れないのはしょっちゅうだ。そのたびに警察にドアを壊されてたんじゃ堪らない」

「このケースは別じゃない。ここまでの経緯から考えて、間違いなく事件性ありだよ」

「乙彦のときのように、死体があるという蓋然性が極めて高ければ緊急避難的にそういうことも許されるだろうが、まだいまの段階じゃそこまでの強権は発動できない。もちろん家宅捜索令状を請求できるような事実関係もない」

「でも厚子が殺されてたりしたら、本当にこの事件は迷宮入りになっちゃうよ。ここは鷺沼さんが一肌脱いで、空き巣にでもなってなかを覗いてくれなくちゃ」

「そういう役回りならあんたのほうが適任だが、いくらなんでもそこまではできない。とりあえず井上と彩香に期待しよう」

「新宿駅の事件の直後に、木崎は乙彦を渡米させたんだろう。同じように、ほとぼりが冷めるまで、どこか外国に逃がしたとも考えられるな」

福富が言う。殺されたとみるより可能性が高そうだが、そうだとしたら新聞を解約していなかったことが不審だ。乙彦殺害の犯人が厚子だとしたら、現場のエアコンを切って、鍵まで閉めて出て行った几帳面さの点でも矛盾する。

「どこかに拉致されているような気がするな」

鷺沼は言った。口封じのためとはいえ、新たに殺人を犯すのはいくらなんでもリスクが高い。それが実の妹ということになれば、そちらの事件から三宅に捜査の手が及びかねない。木崎が懐刀として寵愛している三宅がそこまで間抜けだとは考えにくい。

「たしかにね。単なる家出人なら捜索願が出ないと警察は動けない。そもそも届けが出たとしたって、よほど事件性があると考えられない限りファイルに綴じてそのままというのが普通だからね」

「警視庁の正規部隊が三宅の身辺を監視しているはずだが、不審な動きはとくに報告されていないようだ」

「乙彦のときもそうだけど、三宅本人は手を下したりしないよ。そういうことを金で請け負う連中は世間にいくらでもいるからね」

宮野が身を乗り出す。福富も頷く。

「生きているか死んでいるかはまだなんとも言えないが、外国にいるとしたら厄介だぞ。海外には宮野が言うようなプロが掃いて捨てるほどいる。日本の捜査機関は動けないから、犯人の検挙はまず覚束《おぼつか》ない。捕まったとしても下請けの下請けのまた下請けといった話になって、本当の依頼者を特定するのは難しい」

「それじゃおれたち、かなりやばいじゃない。古川が嗅ぎつけた話にしても本来は国税の領分で、こっちにとっては三宅を揺さぶる材料にしかならないからね。なんだかんだで妹の厚子が核心に迫る切り札になるはずだったんだから」

宮野は焦燥を隠さない。こちらの見通しが正しければ、実行犯としての厚子を逮捕して、その口から三宅や木崎による教唆の事実を引き出して、一気に本丸に攻め込む目算だった。

「厚子の話を三宅にしたのは勇み足だったかもしれないな」

福富が宮野に視線を向けると、宮野は色めき立って反論する。

「冗談じゃないよ。あのときは鷺沼さんにも確認をとったじゃない。それに井上君の話のとおり、厚子が三日前にいなくなったとしても、おれが三宅に会ったのはきのうのことだよ。どうしてそういう言い掛かりをつけるのよ」

「そのときすでに厚子の身になにか起きていたのは間違いない。最初は殺す気なんかなかったところへ、そういう話を聞かせちまった。そこで三宅が考えを変えることだってなくはない」

福富は退こうとしない。鷺沼もその指摘には同感だ。

「たしかにミスったかもしれないな。あのときは三宅を追い込むことにばかり頭がいっていたからな」

「あくまでおれのせいにするの？　そういうことなら、今後一切協力できないよ」

宮野が高飛車に言っても、福富はせせら笑う。

「かまわないよ。ここから先はあんたがいなくてもおれたちだけでやれるから。口うるさいのが消えてくれたほうが、なにかと仕事が進めやすい」

「あ、もともとそういう魂胆だったんだ。おれの取り分をゼロにして、残りは鷺沼さんと山分けするのね。それならそれでおれだって考えがあるよ」

「抜け駆けなんかしやがったら、ただじゃ置かねえぞ」

「そうは言われても、おれにだって意地があるからね。これだけの悪事を前にして、ただ指を咥えて見ているわけにはいかないよ」

「なにをしようという気だよ」

警戒心を滲ませる福富に、勝ち誇ったように宮野が言う。

「ほおらね。知恵袋のおれがいないとやっぱり心配なんでしょ。いまのところ三宅とパイプがあるのはおれだけなんだから、けっきょく頼るしかないんじゃないの」

「だからって、あんた一人でなにができるんだよ」

「それを言われると――」

さすがに宮野も口ごもる。鷺沼は言った。

「お互い足を引っ張り合っている場合じゃないだろう。もし三宅が妹の失踪になんらかの関与をしているのなら、それは三宅が事件全体の黒幕だという証明だ。厚子の安否についてはもちろん心配だが、それが三宅の太い尻尾に繋がっていくこともあるんじゃないのか」

「そうだよ、そうだよ。鷺沼さん、珍しくいいこと言ってくれるじゃない」

強気に出たものの、宮野にも悪知恵を働かせる余地はないらしい。

「とにかく、まずは三宅をうまいこと引っかけて、たっぷり揺さぶってぼろを出させることだよ」

福富も機嫌を直して身を乗り出す。鷺沼は訊いた。

「いつがいい？」

「おれのほうはあしたでもいいよ。向こうも急いでいるんだろう」

福富は鷹揚に言うが、宮野は首をかしげる。

「かといって、こっちが慌てているところを見せちゃうと、逆に足下を見られかねないからね」

「それも言えるな」

福富は考え込む。鷺沼は言った。

「井上と彩香の報告を待って決めてもいいんじゃないのか。なにか情報を拾ってくれば、攻め口を変える必要が出てくるかもしれないから」

「練習場で知り合いと立ち話をしたくらいで、まともな情報が得られるわけないでしょ。まったく警視庁の刑事というのは、仕事をするふりをして給料をせしめる天才揃いだからね」

こういう口の利き方は、宮野の持病だとあきらめるしかないらしい。

「仕事をしているふりすらしないあんたには負けるがな」

さらりと言い返して、鷺沼は続けた。

「県警が防犯カメラの映像を含めて捜査資料を渡してくれたら、乙彦殺害の容疑で指名手配もできそうな気がするんだが、ここまでの成り行きじゃ管轄権を楯にしてまず絶対に応じない。県警は頬被りしたまま時間稼ぎをして、このまま迷宮入りにするつもりかもしれない」

「そうだね。マスコミも飽きっぽいから、乙彦殺害にまつわる疑惑報道も下火になってきちゃったし」

「厚子がこのまま消息不明ということになれば、三宅と木崎に迫る糸口がなくなってしまう。そうなったらもう手遅れだ。突破口は三宅しかないから、ここは唯一のチャンスと考えて一気に追い込むべきだろう」

「追い込むって、どうやるの。こっちの言い値を吞まれちゃったら、それ以上追及のしようがなくなるよ。きのう会ってみて、敵ながら侮りがたい奴だとはわかったよ。多少揺さぶってみたところで、真相をぽろりと漏らすようなことはなさそうだよ」

「きのうはまだ警戒していたからな。外為法違反と脱税の話で揺さぶって、警視庁の大物が登場して物わかりのいい話を聞かせてやれば三宅だって考える。そこから先はあんたの腕の見せどころになるが」

鷺沼が視線を向けると、福富は自信ありげに笑ってみせる。

「そこは任せてくれよ。三宅という男とは初対面になるが、昔おれが幅を利かせた業界には、そいつどころじゃない食わせ者がいくらでもいたよ。そういう連中の腹の内を見抜く眼力を備えることが、切った張ったの世界で早死にしないための秘訣でね。その点じゃ、多少なりとも自信はあるんだよ」

「そりゃ頼もしい。とにかく三宅を揺さぶって、事件全体の構図を探り出す。もちろんそこで聞いた話は証拠としては使えないが、その構図に従って捜査を進めていけば、刑事訴追の可能性は一気に高まる」

「こうなると本命は乙彦殺しの一件だね。外為法違反や脱税は、事件としては大きいけど、罰則は大したことない。でも殺人となると無期とか死刑もあるわけで、教唆犯も逃れられない。ああいう悪党どもはそっちのほうで挙げてやらないと」

宮野が息巻く。言うとおり、外為法違反の罰則は、十年以下の懲役か一千万円以下もしくは対象となる物や技術の価格の五倍以下の罰金となっている。その程度で済むのなら、木崎や三宅にとっては痛くもかゆくもないだろう。

「そうなると県警もただじゃ済まないよ。犯人側から賄賂をもらって捜査に手心を加えたなんてことがばれたら、警察庁への返り咲きでいま浮かれている本部長をはじめ、上層部のお歴々は軒並み首が飛ぶよ」

宮野は心底嬉しそうだ。そのとき鷺沼の携帯が鳴った。三好からの着信だった。

「鷺沼です。なにか目新しい情報がありましたか」

応答すると、三好は声を落として語り出す。

「いま二課の係長と会ってきたところだ。いいネタが拾えたよ」

「外為法違反と脱税の件ですね」

「そうなんだ。これまでも噂は聞いていたようだ。向こうは総会屋の取り締まりも商売のうちだから、古川の同業者ともなにかと接触があるようでな」

「古川が言っていたとおりですね」

「それで二課のほうから国税局に一緒にやりませんかと申し入れたところ、あっさり断られたようでね」

「どうしてまた?」

「プライドというか縄張り意識というか、そういう案件は自分たちが専門に扱うもので、警察がしゃしゃり出るのは越権だというような話だったそうだ」

「馬鹿なことを――。いつごろの話ですか」

「五年ほど前らしい」

「もしそのとき一緒に捜査をしていたら、乙彦は殺されずに済んだかもしれない」

「そうかもしれないな。そんな話を聞かせてやったら地団駄踏んで悔しがってたよ」

「大丈夫ですか。そんなところまで話してしまって」

「心配ない。係長とはかつて所轄にいたころ、同じ部署で苦楽をともにした仲だ。酸いも甘いも嚙み分ける男だよ。もしそっちのほうで出来ることがあったらいつでも手伝うと言ってくれたよ」

「それは心強いですね。ところで厄介なことが一つ出てきまして――」

井上から報告を受けた三宅厚子の件を話すと、三好は嘆息した。

「無事だといいがな。ぐずぐずしていて二人目の死人が出たりしたら寝覚めが悪い」

「同感です。一つお願いしていいですか」

「なんだ。こっちで用が足りることならなんでもやるよ」

「ここ最近、三宅厚子が日本から出国していないか、入国管理局へ問い合わせてもらえませんか」

「なるほど。乙彦のケースもあるから、それは考えられるな」

「海外で殺されたりしたら、今回の事件全体が迷宮入りになりかねません」

「ああ、最近多いな。保険金詐取を目的に、現地のギャングを使って殺害するという手口――」

「保険金詐欺とはケースが違いますから、死体が出てくればまだましで、ただの失踪で終わってしまうこともあり得ます」

「わかった。すぐに問い合わせをしてみよう。それで三宅をひっかける作戦のほうは進んでいるのか」

「いま『パラッツォ』で鳩首会議の最中です。シナリオが固まったらご報告します」

「ああ、楽しみにしているよ。名優揃いのようだから、成果を期待してるぞ」

結果によっては飛ぶことになるかもしれない首のことなど意に介するでもなく、磊落《らいらく》な調子で三好は言った。

5

『パラッツォ』での打ち合わせを終えたのが午後三時で、鷺沼と宮野は店を出て関内駅に向かった。

面談の日時や場所に関する三宅への連絡はあすまで延ばすことにした。厚子の消息について、井上たちがなにか耳にしてくるかもしれないし、三好はいま入管に厚子が出国しているかどうか問い合わせている最中だ。それらの結果も踏まえたかたちで三宅に会うほうが作戦上有利なのは論を俟《ま》たない。

「こうやってるうちに、今度は三宅が殺されちゃうなんてことはないだろうね」

馬車道を歩きながら宮野が言う。鷺沼は笑った。

「まさかそこまではな。すべての黒幕が木崎だったとしても、犯行を重ねていくほど発覚の確率は高くなる。そのくらいの頭は働くはずだ」

「いやいや、鷺沼さんは刑事だからそう考えるけど、木崎はその道に関しては素人だからね。社内ではこれまでも邪魔な人間は容赦なく粛清してきたようじゃない。そういう感覚が身に染みついているとしたら、トカゲの尻尾切りよろしく、腹心の三宅だって始末しようと考えるかもしれない」

「そうなると、味方がいなくなるだろう。木崎の強権経営を陰で支えているのが三宅だとしたら、自ら外堀を埋めるようなものだ。息子の忠彦は無能だし、娘婿の原田隆昭のように木崎に恨み骨髄の者もいる」

「そうだね。それはあり得ないね」

宮野はあっさり退いた。しかしそんな想像に共感を覚えたのもたしかで、今回の事件全体に、これまで扱ってきたどの殺人事件とも違う特異なものを感じるのだ。

木崎輝正という男は、果たしていま自分たちが仕掛けようとしているような策略が通じるような相手なのか。

外務省も認知していたはずの、桑沢の誘拐事件を隠蔽した——。そこで働いた木崎の隠然たる影響力を思うと、今回の作戦が他愛ない茶番に終わってしまう気さえしてくる。

警視庁に対して、なんの働きかけもしていないらしいのも不気味だ。宮野の危惧はあながち外れでもないようにも思えてくる。

桑沢が指摘するように、彼の身に起きた誘拐事件が木崎によるマッチポンプだとするなら、発覚した場合のダメージは会社にとっても木崎にとってもきわめて大きい。普通に考えればあまりにもリスキーなそんな手口を怖れもせず使ったとしたら、怖い物知らずの本物の馬鹿か、さもなければ潤沢な財力で培った裏の人脈を通じて、この国の官僚組織を自在に操れる相当な自信があるかのどちらかだ。

一介の街金業者から世界に冠たる工作機メーカーの会長にのし上がった経営者としての手腕を考えれば、前者であるとは考えにくい。後者だとすれば、よほど脇を締めてかかる必要があるだろう。あるいはすでにこちらの手の内を木崎に読まれているのではないかという気さえする。

交差点にさしかかったところで井上から連絡が入った。

「ついさっきまでキザキテック柔道部の練習場にいたんですが——」

「剣呑《けんのん》な気配はなかったのか」

「心配していたようなことは全然ありませんでした。彩香の知り合いが何人かいて、和《わ》気藹々《きあいあい》という雰囲気でした」

「それはよかった。なにかめぼしい話は聞けたのか」

「やはり三日前から顔を見せていないそうです。それについて本人からはなんの連絡もないようで、部員たちも気にはなっていたようです」

「そういうことはこれまでもよくあったのか？」

「練習を休むときは事前にコーチの許可を得なければならない規則になっていて、これまで彼女がそれを破ったことはないそうなんです」

「だとしたら、自らの意志かどうかはわからないが、失踪したのは間違いないな」

「ええ。もともとここ何年もほかの部員とは疎遠だったんで、彼女の口からなにか話を聞いた人はいないようです」

「部員たちはことさら心配しているわけでもないのか」

「心配している様子はありましたが、雰囲気としてはそんなところもあって、彩香が事前に仕入れていた情報は当たりだったようですね」

井上は複雑な口ぶりだ。三宅厚子の部内での立場がそんなふうだったことが明らかになって、なにか寂しいものを禁じ得ないのは鷺沼も同様だ。

「無事でいてくれればいいんだが——」

鷺沼は言った。もし厚子が乙彦殺しに関与していたとしても、そこにはなにか逃れがたい理由があったのではないか。

それならその罪を償わせることはもちろん、本人の口から事件の背後関係を語らせることで、より大きな悪を摘発できる。

それも出来ずに、さらに彼女の身に万一のことがあったら痛恨の極みだ。その結果、悪が大手を振って生きていくことを許すなら、鷺沼の手応えとしては、警察の存在意義はない。

むろんすべてはまだ憶測の段階だ。しかし鷺沼の手応えとしては、厚子の失踪が乙彦の死と無縁だとは到底思えない。井上が言う。

「それから彩香が、さりげなく乙彦の事件の話題を出してみたんです。あくまで世間話としてですが。みんなニュースには興味を持っていたようで、その話でひとしきり盛り上がりましたが、厚子と乙彦の関係を示唆するような話はまったく出ませんでした」

「身近な部員のあいだでも、そういう噂は立っていなかったということか」

「もちろん部員たちから孤立していたんですから、乙彦と交際があったとしても、だれも気づかなかったとも考えられます。でも乙彦は現社長の御曹司で、将来は社長の椅子を約束されていたわけですから、もしそうなら普通以上に社内で噂になると思うんです」

「だとしたら乙彦と厚子に接点はなかった」

「断言は出来ませんが、社内の噂レベルではそう言っていいと思います」

井上は慎重な口ぶりだ。気を取り直して鷺沼は言った。

「いま係長が、ここ最近三宅厚子が出国していないかどうか調べてくれている。乙彦のケースを考えるとその可能性がなくもないから」

「そうですか。海外へ飛ばれたりしたらまずいですね」

「いずれにしても、いまこういう状況で厚子が失踪したということ自体、こちらの読みが外れていないことを意味しているような気がするよ。おれたちは福富との打ち合わせを終えて帰るところだが、このあとどうするんだ」

「もういちど吉祥寺に戻って、アパートの様子を確認してみようと思います。帰っている可能性もありますから」

「そうだな。なにごともなかったとしたら、それはそれでけっこうなことだ」

思いを込めて鷺沼は言った。通話を終えて、そんな話を聞かせると、宮野は大きく溜め息を吐いた。

「手玉にとっているつもりでいて、ひょっとしたらおれたちが手玉にとられているのかもしれないね」

「ああ。引っかかったふりをして、逆にこちらの手の内を探ろうとしているのかもしれない。いずれにしても、向こうは着々と事件の隠蔽工作を進めている惧れがある」

「海外へ飛んでいるとしたら、厚子が実行犯だという線は固いよね。そうなるとおれたちも海外へ飛ばなくちゃ。三好さん、そのくらいの隠し予算はあるんでしょ」

「あるとは思うが、闇雲に追いかけてもな。被疑者として手配しているわけではないから、渡航先がわかっても、現地の警察に協力を要請するのは難しいし」

「アメリカもいいけど、マカオなんかもいいね。あとフィリピンとかシンガポールとかオーストラリアとか」

「どこもカジノが合法化されている国だな」

「たまたまそうなっただけよ。捜査で行くんだから、現地に着いたら脇目も振らずに仕事をするに決まってるじゃない。ただ、あまり根を詰めても勘が鈍るから、たまにはちょっと気晴らしというのも必要な気がするんだけどね」

「その場合はあんただけは外すように係長によく言っておくよ」

「そんな殺生な」

宮野は情けない声を出す。公私混同といまさら責める気にもなれない。そもそもこのタスクフォースに参加している動機そのものが、公私混同の最たるものなのだから。

6

関内から根岸線で横浜に出て、東急東横線に乗り継いで自由が丘に出た。

そのうち井上たちも帰ってくるはずだから、晩飯の支度でもしながら待つことにしようと、宮野は駅の近くの行きつけのスーパーに足を向けた。

そのとき鷺沼の携帯が鳴り出した。三好からだった。応答すると、苦い調子の三好の声が流れてきた。

「悪い予想が当たったようだな」

「入管の件ですか?」

「そうなんだ。おととい、三宅厚子という人物が成田から出国している。生年月日はこちらで調べたものと一致しているから、当人で間違いないだろう。渡航先はシンガポールだそうだ」

「やはり。一人でですか?」

「そこまではわからない」

「じつはさっき、井上から連絡がありまして——」

キザキテック柔道部の部員からの話を伝えると、三好は唸った。

「やはり怪しいな。海外旅行に行くのに会社や部には連絡も入れず、新聞が溜まり放題となると」

「よほど慌てて部屋を出る必要があったか、あるいは――」

「拉致されたとも考えられるな」

「渡航先がシンガポールとなっていても、そのあと別の国に出国していたら、簡単に足取りは摑めなくなりますね」

「ああ、困ったことになった。重要な糸口だったからな」

頭を抱え込む三好の姿が目に浮かぶ。鷺沼も言うべき言葉を思いつかない。三宅に対する一芝居も一度シナリオを再検討する必要がありそうだ。井上から聞いた話を伝えても、三好はさほど乗ってこない。

「たしかに貴重な情報ではあるが、いまとなってはな――」

「家宅捜索令状がとれるところまで容疑が固まっていればいいんですが」

「いくらなんでもまだ無理だ。会社や隣近所に聞き込みをかける手もあるが、それをやれば藪蛇になる可能性のほうが高いしな」

「ええ。いま以上に向こうは警戒するでしょう。その先が心配です。海外への渡航というパターンが乙彦のケースと同じですから」

「そこがいちばん心配だよ」

重苦しい溜め息とともに三好は言った。

三好との通話を終えると、すぐに着信音が鳴った。今度は井上からだ。またしても悪い知らせのような気がして、落ち着かない思いで応答すると、不審げな様子の井上の声が流れてきた。

「いま、厚子のアパートに戻ってきたところなんですが――」

「なにか変わったことが？」

「部屋そのものにとくに変化はないんですが、ちょうど夕刊の配達の時間だったんです。見ていたら厚子の部屋には新聞を入れなかったので、配達員に訊いてみると、厚子は朝刊しかとっていないという返事でした」

「最近はそういう家が多いようだな」

「そこでものはついでと、ポストに挿さっている新聞のことを訊いてみたんです。すると――」

鷺沼は息を詰めて井上の言葉を待った。

「きょうの午前中に、電話で解約の申し入れがあったそうなんです。きょうまでで打ち切りにして欲しいと」

「その電話はだれから？」

不安な思いで問いかけると、訝しげな声で井上は応じた。

「三宅と名乗る男の声だったそうです」

第七章

1

翌日の午前中、宮野はさっそく三宅に電話を入れた。

先日話した警視庁の大物に話を取り次いだところ大いに興味を示し、一度じっくり話し合いたいと希望している旨を告げると、三宅はすぐに乗ってきた。

出来るだけ早いほうがいいというので、それでは調整してみるともったいをつけ、宮野は三十分してからまた電話を入れた。

先方はなかなか多忙で、運よく時間がとれるのはたまたまあすの夜くらい。その前後も埋まっていると言ってやると、三宅はそれでけっこうだと即座に応じた。

宮野は早手回しに目星をつけていたようで、芝公園の近くにあるフレンチレストランを予約した。ミシュランの二つ星を売り物にしているらしい。すぐに三宅にそれを伝え、ご満悦の体で鷺沼を振り向いた。

「なかなか人気のある店で、前日の予約はまず無理だと聞いてたんだけど、ディナータイムにちょうどキャンセルが出たらしくてね。名前は宮野にしておいたけど、支払いは警視庁でお願いね」

「それはやむを得ないが、もちろんいちばん安いコースだろうな」

「あーあ。どうして鷺沼さんはそうみみっちいんだろうね。億単位の金の話をしようというときに、たかが晩飯代のことでそんなこと言わなくてもいいじゃない」

「金の話は見せ球だろう。本命はそっちじゃないはずだ」

「いやいや、今回のような大きな嘘は、細部に気を配らないとそこからぼろが出たりするものなのよ。完全主義者のおれとしては水も漏らさぬプランで臨みたいわけ。あ、心配しないで。三好さんが渋った場合のことも考えて、なんとか鷺沼さんの給料で間に合う範囲に抑えておくから」

宮野は得々とした顔で言う。金と美味いものに目がない宮野にとって、他人の金で高級フレンチを嗜《たしな》むまさに千載一遇のチャンスだ。猫に鰹節を預けたようなもので、いまさら取り上げるのは難しい。

三宅のほうにはこちらを怪しむ気配はさほどなく、宮野の口車にしっかり乗ってくれているらしい。会う相手はだれかと訊かれたが、いまは言えないとお茶を濁したということだ。事前に寺尾参事官の名前を出してしまうと、本物についての情報を事前に仕入れられてしまう惧れがある。顔写真でも入手されたら一発でばれる。

三宅厚子の新聞購読停止の電話を入れた三宅と名乗る男が三宅省吾本人かどうかはわからない。ただ可能性としてはもっとも高く、厚子のシンガポール行きに三宅が関与しているのは間違いないと思われる。

あす、そのあたりの感触も探れれば、厚子が乙彦殺害の実行犯だという読みも信憑性が増してくる。

問題は乙彦の殺害と古川が仕入れた外為法違反および脱税の疑惑がどこかで繋がっているのか、あるいはまったく別個の事件なのかだ。鷺沼としては繋がっているほうにむろん賭けたい。

前者だとすると出来すぎのような気もするが、ただ単に新宿駅の傷害致死事件に関わる隠蔽工作というだけでは、乙彦を殺害する動機としていかにも弱いのだ。

性格的に問題があったとしても、木崎輝正にとっては可愛い孫だったはずだ。事件直後には留学の名目でアメリカに渡航させている。そのまま日本へ戻ってこなければ、鷺沼たちも乙彦への容疑を抱くことはおそらくなかったと思われる。

殺人というのは極めてリスキーな行為で、発覚すればそれまで重ねてきた人生のすべてを失う。邪魔な存在には決して容赦しない木崎の苛烈な性格を考えても、とても算盤《そろばん》に合うとは思えない。

やはり三宅と乙彦の確執という要素を抜きにしては辻褄が合わない。そう考えると、ところ、そのさじ加減をどうするかが難しい。

三宅の外為法違反と脱税の疑惑が全体の構図のなかにぴたりと収まる。そのあたりの感触を三宅と会ってどう探り出すか。福富の演技力に期待したいところだが、鷺沼も同席するから、じかに心証を把握できる点は有利といえる。ただし今回はあくまで三宅がこちらを信用するように仕向けることが眼目で、そのさじ加減をどうするかが難しい。

福富は、シナリオをつくりすぎると相手が予想外の出方をしたときに対応できなくなるから、目的だけを明確にして、あとは出たとこ勝負がいいと言う。一つ間違えれば切った張ったに繋がる修羅場をくぐり抜けてきた福富の言うことにはたしかに一理ある。

被疑者の取り調べにもそういうところがあって、いくら入念にシナリオをつくって対峙しても、相手はそのとおりには動いてくれないものだ。

井上はきょうは都内の旅行会社に出かけている。三日前に成田からシンガポールに発った三宅厚子が搭乗した便は入管の記録から特定できた。三好はさっそくその航空会社に問い合わせ、チケットを販売した旅行代理店を突き止めた。

シンガポールへのチケットは片道だったという。つまり当面日本へ帰る予定がないわけで、そのまま国外のどこかに居着かれてしまったら、見つけ出すのは困難だ。場合によっては、誰かがシンガポールへ飛ぶ必要があるかもしれない。宮野ではカジノ三昧で仕事にならない。その場合は井上に飛んでもらうことになるだろうが、一人では危険な気もする。

かといって自分が行けば、鬼の居ぬ間のなんとやらで、警視庁の庭先が宮野の草刈り場になりかねない。

そのときは三好に正規部隊から口の固いのを選んでもらい、タスクフォースに合流させるしかないが、こんどは分け前が減るのなんのと宮野がごねるのは間違いない。いっそ三好が人事課と掛け合って本庁に引き抜いてしまうという手もあるが、役所の人事は七面倒で、今回の事件にはとても間に合わない。

彩香なら井上とは息が合っているようだし、腕っ節なら折り紙つきだから、

小回りも融通も利く点ではメリットの多いタスクフォースも、けっきょく人手という面は大きな弱みだ。がっちり証拠を握ってしまえば正規部隊も動員して一気呵成《いっきかせい》に切り込めるが、いまはひたすら潜行して進めざるを得ない。

宮野は三宅との面談の段取りを済ませると、県警関係の情報を拾ってくるからと言って川崎方面へ出かけていった。

よく働くと褒めてやりたいところだが、そうそう都合よく競馬場に大ネタが転がっているはずもない。それも宮野の数多い病気の一つと諦めるしかなさそうだ。

鷺沼はあすの大舞台の前に、三好と情報の摺《す》り合わせをしておく必要があり、この日

は警視庁に出向くことにした。

2

三好はいつもの会議室で待ちかねていた。

「準備万端怠りないか」

「ええ。少々予算が必要ですが、そっちのほうはよろしくお願いします」

「宮野君が物色した店なんだろう。そのくらいはなんとかするよ。いやね、いろいろ探りを入れてみたんだが、寺尾参事官というのは有名なグルメらしくてね。かつて駐フランス大使館に書記官として三年ほど赴任していたようで、料理にもワインにも偉ぶった講釈をたれる癖があるそうだ。そういう点じゃお誂え向きかもしれない」

三好は太っ腹なところを見せる。宮野の思惑どおりに進みそうな気配だが、その情報はいい材料だ。福富もやっている店はイタリアンだが、フレンチに関してもいっぱしの口を利く。結果的に賄賂で肥え太った高級官僚を演ずるにはもってこいの配役になった。

「宮野も出席するとなると、そっちのほうで座が盛り上がって、肝心の話に踏み込めないんじゃないかと心配ですよ」

鷺沼が不安を口にしても、三好は気にする様子もない。

「むしろそのくらいがいいんじゃないか。一気に勝負に出ようとすると、かえって大魚をばらしてしまう。まずは信頼醸成が眼目だ。そこを踏み台にして次の仕掛けに進めばいいんだよ。それより心配なのは厚子の行方だ」

「井上が手がかりを見つけてくれるといいんですが」

「そこで糸口が絶たれてしまうと、三宅の教唆を立証するのがえらくむずかしくなるからな」

三好もさすがに考え込む。実行犯なら物証やらアリバイやら目撃証言という具体的な証拠を積み上げられるが、教唆となると実行犯の供述に頼るしかない。その意味で厚子の失踪は痛かった。

「ところで、例の外為法違反と脱税の件なんだが――」

いまそれを悩んでも始まらないというように、三好は話題を切り替えた。

「二課の連中、さっそく動き出したようで、三宅の裏稼業と関係ありそうな事実がいくつか出てきた」

「対応が迅速ですね」

「連中もキザキテック絡みの大ネタとなると大いに食指が動くんだろう。入管当局にチェックしてもらってわかったことだが、香港への渡航回数が多いらしい」

「どのくらい？」

「年に七、八回。それがここ数年ずっと続いているようなんだ。どれも短期滞在だ。ほかの国への渡航は年に一度あるかないかで、香港だけが突出している」

「香港というと、マネーロンダリングの本場じゃないですか」

「ああ。日本の場合、いったん香港を経由して、バハマやケイマン諸島のようなタックスヘイブン（租税回避地）へ資金を移動するケースが多いらしい。香港の金融事情そのものが迷宮のようなもので、そこから機密性の高い匿名口座を売り物にするタックスヘイブンに金が流れたとしたら、その資金の動きを把握するのは至難の業だ」

「そのうえ世界有数の中継貿易港でもある。第三国を経由させた禁制品の輸出には最適ですよ」

「新宿駅での傷害致死事件そのものはとくに変わった事件ではないが、それを端緒に次々どす黒い疑惑が湧いてくる。となれば、とことん突っ込んでいくしかないな」

鷺沼は頷いて言った。

「ええ。二課が乗り気なら心強い。マネーロンダリングの線からしょっ引ければベストなんですが」

「それでな。二課の係長はなかなか話の通じる男で、あくまで口外しないという約束で、これまでの顚末《てんまつ》を聞かせてやったんだよ――」

三好がにんまり笑う。

「大丈夫ですか。そこから情報が漏れるようなことはありませんか」

「口は固いから心配するな。こちらの捜査のやり方については、すべて腹に仕舞っておいて、部内にも一切喋らない」

「それじゃ動くのも難しいでしょう」

「なに、二課が扱うような事件は情報源の秘匿が重要だ。匿名の通報が端緒になることは珍しくもない。おれから聞いたなんてことは言わずに、自分のルートで仕入れたネタということにしておけば、チームを動かすうえでなんの差し障りもないそうだ」

「あす三宅と会ったときに、そっちの話も言ってやっていいですか」

「逆にそうしてくれと煽られたよ。キザキテックに警察官僚の天下りがいるのも知っていて、今後その筋から捜査に横槍が入るようなら、三宅が疑惑に関与している間接証拠になる」

「潰される惧れもあるでしょう」

「なあに、柳に風と受け流して、しらばくれて捜査を進めりゃいいそうだ。連中はさすがに企業関係の情報には強くてね。おれたちが想像していたとおり、新ココム関係の抑えに使うつもりだったんだろう。天下っているのはほとんど公安の外事関係出身者で、刑事部門にはあまりパイプを持っていないという話だよ」

「新ココム関係の事案で、まさか二課が動くとは想定していなかったのかもしれませんね」

「そういうことだ。もしパイプがあるなら神奈川県警に対してだって大金をばら撒く必要はなかっただろう。こちらの話に三宅が食いついたのは当然なのかもしれないな」

三好は得心したように頷いた。ものは試しと鷺沼は言ってみた。

「だったら我々と共同捜査というかたちにはできませんかね。もちろん表向きの話じゃなくて、お互い潜行捜査ということで」

「たしかに事件がでかくなって、タスクフォースだけじゃ手が回らんな。かといってうちの正規部隊から合流させても、外為法違反や脱税に関しては素人だ」

「ええ。単に人手だけの問題だったらこちらの正規部隊にも口の固いのはいるでしょうが、せっかくならその道のプロの手を借りたいですからね。ただし心配なのは宮野と福富です」

「そこはおれのほうでうまいこと話をしとくよ。二課の連中は政治家やら総会屋やら胡散臭い連中とも付き合いがあるから、けっこう頭が柔らかい。元やくざでも不良警官でも、役に立つというなら意に介さないかもしれん」

「二課はOKでも問題はこっちですよ。分け前が減るのなんのと、宮野がきっと騒ぎますよ」

「分け前？　そりゃなんのことだ。おれにはさっぱりわからんな」

三好は空とぼけた口ぶりで言って片目をつぶる。その辺はすべてお見通しで、鷺沼のほうで塩梅《あんばい》よくやるようにという暗黙の指示らしい。

「私もなんのことやらわかりませんが、おかしな動きには目配りします。これからすれすれの捜査をしていく以上、一線を踏み越えれば命とりになりますから」

「なにごとも慎重にということだな。なに、あの二人だって本音は正義感の塊なんだよ。たしかに癖はあるが、財力や権力を梃子に善人面をして悪事を働く連中と比べたらはるかにましだよ」

そこまで言われると鷺沼の考えも揺れてくる。木崎や三宅のような連中を思いのままにさせておくより、宮野や福富に好きにやらせるほうが世間に対する実害ははるかに少ないといえるだろう。

そう考えれば彼らの思惑など取るに足りないようにも思えてくるが、いささか二人に洗脳されている気がしないでもない。

そのときポケットで携帯が鳴り出した。ディスプレイを見ると井上からだった。応答すると、勢い込んだ声が耳に飛び込んだ。

「厚子が使った航空券は八重洲にある旅行会社が扱ったものでした。購入したのは本人ではなく、三十代後半くらいの男だそうです。名前は名乗らず、支払いも現金だったため、身元は特定できないんですが――」

井上はもったいをつけるように間を置いた。こういうところが宮野と似てきて困ったものだ。おおむね想像がついたので、こちらから言ってやる。

「そいつはすらりと背が高くて、髪はオールバックで、着ているのは高級そうなブランド物のスーツ。顎には短めの髭を蓄えていたんだな」

「そのとおりです。三宅に間違いないと思います」

「ああ。八重洲ならあいつのオフィスにも近い。買ったのはいつなんだ」

「五日前だそうです」

「厚子が出発する前々日だな。周到な計画というより、バタバタと動いた印象があるな。三宅がチケットを手配した点からは、渡航が厚子本人の意志ではなかった可能性も匂ってくる。チケットは片道だったと聞いているが」

「観光目的の査証免除による入国の場合、シンガポールでは入国時に出国するための航空券の提示が求められるんだそうです。理由がそれによるのかどうかはわかりませんが、そのとき一緒にシンガポールから香港へのオープンチケットも購入したようです」

「香港？」

「ええ。最終目的地が香港なら、最初から香港へ向かったほうが安いし速いはずなんですが」

「香港から先は?」

「買っていません。もしこちらの見立てどおりなら、いまはシンガポール観光を楽しむような気分でもないでしょう。わざわざそういう手の込んだことをする理由がわからないんです」

困惑する井上に、鷺沼は言った。

「じつは三宅は香港にずいぶん縁があるようなんだ——」

三好から聞いた話に井上は興奮を隠さない。

「だったらシンガポールへの入国は足取りをくらますための作戦ですよ。三宅が香港に頻繁に渡航しているなら、厚子を安全にかくまえる場所も用意できるでしょう」

「そうとも限らない。そういう作戦だとしたら、香港行きのチケットはダミーで、シンガポールから別の国に出国することも考えられる」

「そうですね。あるいはシンガポールに身を隠せる場所があって、そこに長期にわたって滞在することもあり得るし」

「現地のホテルは一緒に予約していなかったのか」

「到着した日の一泊だけを予約していました。市内中心部の中級ホテルのようです」

「とすると、もうそこにはいないか。厚子の足取りを見失ったら、乙彦殺害の件で三宅もしくは木崎の教唆を立証するのはまず不可能になるな」

「偽造パスポートを入手すれば、別人になりすますこともできますからね」

「おまえにシンガポールへ飛んでもらおうかと思っていたんだが、それだとどうやら無駄足になりそうだな」

「そうですね。厚子が実行犯だという確実な証拠があれば、シンガポール警察に捜査共助の要請も出来るんですが」

井上は落胆をあらわにする。鷺沼も思いあぐねた。

「神奈川県警が仕舞い込んでいる物証のなかに厚子に結びつく材料が必ずある。それを吐き出させる方法はないものか」

焦燥を覚えて鷺沼が言うと、井上も困惑を滲ませる。

「乙彦殺害についての本来の捜査権は向こうにありますからね。そう簡単には渡さないでしょう」

「となると、残る糸口は三宅の今後の動きだ。近々自分も香港に飛ぶつもりかもしれない。身辺を監視していればそんな行動も把握できる」

「そこで厚子と落ち合う予定かもしれませんね」

「その可能性は高いだろう、だとしたら三宅を追っていけば厚子にたどり着く」

「でも三宅が成田から出発するのを確認してからじゃ、こちらは間に合いませんよ。チケットはそうすぐには買えませんから」

「たぶんそのときもチケットは同じ旅行会社で買うんじゃないのか。理由は名前が残るネット予約やクレジットカード決済を避けるためだよ」

「それはあり得ますね。いまはネットで買えますから、多忙な三宅なら普通はそうするでしょう」

「もし頻繁な香港への渡航が禁制品の輸出や脱税にかかわるものだとしたら、国税の査察が入ったときクレジットカードの利用履歴から足がつく。いまどき珍しい現金払いというのは、たぶんそういう意味があってのことだろう」

「だったら三宅がその旅行会社に立ち寄ったら、すぐに購入した航空券の行き先や利用便を教えてもらい、こちらも同じものを購入すればいいですね」

井上が生気を取り戻したかのように言う。

「問題はそこまでの情報を簡単に開示してくれるかだな」

「きょうの聞き込みでも協力的でした。係長が事前に捜査関係事項照会書をファックスしてくれたこともありますが」

「そっちの名目は殺人の容疑か」

「そうです。すれすれのところですが、なんとか信用してくれたようです。三宅の件については外為法違反や脱税絡みの容疑で十分いけますね」

「ああ。うちが畑違いというんなら、二課のほうで捜査関係事項照会書を書いてもらってもいい」

「その場合、だれが香港へ？」

「宮野はすでに面が割れているし、おれと福富もあす三宅に会うから、そこで顔を知られてしまう」

「となると、僕しかいないじゃないですか」

井上が張りきった調子で応じる。鷺沼は言った。

「そういうことになるが、一人じゃ危険だし、現地での尾行も難しい」

「だったら彩香に手伝ってもらいます」

「それは無理だろう。向こうはあくまで所轄の刑事で、こちらの指揮下にいるわけじゃないんだから」

「ボランティアということでは？」

井上は食い下がる。近ごろ公と私の区別が曖昧になりがちで、それも宮野の影響のようで苦々しい。

「そういうわけにはいかない。下手をしたら命にかかわる仕事にもなりかねないからな」

「だったらどうしましょう」

「どのみち二課とは連携して動くことになるから、そちらから人を出してもらう手があるな。三宅の香港での拠点が把握できれば、そこが外為法違反や脱税関係の捜査の糸口になるかもしれない」

「大丈夫ですか。タスクフォースの活動が外に漏れてしまうかもしれない」

「そこは三好さんのほうから、すでに先方の係長に話をしてある。むろん一切秘密という条件でな」

「そうだとしたら心強いです。善は急げで、僕はこれから三宅の事務所に張り付くことにします」

「いや、そっちは正規部隊の人員が張り付いているはずだから、係長からさっそく指示を出してもらう。旅行会社へ出向くことがあったらすぐに通報してもらえばいい。おまえさんにはやってもらう仕事がいろいろある」

「そうですね。三宅と会うときの様子は録音するんでしょう」

「その準備ももちろんだが、福富が使う偽名刺もつくってもらわないと」

「それは問題ないですが、警察手帳を見せろと言われたらどうしますか?」

「そのときは勤務時間外だから携行していないと言えばいい」

最近はどこの警察本部でも紛失や盗難を惧れて退庁時には返納するのが原則になっている。それにそもそも警察官が警察手帳を提示するような場面というのは、実際にはほとんどないものだ。刑事は聞き込みの際には名刺を手渡す。参事官クラスの高官となると、なおさら警察手帳などという野暮なものを振りかざすことを嫌う。

「そうですね。前回も宮野さんは名刺を渡しただけでしたから。僕はレストランの近辺で、電波の届きそうな喫茶店でも見つけておきます。僕まで面が割れちゃったら、あとあと困りますから――」

ミシュラン二つ星の高級フレンチの席から井上だけ外すのは心苦しい気もしていたが、そのあたりはわかってくれているようだった。

「捜査が成功した暁にはそのレストランで盛大に打ち上げをやりましょう。もちろん彩香も呼んで」

抜け目なく付け足すところが油断ならない。井上の宮野化現象は想像以上に進んでいるらしい。

「三好さんのへそくりがそれまでもつかどうかだがな」

そう言って通話を終えて振り向くと、三好はあらましの事情を察したようだった。

「シンガポールから香港か。意味深なルートだな」

「ええ、さっき係長から聞いた話とも符合します――」

井上とのやり取りを詳しく語って聞かせると、三好は思案気に言う。

「少々物入りだが、その作戦でいくしかないな。なに、へそくりのほうはまだ大丈夫だ。足りなくなったら宮野君や福富君から浄財を募ればいい」

二人の裏稼業を黙認するどころか、当てにさえしているようだ。冗談だと理解したいところだが、いま一つ確信が持てなくなった。三好は続ける。

「いずれにしても三宅の動きにはしっかり目配りしておかんとな。張り込みの人員はおれのほうで増やしておこう。乙彦の殺害現場の聞き込みはこれ以上続けても成果はなさそうだから、そちらから人を回すようにするよ」

「よろしくお願いします。二課のほうからも人手を借りたいんで、だれか探しておいてもらえますか」

「香港へ飛んでくれる人間だな。二課の若いので、英語が達者なのがいるそうだ。あそこは英語が公用語でも、町なかじゃほとんど通じないらしいけどな」

「現地の公的機関と話をする機会もあるかもしれませんから、その点は助かると思います」

「まだ捜査共助の要請はしていないから、あまりおおっぴらに動くのもまずいだろう。二課のほうで三宅の裏稼業の確証がとれたら、そういう動きになるかもしれん。脱税となるとマネロン絡みで、そっちの方は国際的な取り締まりのネットワークがあるから、いろいろ協力が得られるだろう」

「でかい仕事になりそうですね」

「そうだな。おれの警察官人生の有終の美を飾るにふさわしい仕上がりにしたいもんだよ」

そういう三好の表情には不退転の決意が感じられた。

3

三好のもとを辞して、歩きながら考えごとでもしようと徒歩で有楽町方面へ向かっているところへ、宮野から電話が入った。

「どうだ。川崎方面の様子は？　なにか成果はあったか？」

訊くと宮野は得意げに応じる。

「このおれが、わざわざ川崎くんだりまで無駄足を踏みに行くわけないじゃない」

「それはけっこう。で、どうだったんだ」

「立て続けに二レース当てちゃってさ。大穴狙いじゃなかったんだけど、投資額の何倍かは稼いだから、今夜はご馳走を張り込むよ」

「成果ってそっちの話か。要するに情報収集を口実に遊びに行っていたのか。用がないんならこれで切るぞ」

「そんなつれないこと言わないでよ。もちろん本命の仕事でも無駄足は踏んじゃいないから」

「なにか新ネタを拾ったのか」

「県警の本部長が来月異動になるそうなのよ」

「馬鹿に早いな。いまは定期異動の時期じゃないだろう」

「普通は四月にごっそり動くからね」

「だれから仕入れたんだ、そのネタ?」

「警務の人事課にも馬好きがいてね。川崎でナイター開催中は残業もしないで通ってくるのよ。まだ極秘の情報らしいけど、おれの予想でそこそこ稼がせてやったもんだから、ついつい口が軽くなったようでね」

「後任は?」

「大阪府警の現副本部長だそうで、昇進しての異動だよ。急に持ち上がった話で、適任がいなかったんじゃないかってその人事課員は言ってるんだけどね」

「神奈川県警は規模じゃ府警に次ぐ三位だから、出世と言っていいだろうな。いまの本部長はどこへ行くんだ」

「それがね、お気の毒に警察大学校の校長だっていうんだよ」

宮野は同情めいた調子で言うが、電話の向こうで薄ら笑いをしているのが想像できる。他人の不幸は宮野の栄養だ。

「キャリアのあいだじゃ上がりのポジションと見なされているようだからな。まあ左遷だろう。なにか失策でもやらかしたのか」

「そこがどうもわからない。金に汚いのは間違いないけど、そんなの珍しくもない。むしろそういう奴ほど出世するわけでね」

「だとしたら、三宅が県警に渡した大枚は死に金になるかもしれないな」

「そうだよね。次に来るのがどういうタイプかわからないけど、まかり間違って金にきれいなのが来ちゃったりしたら得意の賄賂作戦は通じないし、金に汚い奴だったら新たに賄賂をふんだくられることになるし、三宅にとっていいことはなにもなさそうだね」

「正義感の強い堅物が来てくれれば、乙彦殺害事件の解明も進むかもしれないな」

「まあ、それはなかなかないんじゃない。若いころのおれがまさしくそうだったわけだけど、お陰で見事に嵌められちゃって、それ以来ずっと日陰者よ。そういうのはレッドデータに記載された絶滅危惧種みたいなもんだから」

宮野に言われると妙に実感が湧いてくる。そこに期待してもおそらく無駄だろう。しかし三宅や木崎を慌てさせることになるのは必定だ。そういう状況ではぼろも出やすい。

「いずれにしても、頭に入れておいていい話だな」

「そういうこと。おれがしっかり仕事をしたのをわかってくれたようだね。ところで鷺沼さんのほうはどうなのよ。三好さんのところで、ただ油を売って帰ってきただけなんじゃないの」

「ああ、言うのを忘れていた。じつはいろいろ情報が入ってきたんだ――」

三好と井上から聞いた話を教えてやると、宮野はいきり立った。

「どうして先にそれを言わないのよ。そのうえ勝手に段どりまで決めちゃって、やり方が汚いじゃない。シンガポールも香港もおれの縄張りなんだから」

「いつからそうなったんだ」

「あのあたりのカジノにはずいぶん投資したからね。その元をとる千載一遇のチャンスだというのに、このおれを外すなんてもってのほかだよ」

「そういう用件なら、早く事件を片付けて勝手に自腹で行ってくれ」

「そうなの。だったら木崎や三宅からたんまりしぼり取って、それを元手に一勝負しにいくから、くれぐれも邪魔はしないでね」

宮野はいかにも開き直った口ぶりだ。鷺沼は慌てて問いかけた。

「なにか企んでいるのか」

「いえいえ、なにも。それに鷺沼さんにとってはどうでもいいことじゃない。迷惑を掛けるわけじゃないし、損をさせるわけでもないんだから」

「そういう問題じゃないだろう。悪事は法で裁けばいい。個人的に金をむしり取るのは懲罰でもなんでもない。ただのたかりだ」

「しこたま賄賂をせびって、悪事を見逃すお偉い警察官僚よりはるかにましだと思うけど」

そう言われると言葉に窮する。そんな宮野の言い草が正論に聞こえてしまうほど世の中が腐りきっているということだ。

「だからといって捜査に支障が出るようなことはするな。目的はあくまで犯罪を摘発して、司法の俎上《そじょう》に載せることだということを忘れるな」

「鷺沼さんもいくらか物わかりがよくなったようだね。もちろん捜査の眼目はあくまで悪の摘発よ。警察官たるもの、正義のために身を尽くすのは当然のことよ。いやいや、心配は要らないよ。鷺沼さんにも少しはお裾分けが行くように、福富ともよく相談するからさ。それより、大丈夫なの、桜田門の二課の奴らは。鳶《とんび》に油揚げを攫《さら》われることになったりしない？」

「大丈夫。三好さんのお墨付きだから。あんたみたいな刑事は世間にそうざらにはいないよ」

「褒め言葉と受けとっておくよ。しかし古川の情報はガセじゃなかったらしいね。黒幕が木崎だとしたら、会社に対する背任行為になるじゃない。殺人罪で死刑か無期を食らった上に、株主から訴訟を起こされて損失を弁済させられたら、木崎一族はそこで没落だよ。人間、欲をかきすぎて幸せなことなんてなんにもないね」

「あんたもその言葉を肝に銘じておくんだな。スケールの点じゃ木崎の足下にも及ばないけどな」

「だれにだって幸せを求める権利はあるんだよ。日の当たらない人生を送っているおれみたいな庶民のささやかな夢を、木崎のような大悪党の欲と比べるなんて、人情のかけらもない人だね、鷺沼さんは」

また得意のお涙話が始まりそうなので、素っ気なく話題を切り替える。

「ところであすの準備は大丈夫なのか。そういう高級レストランだとドレスコードがあるんだろう。あんたみたいなのでも入れてくれるのか」

「あんたみたいなのって、どういう意味よ」

「金髪頭でピアスをつけて、派手な花柄のアロハシャツにジーパンじゃ門前払いされはしないか」

「そこは心配ないよ。鷺沼さんのスーツのなかから手頃なのを見繕っておいたから」

「おれに断ったか」

「まあまあ、目くじらを立てるような仲じゃないでしょ。クロゼットのいちばん奥にあった紺のアルマーニ。あれ借りることにしたから、よろしくね」

「だめだ。あれはおれの一張羅だ。官給品の着古しがいくらでもあっただろう」

「あんな貧乏ったらしいの着てったら、それこそ門前払いだよ」

「だめだ。あれはおれが着ていく」

「いいの？　ズボンがつんつるてんでも。ゆうべ、おれに合わせて丈を詰めちゃったけど」

宮野はけろりとしたものだ。

「勝手にそんなことをしたのか。だったらきっちり弁償してもらうからな」

「気にしない、気にしない。事件が解決した暁には、アルマーニでもポール・スチュアートでもなんでも買ってあげるから」

呆れて怒る気もしなくなったから通話を切ろうとすると、その気配を察知したように宮野は慌てて語り出す。

「ああ、そうそう。もう一つ話があったのよ。さっき福富から電話があってね」

「あしたのことでなにか問題でも？」

「そうじゃなくて、古川が仕入れた話らしいんだけど」

「新しいネタなのか？」

「そうなのよ。もちろん例の外為法違反やら脱税やらの絡みなんだけどね」

「そんな大事な話を、どうして先に言わないんだ」

「そりゃお互い様でしょ。じつはきのう原田隆昭が東京に来て、古川が一献酌み交わしたそうなのよ」

「福岡へ左遷された木崎輝正の娘婿だな」

「うん。仕事で上京したらしいんだけど、本社の連中は会長の逆鱗に触れるのを怖がってか、だれも付き合ってくれない。商用で二、三日東京に滞在するというんだけど、よほど退屈していたようで、向こうから古川に誘いの電話を寄越したそうなんだ」

「会社の経営者が総会屋とそんなことをしていいのか」

「ただ付き合うだけなら問題ないよ。利益供与とかの話じゃないんだから。まあ、あとで問題になると困るから、飲み代は割り勘にしたそうだけどね」

「そのあたりは慎重だな。それで?」

「例の疑惑をだれかが国税にチクった件で、このあいだ古川が確認の電話を入れたって言ってたでしょう」

「ああ、福富の話だとそうだった。チクった件に関しては否定したそうだな」

「呑んでいるうちに当然その話になってね。原田も薄々は感づいていたらしい」

「なににだ」

「新ココムに抵触する禁制品を、三宅が怪しい国に売っていたらしいってことだよ」

宮野はもったいぶって声を落とす。話が長くなりそうなので日比谷公園に入り、ベンチに腰を落ち着ける。

「九州に飛ばされている原田が、どうして感づいたんだ」

「ときどき、おかしなところに部品を販売するようにという指示が本社から来るそうなのよ。補修用の部品として」

「おかしなところというのは？」

「香港にある聞いたことのない貿易会社で、販売先はオーストラリアとかアルゼンチンとか、新ココムに抵触しない国ということになっている。ところがその補修用部品は、そういう国では販売していない製品で使っているものだそうでね」

「本当の販売先は別の国だということか」

「原田はそうじゃないかと疑ってね。現地の興信所に依頼してその会社の素性を調べてみたら、なんと――」

「気をもたせるな。早く言え」

「その会社のオーナーがKTマネージメントだったそうなのよ」

「KTマネージメントってのは三宅がやっている例の木崎一族の資産管理会社だろう。しかし、よくそれを突き止めたな。香港に限らずタックスヘイブンといわれる国では、ペーパーカンパニーをつくるのがえらく簡単で、そのうえ秘密の壁がすこぶる厚いと聞いているが」

「もちろん現地には会社の設立を請け負うブローカーみたいなのがいて、金を払えば、名義だけの代表者を立てて本当のオーナーは書類上に一切名前が出ないようにしたり、架空名義の銀行口座をつくったりというといういかがわしいサービスを請け負ってくれるわけだけど、蛇の道はへびで、裏から探るルートもあるのがああいう国のいいところなのよ」

いかにも事情通のように宮野は言うが、どうせ古川の受け売りだろう。

「つまりキザキテックの本社も関与しているんだな」

「機械の本体も、たぶんその会社を通じて怪しげな国へ輸出されているんじゃないかと原田は見ているそうなんだけど、手続き上は新ココムに抵触しない国への輸出という体裁をとっているから、経産省の許可もとる必要がない」

「ただし香港のその会社を仲介するかたちになっていて、実際にはどこへ輸出されているかわからないということか」

「そういうことだね。その製品は核ミサイルの製造に使えるくらい高性能で、イランや北朝鮮なら喉から手が出るほど欲しい。当然、そういう国に売ってはいけないことになっているんだけど」

「原田はそれを国税に密告したわけじゃないんだな」

「調べた現地の興信所というのもどっちかというといかがわしいところがあって、法的手段に訴えるには証拠として弱いらしいね。原田としてはもちろん木崎を追い落としたい。しかし中途半端に告発して捜査が不首尾に終わった場合、木崎からの報復が待っている。そこでとことん潰されちゃったら政権奪取の目はなくなるから、いまは隠忍自重しているそうなのよ」

「そうだとしても、その話、信憑性は高いな。だとしたら国税にチクったのはだれなんだ」

「うん。それが乙彦だとすると辻褄が合うんだけど、どうやってそれに感づいたかという点が弱いんだよね。原田でさえまだ確証を摑めたとは言えないと判断していたくらいなんだから。ところで問題になっていた三宅の父親のことなんだけど――」

ここぞという調子で宮野が切り出した。鷺沼も勢い込んで問い返す。

「やはり木崎輝正なのか」

「原田の奥さんはそう確信しているようだね。母親が違うといっても血を分けた兄弟だから、直感的に感じるものがあるというんだよ。原田自身も、奥さんと木崎と三宅の面影には通じ合うものがあるとずっと感じていたそうでね」

「三宅はどういう経緯で乙彦の家庭教師になったんだ」

「木崎の紹介だそうだよ。父親の忠彦が、息子の成績が芳しくなくて、いまの家庭教師を替えたい。だれかいないものかとこぼしたら、知人から紹介されたと言って連れてきたらしい。一流国立大学を出て、公認会計士の試験に挑戦中だという話でね」

「そのあたりは桑沢という元社員の話と一致するな」

「半信半疑でやらせてみたら、たしかに乙彦の成績はめざましく向上したらしい。それが中学二年のときで、おかげで都内の一流高校へ進学できた」

「三宅が頭から血を流して病院に運ばれたというのは本当なのか」

「本当らしい。乙彦の突然激高して暴れ回る性格はそのころも直っていなかったらしくて、ちょっとしたことで三宅と言い合いになって、そのうち金属バットで部屋じゅうの物を壊し始めた。それを止めようとしたら、振り回していたバットが頭に当たってね」

想像していたのとやや違う。鷺沼は問い返した。

「故意じゃなかったのか」

「どうもそうらしい。やっちゃったあと乙彦はえらく心配して、病院に駆けつけて泣いて謝っていたと聞いてるそうだよ」

「そのころの乙彦と三宅の関係は決して悪くなかったわけだ」

「年の離れた兄弟といった感じで、教え方も親身だったから、忠彦も大満足だったそうだよ。KTマネージメントの経営を任せたいと木崎が言い出したのは、その事件の直後だったらしい」

「怪我をさせたことへの埋め合わせか」

「理由としてはそうだったかもしれないね。普通なら警察沙汰になる話で、それを隠すのに三宅が協力したからという線も考えられる」

「キザキテック本社に採用する手だってあったはずなのに、わざわざ一族の資産管理会社のトップに据えたという点は、たしかに匂うな」

鷺沼は頷いた。そう考えれば、見えなかった糸が繋がってくる。勢い込んで宮野が言う。

「それまでは忠彦のかみさんが社長をやっていたんだけど、実態は名前だけで、切り盛りをしていたのは本社から出向した社員だった。それじゃ機密性が保てないと木崎は以前から気に懸けていて、それを機に一気に話を進めちゃったらしい」

「忠彦は怪しまなかったのか」

「諸手を挙げて賛成だったようだね。かみさんは名義上社長になっていても経営のことはなにもわからない。不安を感じていたのは木崎と同様で、本人も交代することに異存はなかったというんだけど」

「しかしその後、三宅が木崎の隠し子だという噂がキザキテックの社内にも広まったんだろう」

「それは木崎が三宅を重用し、本社の会議にも出るようになって、それが気に入らない重役たちから出てきた話らしいよ。原田はそのころはまだ副社長の座にあって、そういう噂の火消し役に回っていたらしい。その手の噂が表に出ると、お家騒動を疑われて株価にも影響するからね」

「しかし原田の奥さんは疑っていた」

「原田だって内心は微妙なところだったようだね。社内での人望はいちばん厚かったのに、血が繋がっていないという理由で社長の座は忠彦に譲った。血縁を重視する木崎はさらにその後継に乙彦を想定している。忠彦は無能で乙彦も問題を抱えていることは知っていたから、一発逆転の野望は捨てていなかった。そこに三宅が現れた。奥さんの疑念が正しいとすれば、認知はしていなくても木崎は三宅が血の繋がった息子だということを知っている。そのうえ忠彦や乙彦と比べて優秀だとなれば、原田にとっては予想外のライバルになりかねない。だからといって露骨に反旗を翻せばかえって立場が危うくなる。そんなこんなで模様眺めをしているうちに副社長の座から追い落とされて、九州の子会社へ飛ばされちゃった」

「三宅に対しては恨み骨髄のはずだが、それでも、チクったのは自分じゃないと言うんだな」

「補修部品の輸出というかたちで自分も関与しちゃったし、いま木崎に逆らえば、九州の子会社からも弾き出されかねない。それを考えれば、とてもそういうリスクは冒せないというのが原田の言い分だったそうなんだ」

切れ者の原田にとっても、木崎はそれだけ手強い相手らしい。鷺沼は訊いた。

「乙彦と三宅の最近の関係は？」

「新宿駅の事件の直後に渡米したのは知っていたけど、そのあと現在まで、三宅とのあいだになにがあったかはまったく把握していない。乙彦が帰国していたことは、殺害が報じられて初めて知ったらしい」

「新宿駅の事件と乙彦の関係についてはどうなんだ」

「なにも知らないけど、あり得ないことじゃないと言っているらしい。似顔絵が新聞やテレビで公表されたときは、似てはいるなと思ったけど、まさかと考えてそのまま忘れていたようだね。ところが急遽渡米したと聞いて、これは怪しいと思ったらしい」

「奥さんは実家のことだから多少付き合いはあるんだろう。そのころなにか不審なものは感じなかったのか」

「夫に対する処遇のこともあって、付き合いは疎遠だったらしい。渡米した件については、事前にも事後にも一切聞いていなかったそうだよ。ただ乙彦は大学へ入ってからも三宅を兄のように慕っていて、事件の前まで事務所へよく遊びに行っていたような話は、奥さんが実家の母親から聞いていたようだね」

「だったら乙彦がチクったというのは、こちらの考えすぎか」

落胆を覚えて鷺沼は言った。そうだとしたら、三宅の教唆による乙彦の殺害という見立てが動機の点で弱まるのは否めない。とはいえ厚子のシンガポールへの渡航が、乙彦の殺害と無関係だとはどうしても考えられない。

「でもそれは最近の話じゃないからね。帰国してから殺されるまでの二ヵ月余りのあいだになにかが起きていた可能性は否定できないし、渡米中だって電話やメールで話はできるし、国外で乙彦と会うこともできるから」

なお確信ありげに宮野が言う。そこまで仲がよければ、相手の懐に不用意に踏み込むようなこともあり得るだろう。それに加えて乙彦には情緒的に不安定なところがあるらしい。

一見仲のいい間柄でも、一方が他方に依存する傾向が強すぎて、それが致命的な破局に結びつくことは珍しくない。

夫婦や親きょうだいのあいだの殺人事件はほとんどがそんな側面をもっていて、いっそ不仲で疎遠な関係だったら避けられたと思えるケースがじつに多い。

「そのあたりの感触を、あす三宅に会ってどう引き出すかだな」

「そうだね。妹を急いで国外逃亡させたってこと自体が大いに不審な動きだから、そのへんをちくちく突ついてやれば、喉につかえていたものをぽろっと吐き出すこともあるんじゃないの」

そういう宮野のお気楽モードが、いまは多少の救いになる。

「おれはこれから帰るんだが、そっちはどうする。最終レースまで頑張るのか」

「そうしたいのは山々だけど、あしたのこともあるからね。おれも帰って晩飯の支度でもするよ。きょうは懐が暖かいから、上等のステーキ肉を買って帰るよ。井上君のほうはどうするの？」

「あしたの準備があるから、あいつもそろそろ帰るころだろう」

「だったら三人前ね。まさかお転婆姉ちゃんは来ないだろうね」

「向こうも仕事があるからな」

「もし来ちゃったら、井上君と半分こさせるしかないね。じゃあ、お楽しみに」

宮野は調子よく言って通話を切った。

4

公園を出て、また有楽町方向に歩き始める。残暑もすでに下火になり、この日は秋風が心地よい。

事件の全容はまだ靄《もや》にかかって見えないが、新宿駅での事件を端緒に浮かび上がったのは、当代きっての一流企業の背後に隠れた巨大な悪の影だった。

そしていまほの見えてきたのは、その資産と権力を巡る骨肉の争いともいうべきものだった。すでに退けないところまで来てしまったと思いながら、鷺沼はどこかさばさばしていた。

これから先は警察の捜査の常道を外れる。そこへ踏み込むことには警察官としての生命を断たれるどころか、犯罪として摘発されるリスクさえあるだろう。

しかし金の力で牛耳られた神奈川県警が真実の究明に抵抗しているとしたら、その障壁を突破するために、いまはやるべきことをやるだけだ。

それが警察官として矩《のり》を越える行為だとしても、いま県警上層部がやっている脱法行為と比べれば、人として恥ずべきところはなにもない。

そんな思いは三好も井上も、あるいは彩香も同様だろう。宮野はそんなことには拘泥しない。警察官ではない福富は、もともとそうした懸念の埒外にいる。

宮野と福富があわよくばむしり取ろうとしている少なからぬ悪銭にしても、木崎や三宅が不正に手にした数百億と比べれば端金《はしたがね》だ。お零れに与りたいなどとは思わないが、いま目の前に浮かび上がった巨悪を取り逃がすことと比べれば、取るに足りない小事でしかないだろう。

日比谷交差点を渡ったところで、また携帯が鳴り出した。井上からだった。

「いま秋葉原の家電専門店に向かっています。今回は同じ店内でモニターできないので、もっと無線の到達距離が長いワイヤレス録音機を買おうと思うんです。さっき係長に電話して、ぼくも近くの店でモニターすると言ったら、自分もそこへ行くと言うもんですから」

「それは聞いていなかったが、やはり気になるんだろうな。あとで録音したものを聞くより、生中継のほうが臨場感が出るしな。いいポイントはありそうか」

「あす早めに出かけてチェックするつもりです。それと、さっき彩香と電話で話したんですが――」

普段なら彩香のことになると声のトーンが上がるのに、井上はどこか深刻そうに声を落とす。

「三宅厚子には恋人がいたようなんです。ゆうべ昔の柔道仲間と電話で話していて、ふと思いついてさりげなく厚子の名前を出してみたらしいんですが」

「なにか知っていたんだな」

「三年くらい前らしいんですが、渋谷で偶然、二人で歩いているところを見かけたそうなんです。しばらく会っていなかったので、その友達は厚子に声をかけたというんですが、どこかよそよそしくて、声をかけられたのが迷惑だというような顔をされたので、そのときは不愉快な思いで別れたんだそうです。ところが、その夜、厚子から電話がかかってきて――」

井上はここからが肝心だというようにわずかに間を置いた。

「日中のことを詫びたそうなんです。一緒にいたのはいま付き合っている相手で、ちょっと性格に癖があり、男でも女でも、厚子が自分以外のだれかと仲良くするところを見ると癇癪《かんしゃく》を起こすんだそうです」

「性格的に問題があったわけだ」

「ええ。物を壊したり暴力を振るったりして手がつけられなくなるときがある。それで別れようかどうか悩んでいると打ち明けられたそうなんです」

「その恋人というのは、まさか？」

訊くと、井上は残念そうに言う。

「名前は教えてもらえなかったそうです。その友達は気になって、それから何度か電話をしてみたんですが、いつも留守電に切り替わり、メッセージを残しても向こうから連絡は来なかったそうです」

「そうか。しかし気になる話だな」

「彩香もひらめくものを感じて、その友達に相手の男の特徴を訊いてみたんだそうです。こざっぱりした服装で、一見育ちのいいお坊ちゃん風。身長は一八〇センチ近く、ソース顔で顎が細い」

「乙彦の特徴と一致するな」

「そうなんです。間違いないような気がします」

井上は断定するように言う。鷺沼も同感だった。

「もしそうなら、厚子が実行犯であることを裏付ける重要な状況証拠になるな」

「そう思います。そんな関係なら乙彦に接近するのは容易いでしょう。乙彦も警戒しないと思います」

「しかし一方で三宅の教唆による犯行という線が弱くなる。個人的な感情のもつれが動機ということもあり得るからな」

「そうなると、こちらの見立てが崩れてしまいますね」

井上も不安げだ。気を取り直すように鷺沼は続けた。

「より複雑な筋読みが必要にはなったが、三宅が大枚の金を使って乙彦殺しの捜査にブレーキを掛けているのは間違いない。あすの面談にしてもそうだ。億の単位の金を要求しているにもかかわらず話に乗ってきている。単に妹をかばいたいという個人的な思いだけで、それだけ巨額の金を動かせるはずがない。そう考えれば、これまでの見立てが決定的に間違っているとは言いがたいと思うんだが」

「たしかにそうですね。三宅が扱える金は、あくまで木崎一族のものですから」

「すべてはあすだな。三宅の口からどこまで真相を引き出せるか」

鷺沼は自らを奮い立たせた。

第八章

1

「寺尾と申します。話向きは鷺沼と宮野から伺っております。我々警察官というのは狭い世界で生きているものですから、民間企業の皆さんとこんなかたちでお会いするのはなかなかいい勉強になりましてね」

福富はのっけから寺尾参事官になりきっている。

芝公園にあるこのレストランは、瀟洒《しょうしゃ》な英国風洋館の二、三階を占め、宮野が押さえたのは、たまたまキャンセルが出ていた六人席の個室だった。

福富がポケットにワイヤレスマイクを忍ばせ、井上と三好は近くの喫茶店で録音機を用意して会話をモニターしている。三宅が到着する前にマイクのテストは済ませていた。

同席しているのは計画どおり宮野と鷺沼だ。宮野はすでに八重洲で会っており、そのときに実名を使っている。

初対面の鷺沼もあえて身分は詐称しない。嘘は少ないほどばれにくい。むしろ乙彦の傷害致死事件の担当部署の所属だという点を逆手に使おうという目算だ。

案の定、三宅は鷺沼が手渡した名刺の肩書きに興味をそそられたようだった。

「まさか私を嵌めようという魂胆じゃないでしょうね」

「それなら名前も肩書きも別のものを使いますよ。たまたまいまは別件の捜査を担当してましてね。そうは言っても同じ部署ならいろいろ情報は入ってきますから、大いにお役に立てると思いますがね」

ざっくばらんな調子で鷺沼は言った。悪徳刑事の演技に関しては宮野という最高の教師がいるから、とくに不安は感じない。

「要するにガセネタは流さないという我々の誠意の証しだと受けとってもらえばいいのよ。まあ、信頼してくれれば損はさせないから」

宮野はいかにも親身な口ぶりだ。三宅が福富に向き直り、慇懃な調子で言った。

「木崎会長にしても私にしても、あらぬ疑いで警察に付きまとわれるのは非常に迷惑でしてね。もちろん正式に立件されたら、とことん争って疑惑は晴らしますが、そもそもそういう状況に至ること自体がキザキテックにとっては大きな痛手なんです。警察にしても、強引に立件して犯罪の事実が証明できなければ世間の非難を浴びることになるでしょう。どちらにとっても馬鹿げた損失です。それを回避する上でお知恵を拝借できればと、こんなかたちでお会いさせていただいた次第でして」

「そのあたりは十分理解できますよ。しかし警察というのも組織で動いている以上、私のような立場の人間でも、一存で捜査に待ったをかけるというのはなかなかできるもんじゃないんです」

福富はいかにもというように、もったいをつけてにんまり笑う。

ワインを携えてウェイターがやってきたので、デリケートな会話はいったん中止し、ホスト役の福富がテイスティングして頷いた。続いてオードブルが運ばれて、それぞれのグラスにワインが注がれた。

ウェイターが一礼して立ち去ったところで、三宅が身を乗り出す。

「そこをなんとかしてくださるということだったので、私は出てきました。もちろんそちらにも条件がおありでしょうから、検討させていただく用意はあります」

「そうですよ。そういうお話ができれば、私も出てきた甲斐があるというものです。日本という国の基盤は経済で、それを支えているのがキザキテックさんに代表されるような優良企業です。よほどのことがない限り、闇雲に公権力を振りかざして日本の産業にダメージを与えるようなことは、警察としても本意じゃないんです」

福富は魚心あれば水心だと言いたげに、やんわりと誘いをかけていく。

「おっしゃるとおり、キザキテックは戦後の日本経済の成長の牽引車として大きな役割を果たしてきました。世界をリードする金属加工機メーカーとして、日本の産業の高度化にも大いに貢献してきました。木崎会長の国を愛する心は人一倍で、企業の利益よりも国家国民の利益が最優先だというのが創業以来一貫した信念です」

「それは正しいご見識だ。金儲け一辺倒の考えがはびこるなかで、そういう立派な経営者が少なくなりましてねえ。今回警察が捜査を進めている事件にしても、木崎会長が潔白だというのは火を見るよりも明らかです。直接捜査に携わる立場ではない私も、その点を心配してたんです」

福富は善意の塊のような顔で言って、ワインを口に運ぶ。三宅もやや緊張を解いた様子でオードブルを口にした。

「いかがでしょうか。三宅さんのような方ならこのくらいの店にはいつでもお出かけでしょうが、ここは私が気に入ってる店でしてね。お口に合えばいいんですがね」

「とんでもない。このクラスとなると、私などはそうそう足を運べません」

「私らだってそうですよ。たかが警視庁の小役人の身分で、普通なら足を踏み入れるのさえ難しい。ただね、いいお付き合いさせてもらっている方々がいろいろおりましてね。そういう皆さんのご厚意で、私のような者でもささやかな贅沢をさせていただけるわけでして。もちろんお互いにとってそれがプラスになるという認識が前提ですがね」

福富はすべて金次第だという意味を誤解のないニュアンスで滲ませる。三宅は居住まいを正して問いかける。

「気にかかるのは、警視庁の捜査がどういう思惑で進められているのかということです。新宿駅での傷害致死事件を追っていたはずが、なぜか私の事務所やキザキテック本社、社長や会長の自宅にまで及んでいる」

「それはたしかに問題だ。過剰捜査の疑いもありますな」

しかつめらしい顔で頷く福富に、三宅はさらに畳みかける。

「もし木崎会長や私に乙彦君殺害の容疑をかけているのだとしたらお門違いもいいところです。そういうことを止めさせていただけるんなら、企業防衛上、多少の出費は厭《いと》いません」

「問題はそこですよ。どうなんだね、鷺沼君。そもそも乙彦さんの殺害の件は神奈川県警の管轄のはずだが」

福富が鷺沼に話を振ってくる。

「二つの理由が考えられるでしょうね――」

鷺沼は思案げな素振りで応じた。

「マスコミからの圧力と、神奈川県警と警視庁の連携の悪さです。警視庁が当初、乙彦君を捜査の対象としたのは新宿駅事件の容疑です。ただそれも、神奈川県警から接触事故で事情聴取した男が犯人と似ているという情報をもらったからで、その時点ではとりあえず調べてみようかという程度のことだったようです」

「それにしては動きが大げさだ」

三宅がここぞと口を挟む。鷺沼は冷静な調子で続けた。

「ところが乙彦君が殺害されてそれが大きく扱われると、どこから漏れたのか新宿駅事件の容疑者だったということまでが報道された。それで上の人間が泡を食った。このままだと警視庁がなにもしていないとマスコミに叩かれる。ところが神奈川県警は捜査情報を一切警視庁に渡さない。それなら独自に捜査をと、警視庁サイドの判断で動き出したようです」

この話は実態に沿っていて嘘も誇張もない。三宅の顔色を窺いながら、鷺沼はさらに続けた。

「ご存じかもしれませんが、警視庁と神奈川県警はもともとそりが悪い。そのあたりの対抗意識もあってことがだんだん大きくなった。三宅さんのほうから県警にかなりの額の金が渡ったという風の噂も聞こえてきましてね」

「そこは先日、宮野さんにも説明しましたよ。うしろ暗いことがあっての話じゃない。あくまで企業防衛のためです」

三宅はあくまでその論理で予防線を張る作戦らしい。鷺沼はさっそく揺さぶってやることにした。

「警視庁は、乙彦君殺害が身内による犯行だという見立てで動いていましてね」

「身内というと？」

「乙彦君と面識のある人間です。親族だけじゃなく、キザキテックと関係のある人間も含まれます」

「どういう根拠で？」

「殺害時の状況ですよ。押し入った形跡はなかった。室内も荒らされていない。犯行後の部屋には鍵がかかっていた」

「鍵をかけて出たのは、犯行の発覚を遅らせるためでしょう」

「しかし押し入った形跡がないということは、犯人が合い鍵を持っていたかあるいは面識がある相手で、乙彦君が室内に招き入れたと考えるのが自然なんです」

「それで私たちを監視していると？」

「そうなんでしょう。私も同じ部署に所属しているとはいえ、いまは別件に携わっているものですから、同僚もなかなか情報は流してくれない。警察というのはそういうところでしてね。捜査に関わっているチームのメンバー以外は余所者《よそもの》扱いです」

「だったら当てにならない情報だ」

三宅は鼻で笑ってみせるが、頬の引き攣り具合から察するに動揺しているのは間違いない。鷺沼は言った。

「だからといって他部署と比べればはるかに情報に接しやすい。いまの話はほぼ間違いないところです。もちろん私の口から聞いたことは内密に。守秘義務違反で訴追されかねませんので」

「繰り返しますが――」

苛立ちを隠さず三宅が応じる。

「すべて根も葉もない憶測です。そういう怪しげな捜査に待ったをかけてくれると先日、宮野さんが言ったから私はここにやってきた。ところが実のある話が一つも出てこない。これじゃ無駄足だったことになる」

「ちょっと、そういう言い方はないでしょう。いま鷺沼さんが言ったことは、まだマスコミにもオープンにしていないネタじゃない。あくまで警視庁がそういう憶測で動いているという話で、おれたちは別にそこまで勘ぐっちゃいないんだから」

宮野が食ってかかるが、三宅は動じない。

「このあいだは私の妹がどうのこうのという話もしてたけど、それだってとんでもない勘ぐりですよ」

「おれに言われたってね。警視庁が勝手にそう見ているというだけの話で、そういう情報をおたくに提供しているということ自体、お互い協力し合おうというこちらの意思表示だと受けとってもらわないと」

宮野はあっけらかんと言う。悪徳刑事の役回りならやはり一枚上手だと認めざるを得ない。三宅は仕切り直すように福富に向き直った。

「それで寺尾さん。そこに歯止めをかける手立てはなにかお持ちですか」

「まあ、そういうレベルの思惑捜査なら、真相の解明というところまで持ち込むのは難しいと思いますよ。好きなように捜査をさせておけば、そのうち勝手に諦めるんじゃないかと思いますがね。ただしまかり間違ってということもある。警察の人間が言うのもなんですが、犯罪捜査には冤罪というのがついて回ります。人間のやることですから、間違いもあれば功を焦っての恣意的な捜査というのもないとは言えない」

福富はさりげなく脅しをかける。ウェイターがスープを運んできて、また会話がいったん途切れた。フルコースというのはこういうところが面倒だが、状況を頭で整理するには都合のいいインターバルとも言える。

2

ウェイターが去ると、待ちかねていたように三宅が口を開いた。

「恣意的な捜査とは、つまりどういうことですか。まさかあなたが影響力を行使すれば、そういうこともできるという意味じゃないでしょうね」

「いやいや、そんなことを申し上げたつもりはありません。こういうことはお互いが信頼の歯車を嚙み合わせることが重要です。ただ諸刃の剣という喩《たと》えもある。要は優れた武器も使いようだということを申し上げたかったんです」

言い回しを変えただけで、福富はけっきょく脅しているのに変わりはない。三宅は不快感を滲ませた。

「この場の話向き次第では、我々にとって不利な方向にもことを運べると言っているように聞こえますがね」

「そう受けとられる気持ちもわかります。つまりこういうことはそれだけデリケートな問題だとお考えください。我々だってリスクは背負うことになる。善意だけではなかなか成り立たない話なんですよ。庁内でのそれなりの根回しも必要です。金の力でしかこじ開けられないドアもあるわけでしてね」

肝心の話を引き出す前に金の話を固めておこうという腹のように聞こえてくる。そこに一抹の不安はあるが、ここで作戦の再確認をするわけにもいかず、このまま福富に任せるしかない。

「地獄の沙汰も金次第ということですか」

三宅が吐き捨てても福富は動じない。

「それだけ価値のある話だということですよ。じつは小耳に挟んだんですが、税務当局が新ココム違反と脱税の容疑でおたくの会社を嗅ぎ回っているとか」

　三宅の顔が青ざめた。

「また根も葉もないことを——。いったいなにをしたというんですか」

「キザキテックの製品を第三国経由でテロ国家の指定を受けている国に輸出したということのようです。さらにそこで得た資金をタックスヘイブンを利用して資金洗浄しているという話でしてね」

「私の会社がそんなことをやっていると言うんですか。うちは木崎会長とその一族の資産管理会社で、貿易業務は定款にも記載されていませんよ」

「まあまあ、いきり立たずに。そういう噂を耳にしたというだけですから」

「警察というのはガセネタで脅しをかけて、善良な民間企業から金をせびり取るのが本業なんですか」

「身に覚えがないとおっしゃるんなら、私どもはそれ以上詮索しません。ただその情報に関しては、捜査二課も注目しているようです」

「捜査二課が？」

「ええ。ご存じかどうか、経済事犯を担当する二課の場合、税関や国税とは領域が重なる部分がありまして、ライバル意識が強いんです」

「まさかそっちでも私どもに濡れ衣を着せて、世間を騒がそうという魂胆じゃないでしようね」

「いやいや、あくまで好意で申し上げています。早めに手を打たないと、一課と二課が連携して動くような事態にもなりかねません。そうなると、ことは厄介になる」

「どうしてですか。乙彦君の殺害事件とそちらの話がどうして繋がるんですか。そもそも新宿駅の事件と今回の事件を、警視庁はむりやり結びつけようとしているようにしか見えない」

三宅は微妙なところをついてくる。福富がちらりと視線を向ける。鷺沼は阿吽《あうん》の呼吸で割って入った。

「捜査一課のほうは、乙彦君殺害の背景にお家騒動のようなものの存在を想定しているようでしてね」

「お家騒動って、どういうことですか？」

三宅が鋭く問い返すと、絶妙のタイミングで宮野が口を挟む。

「ちょっと、鷺沼さん。まだ料金の話が詰まっちゃいないのに、そこまで教えるのはサービス過剰じゃないの」

「おっと、そうだった。きょうはおれたちは警察官じゃなくて、ビジネスマンとして来ているんだからな」

鷺沼も調子を合わせた。三宅は不満げに鼻を鳴らす。

「あんたたち、まるで追い剝ぎだね」

「それはないでしょ。そういう言い方されたんじゃ、おれたちだって気分が腐るよ。いやなら手を引いたっていいんだよ。県警だってそういつまでも同じ飴玉をしゃぶり続けてくれるわけじゃないんだし」

宮野の言葉に、三宅は怪訝な表情を浮かべた。

「それはどういう意味だよ」

「おれが仕入れた最新情報なんだけどね――。いや、やっぱり、ただで教えるわけにはいかないよ」

「値打ちのある情報なら、それなりの対価は支払うよ」

「だめだめ。切り売りはしないことにしてるから。こっちの言い値はぜんぶ込みで二億だからね」

「この前は一億と言ってたじゃないか」

「そんなの時価だもの。今回は捜査二課の動きも封じなきゃいけないし、県警の動向にも目配りする必要があるからね」

「その県警の話だけでも聞かせてくれないか。いったいどういうことなんだ」

いかにも焦っているところを見ると、県警の捜査はこちらの想像以上に進んでいたのかもしれないと思えてくる。軽く目配せをすると、宮野は焦らすようにワインを一飲みしてから語り出す。

「じゃあ出血大サービスしちゃうけど、県警の本部長が来月異動になるって話だよ」

「初耳だ。本当なのか？」

「間違いないよ。情報源が警務の人事課だからたしかだね」

「理由は？」

「さあね。ただ異動先が警察大学校の校長だって話だから、体《てい》のいい左遷じゃないの」

「なにか落ち度でもあったのか」

「さあ、わからない。そのクラスの人事は警察庁の所管だからね。ただこの時期の異動は異例だから、なにかまずいことがあったのは間違いないよ。たとえば袖の下を受けとって、捜査に手加減を加えたのがばれたとか――」

「後任は誰なんだ」

「大阪府警の現副本部長だと聞いてるけど」

「どういうタイプなんだ？」

「さあね。おれも大阪のことまではわからない。ただね、本部長が金に汚いという噂は聞いてたから、もしそれが左遷の理由だとしたら、次に来るのは鼻薬が利きにくい堅物の可能性は十分あるね」

空とぼけた調子で宮野が応じると、黙って成り行きを眺めていた福富が口を開く。

「県警がこれまでのように話のわかる対応をしてくれるとは限らない。今後、警視庁と連携した動きにでもなれば、いまはなんとか抑えている話が一気に炎上する事態にもなりかねない。ここは思案のしどころだと思いますよ、三宅さん」

「そうだよ。いまならまだ遅くはない。県警の体質を考えたら、トップが替わったって、その下の連中の腐った性根は一朝一夕には変わらないけど、警視庁のほうはやる気満々のようだからね。このあたりでブレーキをかけておかないと、重しの軽くなった県警を巻き込んで、一気に火の手が上がってしまうかもしれない。それじゃこれまで県警に注ぎ込んだ大金をどぶに捨てるようなもんじゃないの」

宮野はしっかり足下を見ているような口ぶりだ。それでも三宅は虚勢を張る。

「この前も言ったとおり、キザキテックと地元の関係はみなさんが想像している以上に盤石でね。いま進めている工場建設計画が潰れたら、地元経済にとっては大損失だよ。県警本部だって県の予算で養われている以上、うちをそうむげには扱えない」

「金の切れ目が縁の切れ目とも言うじゃない。今回の処理を誤って、マスコミが騒ぎ出したりでもしたら、キザキテックの株価は下がるわ製品は売れなくなるわで、新工場建設なんて夢と消えちまうでしょう。会社でも人間でも、落ち目になると世間は冷たいもんよ」

宮野は諭すように言う。そのあたりは実体験の裏付けがあるせいか妙に説得力がある。

「そうやってあることないこと並べても、私も木崎会長も疑われるようなことはなにもない。そういう話なら正面から受けて立つ覚悟はあるんだよ」

「本当に?」

宮野は露骨な疑いの目を向ける。

「本当だよ。よくよく考えれば私が馬鹿だった。警察のでっち上げ捜査など、我々の実力からすれば取るに足りない。あんたたちに二億もの金をくれてやるなら、その金で強力な弁護団を雇って、法廷でけりをつけるほうがましだ」

三宅はしたたかだ。探ろうとしているのはこちらがどこまで真相に近づいているかで、ガセを摑んでいるだけだと見くびられれば、せっかく囲んだ網から逃げられる惧れがある。

「これも聞いた話なんですが——」

鷺沼はさりげなく切り出した。

「乙彦君はあなたの妹さんと交際されていたとか」

三宅は危なくスプーンを落としかけた。

「どこでそんな馬鹿げた話を仕入れたんですか」

「真実ではないと?」

「少なくとも私は聞いていない」

「そうですか。しかし警視庁の捜査チームは、どうもそれを真実だと信じ込んでいるようですがね」

「妹が乙彦君を殺したと？」

「重要な容疑者の一人とみているようです」

「容疑者の一人ということは、ほかにもいると考えているんですか」

「まだ絞り込むところまではいっていないようです」

「たとえばだれですか」

「身内という観点から言うと、もちろんあなたも含まれるでしょうね」

三宅は嘲《あざけ》るように笑った。

「だったらほかの容疑者も当ててみましょうか。まず木崎会長でしょう。それから現社長や奥さんも含まれる。親類縁者やら会社関係者を加えれば、膨大なリストになるんじゃないですか」

「おっしゃるとおり。しかし警察も闇雲に網を広げたりはしません。もちろんあなたの場合、身に覚えのない話でしょうがね」

含みのある調子で言って、鷺沼は三宅の反応を窺った。

「濡れ衣以外のなにものでもないですよ。その件にしても、新ココム違反や脱税などという話にしても。警察の思い込みはかなり激しいようですね」

平静を装って応じるが、語尾がかすかに震えている。鷺沼はさらに押していった。

「そのとおり。楽観視しているとえらい目に遭うかもしれませんよ。いずれ容疑は晴れるとしても、一度は収監されることにもなりかねない。木崎会長は高齢です。肉体的にも精神的にも相当応えるでしょう」

「会長まで？」

「可能性は否定できません。そうなればキザキテック本体が被るダメージは取り返しがつかないほどになる。我々はそこを心配してるんです」

「ねえ、三宅さん――」

福富が穏やかに語りかける。

「お金の使いどころを間違えちゃいけません。警察には公権力というものがある。それは民間人が思っている以上に強制力がある。ときには人の人生を破壊するほどのね。だからこそ、その行使は慎重じゃなきゃいけない。我々が果たそうとしているのはその緩衝材としての役割でしてね――」

自分の言葉の効果を確認するように三宅に上目遣いの視線を向けながら、福富はワインを口にする。

「企業絡みの犯罪というのは社会的な影響が大きい。訴追される当事者だけじゃなく、株主や社員、取引先、消費者にまで影響が及ぶ。ことにキザキテックさんのような大企業の場合はね。それはだれにとっても幸福なことじゃありません」

「ひょっとしておたくたち、マッチポンプをやってはいませんか――」

三宅は苦々しげな表情で確認する。

「会長や私や妹にあらぬ容疑を向けておいて、その裏で取り引きを持ちかける。そうだとしたらじつに巧妙な手口だ」

「そこまで勘ぐることはないでしょう。私どもは、お互い損をしない関係をご提案しているだけでしてね」

福富は蛙の面に小便という顔つきだ。いよいよチキンレースの様相を呈してきたが、三宅は未だ尻尾を出さない。

その尻尾をしっかり握るためには、とにかくこちらを信じさせるしかない。いまのところ三宅の態度は半々といったところだが、動揺を見せているのは間違いない。

「でもさ。信じてもらえないんじゃしょうがない。キザキテックが潰れたからって、おれたちの給料が減るわけじゃないんだし」

宮野が投げやりな調子で言うと、三宅は慌てたように言う。

「信じる信じないの話じゃない。おたくたちの言うことが本当なら、木崎会長や私にとっても、キザキテックにとっても大変なリスクになる。かといって二億というのは私の存で動かせる金じゃない。だから慎重にならざるを得ないんだ」

「値切ろうっていうんなら話はなかったことにするよ。おれたちだって危ない橋を渡るんだから」

「この前は手付け金が一千万で、成功報酬が一億だと——」

「さっきも言ったけど、いまは事情が変わったじゃない。二課の動きも抑えなくちゃならないし、神奈川県警に対してだって、おたくを裏切らないように釘を刺さなきゃいけない。幸い寺尾参事官は上の役所にも顔が利くから、そっちのルートを使って大阪府警の副本部長に言い含めておく必要がある。なんだかんだで二億というのは良識的な額だと思うけど」

「だとしたら手付けは二千万？」

「いやいや五千万はもらわないと」

「どうしてそんなに上がるんだ」

「それだけ仕事が難しくなったんだから、前回の話はもうなしだよ。こっちだっていろいろ工作するのに元手がかかるんだからね」

金の話になると宮野は俄然気合いが入る。

「県警の工作までおたくたちに頼む気はないよ。そっちはまだ私の顔が利くから」

「そういうことを言ってると、知らない間に寝首を掻かれるよ。仁義もへったくれもないという点じゃ、警察なんてやくざにも劣るからね。警察官のおれが言うんだから間違いないよ」

「だとしたら、あんたたちなら信じられるというのは論理矛盾だな」

三宅が鋭く突いてくると、宮野はもっともらしい講釈で応じる。

「そういう細かいことを気にしたら、浮き世の荒波は渡っていけないよ。考えすぎて躓《つまず》くのがインテリの抜きがたい習性だからね。ときには目をつぶって飛び越えるしかない川もあるんだから」

「じゃあ、信じることにしよう。金は指定の口座に振り込めばいいのか。それとも現金で渡すのか」

三宅はあっさり折れてきた。ここまで強がってはみせたものの、ボディブローが効いていたのは間違いない。勢い込んで宮野が応じる。

「そりゃ現金に決まってるでしょう。こういう場合の常識じゃない。善は急げって言うから、あすまでに五千万、耳をそろえて用意してね」

「そう言われても、小さい金額じゃない。私の裁量だけで右から左へは動かせない。一週間後ということでどうかね」

「でも、ことは急を要するんだよ。そうやってのんびり構えているうちに、警視庁が逮捕状を請求しちゃったりしたら手遅れになっちゃうでしょう」

「だったら三日後では？」

「しょうがないね。それで手を打つか」

宮野はしかつめらしい顔を装っているが、内心ほくそ笑んでいるのが口元の緩みから想像がつく。三宅が腹を括ったように言う。

「受け渡しの場所と時間はあとで相談するとして、警察サイドがどのくらいの情報を集めているのか、もう少し詳しく聞かせてくれないかね」

「だめだめ。これ以上の情報提供はお金を受けとってからじゃないと」

宮野は大げさに首を振る。三宅が餌に食いついたのは序の口で、本当の駆け引きはまさにここからだ。

3

ウェイターが魚料理を運んできたので、また会話は中断した。福富はソースの材料やら、魚の産地やら、いかにも食通ぶった質問をして、フランスかぶれの寺尾参事官の演技に余念がない。

その様子を苛立ちを隠せない表情で眺めていた三宅が、ウェイターが立ち去ると同時に鷺沼に話を振ってきた。

「さっき宮野さんが逮捕状がどうのこうのという話をしていたけど、そこまで動きは進んでいるんですか」

「まだ難しいでしょう。警視庁は乙彦君殺害事件に関しては初動捜査に加わっていませんし、現場にあった指紋や防犯カメラの映像などは、神奈川県警が渡してくれませんので」

こだわりのない調子で答えると、三宅は小さく溜め息を吐いた。鷺沼はすかさず問いかけた。

「県警が握っている材料で、そちらにとって不都合なものはありますか」

「ありませんよ。少なくとも私は聞いていない」

「それならいいんですが、警視庁はこれから県警に圧力を強めていく気のようです」

「そうは言っても、事件は神奈川県警の管轄内で起きたので、警視庁と捜査協力をする理由はないと県警サイドからは聞いていますがね」

「そのあたりも理屈のつけ方次第でしてね。新宿駅の事件と関連があるという理由で、警察庁を通じて圧力をかけるような話を小耳に挟んだものですから」

「なんとも強引な――」

「まあ警視庁側としては、なかなか決め手が摑めない焦りがあってのことでしょうがね。そこで際どい材料が出てこなければいいんですが」

「というと？」

「防犯カメラには犯行推定時刻にマンションを訪れた女性の姿が写っていると聞きました。県警の話だと人相が特定できるほどではないということですがね」

「だったら問題はないでしょう。そもそも妹に対する容疑そのものが根拠のないものですからね」

「もう一度伺いますが、乙彦君と妹さんが交際していた事実はないと？」

「それは、その、警視庁がどういうルートから聞き込んだのか知りませんが、私は知らなかったということで——」

三宅の口ぶりが曖昧になる。いかにも心配だというように鷺沼は続けた。

「三宅さんがご存じであるにせよないにせよ、もし二人の交際が事実だとしたら、現場で採取した物証のなかに、妹さんにとって不利なものが含まれている可能性は否定できません」

「どういうことですか？」

「妹さんが乙彦君のマンションを訪れたことがあれば、指紋や毛髪といったものが室内に残っていたかもしれない」

鷺沼の言葉に、三宅の顔が心なしか青ざめた。宮野が訳知り顔で口を挟む。

「県警はぜんぶ蓋をして、捜査が進展していないふりをしてるけど、そういう状態がいつまでも続くと、いまは下火になっているマスコミがまた突つくよ。そうなると警視庁も県警もケツに火がついて、なにか答えを出さなくちゃってことで、でっち上げでもなんでもいいから事件解決の体裁を繕わなきゃいけなくなる。それが怖いのよ。冤罪なんてのはそうやって発生しているんでね」

「そういう動きを、おたくたちは封じられるというのかね」

問いかける三宅の声が震えを帯びている。福富が口を開く。

「大船に乗ったつもりでいて欲しいね。この手の話はじつは珍しくもない。一般庶民と違って、木崎会長のような大物経営者や政治家は国家にとってかけがえのない人たちなんです。公権力の行使においてもより慎重にというのが、警察内部では暗黙の了解事項なんです」

「特別の配慮をしてもらえると？」

「もちろん多少の見返りは必要ですが、そういう要請に応じることにはやぶさかではない。轢《ひ》き逃げや婦女暴行、傷害といった罪状で捜査対象になった政治家や大手企業経営者の事例を私はいくつも知っています。そのほとんどが立件も訴追もされず、いつのまにか迷宮入りで終わっているんです」

「そういうことが今回も可能だというんですか」

「私も若い時分には悩みました。それで本当にいいのかとね。しかしそのうちにわかりましたよ。そうやってなにごともなく終わった人たちが、政治やビジネスの世界でその後たいへん立派な仕事をされている。もしそのとき警察が杓子定規に動いていたら、有為の人々を世間から抹殺してしまった。それは国家にとっても国民にとっても大きな損失だったとね」

福富は善意の塊のような顔をして恐ろしいことを言う。警察が身分や財力に応じて捜査に手加減を加えるようになったら世も末だが、こちらが仕掛けたこととはいえ、この場の雰囲気では、それがいかにもリアリティーを帯びて聞こえる。鷺沼のような下っ端刑事があずかり知らないところで、実際にそういうことが起きているのではという疑念さえ湧いてくる。

「ただね。火のないところに煙は立たないというじゃない。本当のところはどうなのよ」

あけすけな調子で宮野が問いかける。福富の話を頷きながら聞いていた三宅がわずかに身構えた。

「あんた、私を疑っているのか」

「疑うとかなんとかじゃなくて、こういう難しい仕事を引き受ける以上、なるべく正確な情報を把握しておく必要があるわけよ。実際、おたくが人を殺していようがいまいが、おれたちにとってはどうでもいいことだよ。逮捕したってこっちは一銭の得にもなりゃしないんだから」

「だからといって、やってもいないことをやったとは言えないよ」

「それならおれたちも安心だ。でも、もしやってるようなら正直に言ってね。そうじゃないと肝心なところで躓くこともあるからね」

「さっき寺尾さんがおっしゃったように、大船に乗ったつもりでお任せするよ」

宮野の巧みな誘いにも三宅は乗ってこない。こんどは別の方向から宮野はつっつく。

「しかし、木崎会長はおたくみたいな切れ者を懐刀にして、向かうところ敵なしだろうね。社内じゃ次期社長の声も上がってるそうだけど」

「冗談は言わないで欲しいね。どこで聞きかじったのか知らないが、私はそんな話、一度も耳にしたことはないよ」

「じゃあ、会長の隠し子だというのも根拠のない噂だね」

「くだらない。下種《げす》の勘ぐりもいいところだ」

三宅は鼻で笑ってみせるが、そこにどこか誇らしげな笑みが混じったのを鷺沼は見逃さなかった。

「だったら乙彦君がいなくなって、会長は困ってるんじゃないんですか。血筋を重視する方だとのことですから」

「よくそこまで調べましたね」

三宅が疑わしげな目を向けてくる。落ち着き払って鷺沼は応じた。

「捜査二課から聞こえてきた話です。その方面の情報収集はお手の物でしてね」

「私が会長の隠し子だという話も、そんなところから出て来たわけか。だったら私の戸籍も調べたんでしょう」

「恐らくね。刑事捜査の基本中の基本ですから」

「善良な市民の過去や出自を警察はそうやって丸裸にする。正直なところ不快極まりない話です」

「お気持ちはわかりますが、その結果を世間に公表することはありません」

鷺沼がさらりとかわすと、福富がおもむろに口を開く。

「まあ、お気を悪くなさらずに。我々もベストを尽くすとお約束しますよ。木崎会長が、日本の経済界にとってどれほど重要な方か、浅学の私だってよくわかっています。いま申し上げたように、警察が過剰な捜査に走って名誉を傷つけるようなことになれば、この国にとっても大きな損失ですからね」

「さすがに寺尾さんは物事の本質がおわかりです。我々企業人はむろんのこと、政治にしても行政にしても司法にしても、この国の発展に資してこそ存在する意味がある。その意味で、今回のことを穏便に落着させることは、一国の利益を護ることでもあります」

三宅は意気投合したとでもいうように大きく頷く。さぞかし木崎の薫陶を受けたのだろう。鼻持ちならない財界人や政治家のように話が大仰になってきた。宮野がさっそく茶化しにかかる。

「そうだよ、そうだよ。人間というのはどんなに強欲で非情でも、功成り名遂げちゃえば、世間のほうが勝手に靡《なび》くもんだからね。いや、木崎会長のことを言ってるんじゃないよ、あくまで一般論だから」

「成功者とみれば目の敵にする、精神の貧しい人間も世間には大勢いるからね。そういう低レベルの人々に足を引っ張られながら、なお上を目指さなきゃいけない。それも成功者の宿命と言えるだろうね。あくまで一般論だけど」

三宅は器用に切り返す。気持ちにだいぶ余裕が出てきたようだ。もう一揺すりするか、このまま安心させて別れるか。今後の作戦を考える上で、そこが思案のしどころだ。

4

テーブルに肉料理が届き、追加のワインを注文し、テイスティングが済んだところで福富が切り出した。

「乙彦君を亡くして、木崎会長はさぞかし落胆されているでしょうね」

「もちろんそうです。ご両親にとっても、一人息子を亡くされたショックは大きかったでしょうが、会長はどうもそれ以上だったようです」

「行く行くは後継者にと考えていらしたのでしょうか。社長さんには、ほかにお子さんがいない。となると、だれに跡を継がせるお気持ちなのか。いや今回の事件に絡んでの話じゃありません。ワイドショーレベルの下世話な興味に過ぎないんですがね」

「社長はまだ若いですから、そう急いで決めることもない。同族色が強い会社と世間からは見られていますが、会長の持ち株比率は一〇パーセント前後です。一族すべて合わせても二〇パーセントは超えないでしょう。つまり、すべて会長の一存で決められるわけじゃない。一族以外から後継者が出ることも十分あり得ます」

三宅は忌憚《きたん》なく応じる。福富が持ち出した話の意図を疑う様子もない。木崎輝正による独裁体制のイメージを薄めるには格好の話題だと踏んでいる様子でもある。福富が続ける。

「だとしたら三宅さんにも目がないわけじゃないでしょう」

「そういう野心は私にはありませんよ。そんな器でもない」

「しかし、将来後継者争いのようなことが起きれば、有力な候補として浮上するのは間違いないんじゃないですか」

「そうだとしても先の話です。まさか乙彦君の殺害がそういった絡みだと疑っておられるんじゃ？」

「木崎会長といえども、社内に敵は少なくないでしょう。将来にわたる木崎一族の安泰を脅かすという点からみれば、ほくそ笑んでいる人間もいるかもしれない」

「たしかにそれはそうでしょう」

「だったら、今回の事態は是非とも押さえ込まなきゃいけませんな。失敗すればそういう人たちを勢いづかせる。火事場泥棒のようなやり方で実権を奪われる惧れもあるでしょう」

「当面その心配はありませんよ。社長は優秀な経営者で、社内での支持基盤も盤石です。会長や社長に対する忠誠心の高い役員も大勢いる。うまく事態が収拾できなければ木崎一族は大きなダメージを被ります。しかし、危機だからこそより社内は結束する。私などが出る幕はありませんよ」

そう言って笑いながらも、三宅の顔には不敵な自信めいたものが感じられる。

「ただ、火消しに成功すれば、あなたは会社にとって救世主だ。そこは会長も社長も認めざるを得ないんじゃないですか。親族じゃないといってもかつては乙彦君の家庭教師で、現在は一族の資産管理会社を切り盛りしている。その点から見れば家族同様、あるいは家族以上の繋がりだとも言える」

「重ねて言いますが、私にそういう欲はありません。いまの仕事が身の丈に合うだけの人間で、キザキテックという巨大企業を率いるほどの能力も人望もないですから」

「いやね、こんな話を申し上げるのも、これを機会に三宅さんとはいいお付き合いを続けたいからでして。謙遜されるのはお人柄の表れと察しますが、私も人を見る目はあるつもりです。あなたは必ずや、キザキテックの将来を背負って立つ方だ――」

媚びるような笑みを浮かべて福富は続ける。

「警察官には定年というものがありましてね。しかしそれで人生を終わりにするにはまだ早い。キザキテックさんのほうでなにか仕事の場所を用意していただければ、私としても幸せこの上ない」

「そういうことなら、私のほうから口を利くのは容易いことですよ。あくまで今回のことで、お互いに信頼関係が生まれればの話ですがね」

慎重な口ぶりで三宅は言うが、お安いご用だというニュアンスが感じとれる。それは現時点でも、自分がキザキテック本社の人事に口を挟めるほどの実力があることを暗にほのめかしているように受けとれる。宮野も身を乗り出す。

「それならおれもお願いね。今回のことに限らず、キザキテックくらいの会社になると、警察との面倒な付き合いはついて回るはずだから、トラブルを回避する裏道を熟知しているおれみたいな人間は、欠かせない人材になるはずだよ」

「ああ。なんとかと鋏《はさみ》は使いようと言うからね。心に留めておきますよ」

こっちのほうはさして気の乗らない口ぶりだ。宮野はさっそく食ってかかる。

「聞き捨てならないね。その『なんとか』ってのはなによ」

「まあまあ、これから先の長い付き合いをしていこうというんだから、細かいことは気にせずに」

福富が鷹揚に割って入る。宮野もあっさり矛を収める。

「そうだよね。まずはいまの大仕事をきっちり片付けて、しっかり成功報酬を頂戴してということだね」

馬鹿にほくほくしている宮野の顔がやはり気になる。

「これは個人的なお願いでもあるんですが――」

三宅が唐突に切り出した。

「妹には決して捜査の手が伸びないようにしていただきたい。すでに戸籍は確認されたとか。妹と私で父親が違うことはすでにおわかりだと思います。それでも妹は私を慕ってくれている。彼女が無実なのはもちろんですが、こういうことで辛い思いをさせるのは兄として忍びないんです」

その顔が妙に真剣で、言葉のとおり妹に対する深い思いによるものなのか、あるいは三宅にとって彼女がまさにアキレス腱なのか、とっさに答えが浮かばない。そんな不審な思いを押し隠し、こだわりのない調子で鷺沼は応じた。

「お気持ちはわかりますよ。警視庁もまだ憶測の段階で、じかに事情聴取するような動きに出る段階ではないようです。県警からも彼女の関与を示唆するような物証はいまのところ出て来ていないわけで、そちらへの捜査を止めるのは容易だと思いますよ」

「おれたちも、おたくから受けとった金をすべて懐に入れるわけじゃないからね。ちゃんと現場に小遣いを配れればそれなりの見返りがあるわけで、そういうチャンネルを持っているのがおれたちの強みなのよ。県警みたいに上のほうだけでがめちゃって、下っ端に行き渡らないようなやり方だと、いつ裏切り者が出ないとも限らないからね」

宮野は宣伝に相勤める。三宅は安心したように頷いた。

「よろしくお願いしますよ。お金の使い道を間違えなかったと確信できるような結果を期待しています」

5

ディナーを終えて、店の前で三宅と別れ、近くの喫茶店で会話をモニターしていた井上と三好とは、浜松町の居酒屋で落ち合った。

井上たちはだいぶ腹を空かしていたようで、テーブルにつくなり競うように肴を注文する。

　とりあえずの生ビールで喉を潤して、さっそく三好が切り出した。

「なんとか信用はしたようだが、決定的な尻尾は出さなかったな」

「心証としては間違いなくクロですよ。それも三宅のみならず、木崎輝正も関与しているのは間違いない」

　強い調子で鷺沼は言った。福富の演技は堂に入っていたし、鷺沼も宮野も特段のミスは犯さなかったが、警察官の常識としてはなんとも突拍子もない餌に、予想していたよりもあっさり食いついてきた。

　もちろんこちらが約束を果たさなくても失うのは手付けの五千万円だけだから、向こうにとってさほど痛くはなかろうが、こちらの話に乗ること自体が危険な賭けなのは間違いない。

　あくまで企業防衛がその理由だと三宅は言い張ったが、もし潔白なら渡るには危なすぎる橋なのだ。宮野も感想は似たようなものだ。

「あれは、やりましたって白状したようなもんよ。福富ちゃんの演技はまずまずだったけど、よっぽど困っていない限り、あんな話に乗ってこないよ。だってこっちが裏切ったら、五千万を丸々失ったうえに、贈賄容疑で逮捕されちゃうかもしれないじゃない」

「死んだ乙彦の後釜に座る話にしても、三宅はまんざらでもなさそうだったな」

お通しの小皿に箸を伸ばしながら三好が言う。肩の荷が下りたとでもいうようにネクタイを緩めながら福富が応じる。

「本音というのは、気が緩むと自然に滲み出るもんですよ。親分が死んで跡目を相続することになったやくざというのが、大体ああいう顔をしています」

「妹のことにはとくにこだわっていたようですね。麗しい兄妹愛を装っていましたけど、尻尾を出したとみていいんじゃないですか」

井上が言って勢いよくビールを呷る。三宅はそこも微妙な言い回しだったが、全体のやりとりのなかでいちばんこだわりを感じさせた部分でもある。

「その点と突然の外国への高飛びを考え合わせれば、厚子が実行犯だというおれたちの見立てはまず間違っていないね」

宮野はフルコースを平らげたばかりだというのに、テーブルに届いた刺身の盛り合わせにさっそく箸を伸ばす。洋食と和食では胃袋が別物になっているらしい。

「シンガポール行きの話を出してやったら、三宅は慌てたんじゃないですか」

井上の言葉に鷺沼は首を振った。

「それじゃせっかく捉えた足取りをふたたびくらまされてしまう」

「そうですね。いまは泳がせておくのが得策ですね」

井上が納得したように頷いて焼き鳥に手を伸ばす。

「しかし三宅という男、一筋縄ではいかない」

三好は思案げな口ぶりだ。

「すれすれのところで踏みとどまって、決め手となるような材料は決して与えなかった。手玉にとられているのが逆にこっちじゃなきゃいいんだが」

「どういうことですか？」

怪訝な思いで鷺沼は問いかけた。生ビールを一呷りして三好は続けた。

「逆にこちらの手の内を探る目的で出向いてきたのかもしれんだろう。向こうを揺さぶるためにはやむを得なかったが、それでもかなりの情報を渡してしまった。あいつらにとっては、その情報料として五千万は安いものかもしれない」

「あ、そうだとすると――」

宮野が慌てふためく。

「手付けの五千万すら払わないつもりかもしれないいじゃない。それじゃ骨折り損のくたびれもうけだよ。きょうの食事代だって、太っ腹なところをみせてこっち持ちにしちゃったし」

「だからといって、向こうもこれといって打つ手はないでしょう。きょう出したネタはどれも隠しようのない事実で、戸籍は書き換えられないし、社内の噂にしても、人の口に戸は立てられない」

「むしろそのくらいの話しか出なかったんで、向こうは安心したかもしれないね。でも金を払わないなんて言い出したらどうするのよ」

「そのときはもう一発脅しをかけてやればいいんだよ」

余裕綽々で福富が言う。宮野が問い返す。

「どうやって?」

「三宅の事務所へ二課がガサ入れするとか、偽情報を入れてやればいい」

「そんなことしたら、急いで証拠を隠滅しちゃうかもしれないじゃない」

「もともとそんなもの事務所に置いちゃいないよ。取り引きはすべて香港のダミー会社を使ってやってるんだろうから。それより慌てて金を払うのは間違いない。マスコミもまだ乙彦の事件への関心はなくしていないようだから、木崎一族の資産管理会社に対して強制捜査が行われたなんて話には一斉に飛びつくだろう」

「つまりそういうことをほのめかして、金を受けとったらそのままほったらかしておけばいい。ガサ入れの話自体が嘘なんだから」

「ああ。その慌て具合で、また向こうの内情が見えてくる。一癖も二癖もあるにせよ、けっきょくこちらに頼るしかないのは目に見えている。本物と偽物を織り交ぜてちょこちょこ情報を流してやれば、そのうち麻薬みたいに病みつきになって、おれたちなしにはいられなくなる」

「そうなればどんどんぼろを出してくるだろうね。完全に信用させれば二億の成功報酬だって夢じゃない」

宮野は瞳を輝かすが、テーブルの下でその臑《すね》に蹴りを入れると大げさに顔を歪めた。

「なにするのよ、凶暴なんだから。そういう性格だから、いつまで経っても女日照りなんだよ」

「あんたに言われる筋合いはない。それより目的と手段を混同するな」

強い調子で言っても、宮野には糠《ぬか》に釘だ。

「いいじゃない、一挙両得を狙ったって。そのくらいの夢がなきゃ、人間、大きく成長できないよ」

「べつに成長なんかしなくていい。そんな金を本気で懐に入れたら詐欺罪だ。そのときはおれが遠慮なく刑事告発するからな」

「そりゃ無理だよ。鷺沼さんだってとっくに片棒担いでるんだし、そもそも金を受けとろうが受けとるまいが、この捜査そのものが違法なんだから、三好さんや井上君だって同罪になっちゃうよ。だったら毒を食らわば皿までじゃない」

「そうはいくか。それじゃ世間の詐欺師と同列になっちまう。欺す相手が悪い奴だからといって、それは許される話じゃない」

「そうは言っても、こちらから要求した金を受けとらないと、向こうは逆に怪しむだろう」

三好がおもむろに割って入る。なにやらおかしな雲行きになってきた。

「だからって、みんなで山分けってわけにはいきませんよ」

「だったらいったんおれが預かるということでどうだ。決着がついたら耳を揃えて突っ返せばいい」

「だめですよ、係長。返しちゃうなんてもったいない。どうせろくでもないことでため込んだ悪銭なんだから、おれたちみたいな善良な人間が使ってやったほうが世のため人のためになるでしょう」

宮野は必死に食い下がる。福富が宥《なだ》めるように宮野の肩を叩く。

「鷺沼さんや三好さんの言うとおりだよ。すべては偽善者のろくでなしどもの悪事を暴くために始めたことだ。そいつらと同類になっちまったら、おれたちもまともにお天道様を拝めなくなる。おれはもともとボランティアで手伝ってるんだから、せしめた金を懐に収めようなんて気はないよ」

「なによ、福富ちゃんまで裏切るの。そういう善人ぶった口を利く奴に限って、腹の中が真っ黒だってのは木崎が証明してるじゃない。福富ちゃんもそういう類いの人間だったわけ？」

「そういう後ろめたいことはもう卒業したんだよ。こうやって鷺沼さんたちの仕事を手伝っているのも、いくらか罪滅ぼしになるかと思ってのことでね」

「あんたはいいよ。昔稼いだ悪銭でスパゲッティー屋の親爺に収まって、いまは羽振りよく暮らしているんだから。でもおれなんか、あんたみたいないい思いをしたことなんか一度もないんだから」

言いつのる宮野の傍らで呼び出し音が鳴った。井上がポケットから携帯を取り出して耳に当てる。

「ああ、彩香。いま三宅との面談が終わったところで、浜松町に場所を変えて食事がてら作戦会議をやってるんだけど――」

そう応じて相手の話に耳を傾けるうちに、井上の表情が硬くなる。ときおり相づちを打ちながら話を聞き終えて、あとで連絡すると言って井上は通話を終えた。

ただならぬ井上の表情に不安を覚えて鷺沼は問いかけた。

「なにかあったのか」

「彩香のところに、いましがた友達から電話があったそうなんです。三年前に渋谷で乙彦と厚子のデート現場を目撃した例の友達です」

「厚子のことでなにか？」

「メールが届いたというんです」

「どういう用件で？」

井上は高揚と不安が入り交じったような複雑な表情で言った。

「いま外国にいて、誰かに命を狙われているという話なんだそうです」

第九章

1

「外国というとシンガポールか?」

鷺沼が問い返すと、井上は怪訝そうに答える。

「はっきりしないそうなんです。ただ外国にいるというだけで、それ以上のことは書いてないようです」

「出国記録から考えて、いまもシンガポールにいる可能性が高い。しかしあの国は非常に治安がいいという話だが」

鷺沼は首を傾げた。福富が訳知り顔で言う。

「言われてるほどでもないらしいよ。凶悪犯罪が少ないのは国民の自衛意識が極端に高いからで、安全神話を信じて油断している外国人が巻き込まれる事件は意外に多いそうだよ」

「あるいはもうすでにシンガポールを出国しているのかもしれない。しかし実際に殺されそうな状況に遭遇したのか」

鷺沼が訊くと、井上は曖昧な調子で答える。

「そういう具体的なことは書かれていないそうなんです。ただ――」

「ただ、なんだ？」

鷺沼は気ぜわしく問いかけた。井上の答えは思いもかけないものだった。

「もし自分に万一のことが起きたら、犯人は兄だと警察に通報して欲しいと書いてあったそうなんです」

「つまり三宅が犯人だと？　書いてあったのはそれだけなのか？」

「そのようです」

「三宅厚子本人からだという証拠は？」

「以前何度かメールのやり取りをしたことがあって、そのときのアドレスと同じだそうです。末尾の署名も同じものを使っているそうです」

「メールが届いたのは？」

「二時間ほど前のようです。突然そんなメールをもらって驚いて、彩香が刑事だということを思い出し、慌てて電話をしてきたようなんです」

「その友達のほうから厚子には？」

「心配になって連絡をとろうとしたんですが、携帯電話は繋がらない。メールを送っても返信がないとのことです」

「いまの携帯やスマホは外国でも使えるようになってるんじゃないのか」

「そのはずです。古い携帯は手続きが必要ですが、新しい機種ならほとんどなにもしないで繫がるようになっています」

「心配だな」

鷺沼は胸がざわめくのを覚えた。その不安をさらにかき立てるように宮野が頓狂な声を上げる。

「メールを送った直後に殺されちゃったのかもしれないよ。それが本人からのものだと証明できれば、いますぐにでも三宅をしょっ引けるじゃない」

「とはいっても、まだ生死は不明だ。それに三宅は東京にいる」

「金で人を雇えばいくらだってできるよ。外国へ高飛びさせたのは口封じが目的だったんだ」

「それにしては、さっきは馬鹿に妹をかばうような口を利いていた」

「いかにも麗しい兄妹愛を装っていたけどね。要するにそっちに捜査の手が伸びないように牽制したわけよ」

「三宅が自分を殺そうとしていると知っていたら、厚子は果たして高飛びの話に応じただろうか」

「あいつの口の巧さは先刻承知じゃないの。さっきはおれだって丸め込まれそうだったんだから」

「おれたちの見立てどおり厚子が乙彦殺しの犯人だとしたら、ほかに選択肢がなかったのかもしれないな」

「向こうに着いてからなにか危険な目に遭ったんだろうね。それで三宅への猜疑心《さいぎしん》が生まれたんだよ。まだ一〇〇パーセントの確信はないにしても、もし自分が殺されるようなことがあったら、それは兄の差し金以外にありえないと。兄と妹の仲は非常によかったようなことを三宅は言っていたけど、本当のところはどうなんだか」

宮野は決めつけるように言うが、それが外れているような気はしない。

先ほどの会食はあくまで紳士面で押し通したが、企業防衛のためなのか自らの保身のためなのか、いずれにしても木崎乙彦の殺害に関与し、その事実を隠蔽するためにさらに妹まで殺害しようとしているとしたら、人として非道の一言に尽きると言うしかない。

しかし果たして事実はそれほど単純だろうか。警察がまだ本格的に捜査に乗り出していない段階で厚子を海外に出国させた。三宅が自由にできる資金があれば、日本との間に犯罪人引き渡し協定のない国で永住権を取得させることも可能だろう。そうなれば日本の司法機関はなにもできない。

インターポール（国際刑事警察機構）を通じた国際手配という方法もあるが、それは各国警察への協力を依頼する程度のことにすぎず、強制力はほとんどない。

ことはそれで済んだはずで、あえて殺害までする必要があるかと考えると、どこか腑に落ちない。宮野がわめき立てる。

「でも、どうするのよ、鷺沼さん。厚子が殺されるようなことがあったら、その口から三宅の教唆が引き出せなくなる。あとは三宅がしらを切り通せば、厚子と乙彦の愛憎のもつれによる殺害ということで一件落着。三宅も木崎もお咎めなしで終わっちゃうよ。それじゃ二億の金をせしめる計画だって頓挫しちゃう」

「計画じゃない。あの話は単なる疑似餌《ぎじえ》に過ぎないだろう」

「その辺はのちのち相談することにして、生きているにせよ死んでいるにせよ、とにかく厚子の消息を突き止めないとまずいじゃない。到着した日のホテルはわかってるんだから。おれがこれから現地に飛んで、厚子の足取りを追ってみるよ」

「あんたじゃだめだ。別の仕事に夢中になって、本業をおろそかにするのは間違いない」

鷺沼が決めつけても、宮野はけろりとした顔で言い返す。

「そんなことないよ。カジノで二億稼ぐなんて、そう簡単にできることじゃないんだから。厚子を探すほうが手っ取り早いに決まってるでしょ」

「いや、必要ならおれと井上が行く。場合によっては地元警察に捜査共助を依頼することになる。そんなとき所属が違うあんたじゃ話が通せない」

「だって、乙彦殺しは本来神奈川県警のヤマでしょう」

「だからって、あんたは捜査本部のメンバーじゃない」

「それなら鷺沼さんだって同じじゃないの。正規の捜査チームからは外れてるんだから」

「そんなのは三好さんの裁量でいつでも変更できる」

「しかしこれから出かけるにしたって、ほとんど手がかりはない。失踪届が出されたわけでもないし死体が出たわけでもない。事件として認知できない以上、捜査共助の依頼もできないだろう」

三好が口を挟む。たしかにそれは当たっている。現地でなにが起きたのか知らないが、身に迫る危険を感じているなら、なおさら姿を隠そうとするだろう。

いまシンガポールへ飛んでも、おそらく手掛かりはほとんど得られない。そもそもすでに香港へ出国しているかもしれず、香港以外の別の国に出国している可能性もある。鷺沼も頷いた。

「とにかく彼女とコンタクトをとるのが先決でしょう。いまはなにかの理由があって連絡を絶っていても、状況が変われば応答するかもしれない。彼女の電話番号やメールアドレスは？」

　確認すると、井上は身を乗り出した。

「彩香が聞いておきました。これから頻繁に電話やメールを入れてみるそうです。彼女は厚子と面識があります。我々が接触するより警戒されないと思います」

「彼女が警察に勤めているのは知っているんだろう」

「知っているはずですが、殺人の容疑がかかっていることは匂わせず、あくまで友達として接触してみると言っています」

「それに対する反応を待つしか手はないだろうな」

　覚束ない思いで鷺沼は言った。そのメールの件でいま三宅を追及したとしても、いたずらメールだとしらばくれるのが落ちだろうし、そんな話を耳に入れたら、厚子がより危険な事態に追い込まれる心配もある。ここは彩香に期待をかけて、なんとか接触の糸口を摑んでもらうしかない。

「もう一つの突破口は三宅の香港出張だな。その場合、厚子と現地で接触する可能性がある。その現場を押さえれば、厚子の身柄を保護することもできるだろう」

　思案げな口ぶりで三好が言う。しかし、と鷺沼は思い惑う。たとえ父親が違っていても、血の繋がった妹を三宅が本当に殺したりするものかどうか。

　厚子にしてもそうだ。兄から委嘱されての殺人という見立てが当たっているかどうかは別として、選手寿命の尽きた彼女に対するキザキテック柔道部の処遇は手厚い。そこに三宅の意向は当然働いていただろう。

もし三宅の教唆で殺人を犯したとしたなら、二人のあいだにはただならぬ絆があるとしか考えられない。

暴力団や闇社会の人間ならともかく、普通の人間にとって殺人はそう簡単に乗り越えられる壁ではない。彩香の推理は技術的な側面からは説得力があるが、ここまでの状況を考え併せると、動機という面ではかなり違和感がある。

あるいはもし交際していた乙彦とのなんらかの不和が動機だとしたら、可愛い孫で、なおかつ自らの後継者だった乙彦の殺害犯を警察の手から守るために、三宅が巨額の金を動かすことを木崎輝正が認めるはずがない。

「これまでの見立てを一度白紙に戻したほうがいいかもしれません」

鷺沼は大胆に言い切った。全員が当惑げな顔をする。

「厚子が乙彦殺害の実行犯だという見立てをか？」

三好の問いに鷺沼は頷いた。

「もし厚子が三宅の教唆で殺人を犯したとしたら、その口封じのために兄が自分を殺そうとしていると果たして想像するでしょうか。それにどんな事情であれ、兄のために殺人を犯すほどの強い絆があるのなら、自分一人で罪を被って兄には疑惑が及ばないようにするような気がします」
「乙彦との感情のもつれが動機だということにすれば、そういう話にはもっていける
な」
三好は呻くように言ってビールを呷る。傍らで井上が頷く。
「立川の練習場で部員たちから聞いた話だと、体を痛めて戦力外になる前は、思いやり
があって、周囲からも好かれていたそうです」
「いやいや、井上君。そういう評判というのは当てにならないからね。近所の人間が、
あんないい人がまさかと驚くような凶悪事件は世間にいくらでもあるんだから」
宮野は鼻で笑うが、ここまでの話を総合すれば、厚子についての疑惑はどうしても違
った意味を帯びてくる。厚子が命を狙われているというのが本当だとしたら、その理由
は乙彦殺害とはまったく別のところにあるような気がしてくる。切迫するものを感じな
がら鷺沼は言った。
「厚子が握っているのは、我々が想像していたよりもずっと大きな鍵かもしれません
よ。実の妹でも殺さなければいけない動機があるとしたら、それはキギキテックの存亡
に関わるほどのものとも考えられます」

2

彩香は頻繁に電話やメールでコンタクトをとろうと試みているが、厚子からはいまも応答がないという。

厚子から友人に届いたメールは彩香経由でこちらに転送してもらった。

内容は井上から報告を受けていたとおりで、いま自分は外国におり、何者かに付け狙われている、もし万一のことがあったら、それを仕組んだのは自分の兄だ、そのことを警察に通報して欲しいという十行足らずの内容で、厚子の足取りを示すようなことはなにも書かれていなかった。

三日後、三宅から書留郵便が届いた。中には東京駅八重洲口のコインロッカーの場所が書かれた地図と鍵が入っていた。

鷺沼と宮野がさっそくそこへ向かい、指定されたロッカーを開錠すると、なかにはずしりと重いボストンバッグが入っていた。

中身が現金なのは間違いないが、周辺には防犯カメラがいくつも設置されている。そこでは中身を確認せずに、警視庁までタクシーを走らせた。

三好が用意していた会議室でバッグを開けると、帯封付きの札束が詰まっていた。宮野がそれでも念を入れたほうがいいというので、その場ですべて数えてみた。約束どおり五千万円ちょうどあった。

神奈川県警との現金受け渡しの際は川崎競馬場で三宅本人が行った。今回こういう方法をとったのは、まだこちらを完全に信じていないからなのか。対面での受け渡しなら鷺沼が身を隠して現場を撮影する予定だったが、そこは残念ながら目算が外れた。

「ずいぶん久しぶりだよ、こんな札束を拝むのは」

宮野はいまにも涎を垂らしそうだが、打ち合わせどおり、いったん三好に預けることにする。

三好は自分の口座に入金するつもりだったが、これだけの大金となるとATMでは一度に入りきらない。窓口で入金すれば身元確認を求められたりしてなにかと厄介だ。むしろ帯封付きの現金で保管しておけば、場合によっては贈賄の物的証拠としても使えるだろう。それなら二係専用の証拠品保管用ロッカーに入れておこうということで話がまとまった。

収納されるのは捜査上の機密に属するもののため、管理は厳重で、鍵は三好が保管している。セキュリティの点では貸金庫並みに安全だと三好は太鼓判を押す。

宮野がいったん鷺沼のマンションに持ち帰って、せめて一晩添い寝したいと未練がましいことを言い出したが、鷺沼はもちろん即座に却下した。

ボストンバッグをロッカーに収め、今後の作戦を打ち合わせようと三人で会議室に戻ったところへ、鷺沼の携帯に三宅から連絡が入った。

「現金は無事に受けとりましたか」

三宅はどうだという調子で訊いてくる。

「いま持ち帰ったところです。間違いなく五千万円ありましたよ」

平然とした調子で答えると、機嫌よさそうに三宅は応じる。

「それはよかった。とりあえずこれで契約は成立したわけで、あとはそちらが仕事に取りかかってくれる番ですね」

「というと？」

空とぼけて訊くと、三宅はかすかに苛立ちを滲ませた。

「まずはそちらのお手並みを拝見したいんです。私の身辺に刑事を張りつかせるのを止めさせてもらえませんか」

「いまも監視されているんですか」

「四六時中ですよ。日中は事務所の周辺。夜は自宅です。これじゃノイローゼになってしまう」

「そうですか。お気持ちはわかりますよ。警察の張り込みには、純粋な行動確認の場合もありますが、被疑者に圧力をかけるのが狙いのこともあるんです」

「私は被疑者なんですか?」

「正式に立件されているわけじゃないので、やや語弊がありますが、率直に言えば、先日申し上げたように、事件に関係する重要人物の一人として認識しているようでしてね」

「圧力をかけるとはどういうことなんですか」

「刑事ですから、本気で行確《こうかく》をしようとすれば見破られるようなことはまずありません。三宅さんが気づかれたということは、おそらく後者のケースでしょうね」

「私に圧力をかけてなにが出てくると言うんですか」

三宅は高飛車に問い質す。現にその圧力が利いたせいで五千万円を支払う気になったのは間違いないが、それを言えばいまなんとか成功しかかっている作戦がおじゃんになりかねない。

「私個人としては無意味だと思うんですが、捜査チームは違う認識のようですね」

「そこをなんとかしてくれるのが、おたくたちの仕事じゃないですか」

「おっしゃるとおりです。ただこちらも裏から手を回すわけで、多少時間はかかります」

「多少というとどのくらい?」

「二、三日というところですか」

「もう少し早くできませんか。せめてあすいっぱい」

「まあ、こういうことは水物でして、確実なところはお約束できませんが、なんとかその方向で動いてみます。さしあたりなにかお困りのことがおありで？」

「そういうわけじゃないんですが、人に見張られているのはやはり気になってね。仕事に集中できなくて困るんですよ」

三宅はそれらしく言い繕うが、見張られて困る事情があるのは犯罪者の常だ。人目を忍んでの香港出張がその頭にあるのはまず間違いない。

「それからもう一つ、頼みたいことがあるんですがね――」

こちらが本題だとでも言いたげに、三宅はおもむろに切り出した。

「木崎会長に先日の会食の報告をしたら、ぜひ一度、寺尾さんや鷺沼さんにお目にかかりたいと言うんですよ」

「会長が？」

思いがけない話に戸惑った。まさかそこまではこちらも考えていなかった。いったいどういう魂胆か。

「ええ。あのときの話に大変興味を持ちましてね。警察とのパイプは太い方がいい。キザキテックにも警察出身の者はおりますが、残念なことに刑事関係の人材がいない。もし今回のことで皆さんといい繋がりができれば、これから長いお付き合いをさせていただきたいと考えているようでして」

「それは光栄ですが、いまこの状況で、そういうことが表沙汰になるのはまずくはないですか」

「もちろんそこは木崎も承知しています。公の場で人と会うのも経営者の仕事のうちですが、人目を憚っての密談はそれ以上に大事でしてね。ビジネスでの重要な決定はほとんど水面下で進められて、マスコミが報道するときはすべて話がついているというのは常識ですから」

なにやらおかしな雲行きだ。罠かもしれないと心のなかで身構える。いま仕掛けている作戦はかたちとしては詐欺にあたり、日本の法律ではおとり捜査とは認定されない。つまり表沙汰になればこちらも訴追を免れない。

しかしそうなると木崎サイドも無事では済まない。警察を金で買うという行為が贈賄と認定されるのみならず、そのこと自体が乙彦殺害を巡る疑惑の状況証拠と見なされる。相打ちになれば詐欺罪よりも殺人罪のほうがはるかに重い。

それにあの五千万円は証拠が固まったところで返金すれば詐欺罪は成立しない。福富の行為が軽犯罪法の官名詐称にあたるが、せいぜい罰金で済む話だ。

ここでへたに警戒するところをみせればかえって疑いを抱かせる。むしろ敵の懐に飛び込んで腹の内を探るチャンスとみるべきだ。木崎本人を事情聴取するなど普通に考えれば到底不可能で、そんな機会が頼みもしないのに巡ってきたと考えれば、遠慮するのは惜しい話だ。

「それなら寺尾も喜んでお受けすると思います。私のほうから話してみますよ」

愛想よく応じると、三宅は満足そうに言う。

「そうですか。木崎が楽しみにしているとお伝えください。鷺沼さんもよろしければご同席を」

宮野もと言わないところが気になった。木崎の相手としては格落ちと言うことか。本性を見透かしているとしたら慧眼《けいがん》だが、あるいは苦手意識があるとも考えられる。とくに来させるなとは言っていないから、勝手に押しかけさせればいいわけで、ここであれこれ言うこともない。

「なるべくそうさせていただきます。では木崎会長によろしくお伝えください」

調子を合わせて通話を終え、話の内容を説明すると、三好も宮野も驚きを隠さない。

「福富君はえらく気に入られたようだな。鎌をかけるつもりで言った話を、先方は真に受けたのかもしれないぞ」

福富はあの晩、定年後にキザキテックで雇って欲しいような話をしたが、それに木崎が反応したとも思えない。木崎にとってはいまが正念場で、そんな先々のことを考えていられる状況ではないだろう。

「乙彦の死にしても新ココム違反や脱税の件にしても、背後にいるのはやはり木崎なんだよ。だったら飛んで火に入る夏の虫《むし》じゃない。二億なんてはした金で手を打つ必要なんかないよ。十億、いや百億だって毟れるかもしれないよ」

宮野はいかにもというように気合いを入れる。相手にする気にもならないから、無視して三好に問いかける。

「福富の芝居がばれているということはないでしょうね」

「それはないだろう。いくら富豪の木崎だって、偽者とわかって五千万もの金を支払うことはないと思うがな」

「私もそう思います。しかし自分が黒幕だと白状するようなことを、どうしてわざわざするのかですよ」

鷺沼が首を傾げると、宮野は得々と説明する。

「福富は元極道で、木崎も元は極道と大して違わない悪徳金貸しだよ。福富が身分を偽っていても、三宅から話を聞いてなにか共通する匂いを嗅ぎつけたんじゃないのかね」

「福富はいまは悪事から足を洗っているだろう」

「表向きはそうかもしれないけど、ワルの魂はまだまだ失っちゃいないよ。毒をもって毒を制すって言うからね。福富の毒程度じゃ木崎の足下にも及ばないかもしれないけど、それでもないよりはましで、いい化かし合いが期待できそうな気がするよ」

その褒められ方を福富が喜ぶかどうかわからないが、木崎本人と対峙させるうえで、こちらが用意できる最高の役者なのはたしかだろう。宮野の興奮は止まらない。

「大変なことになってきたじゃない。とにかくこれはでかいチャンスだよ。おれにもやっとツキが巡ってきたよ。残りの人生を億万長者で暮らせるんなら、きょうまで真面目に人間をやってきた甲斐があるというもんだよ」

「それがうたかたの夢で終わることを願うばかりだよ。いまの話、福富と相談したほうがいいな。向こうもそうそう暇じゃないだろうから」

「いやいや、万難を排して協力するに決まってるよ。近ごろ口じゃきれいごとを言うようになったけど、もって生まれた性格はそうそう変わるもんじゃないからね。犬が電信柱に目がないように、金こそあいつの人生のモチベーションなんだから。おれがいま電話を入れてみるよ」

宮野は勝手に決めつけて携帯のボタンを押す。そんな危ない話を三好は聞こえないような顔をして聞いている。清濁併せ呑む気概といっても、最近どこか行き過ぎな気がして仕方がない。

福富はすぐに応答したようで、宮野はいつものおちゃらけた調子で語り出す。

「ああ、福富ちゃん。きょうも商売は繁盛してる？　ところでなんとも美味しそうな話が舞い込んだんだけど——」

五千万円を受けとった話から始めて、さきほどの三宅と鷺沼のやりとりを、宮野は声を弾ませて説明する。

福富の応答に相槌を打ちながら聞き入って、また甲高い声で怪しげな講釈をぶち上げてから通話を切って、宮野は嬉々とした表情で振り向いた。

「大乗り気だよ、福富ちゃん。久しぶりに極道の虫が騒ぎ出したって感じだね。お誘いをお受けするってさ。いつでもいいからって三宅に連絡してよ」

「あんまりほいほい話に乗ると、かえって足下を見られないか」

「心配することないんじゃないの。向こうが持ち出した話なんだから、善は急げだよ。どういう話向きになるかはわからないけど、相手が木崎なら不足はないって、おっさん、えらく張り切ってるよ」

こういう危ない話になると宮野と福富の独壇場で、母屋を取られかねない勢いだが、三好は不安げな素振りも見せない。

「たしかに早いほうがいい。案外本音をさらけ出すような気がするよ。宮野君が言うとおり、福富君には裏社会を潜り抜けてきた人間特有の風格がある。木崎がテレビに出ているのを見たことがあるが、名経営者気取りの顔の向こうに極道と共通する凄みが覗いていた。できればおれも名勝負を観戦したいところだよ」

「井上に例のワイヤレスマイクを用意してもらいますから、また場外観戦をお願いします。面が割れる人間は少ないほどいいですから」

鷺沼の言葉に、三好はわかっているというように頷いた。

「ああ、このヤマ、前代未聞の大捕物になりそうだ。おれみたいなロートルにだって、そのうち大事な出番があるだろうよ」

3

鷺沼は三宅に電話を入れた。寺尾が面談を承諾したと伝えると、三宅は喜んだ。

「さっそく会長に伝えます。なるべく近日中にという意向ですが、ご都合の悪い日はおありですか」

「寺尾も多忙な人間ではありますが、万障繰り合わせるとのことでした」

「それはありがたい。それではこちらで日時と場所を決めさせていただきます。のちほどご連絡いたします」

どんな思惑があるのか知らないが、三宅はそういう気配を匂わせない。命を狙われているという厚子のメールが本当なら、ここまでけろりとしていられるのが信じがたい。たとえ海外での嘱託殺人だとしても、殺しというのは結果の読めないリスキーな犯罪だ。失敗すれば三宅に殺人未遂の嫌疑が及ぶのは間違いない。もし成功したとしても、実行犯が逮捕されれば教唆の事実が明るみに出ることもある。

被害者が外国人の場合、外交的な問題もあるから当事国は捜査に力を入れることが多い。完全犯罪を目論んだ海外での嘱託殺人で、日本国内にいた教唆犯が検挙されるケースは珍しくない。鷺沼は鎌をかけてみた。

「妹さんの件ですが、まだそちらには捜査の手が伸びている様子はないんですね」

「具体的な動きはないようです。そっちも封じてくれるという約束でしたが」

三宅の声の調子にとりたてて動揺している様子はないが、電話では微妙なところはわからない。

「まだ捜査には着手していないということです。なにしろ警視庁サイドには証拠といえるものがほとんどないので。どんな見通しでいるのか、これから現場の刑事と接触してみるつもりです」

「重ねて申し上げますが、妹は乙彦君の事件とは一切関係ない。いくら柔道をやっていたからといって、小柄な妹、体格のいい乙彦君を絞め技で殺したという憶測は荒唐無稽すぎますよ」

「ええ。現段階では被疑者リストの末尾のほうにかたちだけ入っている程度です。それほど関心をもっているわけではなさそうなんで、こちらから働きかけて外させるのはそう難しくはないでしょう」

さりげない調子で答えると、応じる三宅の声に安堵の気配が感じられた。

出国の事実を把握していることを明らかにして反応を見ようかとも思ったが、もし厚子を殺害する計画が存在するとしたら、実行を早めることにもなりかねない。いまは刺激を避けるのが賢明だろうとそこは抑えておいた。

「寺尾もこれから動き始めるそうです。ご意向は私からも伝えておきます。お互いにとっていいビジネスになるように願っていますよ」

含み笑いを加えて悪徳刑事の雰囲気を漂わせ、鷺沼は通話を終えた。話の内容を説明すると、満足そうに宮野が言う。

「鷺沼さんのワルぶりもこなれてきたじゃない。向こうは信用してるよ。なかなか尻尾を見せないところは、三宅も半端なタマじゃないけどね」

そのときまた鷺沼の携帯が鳴った。井上からだった。

きょうは彩香が非番だというので、厚子からメールを受けとった彩香の友達が住む川越に二人で出向いている。

公務を口実にしたデートという意味合いがなくもなさそうだが、そもそもこのタスクフォースの風通しがいいのは、公私の垣根をきれいさっぱり取り外しているからだ。宮野も福富もいまやなくてはならない戦力で、所轄勤務の彩香にしたら、個人的な時間を使ってのボランティアだ。

井上の話によれば、先日転送してもらった厚子からのメールではわからなかった送信時の居場所が、オリジナルのメールに含まれるデータを分析すれば判明するかもしれないという。

オリジナルのメールは彩香の友達の携帯にあり、それをパソコンにコピーすれば、経由したサーバーのＩＰアドレスが把握できるという。ＩＰアドレスからは国や地域、企業のものなら会社名までわかるらしい。

「五千万円は無事に受けとりましたか」

井上は開口いちばん訊いてくる。ここまでの状況を説明すると、井上は嘆息した。

「厚子が殺されそうだという話は、どうも眉唾な感じがしますね。三宅にそれほどゆとりがあるんじゃ」

「そこはまだなんともいえないだろう。三宅が普通の悪党じゃないとしたら、どんな仮面だって自由自在に被り分けるだろうから。それでどうなんだ。厚子の居場所はわかったのか」

「そうですね、メールは本人の携帯かスマホから発信されたようです。送信に使われたのはシンガポールの携帯電話会社のサーバーでした」

「だとしたら厚子は間違いなくシンガポールにいたわけだ」

鷺沼が確認すると、井上は力ない調子で答える。

「メールを発信したときはそうですが、その後の連絡がとれないので、いまはどこにいるのかわかりません」

「シンガポールから発信されたという以外に、消息に関わる情報は得られないんだな」

「残念ながら」

「相手の電話はまったく応答しないか」

「ええ、たぶん電源を切っているんだと思います。命を狙っている人間から行方をくらまそうとしているのなら正解かもしれません。スマホの場合、悪意のあるソフトが仕込まれていると、GPSの位置情報を盗み出される惧れがありますから」

「メールの一本でもくれれば、生きていると確認できるんだが」

「いまも彩香と友達がメールを送ったり電話を入れたりしてるんですが、まったく応答がありません。留守電もメールボックスもメッセージであふれかえっていると思います。せっかく川越まで来て、ほぼ空振りといったところです」

「それでもメールが送られたとき、シンガポールにいたことまでは確認できたんだから上出来だよ。それだけこちらからメッセージを送っていれば、そのうち根負けして応答するかもしれんしな」

気持ちを切り替えて鷺沼は言った。井上が訊いてくる。

「三宅は近々香港に渡航するようなことは匂わせなかったんですね」

「とくにな。木崎と会う際には自分も同席するつもりだろうし、それもなるべく早い時期にという話だった」

「といってもシンガポールや香港は近いですから、一泊二日程度で往復できます。油断はできないと思います」

「ああ。もし三宅にそういう動きがあったら、すぐに出国できるように旅行の準備をしておいてくれ」

「パスポートは持って歩いています。僕も香港で三宅と厚子が落ち合うような気がするんです。厚子が命を狙われるとしたら、そのタイミングがいちばん可能性が高いと思います」

「どうしてそう思う?」

「兄に自分が殺されるということについて、厚子はまだ半信半疑のような気がします。兄が犯人だと断言しているわけではなく、もし自分に万一のことがあったらという限定付きですから」

「厚子と三宅の絆はいまも断ち切れてはいないと」

「彩香の友達は、厚子からメールをもらったとき、その内容にとても驚いたようです。まだ厚子が現役で頑張っていたころ、お兄さんの話をよく聞かされていたそうですから」

「木崎一族の資産管理会社の社長だという話を、部員は知らなかったと聞いているが」

「厚子はだれにも話さなかったそうです。都内のある会社に勤めているというだけで――。その友達も彩香から聞いて初めて知ったようです。べつに嘘をついていたわけじゃないんですが」

「たしかにな。それで厚子は兄についてどんな話を？」

「優秀で、思いやりが深くて、自分にとても優しくしてくれる。だから自分は一生兄のファンだというような話をよく聞かされたそうです。誕生日のプレゼントを買うからと都内のデパートに付き合わされたこともあって、そのときは彼女の給料にしてはずいぶん高価なビジネスバッグを買ったそうです」

「その友達は不幸な経緯でキザキテックの柔道部を辞めたと聞いていたが、厚子とはそのあとも付き合いがあったんだな」

「柔道部を辞めてしばらくして、厚子のほうから連絡があったそうなんです。事情は異なるとはいえ、部内でお互い孤立する立場だった。だから辛い気持ちがよくわかると心のこもった手紙が届いて、それからたまにメールのやりとりをするようになったらしいんです」

「その友達は厚子とはずっと親しい関係だったのか」

「厚子が心を閉ざすようになってからは自然と疎遠になったんですが、退部した彼女に温かい言葉をかけたのは、けっきょく厚子だけだったんです」

　厚子に対するこれまでの心証が微妙に揺らぎだす。

「そんな厚子と兄のあいだに、殺人を想起させるような事態が起きていることが信じられなかったわけだ」

「いまもそういう思いが捨てきれないと言っています」

「厚子が乙彦殺しの犯人かもしれないという話は？」

「その友達にはしていません。あまりにショックが大きいでしょうから。それに彩香も自分の推理が正しいのか、いまは自信がなさそうです」

「そんな話を聞けば人情の面からみてあり得ないような気もしてくるな。だからといって、その気になれば殺せるという、技術的な可能性は否定できない」

「ええ。だから厚子に対する容疑をすっきり排除できない。彩香もそこが苦しいようです」

　それが自らの苦衷でもあるかのように井上は言う。

「いずれにしても厚子が乙彦の事件と強い繋がりを持っていることは否定できない。なんとか消息を突き止めたいもんだよ」

「そして、なんとしてでも死なせたくないですね」

　強い口調で井上が言う。もちろんそれは鷺沼も同感だ。

4

木崎側はよほど急いでいるようで、三宅は一時間もしないうちに電話を寄越した。四日後の午後七時。場所は九段下の高級割烹店で、目抜き通りから奥まった場所にあるため人目につきにくい。

ミシュランの星の数こそないが、それはごく限られた常連だけを相手にする店主の方針のためで、料理とサービスの水準は三つ星レストランにも劣らない、いわば隠れ三つ星だと三宅は豪語する。

出入りするのは政界や実業界の大物で、マスコミ関係者や一見の客はお断りだから、密会にこれ以上向いている店はないという。

宮野も同席させていいかと訊くと、三宅はとくに嫌がりもしなかった。多少気に入らないところがあっても、最初に接触したのが宮野である以上、外すのに適当な口実を思いつかないようだった。

店の名前は宮野も初耳だとのことだが、金なら唸っているはずの木崎が贔屓《ひいき》にしているのなら、半端な料理は出さないだろうとすでに瞳を潤ませている。

しかし木崎の腹のうちがまだ読めない。乙彦の事件にしても新ココム違反や脱税の疑惑にしても、とりあえず三宅がいい働きをしている。木崎にとって三宅はなくてはならない防波堤だ。汚い仕事は三宅に任せ、自分は日本の産業界を背負って立つ名経営者を演じる。その分業が成り立ってこそ木崎もキザキテックも安泰のはずなのだ。いまここで木崎自ら汚れ仕事の現場に顔を出す――。そこにいったいどういう意味があるのか。

三宅に対して全幅の信頼を置いていないのではとも考えられる。木崎と三宅が一枚岩だとすればまさしく手強い敵だが、そこになんらかの亀裂があるとしたら、こちらにとっては付け入る隙と言えそうだ。

しかしもしそうだとしたら、三宅のいかにも余裕綽々の態度が解せない。木崎の信頼を失うことは三宅にとって致命的で、落ち着いていられるような状況ではないはずだ。

真の理由はまだわからないが、いまの三宅にとって厚子がアキレス腱なのはたしかなようだ。その厚子を亡き者にしようと三宅が画策しているとしたら、それは果たして木崎に対する忠誠によるものなのか、あるいは自らの保身のためなのか。

乙彦を殺害したのが厚子ではないとしたら、それはいったいだれなのか。そもそも乙彦はなぜ殺されたのか。一度は焦点を結んだかと思われた全体の構図がまたおぼろげになってきた。

一方で新宿駅での傷害致死と乙彦の殺害という事件が、三宅とその背後の木崎の存在によって黒々とした巨大な疑惑へと膨張し始めた。

だから逃げようという気はないが、いま自ら姿を見せようという木崎輝正という人物が、巨大で分厚い壁のような存在として立ちはだかる。

金に目がくらんでいる宮野のほうは、アドレナリン値が高まってそんなプレッシャーは微塵も感じていない様子だが、今回の木崎の登場が、あるいはなにかの罠ではないかという気さえしてくる。

あるいはこちらの作戦はすでに見破られているのではないか。きょう受けとった五千万円は逆に向こうが仕掛けた餌で、それに食いついた間抜けな魚が自分たちのような気さえしてくる。

井上からの報告を聞かせると、三好は不安を隠さない。

「やはり厚子が真相を解明するいちばん重要な鍵なのかもしれないな。そうなると殺したのが厚子であれだれであれ、乙彦殺害の背景にも複雑な事情が絡んでいるような気がするよ」

「私もそう思います。もし彼女が殺されたら、いまおぼろげに浮かんでいる大きな疑惑がそのまま闇の底に沈んでしまうかもしれません」

鷺沼は嘆息した。

「そうは言っても厚子だって柔道の腕前は半端じゃないんだから、そう簡単に殺されたりはしないって。不意を突かれた場合ならともかく、身の危険を感じて用心していたら、現地のチンピラあたりじゃそう簡単に手は下せないよ」

彩香の払い腰で軽く一本とられた経験からか、宮野はひどく楽観的だ。

「しかしいくら柔道の手練《てだ》れでも、銃で狙われたら防ぎようがない」

「そりゃそうだけど、そういう場合、迂闊に外を出歩いたりはしないでしょ。ホテルに閉じこもっていれば心配ないから」

「できればそうあって欲しいがな」

それでも不安を拭えずに鷺沼は言った。そのとき三好の携帯が鳴り出した。三好は、興奮した表情で聞き入り相手の労をねぎらってから、鷺沼に顔を向けた。

「三宅が動いたぞ。オフィスを張っていた捜査員からだ。そいつの機転が利かなかったら、危なく見逃すところだった」

「というと？」

「三宅が雇っている女性の事務員が外出したんで、気になってあとを追ってみたそうなんだ。普段は外出するといっても徒歩で近場の銀行や郵便局に行くくらいなんだが、事務所の前でタクシーを止めてそれに乗り込んだ。普段と動きが違うんで、すぐに車で尾行したら、行った先が例の八重洲の旅行代理店だった」

「だったら間違いないですよ。厚子のときと同じ代理店なら、井上が一度出向いて話を聞いていています。これからすぐに向かってもらいます」

「ああ。フダ（捜査関係事項照会書）はおれが切って、そこにファックスしておくよ」

「木崎との会食の件といい、今回のその動きといい、連中の動きがやけに慌ただしいじゃないですか」

「香港なら日帰りもできるだろう。木崎と会食するまえに一仕事してくることもできる。厚子の殺害に関わることか、新ココム違反や脱税の証拠隠滅を図ってのことか、いずれにしても、こちらにとっては厄介なことになりかねない。おまえと井上もすぐに飛べるように準備をしておいてくれ」

「そういうこともあると思って、私も井上もパスポートは携行しています。三宅が動けばいつでも追尾できます」

「おまえは顔を知られている。そこはどうする？」

「三宅が使う便が特定できたら、私はそれより一便早い飛行機で現地に向かいます。井上が同じ飛行機で向かって、現地で落ち合うようにすればいいと思うんですが」

「そういう手があるな。しかし外国へ行くんじゃ拳銃は携行できない。身の危険を感じるような事態もないとは言えない。くれぐれも気をつけてな」

「はい。いずれにしても、三宅にぴったり張り付けば、厚子の消息も見えてくるはずです。三宅自身が手を下すことはないでしょうが、厚子が三宅と接触するようなことがあれば、そのあとで我々のほうからコンタクトをとってみたいと思います」

「やっぱりおれも同行したほうがいいよ。エコノミークラスでいいからさ。尾行というのは人数が多いほうが確実性が高まるし、シンガポールや香港なら美味しい店もいろいろ知ってるし」

宮野がさっそく割り込んでくる。

「遊びじゃない。そもそもその風体じゃ入国審査を通れるかどうかもわからないだろ」

「見かけで入国拒否なんかされないよ。それに尾行が目的なんだから、絶対にばれないように変装はするし」

「あんたの場合、変装すると漫画になってかえって目立つんだよ。それより福富とじっくり打ち合わせをして、木崎との会食でぼろを出さないようにしっかり準備をしておいてくれないか」

「そんなの出たとこ勝負だよ。そもそも向こうの思惑が皆目わからないわけだし」

「しかし木崎になんの思惑もないとは考えにくい。せっかくの機会だ。連中の腹のなかを探る妙案を見つけておいてくれ。そういう仕事はかつて企業を強請ってしこたま儲けていた福富の得意分野だろう」

そう言って鷺沼は携帯から井上を呼び出した。井上はすぐに応答した。

「三宅に動きがあった。海外出張の準備に入ったらしい」

四日後と決まった木崎との会食の話と合わせ、八重洲の旅行代理店に三宅の会社の事務員が向かったという話を聞かせると、井上は声を弾ませた。

「いま川越の駅です。一時間ほどで東京駅に着きます。そのあいだに先方へ捜査関係事項照会書を送っておいてもらえば、利用便はすぐに特定できます。店長とは顔が繋がっていますから」

「そうしてくれ。着いたところで電話をくれれば、おれもそこへ駆けつける。係長に旅費を仮払いしてもらうから、その場でおれたちも航空券を買ってしまえばいい」

「それが早いですね。それから気になることが一つありまして――」

井上が声を落とす。

「彩香はあれから何度も電話を入れてるんですが、電源を切っているようでそういうメッセージが流れてくるんです。ところがついさっきかけたところ、それとは違って通話中の音声が聞こえてきたんです」

「ということは、そのときだれかと話していた――」

ほのかに希望が湧いてきた。それなら厚子はまだ殺されていない可能性が高い。井上は続ける。

「そうとも言えません。携帯やスマホの場合、着信拒否を設定したり、特定の人からの電話だけ受けるように設定していると、そうじゃない相手からの電話には通話中の信号音が流れるようになっているんです」

「それがどのくらい続いているんだ」

「もう三十分以上です」

「実際に通話しているとしたら、けっこうな長電話だな」

「ええ。海外で携帯を使うと、日本国内よりずっと割高になります」

「着信拒否によるものだとしても、そういう設定をしたということは、本人が生きている証拠とみることはできるだろう」

「それはたしかにいい材料ですが、そんなふうにしているとなると、彩香たちと連絡をとるのを拒否していることになります」

「電話やメールでコンタクトをとるのはほぼ絶望的だな」

「そんな気がします。もちろんこれからも連絡を入れてみますが」

井上はどこか力がない。厚子からのメールをとっかかりに事件の核心に迫ろうという思惑が頓挫した格好だが、その点では鷺沼も思いは同じだ。

「しかし三宅のほうに動きが出てきたわけだから、そっちのほうが突破口になる可能性は大きい。会食を四日後に控えての渡航となれば、今回のことに絡んでのことなのは間違いない。せっかちな動きには、それなりの理由があるはずだ」

「我々が思っている以上に、向こうは追い詰められているのかもしれませんね。それじゃ僕たちは急いで八重洲の旅行代理店に向かいます」

井上の声がわずかに明るくなった。

5

一時間後、井上から電話が入った。いま東京駅へ着いたところで、これから八重洲の旅行代理店に向かうという。三好から受けとった仮払金をポケットに入れて、鷺沼は八重洲方面にタクシーを走らせた。

宮野は福富と今後の打ち合わせをすると言って、電車で関内の『パラッツォ』へ向かった。どうせ木崎から招待を受けた隠れ三つ星店の話で盛り上がるくらいのものだろうが、福富なら商売上の人脈でその店の噂を仕入れるくらいはできそうだ。現場の情報を事前に頭に入れておけば、こちらも余裕を持って出かけられる。

八重洲中央口から五〇〇メートルほどのビルの一階にその旅行代理店はあった。店内に入ると、井上と彩香がすでに到着していて、担当者となにか話している。

鷺沼が名刺を差し出して自己紹介すると、相手も名刺を出して丁寧に挨拶を返す。前回の聞き込みの際の井上の印象がよほどよかったのか、警戒するような態度は見られない。

名刺の肩書きは店長で、捜査協力に関しては本社の承認を得ているとのことだった。

「マネーロンダリングが絡んだ案件だと伺いまして、それならぜひご協力をと本社からの指示がありました」

興味を隠せない様子で店長が言う。三好は捜査関係事項照会書に殺人容疑のことは書いていない。殺人というのは世間が好奇の目を向けやすい犯罪で、噂が広がれば今後の捜査に何かと支障が出る。

しかしマネーロンダリングというのは、一般には関心の薄い犯罪で、噂としては拡散しにくい。一方で業界団体にしてみれば、警察庁などからの規制が年々強くなり、違反が摘発されれば業務に大きく響くこともある。そのあたりを計算に入れた三好のフダの切り方はなかなか味がある。

「行き先は香港で、出発便はあすの午前十時三十五分発キャセイパシフィック５４３便。ビジネスクラスです。帰りの便はオープンになっています」

「ということは、いつ帰ってくるかわかりませんね」

「ただし現地のホテルは到着当日の一泊分しか押さえていないので、一泊二日の可能性が高いんじゃないでしょうか」

「そうだろうな。例の会食までには戻るはずだから」

小声で井上に耳打ちをして、鷺沼は店長に向き直った。

「この便とこれより少し前の便で、それぞれ一名分、空席はありますか」

「あることはありますが、きょうのあしたということですと、ビジネスクラスしかご用意できませんが」

警察の捜査予算が乏しいのは百も承知だというように店長はおずおずと言う。当たらずとも遠からずだが、そのくらいの出費は三好も覚悟している。

「それで構いません。いまここでチケットを購入します」

「そうですか。ありがとうございます。それではご用意いたしますので少しお待ちください」

店長はカウンターを離れ、予約用の端末を操作する。

「宮野さんはいいんですか。あとでへそを曲げられても困りますよ」

井上が訊いてくる。気のない調子で鷺沼は応じた。

「一緒に行きたいようなことは言っていたが、それほどしつこくもなかったよ。一泊二日じゃカジノにも立ち寄れないし、四日後の会食で美味い料理が楽しめそうだから、頭のなかはそっちでいっぱいのようだ」

「だったら落ち着いて仕事ができますね。私もご一緒したいんですけど、非番じゃないし、お金もかかるし――」

口惜しそうに彩香が言う。彼女の柔道の腕前を考えれば、心強い助っ人になりそうだが、予算の問題を別にしても、所轄の刑事をそこまで巻き込むのは無理な話だ。

「気持ちは嬉しいが、碑文谷署にそんなことがばれたら懲戒ものだ。それに厚子のことで川越にいる友達と連絡をとってもらう必要があるかもしれないし」

鷺沼が言うと、彩香は真剣な顔で応じる。

「私があんなことを言い出したから彼女が疑われることになって、なんだか気が重いんです。いまは彼女を信じたい気分でいっぱいなんです」

「ああ、わかるよ。しかしそれがなかったら、彼女の存在そのものが捜査線に上がってこなかった。乙彦殺害の件は別にしても、彼女が一連の疑惑の鍵を握っていることは恐らく間違いないだろう。そういう意味では大きな手柄だよ。そもそも彼女の失踪は我々が動き出す前に起きているんだしね」

「私もできればそう考えたいんですが」

切ない表情で言いながら、彩香はバッグから携帯を取り出してボタンを操作する。

「これは？」

怪訝な表情で声を上げ、彩香は携帯を耳に当てた。黙って二十秒ほど耳を傾けてから、鷺沼と井上に顔を向けた。

「留守電にメッセージが入っているんです」

「メッセージって、だれからの？」

井上が問い返す。当惑した表情で彩香は答える。

「厚子さんです。さっきまで電車に乗っていたので、私、電源を切っていたんです。その間に着信があって、ずいぶん会っていないので確実なことは言えませんが、たぶん本人の声で間違いないと思います」

第十章

1

彩香は慌ててダイヤルボタンを押した。

携帯を耳に当て、期待と不安が入り混じった表情で応答を待つ。しかし厚子は出ない様子だ。しばらく待って通話を切って、怪訝な表情で彩香は首を振る。

「通話状態になってます。着信拒否されているような気がします」

「その留守電が着信したのは？」

鷺沼が問いかけると、携帯を手渡しながら彩香は言う。

「二十分くらい前です」

再生ボタンを押して耳に当てると、どこか硬い調子の若い女の声が聞こえてきた。

「お久しぶりです、三宅です。何度も連絡をいただいて済みません。山中さんですよね。私が直美《なおみ》に変なメールを送っちゃったからいけないのね。あれは私の思い違いでした。いま外国にいます。事情があってどことは言えないんだけど、危険な目には遭っていません。だから心配しないでください」

留守電に録音されていたのはそれだけだった。彩香に携帯を返して、鷺沼は問いかけた。

「直美というのが川越の友達か」

「はい、そうです」

「声の調子は普通だろうか」

「微妙なところまではわかりませんが、どことなく緊張しているように聞こえました」

彩香は不安げに言う。感じたことは鷺沼と同じだ。彩香から携帯を手渡され、同じように留守電を聞いた井上も首を傾げる。

「普段の喋り方は知りませんからはっきりとは言えないんですが、心配は要らないという言葉とは裏腹に、伝えたいのは別のことのような気がするんです。たとえば誰かに脅されていて本当のことが言えないというような」

「直美のところにも電話が入っているかもしれません。ちょっと訊いてみます」

井上から携帯を受けとり、彩香は忙しなくダイヤルボタンを押す。

相手はすぐに出たようで、留守電のメッセージのことを伝えて、彩香は相手の話に耳を傾けた。通話を終えて振り向いたその顔に困惑の色が浮かんでいる。

「ついいましがた、やはり電話があったそうです。すごく慌てていたようで、私の留守電に残したようなことを一方的に話して、またあとでかけると言って、ほとんど質問する暇もなく向こうから通話を切ってしまったそうなんです」

「彼女のほうからはかけ直してみたのか」

「もちろん。でも私がかけたときと同じで、いくら待っても通話中で繋がらなかったと言っています」

「ますます変だな。どこにいるかは聞けなかったんだな」

「ええ。外国にいるとただそれだけ」

「井上が言っているのが当たりそうだな。本当に安全な状態ならもっと話すことがあっていいはずだ。どこの国にいるかだって隠す必要はない」

「どこからかかってきた電話か、係長に調べてもらったらどうですか」

井上が言う。頷いて携帯を取り出し、鷺沼は三好を呼び出した。手短に説明しただけで三好は事情を呑み込んだようだった。

「わかった。すぐに手配する」

彩香は機転よく自分の番号をディスプレイに表示して鷺沼の目の前にかざす。それを読み上げ、キャリア名を伝えると、折り返し電話を寄越すと言って三好は忙しなく通話を切った。

「香港にいる可能性が高いですね。三宅が慌てて出国することとも辻褄が合うじゃないですか」

勢い込んで井上が言う。ただならぬものを感じながら鷺沼は応じた。

「すでに何者かに拘束されているのかもしれない。いずれにしても三宅の香港行きがそれと無関係だとは考えられない。おれたちものんびりしちゃいられないぞ」

「香港に着いてからの段どりをいまから固めておきませんと」

「ああ、相手が厚子の殺害を請け負っているような連中だとすると、おれたちにだって危険がないわけじゃない」

「じゃあ、私も一緒に行きます。外国じゃ拳銃は携行できませんけど、私なら素手で闘えますから」

ここぞとばかりに彩香が申し出る。言っていることは外れていないし、三宅を尾行するにしても鷺沼は面が割れている。井上一人にほぼ任せるしかないが、単独での尾行は失敗する可能性が高い。だからといって鷺沼たちには碑文谷署に対する捜査指揮権はないから、勝手に彩香を帯同すれば越権行為になる。

「気持ちはありがたいが、そうもいかない。碑文谷署から許可をとろうとしたら、いまやっている秘匿捜査の内容を明かさなきゃいけない。それじゃここまでの苦労が水の泡だ」

「気にしなくていいんです。いま職場で大きな仕事は抱えていませんから。有給休暇も溜まっているし」

「そういうわけにはいかないよ。上司に無断でそんな行動をとれば、君の将来にも影響するだろう」

「そうだよ。ここまで十分すぎるほど貢献してくれたからね。一緒に行って欲しいのは山々だけど――」

言いながらも井上はいかにも残念そうだ。イレギュラーなタスクフォースでは公私の境界が曖昧になりがちで、宮野に限らずそこはしっかりけじめをつけないと、捜査の方向がぶれてくる。

「そうですね。私のような所轄の新米刑事がこんどのような大きな事件に関わったりしたら、足手まといになるだけですね」

彩香にしてはうしろ向きな物言いが心に刺さる。宥《なだ》めるように鷺沼は言った。

「そんなことはないよ。君は厚子とも面識があるから、できれば一緒に動いて欲しいんだが、警察も厄介な役所で、そこはどうにも難しくてね」

「わかってます。無理を言って済みません」

殊勝な顔で彩香は頷いた。宮野はもともと県警の鼻つまみ者で、福富は半ヤクザの民間人だからとくに心配することもないが、彩香の場合はそうはいかない。

発覚すれば職務規定違反で懲戒の対象になるだろう。これから刑事としての成長が期待される彩香を、こんなところで躓かせないように気を配るのは先輩刑事としての責任である。

2

彩香とは旅行代理店の前で別れ、タクシーで警視庁に戻った。

福富のところに出向いている宮野には車中から状況を報告しておいた。

また自分も行くと言い出すかと気を揉んでいたら、そんな話はおくびにも出さず、頑張ってきてねと励まされた。福富とよからぬ企みで一致して、鬼の居ぬ間のなんとやらを狙っているのではないかと、それはそれで心配の種になる。

ここ最近、タスクフォースの専用と化したいつもの会議室で、三好とさっそく打ち合わせに入った。三好は携帯会社に問い合わせをして、人の命に関わる緊急事案だと話を膨らませ、発信元の局を突き止めていた。予想どおり香港からで、厚子はすでにシンガポールを離れていたようだった。

彩香の携帯に着信した留守電メッセージの印象と、彩香の友達が受けた電話の内容を伝えると、深刻な顔で三好は応じた。

「たしかに不自然だな。留守電のほうは喋れる時間が短いから仕方がないとしても、問題は友達のほうだ。女同士の電話は長話というのが通り相場だ。久しぶりの電話だったら積もる話もあるはずだ。逆に助けて欲しいというメッセージとも受けとれるな」

井上と同じ考えのようだ。鷺沼は身を乗り出した。

「もしそうならなんとか救出しないと。抹殺する気か我々の手の届かないところへ拉致する気かはわかりませんが、いずれにしてもこちらにとって決定的な事実を知っているのが厚子のような気がします」

「彼女に万一のことがあれば、捜査は壁にぶち当たる。木崎がわざわざ会って話したいということの裏には、その場でおれたちに引導を渡そうという腹積もりでもあるんじゃないのか」

「こちらの偽装工作にすでに気づいているかもしれないと？」

「そこまではわからんが、木崎がわざわざしゃしゃり出てくるということに妙な自信のようなものを感じるんだよ」

「たしかに——。事件の隠蔽に関しては三宅一人で用が足りています。ご本尊がわざわざ顔を出せば藪蛇になるくらいはわかるでしょう」

「そうはならない自信があるわけだ。向こうから会いたいと言ってきた真意はまだ読めないが」

「その自信の理由と今回の厚子の件が無関係だとは思えない。あすの香港行きは彼女の運命にとっても我々の捜査の行方にとっても重大な局面になりそうです」
慄きを覚えながら鷺沼は言った。

3

翌日、鷺沼は井上とは別行動をとり、午前七時過ぎに家を出て羽田へ向かった。国際線ターミナルへ到着したのは八時少し前。早々に搭乗手続きを済ませ、ラウンジに腰を落ち着けた。三宅と井上が乗る便は航空会社がこちらと別で、出発時刻も一時間半ほど違うので、彼らと鉢合わせする心配はない。

宮野はいつものように早起きして朝食をつくってくれた。揚げ出し豆腐、出汁巻き卵、アジの干物、納豆、焼き海苔、香の物と朝食にしては手の込んだ献立で、しばらく美味い和食にありつけないからと、かいがいしいところを見せてくれた。

「遠慮しないで、ゆっくりしてきていいんだよ。鷺沼さんに万一のことがあったら、木崎のお相手はおれと福富でうまいことやるから」

なにを企んでいるのか宮野は鷹揚に言った。だとしても鷺沼たちが留守のあいだは三宅も香港におり、その三宅抜きで木崎が宮野たちに接触するとは思えないから、考えすぎることもないと鷺沼も気楽に応じた。

「万一のことなんて起きないから、せいぜいお相伴に与る店の情報でも仕入れておいてくれよ」

「それなんだよ。福富は商売がら業界のことに詳しくて、その店の名前は知っていたけど、自分はもちろん、実際に行った人間の話も聞いたことがないそうだよ」

「隠れ三つ星というのは本当なのか」

「そこは実際に味見してみなきゃわからないけど、一種の都市伝説になっているそうでね。政財界の大物の秘密クラブのようなところで、そこの常連になることがその筋の連中にとっては一種のステータスらしいのよ。まあ一生に一度経験できるかどうかのチャンスだから、せいぜい楽しみにしているよ」

「別の意味で楽しみにしてるんじゃないならけっこうな話だがな」

「別の意味ってなんのことよ。このタスクフォースの目的は木崎のような巨悪を挫《くじ》くことであって、そのついでにできればちょっとした余禄を頂戴したい程度の話でね。ささやかな庶民の夢じゃない」

「庶民の金銭感覚として二億はささやかとは言えないけどな。とりあえず留守のあいだに下見くらいはしといてくれよ」

そんなやり取りをして家を出て、駅に向かいながら井上に電話を入れた。準備は万端で、一時間後に官舎を出るという。

井上は八重洲のホテルのティールームで見ているから三宅の顔を知っている。座席は三宅から五列ほど斜め後方にしておいた。

三好にはそんな状況を報告し、コーヒーを飲んで時間を潰す。そのとき背後から肩をポンと叩かれた。

慌てて振り向くと、ポロシャツに軽めのジャケット、ジーンズにスニーカー、背中にはリュックサックという出で立ちの彩香がコーヒーの載ったトレイを手にして立っている。

「困った娘だな。井上は知ってるのか」

訊くと彩香は首を振る。

「きっとだめだと言われますから。それに鷺沼さんは気にしなくていいんです。私のほうはあくまで個人的な旅行ですから。たまたま行き先が一緒なだけで」

「おれと同じ便なのか」

「ええ、ビジネスクラスは初体験で、それも楽しみなんです」

鷺沼と同じテーブルにトレイを置いて、彩香はちゃっかり腰を落ち着ける。

「高かっただろう。それによく席が空いてたな」

「お二人と別れてすぐ、あの旅行代理店に戻ってチケットを買ったんです。宮野さんと違って多少の貯金はありますから」

貯金のことを言われると鷺沼も耳が痛い。

「休暇はすぐに取れたのか」

「有給休暇の消化率が悪いと警務から注意されていたくらいですから、課長は簡単に判を押してくれました」

「こちらの捜査のことはなにも言っていないんだな」

「もちろんですよ。鷺沼さんたちに迷惑をかけるようなことはしませんから」

あっけらかんと彩香は応じる。宮野の場合は自腹を切るという発想が皆無な点が障害になったと思われるが、彩香はそこをあっさりクリアしたようだ。

鷺沼としてはそこが心苦しいが、公私混同のきらいがあるにせよ、彩香の参加は正直助かる。井上と交代しながらの尾行なら気づかれる確率は低くなるし、いざというとき国体級の柔道の腕前は侮りがたいパワーとなるだろう。

「だったら付き合ってもらうしかないな。いまさら帰れとは言えないし」

「本当ですか。嬉しいです。井上さんはコンピュータには強いけど、腕力のほうはあまり得意じゃなさそうだし、鷺沼さんは名刑事ですけど、顔を知られて表立っては動けないから、三人がそろえば最強のメンバーですよ」

如才なく人を持ち上げるから始末が悪い。

「あれからも厚子とは連絡がつかないのか」

訊くと彩香は眉を曇らせる。

「そうなんです。音声のほうはずっと通話中で、メールにも返事が来ません。直美のほうも同じだそうです」

「やはりきのうの電話は、不自然な状況でかけられたと考えざるを得ないな」

「そう思います。とにかく無事で帰ってきて欲しいんです。犯人は柔道の心得がある女性だなんて私が言っちゃったから、それで彼女を追い詰めることになったような気がして」

「そんなことはないよ。むしろそのお陰で彼女に危険が迫っていることに気付いたようなものだからね。それに――」

「乙彦殺しの犯人の可能性もまだ完全に消えたわけじゃないですね」

「残念だがそういうことだ。だからといって彼女を死なせたりしちゃいけないことには変わりない」

「重要な証人かもしれないし」

「それだけじゃない。これ以上、だれ一人死なせちゃいけない。それは警察官としての責務だよ」

強い思いで鷺沼は言った。発端は新宿駅の傷害致死事件。鷺沼たちが追っていたのはそちらの犯人だったが、その被疑者として浮上した木崎乙彦の背後から怪しい地下茎が伸び、三宅を経由して木崎輝正に繋がった。

乙彦が死んでしまった以上、その殺害犯からしか新宿駅の事件の真相には至れない。そこを解明する意味でも厚子の存在は重要だが、いまやそれ以上に木崎を黒幕とする大きな謎が浮上してきた。乙彦の殺害と新ココム違反や脱税の疑惑はおそらく不可分だ。

それを二億で隠蔽してやるという餌に彼らは食いついた。まさに黒々とした真相の状況証拠と言えるだろう。

しかしそこを突破口に敵の牙城に踏み込むとしても、おそらく最後の決め手は厚子の証言だ。だからこそ三宅は彼女を海外に渡航させ、さらには抹殺しようとしているとさえ疑われる。

「そうですね。いろんな意味で大事な仕事ですね」

彩香は瞳を輝かせる。その大胆な行動力が鷺沼には目映《まばゆ》く見える。吉と出るか凶と出るかはわからないが、賭けるに値するものであるのは間違いない。

そんな話をしているうちに搭乗時間が近づいた。これから何時間かのあいだ、地上とも別便で行く井上とも連絡がとれなくなる。無事に出発できる旨を井上と三好に伝えようと携帯を手にすると、彩香が慌てて言う。

「あの、井上さんには言わないで下さい。びっくりさせたいから」

半分は遊び気分かと落胆はしたが、自腹で来ている以上、文句も言いにくい。

「わかったよ。係長には報告しないといけないが、そっちも口止めしておくから」

そう応じて、まず井上を呼び出した。

「ああ、鷺沼さん。いま羽田へ向かっているところです。そちらは問題ないんですね」

「これから搭乗するところだ。土地鑑のない空港で落ち合うのは厄介だし、三宅にばったり出くわしたらすべてがおじゃんになるから、おれは先に三宅が予約したホテルへ向かうよ。到着時刻から考えて、三宅はまずホテルにチェックインすると思うから」

「できればそう願いたいですよ。現地の地理はだいたい頭に入れてきたんですが、尾行するとなると簡単にはいかないでしょうから」

「尾行中に迷子になっても困るからな」

「そんなこともあるかと思って、きのう帰りに精度の高いGPSロガーを買っておきました。普段持ち歩いているタブレットに香港市内の地図を読み込んでありますので、居場所は随時確認できます」

それをどうやって使うのか鷺沼にはイメージが湧かないが、その道の達人の井上が言うのだから役に立つのは間違いないだろう。井上が続ける。

「ホテル以外の場所へ向かうようだったら、居場所をマークした地図をそちらの携帯に送りますので、タクシーのドライバーに見せれば連れて行ってもらえるはずです」

「それなら助かるな。英語も中国語も生まれつき得意じゃないから」

「生まれつき得意な日本人なんていませんよ。現地に到着した時点で一報を入れます。そのあとも逐次連絡を入れますのでご安心を」

「了解した。向こうには危ない取り巻きがいるかもしれないから、せいぜい身辺には気をつけてな」

「ありがとうございます。でも僕は面が割れているわけじゃないから、そう簡単に感づかれることはないと思います。彩香ほどじゃないけど、警察学校で格闘術の訓練もしていますし」

井上はいかにも楽観的な口ぶりだ。彩香といい井上といい、度胸がいいのか怖いもの知らずなのか。捜査経費は三好が貯えた裏金で、鷺沼も含めてオフィシャルな渡航ではないから、現地でなにかあっても公傷や殉職としては扱われない。そんなリスクを避けることも、鷺沼にとっては重大な責務と言えそうだ。

井上との通話を終え、続けて三好を呼び出した。

「おう。無事に出発できそうか」

三好は気忙しい調子で訊いてくる。こちらの状況をかいつまんで報告し、彩香のことも伝えておくと、三好はとくに困惑するふうでもない。

「個人的な旅行だと言われちゃ止めようがない。かかった経費はおれのへそくりで埋め合わせするよ。だがね。宮野君や福富君だけじゃなく、そういうもの好きが警視庁にもいてくれたことは嬉しいよ」

「そういうもの好きの力に頼らないと、木崎のような相手に捜査の手が伸ばせない点に警察の限界も感じますがね」

忸怩《じくじ》たる思いで鷺沼は言った。金の力で捜査を潰す。神奈川県警に使ったそのやり口を逆手にとっての今回の偽装捜査だが、それが発覚すれば向こうは本物の警視庁上層部に同じ手口を使おうとするだろう。二億の札びらで横面を張られれば、警視総監だって靡《なび》きかねない。

そんな不安を口にすると、吹っ切れた調子で三好は言った。

「こうなったら乗りかかった船だよ。向こうがそういう行動に出る前に、動かぬ証拠を押さえてしまう。金の力で封じるにしても、自ずから限度というものがある。そこをなんとか突破しちまえば、総理大臣だって蓋はできない」

「そうですね。おとり捜査に証拠能力は認められませんが、警察や裁判所に強い心証は植えつけられる。帯封付きの札束と三宅の会社の銀行口座の出金記録を突き合わせれば、贈賄の事実は火を見るより明らかなわけですから」

「それを表に出せば、もちろんこちらにもとばっちりがくるが、すべておれの責任でやったことにするよ。おまえたちに迷惑はかけないから」

腹を括った調子で三好は言う。強い思いで鷺沼は応じた。

「心配は要りません。そのときは一蓮托生ですよ」

井上や彩香に冷や飯を食わせるわけにはいかないが、自分の首ならいつでも差し出す覚悟がある。それより警察が木崎のような人間の意のままになるような組織なら、自ら三行半《みくだりはん》を突きつけるのが筋というものだ。

「まあ、そう案ずることもない。厚子のことももちろんあるが、香港での三宅の行動から新ココム違反や脱税の動きが明らかになれば、手ぐすね引いて待っている二課の連中が本格捜査に乗り出す。そうなれば網は一気に狭まるだろう」

「そうなると、向こうからわざわざ会いたいと言ってきた木崎の思惑がいよいよ気になります」

「心配するような話じゃないかもしれないぞ。木崎だって人間だ。罪の意識もあれば恐怖心もある。殺人教唆や脱税で訴追されることもさることながら、一代で築き上げた自らの会社のトップから転落することは、ああいう人間にすれば死ぬより怖ろしい。会って取り入って安心したいという程度の思惑のような気もするな」

ききのうの危惧とは一転して、意を強くしたように三好は言う。ここまで来たら思い切りよく進むしかない。不安の種は尽きないが、それに翻弄されればこちらの足場を悪くするだけだ。三好がそんな思いなら、鷺沼もむろん同感だ。

4

香港国際空港へは定刻の十二時三十分に到着した。

一九九八年に開港したこの空港は、広々としたスペースに機能的な施設を備え、市内へのアクセスも、いちばん速い鉄道なら二十分ほどと交通の便もいい。

入国手続きを終え、無事に着いたと三好にまず一報を入れ、予定通りホテルへ向かうことにする。井上は三宅と同じホテルを予約していて、彩香もちゃっかりそちらを押さえていたが、面が割れている鷺沼はそうもいかず、予算の面も考慮して、近場の中級ホテルを予約しておいた。

土地に不案内なので主要ホテルを巡回するリムジンバスを利用して、三十分ほどで市内に入った。それぞれいったんホテルへ向かい、まだ時間が早いので、仮チェックインをしてフロントに荷物を預けた。彩香の泊まるホテルのビュッフェで落ち合って、軽食をとり終えた午後三時過ぎに井上から連絡が入った。

「いま到着したところです。三宅ももちろん搭乗していました。いまリムジンバスの乗り場に向かっていますので、寄り道をせずいったんホテルにチェックインするのは間違いなさそうです」

「そうか。おれはいまそのホテルにいる。一階のロビーにラウンジがあるから、これからそっちに移動することにする。三宅からは見えない場所を見つけておくから、おまえはチェックインして、部屋に着いたら電話をくれ」

「わかりました。三宅はごく軽い荷物で、長居する気配はありません。二日目のホテルは予約していなかったので、とんぼ返りなのは間違いないでしょう。きょうとあしたが勝負になりそうですね」

声を低めて井上は言う。鷺沼は問いかけた。

「空港で誰かと落ち合ったりはしていないんだな」

「ええ。いまのところは一人です」

「どんな様子だ」

「いつものような値の張りそうなスーツじゃなくて、荷物は小ぶりのスーツケースとアタッシェケースです。ごく普通のビジネスマンにしか見えません」

「わかった。今後の動きについては落ち合ってから相談しよう」

そう応じて通話を終え、地階のビュッフェからエレベーターでロビーに上がる。ラウンジに向かおうとしたとき、彩香が小さく声を上げた。

「いまロビーに入ってきた女性、厚子さんです」

「本当なのか」

慌ててエントランスに目を向けると、小柄だが筋肉質の体型のショートカットの若い女性が入ってくるところだった。

Tシャツにサマージャケット、ジーンズにスニーカーという出で立ちで、小ぶりのデイパックを背負っている。

なにかを警戒しているように周囲に視線を向けながら、鷺沼たちが向かおうとしていたラウンジに入ってゆく。彩香が耳元でささやいた。

「まさか、こんなところで会うなんて。困っちゃいましたね」

「ああ。幸先がいいと言えばいいんだが、君はさっきのビュッフェに戻って待機していてくれないか。おれ一人なら面が割れていないから」

「そうしたほうがよさそうですね」

彩香は小声で言って踵を返し、エレベーターのほうへ戻っていく。鷺沼はさりげないふうを装ってラウンジへ足を向けた。

厚子はウェイターに案内されて奥まった席に向かっていく。三宅がやってきた場合に備え、鷺沼は窓際の席が希望だと片言の英語でウェイターに伝え、厚子の席からいちばん離れたあたりに腰を落ち着けた。都合よくそこには太い飾り柱があって、三宅が来たらその陰に姿を隠せる。

本人を見るのは初めてだから、それが普段の姿なのかどうかわからないが、厚子はどこか落ち着きのない様子で、周囲に忙しなく目を走らせている。

化粧は全体に薄いが、それとは別に憔悴《しょうすい》した印象が窺える。かといって周囲に危険な雰囲気の連中がいるわけでもなさそうだが、少なくとも旅行を楽しんでいるようには見えず、本人が望んではいない状況に置かれているという気配が濃厚だ。

厚子がここにやってきた目的が三宅と会うことなのは間違いないだろう。そうだとしたら直美という彩香の友達が受けとったメールの文言はなんだったのか。

自分に万一のことがあったとき、犯人が兄だと警察に通報して欲しいという話は決して穏やかなものではない。

それを否定したあの留守電メッセージにしても、厚子を知る彩香が受けた印象も、鷺沼と井上の印象も、どこか普通ではない状況を想起させるものだった。

そのとき井上から電話が入った。急いで通話ボタンを押す。声を殺した調子で井上が言う。

「あと十分ほどでそちらへ着きます。なにか変わったことは？」

「それが大ありでな――」

鷺沼も声を抑えて応じた。

「厚子が現れたんだよ」

「え、間違いないんですか。鷺沼さんは面識がないのに、どうしてわかるんですか」

こうなると彩香のサプライズ作戦に協力してもいられない。

「じつは彩香が——」

ここまでの経緯をかいつまんで説明すると、井上はかすかに喜色を滲ませた。

「そうなんですか。じつはやりかねないと思っていたんです」

「まさか、示し合わせていたんじゃないだろうな」

「そんなことないですよ。でも鷺沼さん一人だったら厚子に気付かなかったかもしれないわけで、これはヒットじゃないですか」

「ヒットかもしれないが想定はしていなかったから、これからの対応がややこしいぞ」

「そうですね。彩香は厚子に面が割れているし、鷺沼さんは三宅に面が割れている。三宅と厚子が一緒に行動したら、尾行できるのは僕しかいないじゃないですか」

「もともと彩香は計算に入っていなかったんだから、そこは問題ないだろう」

「そう言われればそうですが——」

彩香を相棒にしていいところを見せようという目算が外れたようで、井上はどことなく歯切れが悪い。

「彩香は退屈するかもしれないが、とりあえずおれたち二人で監視することにしよう。いまいるラウンジの席なら三宅が来ても気付かれる心配はない。チェックインしたら、すぐにここへ来てくれないか」

「そうしましょう。あと五分ほどで着くはずです」

そう言って井上は通話を切った。携帯をたたんで厚子を見ると、向こうもだれかと電話で話している。距離が離れているうえに小声で喋っているようで、内容はまったく聞きとれない。

おそらく相手は三宅だろう。しかし厚子の表情はどこか硬くてよそよそしい。自分は兄のファンだと言っていたという直美の話とは齟齬《そご》がある。

厚子はそっけない表情で通話を終えた。いよいよもってわからない。三宅と感情的にいい関係にあるとは思えない。だからといって接触しようという意思はあるのだろう。一人で行動している点からすれば、命を狙われているという最初のメッセージを撤回したのは誰かに強要されてではなかったらしい。そこはこちらの読み違いのようだが、だとしても厚子がなにかを警戒し、なにかを恐れているのは間違いない。

逮捕状が出ているわけではないし、そもそもここは国外だから、厚子の身柄は押さえられない。命を狙われているような状況なら保護という理由で接触できるが、こう中途半端なかたちで登場されるとこちらとしては手の打ちようがない。

この状況を素直に受け止めれば、やはり厚子が乙彦殺しの実行犯で、それが発覚するのを惧れて三宅が国外逃亡させた——。そう考えるのが自然な気がする。

そうだとしてもその犯行が厚子の個人的動機によるものだとは考えにくい。可愛い孫を殺害された木崎輝正が、その隠蔽のために二億の大金を使うという話はやはり辻褄が合わない。

厚子が彼らにとって重要な秘密を握っているのは明らかで、もし三宅がその殺害を企てているとしたら必ず阻止しなければならず、それ以上になんとか厚子と接触し、その口から真相を引き出す必要がある。

そう考えると、いちばん頼りになるのは彩香ということになるだろう。面識があるという点は、尾行するには不向きでも、そうした局面では武器になる。

同じ柔道を志した仲間として肝胆相照《かんたんあいて》らすところはあるだろう。彩香の天真爛漫《てんしんらんまん》な性格は厚子の閉ざした心を開くにもうってつけだ。いま知恵を絞るべきはそれが可能な状況をどうつくるかだ。

そのときラウンジへ奇妙な出で立ちの女が入ってきた。金髪のカーリーヘアーにまん丸いサングラス。厚塗りのファンデーションにメタリックレッドの口紅。ショッキングピンクのジャケットの下はレインボーカラーのTシャツで、ジーンズにはわけのわからない金具がじゃらじゃらついている。

厚子はその方向にちらりと顔を向けたが、すぐ興味なさそうに視線を逸らした。女は一瞬、鷺沼を見て小さく微笑み、ウェイターに案内されて厚子から五卓ほど離れたテーブルについた。

得意の変装の小道具を彩香は今回も持参していたらしい。宮野の変装は風体そのものが単に漫画化するだけだが、彩香の場合は一味違い、見た目以上に人格自体が変わって見える。厚子はまったく気づかなかったようだ。

飲み物を注文し終えると、彩香はしきりに携帯を操作する。ほどなく鷺沼の携帯にメールが届いた。

「彼女、ぜんぜん気づかないみたいですね。ほかにも何パターンか用意してますから、いつでも尾行に入れます」

そんな文言が書いてある。了解したというように鷺沼は目顔で合図した。そもそもこんなところに彩香がいるとは思いもよらないはずだから、厚子に見破られる心配はまずないだろう。

リムジンバスが到着したのが窓から見える。エントランスからスーツケースを引いたりリュックサックを背負った客たちが入ってくる。フロントに向かう人の列の中ほどに三宅の姿が見え、それから五人ほどあいだを置いて井上が続いている。鷺沼が彩香に小さく合図をすると、彩香はわかったというように頷いた。

プランター兼用の低いパーティション越しにフロント付近の様子が見える。三宅も井上も並んで順番を待っている。厚子は三宅が着いたことに気付いている様子で、フロントに顔を向けているが、嬉しそうな様子は見せていない。

そのときふと気づいた。ロビーのソファーに腰を下ろし、ひそひそ話をしている男が二人。地元の人間のようで、背広は着ているがノーネクタイ。全体にどこか崩れた印象があり、堅気のビジネスマンにはとても見えない。さりとて旅行者というふうでもない。

気になったのは男の一人が着ている背広の腋《わき》の下のかすかな膨らみだった。香港は銃規制が比較的厳しいと聞いているが、銃による犯罪はしばしば起きる。中国マフィアと警官隊の銃撃事件は珍しいことではない。

見たところ厚子に関心を払っているふうでもなく、三宅にも彼らを気にしている様子はない。危ない連中かもしれないという不安はあるが、こちらの件とはとくに関係はなさそうだ。ホテルには武装した警備員もいるはずで、昼日中からドンパチが始まるとは考えにくい。

三宅がチェックインを済ませ、ベルボーイにスーツケースを託し、アタッシェケースだけを手にしてラウンジに向かってくる。厚子は立ち上がって手を振るでもなく、そちらに軽く視線を向けているだけだ。

鷺沼は柱の陰に身を隠し、わずかに顔を覗かせて二人の動きを観察する。三宅は案内しようとするウェイターを無視して厚子の席に歩み寄り、優しげな笑みを浮かべて向かいの椅子に腰を下ろした。

二人はなにか言葉を交わしているが、ここまではもちろん聞こえない。周囲の客が声高に会話しているから、彩香の席からでも無理だろう。かといってそれ以上近づけば、いくらなんでも厚子が気がつく惧れがある。

井上もチェックインを済ませ、ベルボーイに荷物を預けて素知らぬ顔でラウンジにやってきた。彩香には目を向けもせず、大胆に二人の隣の席につく。三宅とは背中合わせで、顔を見られることはない。

厚子がなにかを訴えるように身を乗り出す。三宅は穏やかな表情でそれ聞き、宥めるように相槌を打っている。久しぶりに会った兄妹というより、トラブルを抱えた男女の会話という印象だ。

彩香がまたメールを打っている。ほどなくそれが着信した。

「やっぱり普段の厚子さんと違います。私が知っている限り、どちらかというと控えめな性格で、一方的にまくしたてるようなことはないんです。なにか大変な事情を抱えているのは間違いないような気がします」

鷺沼の印象と一致している。ロビーにいる二人の男がときおり三宅たちに視線を向けている。気のせいだと思いたいが、なにか理由があってここにいるとしたら、ことが厄介な方向に転びかねない。

三宅には彼らの存在が目に入った気配もなく、厚子とは違って周囲を警戒している様子もなかった。厚子がなにかを恐れているのは間違いないが、三宅はそれに気づいていないのか。あるいはその状況自体が三宅が仕組んだもので、ただしらばくれて厚子と接しているだけなのか。

もしそうだとしたらこの先の展開は予断を許さない。厚子からきたあの不審なメールの内容は、あとで本人が否定したように思い違いでもなんでもなく、まさに真実だったことになる。

いま目の前で続いている厚子と三宅の会話にしても、二人のあいだにどこか不穏なものがあることを示していると言えるだろう。予期せぬ事態が起きたとき、いまの態勢でどれだけ対処できるか、不安な思いは拭えない。

5

二人の会話は三十分ほど続いた。一方的に喋ったのは厚子のほうで、三宅は穏やかに耳を傾け、慰めるように相槌を打つ。事情を知らない人間が見れば、困りごとを抱えた女に、親身に相談に乗っている男という構図でもあるだろう。

厚子は一人で帰っていき、三宅はスーツケースを受けとりエレベーターホールへ向かう。そのまま部屋に行くのだろう。井上と彩香はすぐに厚子のあとを追った。

厚子はホテルのエントランスでタクシーを拾い、少し先にある別のホテルに入っていったという。フロントでキーを受けとっていたから、そこに投宿しているのは間違いないようだ。

鷺沼はラウンジからロビーに移動して不審な二人の男を観察したが、三宅と厚子が去って十分ほどしてから、急ぐ様子もなくホテルを出て行った。

さりげなくあとを追うと、二人はエントランスで客待ちしていたタクシーを摑まえて走り去った。案ずることもなかったかとまずは一安心した。

とりあえず新しい動きはなさそうだが、監視の必要はある。面の割れていない井上と彩香に三宅の監視を任せ、鷺沼は厚子の投宿しているホテルへ向かった。

こちらもロビーにラウンジがあるが、ずっとそこに張り付いていては厚子にもホテルの従業員にも警戒される。道路を隔てた向かいにコーヒーショップがあったので、とりあえずそこに腰を落ち着けた。

窓に面したカウンター席からはホテルの人の出入りがわかる。厚子と三宅の近くにいた井上に電話を入れてみる。

「どうだった。二人の話はいくらか聞こえたのか」

「店内がざわついていて、途切れ途切れにしか聞こえなかったんですが、厚子は約束を守ってほしいというようなことをしきりに言っていました」

「どんな約束を？」

「それは二人の了解事項のようで、どちらもとくに口にはしないんです。裏切るんなら考えがあるというようなことも厚子は言っていました」

井上は思い惑うような口ぶりだ。鷺沼は言った。

「こちらが見ていた印象どおり、穏やかな話じゃなかったわけだな。三宅はどんなふうに応じていたんだ」

「感情的にはならず、終始宥めすかすような調子でした」

「しかし、けっきょく二人は決裂したように見えたが」

「ええ。厚子のほうは、なにか吹っ切れないものを残していたようです」

「二人のあいだにはなにか約束事がある。それを兄が守る気があるのかどうか、厚子は不信感を抱いている。そういうことになりそうだな」

「聞き取れないところが多かったので、僕が想像力で補足したところもありますが」

「わかった。そのあたりの分析はあとですることにして、とりあえず三宅の動きを監視してくれ」

「そうします。例の新ココム違反や脱税絡みで、現地の関係者と接触するかもしれませんからね」

「ああ。厚子との話が、そっちの件と無関係だとも考えにくいしな」

そう応じて通話を終え、こんどは三好に電話を入れて、こちらの状況を説明した。

「予想外の展開になったな。それじゃ人手が足りないだろう」

「二人が一緒に行動してくれればいいんですが、二手に分かれるのはこちらもきついです」

「だれか人員を派遣してもいいんだが、これから手配するとなると、いますぐというわけにはいかないしな」

「タスクフォースのことも説明しないといけなくなりますから、かえって厄介です」

「だったら宮野君にでも行ってもらうか」

いちばん望まないことを三好はあっさり口にする。鷺沼は慌てて言った。

「ただでさえ面が割れている上に、あの風体ですよ。来たってどうせカジノ三昧で、役に立つどころか足手まといです」

「彼も一応刑事だから、いれば役に立つこともあるだろう」

「いないほうがありがたい人間の典型です。それはきっぱりお断りします」

「しようがないな、そこまで言われると。まあ話を聞く限り、すぐに危ないことが起きるわけでもなさそうだから、とりあえずいまの人員でやってくれ。厚子が無事でいてくれてまずは一安心というところだな」

「そう思います。危ないような気配でもあれば、我々の手で保護することはできるでしょう」

「できればなんとか接触して、貴重な証言を得たいものだな」

「その役割を彩香に期待したいんです。もちろん条件が整えばですが」

「彼女なら気持ちが通じ合うところがあるだろうからな。しかし厚子に差し迫った危機がなさそうだとしたら、三宅がなんの用事で香港に行ったのかが気になるな」

「単なる商用で来て、ついでに厚子に会ったとも考えられますが、井上が聞いた話からすると、やはり無関係だとは考えにくいと思います」

「気になるのは厚子が口にした約束という言葉だよ」

「ええ。それが木崎を中心とする事件全体に関わる話のような気がします」

「裏切るんなら考えがあるという厚子の言い方が意味深だな」

興味深げに三好が言う。同様の思いで鷺沼は応じた。

「なにか弱みを握っているということでしょう。それに絡んで兄への強い不信感が生じるような事態が起きている。今回の厚子の渡航が本人の意に沿わないものだったのは間違いありません」

「いずれにしても、厚子の扱いは極力慎重にな。周囲にそれだけ警戒心を見せていたということは、すでになにかが起きているからだとも考えられるわけだから」

「彼女もかつては一線の武道家でした。身に迫る危険を察知する能力は常人以上だと思いますが、ロビーにいた二人の男のことはやはり引っかかります」

「事前の偵察のために厚子に接近していたとも考えられる。中国マフィアならそういう汚れ仕事も金で引き受けるだろうからな。しかしもしそうだとしたら、三宅というのは血も涙もない男だな」

嘆息する三好に鷺沼は訊いた。

「神奈川県警はいまも捜査情報をしまい込んだままですか」

「ああ。捜査が停滞しているので本部態勢を刷新するとか言っているらしい。要は人員を削減して、そのうち継続事案に切り替える腹だろう。向こうに任せていたら迷宮入りは確定だな」

「そうやって葬られた事件はほかにもいくつもあるんでしょうね」

「その一方で冤罪をでっち上げて無実の人間を刑務所にぶち込んだりする。警察なんてそんなものだと割り切って、その利権で私腹を肥やしている奴もいる。そういう連中はおれに言わせりゃ普通の犯罪者よりはるかにたちが悪い。そいつらが大手を振って歩く世の中を少しでもまともにしていくのも、けっきょくはおれたち警察官にしかできない仕事だよ」

鷺沼も同じ思いを口にした。

「それをやるためにはこういうイレギュラーなタスクフォースで動かなきゃならない。

それが本来の姿じゃないのはわかっていますが、ここで退いたら我々も彼らの罪に加担することになる」

「そういうことだ。自分の属する組織がここまで信用できないというのが切ないがな」

三好は苦渋を滲ませた。

6

一時間ほど監視を続けても厚子にとくに動きはない。井上に電話を入れると、三宅も同様らしく、いまもホテルの部屋にいる様子で、外出する気配はないという。

とんぼ帰りの強行スケジュールなら到着直後から積極的に動き回るかと思っていたが、どうやらそうでもないらしい。

もっともホテルの部屋で電話もメールも使えるわけだから、あちこちと連絡をとることは可能だ。いまは現地での仕事の段どりをしているところかもしれない。

いずれにしてもわざわざ渡航したということは、本人が出てこないと進められない話があるからで、そのうち慌ただしく動き始めるのは間違いない。

三杯目のコーヒーを頼んだところで携帯が鳴り出した。そろそろくるだろうと思っていたが、案の定、宮野からだった。

「そっちでなにして遊んでいるわけ？　一つも連絡くれないで。外国へかけると携帯代も高いんだから、そういうところにも気配りしてくれないと」

「忙しくて忘れてた。じつはこちらへ到着して、さっそくいろいろあってな――」

彩香のことも含め、ここまでの経緯をかいつまんで説明すると、宮野は興奮した。

「そんな大事な話をどうしておれに真っ先に報告しないの？　自分の浅知恵だけでなんでも解決できると思っているんなら考え違いだよ。おれみたいな優秀な頭脳を外して、まともな答えが出るわけないじゃない」

「だったら答えを出してみせてくれ」

「要するに、早い話が、その――」

「早い話が出ないわけだな」

「そりゃそうだよ。いくら名探偵だって帽子からハトが飛び出すみたいに簡単に謎は解けないよ」

「だったら偉そうな口を叩くなよ」

「でも人手が足りなそうだね。警視庁で飛行機代とホテル代を出してくれたらいつでも飛んでってあげるけど」

「間に合ってるから大丈夫だ」

「彩香みたいな半端な刑事になにができるって言うのよ」

「彼女は自腹で来たからな。このあいだ競馬で儲けたような話をしていただろう」

「だめだめ、他人の懐を当てにしちゃ。三好さんに出してもらえない？」

「無理だな。あんたの場合は私欲が絡んでいるから公金は使えない」

「公金じゃなくて三好さんのへそくりでしょう」

「タスクフォースにとっては公金だ」

「鷺沼さんはそうやって捜査妨害するんだね。それじゃ県警と同じじゃない」

「逆だ。あらぬ捜査妨害を未然に防ぐための適切な配慮だよ」

「口のうまさと性格の悪さはいつまでたっても変わらないね。だったらいいよ。福富と組んで別働隊として商売――、じゃなかった捜査を進めるから」

脅しをかけるように宮野が言う。三宅はいま香港だが、電話でならいつでも連絡がとれる。引っ掻き回されては堪らないから、ここはちょっとだけ退いておく。

「つまり、いまのところはおれたちだけで十分で、そちらでなにかことが起きたとき三好さんのサポートに回ってくれる人間がいないと困るということだ。三宅以外のラインから真相に迫る情報が入る可能性もあるし、県警が予想外の動きをしてくるかもしれない。こちらで手に余る状況になれば、三好さんに頼んで飛んできてもらうようにするから」

「本当だね。指切りげんまんだよ。ところで、鷺沼さんが見かけた不審な二人の男だけど——」

宮野は思いがけない読みを披瀝《ひれき》する。

「狙っているのが厚子だとは限らないじゃない。なにしろ現れたのが三宅の泊まっているホテルだったんだから」

「そこを素直に解釈すればな。しかしだれが三宅を狙うというんだ」

「敵は大勢いそうな男じゃないの。そもそも新ココム違反の貿易やマネロン絡みの脱税が香港の闇社会と無関係に成り立つとは思えない。そういう怖い連中との付き合いはハイリスク・ハイリターンと相場が決まっているからね。あるいは木崎に狙われているってこともあるじゃない」

「究極の尻尾切りだな。しかし腹心の三宅を失ったら木崎だって困るだろう」

「だからおれたちと会いたがっているんじゃないの。なにか理由があって三宅を見限った。今後は自分が前面に出ようという腹かもしれないよ」

「それじゃ木崎にとってもリスクが大きすぎるだろう」

「あるいは三宅の後釜が見つかったのかもしれないし。切れ者過ぎる部下っていうのは上司に疎まれるじゃない。ちょうどおれみたいなもんだよ」

「あんたの場合は少し違う気がするが、たしかにあり得ないことじゃないな」

ここまでの経緯から、乙彦の殺害に木崎の意向が働いていないとは考えにくい。そうだとしたら宮野の考えも的外れとは言い切れない。三宅まで切らざるを得ないとしたら、木崎はよほど追い詰められているということだ。

「うん。三宅に厚子を殺させて、その三宅を片づける。自分に都合の悪い人間を金の力で排除するのは木崎のお得意の手口のようだから」

宮野は自信満々だが、鷺沼はなお半信半疑だ。

「しかしそこまでやるだろうか。どんな犯罪でも、回数を重ねるごとに発覚のリスクが高くなる。木崎ならそのくらいの知恵は働くだろう」

「例の中米でゲリラに誘拐された桑沢という元社員のこともあるじゃない。人脈や金をつかって人を陥れる手口にかけちゃ、たぶんプロフェッショナルそのものだよ」

「だったら可能性として考えておく必要はあるな」

「だから鷺沼さんたちのミッションは重要なんだよ。おれを外してあとで後悔することにならなきゃいいんだけどね」

「羽田と香港はわずか四時間だ。万一の際には警察の職権で座席を確保できる。そのあたりのことは三好さんが手配してくれるはずだから、いまはとりあえず静観して、いつでも出国できる準備だけしていてくれよ」

「わかったよ。どうせそのうち泣きつく羽目になるだろうけどね。伏してお願いされた場合はおれとしても断りにくいから」

耳に馴染んだ減らず口を叩いて宮野は通話を終えた。

厚子はホテルから出てこない。井上たちからも連絡がないところをみると、三宅も外出する様子はなさそうだ。

このあたりはセントラル地区と呼ばれ、香港の政治・ビジネスの中心街で、観光客よりビジネス目的の人々が多く行き来する。ビクトリア・ハーバーを望む風光明媚なロケーションだが、街並みは落ち着いていて、ネイザン・ロードやテンプル・ストリートのような華美な賑わいは見られない。

鷺沼たちはまだホテルの部屋からの眺望を楽しむ暇もない。このままでは部屋には荷物を置くだけで、滞在中ずっと三宅たちを張り込むことになりかねない。

身辺に危険を感じていた様子の厚子が閉じこもりきりなのはわかるが、とんぼ帰りの日程でやってきた三宅がなにもしないで帰国することはないだろう。

しかし夜になってから動き出し、繁華街の雑踏に紛れ込まれたら尾行もすこぶる難しくなる。二兎を追う者は一兎をも得ずという。二人が一緒に動いてくれればいいが、そうでないときはどちらかに絞るほうが賢明だろう。

宮野の大胆な仮説は、あり得ないとは言わないまでも可能性はごく低い。だとすれば明日には日本へ帰る三宅よりも、厚子をマークするほうが意味がある。

そのときテーブルに置いてあった携帯が鳴った。慌ててボタンを押すと、どこか切迫した井上の声が聞こえてきた。

「予想外のことが起きたようです。ついいましがたホテルの前に救急車とパトカーが到着して、間もなく人が運び出されたんです」

「人というと、まさか――」

「僕たちはラウンジにいたんです。慌ててロビーに出たんですが、運び出されたのが誰かは遠目でわかりませんでした。ところがそのあと、警官がホテルのマネージャーに事情聴取しているのが耳に入ったんです」

「中国語じゃわからないだろう」

「そのマネージャーは欧米系の人のようで、警官とのやり取りは英語でした。僕は英語のヒアリングは得意じゃないんですが、彩香は英検二級を持っているんです」

不安を覚えて鷺沼は携帯を握り直した。

「なんて言ってたんだ」

「搬送されたのは日本人で、ショウゴ・ミヤケ――。ほかにスイサイドという単語も聞き取れたようです」

「スイサイド。つまり自殺か」

鷺沼は覚えず声を上げた。事態は思いもかけない方向に転がり出したようだった。

第十一章

1

三宅の事件を知ってすぐ、井上と彩香は厚子の宿泊先のホテルを張っていた鷺沼と合流した。

三宅のことも気になるが、病院に搬送されてしまった以上、もはや張り込む意味はない。むしろより重要度を増したのが厚子だった。いまは総力を挙げてその動きを監視し、場合によってはじかに接触して事情を聞きだす必要がある。

いつまでもコーヒーショップにいるわけにもいかないので、井上たちが来たところでホテルのラウンジに場所を変えた。それからすでに二時間は経つが、厚子は部屋から出てくる気配がない。

つい一時間ほど前にロビーにあったテレビがニュースをやっていた。英語放送だが、英検二級の彩香がなんとかそれを聞きとった。

三宅はホテルの屋上から裏手の庭に落下したようで、ほぼ即死だったという。遺書のようなものは見つからず、別の人間が屋上にいた形跡もない。防護柵も誤って落下するような構造ではない。そんな状況から地元警察は自殺と断定したようだった。

三好と宮野にはすぐに連絡を入れたが、あまりにも意外な展開に驚くばかりで、とりあえず続報を待って対応を考えるという。

鷺沼たちが知る限り、三宅が自殺するような動機は思い浮かばない。ホテルの屋上は宿泊客が簡単に出入りできるようになっているとも思えない。そう考え出すとどうしてもロビーにいた不審な男二人のことが気になってくる。

「厚子はまだ兄の事故を知らないんでしょうかね」

井上が問いかける。覚束ない思いで鷺沼は応じた。

「たまたま部屋でテレビを見ていれば気付くだろうが、旅先で現地のテレビを見ることはあまりないかもしれないな」

「でも三宅の所持品から厚子さんの携帯の番号がわかれば、警察や病院から連絡がいくかも――」

彩香は他人事ではないという表情だ。それならすでに連絡を受けていてもおかしくはないが、そもそも彩香や直美からの電話にも応答しないくらいだから、知らない相手からの電話には出ないと考えたほうがいい。

それならメールで知らせてやる手もあるが、そうなると彩香が香港にいることがばれてしまう。警戒されてふたたび行方をくらましたら、残された最後の糸口さえ見失うことになる。

「そもそも厚子がこのホテルにまだいるかどうかだな」

唐突に湧いてきた不安を鷺沼は口にした。怪訝そうに井上が問いかける。

「でも、鷺沼さんがずっと見張っていたんでしょ?」

「ホテルには裏口もある。もし厚子がなんらかの理由で身の危険を感じているとしたら、人目につかないようにそっちから出る可能性もあるだろう」

「だとしたら、三宅の身に起きたことをすでに知っていると?」

「あるいはあらかじめ知っていたとも考えられるな」

「まさか、そんな」

大きく首を振る彩香に鷺沼は冷静に言った。

「しかしさっきの二人の会話の雰囲気はやはり普通じゃなかった。二人のあいだにあった最後の絆があのとき断ち切れたような感じを受けた」

「それが三宅の自殺の原因だと?」

井上が当惑気味に訊いてくる。ため息混じりに鷺沼は言った。

「自殺かどうかもわからない」

「ロビーにいた二人組ですね」

「三宅の死と無関係だとはやはり思えない」

「すべて木崎が仕組んだような気がしてきますね」

怖気を震うように井上が言う。心急く思いで鷺沼は言った。

「なによりまず、厚子がホテルにいるかどうか確認する必要があるな」

彩香が勢い込んで言う。

「私がフロントに電話を入れて、彼女に電話を繋いで欲しいと頼めばいいと思います。もし繋がったら正直に事情を話すしかないですけど」

「繋がないようにフロントに依頼している場合もあるからね。そういう場合、ホテルはそんな客は滞在していないと答えるらしいし、そもそも偽名で泊まっている可能性もあるんじゃないのか」

水を差すように井上が言うが、彩香は積極的だ。

「でも、やってみなくちゃわからないじゃないですか。井上さん、このホテルの電話番号、わかる？」

井上はバッグからタブレットを取り出して素早くタップする。すぐに見つかったようで、電話番号を彩香に告げる。彩香はさっそくその番号を携帯に打ち込んだ。フロントへはすぐに繋がったようで、彩香は緊張した様子で喋りだす。

英検二級というのは日常の会話がある程度こなせる程度の実力らしく、流暢とまではいかないが、なんとか話は通じているようだ。短いやり取りをしてから、彩香は力なく首を振った。

「井上さんが言うとおり、そういう宿泊客はいないそうです。三宅と会ったあとホテルに戻ったのは間違いないし、フロントでキーを受けとるところを見ていましたから、いるのは間違いないと思うんです」

「君たちとおれが監視役を交代しているあいだに出たのかもしれないし、裏口から出た可能性もある。もちろんいまも部屋にいるとも考えられるが、そうだとしたら監視は続けなきゃいけない。しかしいないとしたらただ無駄に時間を潰すだけだ。ややこしいことになってきたよ」

苛立つように鷺沼は言った。まさしくそこが思案のしどころだ。井上が覗き込んでいたタブレットから顔を上げて言う。

「施設案内を見ると、このホテルには裏口がありますけど、立体駐車場を使う宿泊客専用ということで、裏の通りへは抜けられないようです。エントランス横の車両用通路を通って表通りへ出てくるしかありません」

「だったらまだ部屋にいる可能性が高いな」

「それならここで見張るしかないですね。ただし、車での外出の場合は見逃す惧れもあります」

「おれもそこまでは注意を払わなかった。もしそうだとしたらとんでもない失策だよ。しかし、ここで見張りを始めてからエントランス脇の通路からは何台も車が出てきたが、ドライバーが女性だった車は見かけなかった気がする」

「レンタカーを借りているケースはまず考えにくいでしょう。急な渡航で国際免許証を準備する暇はなかったと思います」

「別の誰かが運転して、厚子は後部席にでもいたのかもしれない」

「車を使って拉致された可能性もありますね」

井上は深刻なことを口走る。三宅の不審極まりない死のことを思えば、あながち外れていないような気がしてくる。

そのとき鷺沼の携帯が鳴った。この忙しない状況でいつもの与太話に付き合わされるのはうんざりなので、宮野なら出ないつもりでいたが、かけてきたのは三好だった。

「香港のニュースというのはずいぶん早く伝わるもんだな。ついいまこっちのテレビでやってたよ。死んだのは三宅省吾で間違いない。地元警察が自殺とした点も、そっちで聞いたニュースと変わらない。職業は会社役員と出ただけで、木崎輝正との繋がりは報道されていない」

「こうなると、気になるのは今後の木崎の動きですね」

「ああ。例の面談のお誘いの件もあるからな。話を取り次いでいた三宅がそういうことになった以上、お流れだとは思うが」

「だとしたら三宅の死は木崎にとっても想定外だったことになりますね」

「そう思うが、なにか気になることがあるのか」

「勘ぐり過ぎかもしれませんが、三宅を通じて面談の話を持ちかけていたのはカムフラージュのような気もするんです」

「穿った見方だな。三宅は木崎の指示で殺されたとみているのか」

「桑沢のケースとも似たところがありますので」

「一方はゲリラによる誘拐で、もう一方は自殺か。海外での事件となると日本の警察は動きにくいからな。厚子の所在は押さえているんだな」

「ええ、たぶん――」

曖昧に答えると、三好は不安げに応じる。

「たぶんとは?」

ここまでの状況を伝えると、宥めるような調子で三好は言う。

「まあ、人員が限られているうえに外国だからな。それに到着早々そこまで事態が急変するとは思いもよらなかった。しかしこうなると厚子からはどうしても目が離せないな」

「ええ、三宅が死んだとなると、厚子が最後の糸口ですから」

肩にのしかかる重圧を感じながら鷺沼は応じた。

2

エントランス脇の駐車場の出入り口も監視しなければならなくなったので、ロビーでは都合が悪い。また三人で先ほどのコーヒーショップへ場所を変えた。

それから三十分経ったが、厚子はエントランスから出てこない。駐車場から出てくる車も慎重にチェックしたが、厚子とおぼしい人間の乗っている車は確認できない。

そのときグレーのセダンが駐車場への通路に進入してきた。鷺沼は覚えず声を上げた。

「いまの車、乗っていたのは例の二人組じゃなかったか」

「本当ですか?」

「ああ、間違いない」

確信をもって頷いた。あのときなにか直感めいたものが働いて、二人の顔はしっかり頭に刻みつけておいた。

「だとしたら、偶然とは考えにくいですね」

井上が緊張した声で言う。彩香も不安を隠さない。

「目的は厚子さん？　まさかお兄さんと同じ運命に遭うんじゃ——」

「急いでホテルへ戻ろう。駐車場に駐めて裏口から入ってくるはずだから、まだ十分間に合う」

鷺沼は二人を促して立ち上がった。ホテルのスタッフに不審に思われてもまずいので、さりげない足取りで道路を渡り、エントランスに足を踏み入れる。

二人の男の姿はまだ見えない。とりあえず裏口に通じる通路から離れた観葉植物の陰のベンチに身を隠した。

五分ほどして例の二人が通路から姿を現した。一方の男の背広の腋の下はやはり膨らんでいる。

二人はいったんフロントへ立ち寄り、キーを受けとってエレベーターホールへ向かった。どうやらこのホテルに宿泊しているらしい。事態はいよいよ予想外の方向に進んでいるようだ。

「やはり偶然ではないな。しかしこっちが別のホテルじゃ監視すると言っても限界があるし。困ったことになったな」

鷺沼は頭を抱えた。いずれにしても二人がどの部屋に宿泊するのかは確認しておく必要がある。井上にあとをつけてもらうことにした。

鷺沼は向こうのホテルでロビーにいた時間が長い。二人が三宅を監視していたとしたら、自分も目に入っていないということはない。彩香はいささか服装が派手すぎて、否が応でも目を引くだろう。

その点井上はいちばんあとからロビーにやってきて、二人の目に留まったとしても時間が短いし、服装もありきたりのビジネスマン風で目立たない。

井上もそこは察しているようで、目顔で合図しただけで、素知らぬ顔でエレベーターホールへ向かった。

「ひょっとしたら、このホテル、まだ空室があるんじゃないですか」

フロントに目をやりながら彩香が言う。時刻は午後六時をだいぶ過ぎていて、チェックインする客が多いはずの時間帯だが、フロントは閑散としている。

ここはビジネス街のセントラル地区でもやや外れで、建物のつくりも見栄えがしない。ランクとしては中の下といったところで、それほど繁盛しているふうではない。そこが厚子にとっては身を隠すのに向いているともいえるだろう。

「しかしあっちのホテルはもうキャンセルできないしな」

鷺沼が首を振っても、彩香は意に介さない。

「そんなの諦めましょうよ。このホテルはそれほど高くなさそうだし、いま空室があるかどうか訊いてきます」

彩香は躊躇《ちゅうちょ》なく立ち上がってフロントに向かっていく。いざというときの太っ腹は宮野にぜひ見習って欲しい点だが、この事態なら三好もその程度の出費は惜しまないだろう。

井上は二人の男に続いてエレベーターに乗り込んだ。ほかにも相客がいるから、不審に思われることはないはずだ。

ロビーにあるテレビではニュース番組が流れているが、三宅の事件についての続報はない。この地ではすでに決着がつき、その死は人の記憶になんの痕跡も残さずこのまま消えていくのだろう。

遺体の引き取りに動くのは木崎の関係者になるのか埼玉の実家になるのか。いずれにせよ厚子が兄の死に関してなにか行動する気配はない。そもそも実家の両親にしても、厚子が香港にいることを知っているかどうかさえわからない。

彩香がフロントから戻ってくる。指でOKサインをつくっている。空室があったようだ。傍らにやってきて彩香は報告する。

「思ったとおりです。三部屋なら十分用意できるそうです」

そこへ井上が戻ってきた。事情を説明すると井上も賛意を示す。

「僕もどうしようかと思っていたんです。あの二人が泊まっているのは九階の並びの部屋です。ルームナンバーは――」

井上が言った数字を頭に刻んで鷺沼は言った。

「じゃあすぐに部屋を押さえよう」

さっそくフロントに向かった。彩香が希望は九階だと言うと、フロントの職員は、その階は展望がいい、よくご存じでと応じ、とくに不審に思った様子はなかった。

よく喋る男で、ちょうど団体のキャンセルがあって困っていたというようなことを言い、並びで三部屋すぐに用意できるとのことだった。それなら料金もディスカウントできないかと彩香はつけ入ったが、それにはきっぱり首を振った。

用意された部屋はあの二人の部屋とそれほど離れておらず、その点は幸いだった。三人分の料金を鷺沼が支払ってチェックインを済ませると、ベルボーイが荷物はどこかと聞いてくるので、あとで到着するからとその場は誤魔化した。

ベルボーイに案内されていったん各自の部屋に入り、それからすぐに全員が鷺沼の部屋に集まった。

二人の男の部屋とは鷺沼の部屋がいちばん近く、五メートルほど離れた斜向《はすむ》かいで、井上と彩香はその並びだ。厚子の部屋が確認できないのが不安だが、とりあえず好ポジションをキープしたとは言えそうだ。

あまり高級なつくりのホテルではないという見立ては当たっていたようで、先ほど二人の部屋の前を通りかかったとき、一方の部屋から電話で会話しているような声が聞こえた。言葉は広東語か北京語かわからないが、中国の言葉らしいのは鷺沼にもわかった。

もう一方からはテレビの音声と思われる賑やかな音が漏れていた。とりあえず二人がまだ部屋にいるのはそれで確認できた。

「ここで三人が一緒にいても始まらないですね。分かれて要所を張り込んだほうがいいと思います」

井上が提案する。それはもっともだと鷺沼は応じた。

「まずロビーだな。ラウンジもレストランも一階にある。外出するにせよホテルで食事するにせよ、いったんはロビーに出ることになるから」

「待っていれば厚子さんが姿を見せるかもしれませんね」

彩香は期待を滲ませる。鷺沼はさらに言った。

「あの二人の動きも監視しなくちゃいかん。もし厚子の居場所を知っているとしたら、ロビーにはこずに直接そこへ向かうかもしれない。この階のエレベーターホールにベンチがあったから、おれはそこで連中の部屋を見張ることにする」

「向こうのホテルに預けてある荷物はどうしますか」

「交代で取りに行けばいい。まず君たちが先に行って、それが済んだらおれがどちらかと代わってもらう」

「そうしましょう。預けてある荷物のなかに別の衣装や小物がありますから、また違う変装ができます」

彩香が張り切って言う。その点は宮野の料理に負けず劣らず趣味と実益を両立させているようだ。

「こうなったら焦ることはない。あの二人が宿泊しているということは、厚子もこのホテルにいまもいる可能性が高い」

意を強くして鷺沼は言った。井上も力強く応じた。

「事件を解明する鍵は、案外すぐ目の前にぶら下がっているのかもしれませんね」

3

交代で監視を続けながらそれぞれの荷物を運び終えたところで、彩香はまた別の変装に切り替えた。

こんどはひっつめ髪に度の強い黒縁眼鏡をかけて、服装は渋いグレーのパンツスーツ。仕事一途のビジネスウーマンという印象で、地味めの化粧の加減か年齢も十歳は老けて見える。もともと強い近眼で、普段はコンタクトレンズだが、それを外せばこのくらいの眼鏡がちょうどいいらしい。

チェックインしてからすでに一時間経つが、二人の男は部屋から出てこない。井上と彩香はロビーにいるが、厚子も姿を現さないという。

二人の男は事件とはまったく無関係で、自分の思い過ごしだったかもしれないという気分にもなってくる。

宮野はさぞや気をもんでいるはずだが、向こうからは電話を寄越さない。海外通話料金は高いから、こっちがかけるのを待っているのだろうとおおむね察しはつくが、放っておけばあとでどんな言いがかりをつけられるかわからない。勝手に欲に目が眩《くら》んだ行動に走る惧れもあるから、やむなく電話を入れることにした。

待ちかねてでもいたように宮野は一発目のコールで応答した。

「なにやってんのよ。連絡ひとつ寄越さないで。三宅を死なせちゃったうえに厚子まで逃がしたりしたら、すべて鷺沼さんの責任だよ。そのときは億単位の賠償請求をすることになるからね」

「どうしてそういう話になるんだよ。それに厚子はまだ逃がしたわけじゃない」

「だったら監視下に置いているんだね」

「そういうわけでもないんだが──」

返す言葉に切れがない。宮野は嵩《かさ》にかかってくる。

「どういうことよ。居場所がわかるんなら、力ずくでもとっ捕まえて、知ってることをすべて吐き出させるしかないじゃない」

「ホテルにいるのはまず間違いないんだが――」

やむなく事情を説明すると、宮野は舐めきったように鼻を鳴らす。

「やっぱりね。警視庁捜査一課の実力なんてその程度ということね。それじゃ神奈川県警とどっこいどっこいだよ。こういう国際事件となると鷺沼さんレベルじゃ荷が重いようだね」

「そこまで言われる理由はないな。ここは外国で、おれたちには捜査権限がない。そういう制約のなかでみんな精いっぱいやってるんだ。それにいま現地の警察に接触したりしたら木崎サイドに話が伝わる。そうなるとここまでの作戦が水の泡になるだろう」

「そりゃまあそうだけど――」

宮野は口ごもる。期待はせずに訊いてみた。

「なにかいい知恵はあるか」

「ないこともないけど」

「だったら教えてくれよ」

「フロントに賄賂を渡して厚子の部屋を聞き出すとか」

「考慮しとこう。失敗すると逆に怪しまれるがな」

「そういうところは鷺沼さんも井上君も堅物で融通が利かないからね」

「あんたの場合は、たとえ賄賂だろうと他人にびた一文渡す気は起こさないだろうがな」

「そりゃそうだよ。それが先祖伝来の家訓だよ。でも鷺沼さんの場合は三好さんのへそくりが使えるんだから」

身勝手な理屈だけは湯水のごとく湧いて出るようだ。

「それより木崎の身辺の動きはどうなんだ。三宅のニュースの関連でメディアに名前が出ているようなことはないのか」

「どうやって蓋をしてるんだか、まだ出ていないようだね。そもそも三宅の会社は木崎の個人資産管理会社で、上場企業でもないし、キザキテック本体とのあいだに資本関係もないから、マスコミも関連には気づいていないようだし」

「続報はないんだな」

「日本人が海外で自殺したというだけの話じゃ、とくにニュースバリューもないからね」

「だったらマスコミにチクってやったらどうだ」

「あ、それはいい考えだね。ついでに乙彦と三宅の因縁浅からぬ関係を教えてやれば、マスコミは今度の自殺騒動も乙彦の事件と結びつけて、収まりかけた火の手がまた勢いを増すかもしれない。だれかマスコミに伝手はあるの、鷺沼さん？」

「おれのほうはとくにないんだが、例の総会屋の古川ならいろいろコネがあるんじゃな

「いのか」

「うん。ないこともなさそうだね。企業の裏ネタをマスコミに流すのも商売のうちだからね。さっそく福富に相談してみるよ」

「くれぐれも抜け駆けはするなよ」

「あ、そうやってすぐに疑う。そのネタをマスコミに流されるのが嫌だったら金で話をつけてもいいんだよって、おれが木崎を強請ると思ってるわけ」

「図星のようだな。もうシナリオが頭に出来上がってるじゃないか」

「冗談じゃないよ。そんなケチな小遣い稼ぎに走って、億単位の商いを棒に振るような馬鹿なことするわけないじゃない」

宮野はしゃあしゃあと言ってのける。そういう病気をいま治している暇はないので、状況が変わったら連絡すると言ってとりあえず通話を終えた。

すでに午後八時を過ぎて、こちらは腹の虫が鳴き出しているが、男二人は部屋に籠《こも》ったまま食事に出る様子もない。

ロビーにいる井上と彩香からも連絡がないところをみると、厚子も夕食抜きで部屋に籠っているか、あるいはルームサービスで食事を注文しているのか。いまの時点で厚子が兄の死を知らないとは思えない。

領事館経由で日本の両親にはすでに連絡が行っているだろう。厚子のもとへもそちらから訃報は届いているはずだ。法手続き上、肉親による遺体の確認も必要だろうから、両親はいま渡航の手続きをしているものと考えられる。

そうだとしたら、普通なら厚子にも動きがあっていいはずなのだ。その点を考えても、三宅の死と厚子のあいだにはただならぬ関係があると考えざるを得ない。

そのときマナーモードにしてある携帯が唸った。ディスプレイを覗くと彩香からの着信だ。厚子がロビーに姿を見せたのか。慌てて耳に当てると、困惑したような彩香の声が流れてきた。

「いま直美から電話があったんです」

「厚子から彼女に連絡でも入ったのか」

「実家のご両親からだそうです。厚子さんは一ヵ月ほど前に実家に帰ったことがあって、そのときメモ帳のようなものを忘れていったらしいんです。郵送しようかと訊いたら、今度寄るときに受けとるから保管しておいて欲しいということで、ずっと両親の手元にあったらしいんです」

「そこに直美さんの携帯の番号が書いてあったわけだ」

「ご両親はここ最近、厚子さんと連絡がとれず、ずっと心配していたそうなんです。そこへお兄さんの事件があって、矢も楯もたまらずそのメモ帳にあった連絡先に次々電話をかけたらしいんです」

「ご両親は厚子の行方についてなにも知らないのか」

「ええ、それで直美も困ったようで。最初のあのメッセージのことを教えるべきか、いま外国にいることも教えていいのかどうか。かえって危険なことにならないかと心配して、とりあえずわからないと答えて、すぐに私に相談してきたんです」

「賢明な判断だったな。ご両親が三宅のことで厚子の行方を捜しているとなると、木崎サイドとも接触しているはずだ。もし木崎のほうも行方を把握していないとしたら、それを教えることでまずい展開になりかねない」

「私たちの動きも伝わってしまうことになりますね」

彩香は困惑を隠さない。直美としては知っている限りのことを教えてやりたいのは山々だろう。そこは彩香も同様のはずだ。

「直美さんには、いま香港にいることは知らせてあるのか」

「ええ。彼女も心配していたし、貴重な情報をもたらしてくれたのに外野席に置いておくんじゃ申し訳ないと思ったんです。ただし口止めはしておきました。厚子さんの命に関わるかもしれないと言って——」

「そのほうがいい。場合によっては直美さんにも危険が及ぶ惧れがあるから」

「私もそれが心配なんです。お気の毒だけど、実家のほうには、厚子さんの消息はなにも教えないほうがいいですね」

「それがいいな。厚子がこのホテルにいまもいるのはまず間違いない。危険な状況になったらおれたちが保護できる。いま彼女が香港にいることを木崎に知られるよりも、そのほうがずっと安全な気がするよ」

「そうですね。じゃあ私のほうから彼女に伝えておきます。でもやはりなにか変ですよ。ご両親だって彼女の携帯に電話は入れているはずなのに、いまも連絡がつかないんだとしたら」

「おれたちもそうのんびりはしていられない。いまは彼女の身柄の保護が最優先かもしれないな」

「そう思います。もし姿を現したら私が接触するしかないかもしれません。本当はとても孤立していて、救いの手を待っているような気がするんです」

祈るような調子で彩香は言った。

4

まるでこちらを兵糧攻めにするかのように、二人の男は部屋から出ないし、厚子は姿を現さない。腹が減っては戦はできないということで、ホテルのレストランがまだ開いているうちに交代で食事をとることにした。

年寄りを労《いたわ》ろうというつもりなのか、先に鷺沼が食事を済ますように井上が強く言うので、彩香がロビーに残り、井上が鷺沼と交代した。鷺沼は一階へ降りて、値段が手ごろそうな広東料理のレストランへ入った。

時間が遅いせいかホテル自体が繁盛していないせいか店内は閑散としていた。ウェイターに案内されて奥まったテーブルにつき、いちばん安いコースメニューを注文したところへ携帯に着信があった。

宮野からだった。電話代を惜しまず向こうからかけてきたということは、なにか大きな状況の変化でもあったのか。気忙しく応答すると、そっちからかけ直せと一こと言って通話を切った。

放っておこうかとも思ったが、やはり気にはなるので電話をしてみると、宮野は間をおかず応答し、当惑した調子で切り出した。

「なんだかわけがわからないことになってね。ついさっき、福富の携帯に連絡が入ったらしいのよ」

「だれから?」

「木崎輝正」

「木崎が直々に?」

覚えず声が上ずった。

「こないだ三宅に偽名刺を渡したからね。携帯の番号をわざわざ書いておいて、くれぐれも警視庁にはかけてくるなと福富が釘を刺しておいたから、それが木崎に伝わってたんじゃないの」

「どういう用件で？」

「三宅はああいうことになっちゃったけど、面談の約束は変わりないから、予定通り例の店へお出まし願いたいという話だよ」

「驚いたな。狙いはなんなんだ」

「それがわかれば苦労はしないよ。ただ三宅がいなくなっても、思ったほど困っていないのは確かなようだね。当日は警視庁の前にハイヤーを回すっていうから、それじゃなにかと目立って具合が悪いと福富がとぼけたら、それなら帝国ホテルで待っててくれっていう話になったらしい」

「なにか魂胆でもあるのか」

「徒歩とか普通のタクシーで行っても門前払いを食わせる店らしくてね、常連以外の場合、事前に車のナンバーを通知しとかないと入れてくれないから、ハイヤーでということになるらしいんだけどね」

「七面倒くさい店だな。そういう用事でもなきゃこっちから願い下げだな」

「それで料理が噂ほどじゃなかったら目も当てられないね」

「三宅の件について、木崎はなにか言っていたのか」

「理由が思い当たらないだの惜しい人材だっただの、当たり障りのないことを言っただけらしいけど、福富の印象じゃとくに参っているふうでもなかったらしい」

「三宅というのは木崎さえ動かせるくらいの実力者かと思っていたが、それほどの役者じゃなかったということか」

「そうも言えるかもしれないけど、逆だって考えられるじゃない。三宅に主導権を握られそうになって、木崎としてはまずいと思ってた。その三宅がいなくなってせいせいしたというようにも受けとれない?」

宮野はあくまで裏を読む。当たっている気がしないでもない。

「それ以上に木崎の汚れ仕事を一手に引き受けていたのが三宅なら、木崎にすれば死人に口なしだ。三宅の事務所にある証拠書類はすべて処分して、あとは鉄壁の守りを固めるつもりだろう」

「でもそうだとしたら、どうしておれたちと会うわけよ。三宅は死んだんだからその話はもうチャラにして、マスコミが騒ごうが警察が動こうが知らぬ存ぜぬを押し通せばいいと思うけど」

「つまり木崎にはまだ安心しきれないところがあるというんだな」

「致命的な事実を知っている人間がほかにいるということだよ」

「それが三宅厚子か」

「ほかに考えられないね。その厚子の行方を木崎も把握していない。だから心配でしょうがない」

「ひょっとしたら厚子は三宅にとって、自分に万一のことがあったときの切り札だったのかもしれないな」

「いいとこに目をつけるじゃない。ただし厚子が直美という友達に最初に送ったメールとの関係が微妙だけどね」

「あれは兄に命を狙われているというように受けとれたからな」

「でもそのあとすぐに撤回して、きょうは仲よくとまではいかないにしても、会っていろいろ喋っていたんでしょう」

「どんな面倒な事情があるにせよ、厚子が三宅の死の理由について重大な秘密を握っているような気がするな。木崎と会う前にそこを聞き出しておけると、ことが有利に運べるんだが」

鷺沼は期待を滲ませた。理由がなんであれ、これだけ周囲を警戒している厚子が簡単に真相を喋ってくれるとも思えないが、一方で心に期しているなにかがあるはずだ。鷺沼の経験でも、追い詰められた被疑者がひとたび心の琴線に触れるようなことがあったとき、一気にすべてを吐き出すことがある。宮野が言う。

「そうなると、その怪しげな二人の男をどう見るかという問題になってくるよ。案外、三宅とも厚子ともぜんぜん関係ないのかもしれないし」

「ああ。木崎が厚子の所在を把握していないとしたら、同じホテルに泊まっているのはただの偶然だと考えるほうが筋が通るけどな」

そうは言ってみたものの、まだ鷺沼としては腑に落ちない。三宅が投宿したホテルのロビーに厚子がいるあいだ、とくに用事もなさそうなのにたむろして、それから間もなく三宅が死んだ。

そこまで含めて偶然だと言い切るのは難しい。背広の下に仕込んだ拳銃らしきものといい、どことなく剣呑な雰囲気といい、やはり警戒を怠るわけにはいかないだろう。

「とにかく、多少無理してもいいから厚子の身柄を押さえるしかないんじゃないの。その二人はともかくとして、木崎にとって最後の邪魔者が厚子だとしたら、いずれは手を伸ばしてくるかもしれないからね。厚子まで消されちゃったら木崎の逃げ切りは確定みたいなもんだから」

宮野は煽るように言う。

「あんたは日本にいるから好きなようにほざけるが、捜査権のない外国で強引に接触しようとすれば、地元の警察に通報されておれたちが逮捕されかねないだろう」

「これだけ大きなヤマなんだから、そのくらいは覚悟してもらわないと。そのときは福富と差し入れに行ってあげるからさ。もちろんカジノに出かけるついでだけど」

「せいぜい減らず口を叩いていればいい。その代わり、億単位の大商いとかいう話はおれが意地でも潰してやるからな」

「そんなにへそを曲げなくたっていいじゃない。鷺沼さんの分け前だってちゃんと考えているんだからさ」

「考えてくれなくていいよ。抜け駆けしたらただじゃおかないから」

そう言い捨てて通話を切ろうとしたら、宮野が慌てて止めにかかる。

「ちょっと待ってよ。もうひとつ報告があるんだよ。例の古川のことだけど」

「話がついたのか」

「うん。マスコミに知り合いはけっこういるらしくて、あすあたりさっそく情報を垂れ流して回るそうだよ」

「それはいい。木崎がどうしらを切るか見ものだな」

「三宅という手足を失ったわけだから、これまでとはずいぶん勝手が違うんじゃない」

「今度の面談のセットをしたり、がさ入れされる前に三宅の事務所を大掃除したり、香港から三宅の遺体を移送する仕事もある。闇将軍自ら多忙な日々になりそうだな」

「そうだろうね。そこはキザキテックの社員に任せられる仕事じゃないからね」

「これまで接触した限りでは、三宅の代役ができそうな人間もいなかった。そういう局面を自ら仕切ることが木崎にとって吉と出るか凶と出るか」

「ぜひ凶と出て欲しいもんだね」

「ああ。焦ると人間はぼろを出す。そこに期待したいな」

そう言って通話を終えたが、気分はどこか落ち着かない、木崎の動きがいかにも不気味だ。三宅の殺害を指示したのが木崎だとすれば、自らに向けられていた疑惑を断ち切ることが目的だったはずで、地元警察が自殺と断定したその死は木崎にとってこれ以上ない結末のはずだった。

橋渡し役の三宅がいなくなった以上、福富を擁してのの偽装捜査もけっきょく頓挫するしかない。もはや木崎にアプローチするすべはないと諦めていたところへ、わざわざ木崎から話を復活させてきた。その思惑がどうにも読めない。

こちらにしても、いま木崎に会ったところで、有効な攻め手が思いつかない。香港での三宅の動きを監視して新ココム違反や脱税の疑惑を裏付けて、それを手土産に見参しようという目論見も三宅の死によって不発に終わったわけだった。

5

二人の男が部屋を出たのは午後十時を回ったころだった。

腋の下を膨らませていたほうが先に部屋を出て、エレベーターホールにやってきた。鷺沼はさりげなく立ち上がって、近くにあったランドリールームに身を隠して様子を窺った。

ほどなくもう一人も部屋から出てきて、二人はやってきたエレベーターに乗り込んだ。ドアが閉まったのを確認し、急いでエレベーターホールに戻り、階数表示が下に向かっているのを確認する。

井上にその旨を連絡し、続いてやってきたエレベーターに乗った。一階へ降りると井上と彩香が歩み寄る。井上が目顔で示す方向にバーがある。二人はそこへ入ったようだ。

ホテル自体は流行っていないといっても、ロビーやラウンジにはまだこの時間でもそこそこ人がいる。宿泊客や地元の人間が商談や食後の時間を過ごすのに向いている場所なのだろう。

「こういうこともあるかと思って事前に店のなかを覗いておきました。十人掛け程度のカウンターとテーブル席が五つくらいの小さなバーです」

井上が言う。鷺沼は聞いた。

「二人はどんな様子だった」

「緊張したり警戒したりしているふうではなくて、寝る前にちょっと一杯という感じでした。どうしますか。我々もお付き合いしましょうか」

「長い見張りで疲れたろうから、そうさせてやりたいところだが、ちょっと店が狭すぎるな。今後の成り行きがまだわからないから、こっちの姿はあまり見られないほうがいい。どうせ向こうは中国語の会話で聞き耳を立てても中身はわからない。おれたちはあそこで待つことにしよう」

ラウンジを顎で示すと、井上も彩香も頷いた。そこからならバーの人の出入りもチェックできるし、厚子が下りてきても見逃す心配はない。

テーブルについてそれぞれ適当に飲み物を注文し、ロビーの人の動きに注意を払いながら、ごく自然に混迷を来しつつある状況の分析が始まった。

「厚子さんは本当に乙彦の殺害に関与したんでしょうか」

彩香は困惑をあらわに問いかける。ここまで状況がややこしくなってくると、木崎の指示で三宅が厚子に殺人の教唆をしたという当初の筋読みが、ひどく間抜けなものに思えてくる。

錯綜し肥大化した悪意とでもいうべきものが、一連の事件の背後におぞましい亡霊のように立ちはだかる。乙彦も三宅もその悪意に呑み込まれた犠牲者のように思えてくる。そして厚子に対しても、いまその新たな生贄《いけにえ》として、恐るべき触手が伸びているのかもしれない。

先ほど三好に電話を入れて、木崎が福富に寄越した電話の話を伝えたが、そこまでは三好も想像していなかったようだった。

「どうにも嫌な感じだな。追い込んでいるようで追い込まれているのはこっちのような気がしてくるよ。おまえさんの言うように、木崎の腹の内が読めなくて困る。まるでこっちの手の内をすべて知っていて、なにかを仕掛けてくるような薄気味悪いものを感じるな」

怖気を震う三好に鷺沼は言った。

「こうなったら腹を括るしかないでしょう。このまま逃げ切ると思っていた木崎がこともあろうに前面に出てきた。我々の偽装捜査がまだ発覚していないとしたら、これは大きなチャンスです」

「そうだとすれば、木崎はまだこちらを頼みの綱にせざるを得ないような切羽詰まった事情を抱えているということになるだろうな。三宅の死によっても隠蔽しきれないような——。それが厚子か」

「三宅が彼女を国外に逃がしたのは、当初我々が思っていたように警察の手からではなく、むしろ木崎の手から逃れさせようという画策だったのかもしれません」

「だとしたら、三宅も自分に迫る危険を察知していた可能性がある」

「というより、木崎自身が三宅という存在に恐怖を感じていたとも考えられます」

「刺すか刺されるかの闘いを制したのが木崎だったということか」

「しかし木崎も無傷ではなかった――」

「乙彦の殺害がその争いの根っこにあるような気もするな」

「ええ。新宿駅の傷害致死事件を隠蔽するためなら、わざわざ殺すことはなかった。アメリカに逃亡させて、二度と帰国させなければそれで済んだんです。そもそも我々の捜査線上に乙彦は一度も浮上していなかったわけですから――」

そんな三好とのやり取りを聞かせてやると、彩香は思い悩むように切り出した。

「直美の話だと、厚子さんと乙彦は交際していました。乙彦がときどき暴れて困るような話も聞いていた。でもそれは殺害の動機としては弱すぎます。身の危険を感じるような暴力を振るわれたとしても、厚子さんなら苦もなく防御できたでしょうから」

「そうなると三宅を通じた教唆という答えに落ち着かざるを得ない」

「でも彼女が乙彦を殺したというのはやはりあまりに不自然すぎて、犯人は別にいると考えるほうが自然な気がするんです」

「だったら乙彦はだれに殺されたと思うんだ」

「神奈川県警が捜査資料を開示してくれないので見当はつきませんが、もし防犯カメラに写っていた女性が厚子さんだとしたら、むしろ乙彦が命を狙われていることを知ってそれを教えにいった、あるいは自分が乙彦を護ろうとしてわざわざ出向いたとも考えられるんじゃないですか」

「そうだとしたら、どうして彼女がそんな情報を入手できたかだよ」

「三宅からかもしれません」

「たしかにルートとしてはそれしか考えられない。しかしそうなると、これまでおれたちが描いていた構図が一変するな」

「でもいまこちらで起きていることや木崎の動きから考えると、そう見ていくほうが辻褄が合うような気がしませんか」

彩香は乙彦の絞殺が柔道の絞め技の応用だという当初の自分の見立てをいまも悔やんでいるらしい。しかしその点を除いて考えても、彩香の指摘には頷けるものがある。

推理としてはやや強引な気がするが、厚子を実行犯とする見立てにしてもその点は似たようなもので、県警が捜査情報を仕舞い込んでいる以上、憶測だからといって一概に排除はできない。とくに動機についての指摘は納得のいくものだ。

「もしそうだとしたら、厚子が身を隠しているのは木崎の手から逃れるためかもしれない。それなら僕らは彼女にとって味方と言っていい。うまく接触できれば捜査に積極的に協力してくれるかも」

井上は期待を滲ませる。こうなると厚子がいまも無事でこのホテルにいるのかどうか、いよいよ不安になってくる。

また携帯が鳴った。今度は福富からだった。

「そっちはずいぶん込み入った話になっているようだな」

「そこに加えて木崎から直々の念押しとあっては頭の整理がつかないよ。木崎の電話というのはどんな調子だったんだ」

「どういう魂胆かは知らないが、表向きはずいぶん紳士的だった。おおまかなところは宮野から聞いてるんだろう」

「ああ。帝国ホテルまでハイヤーでお迎えいただけるそうだな」

「キザキテックの会長ともなれば、秘書だっていそうなもんだが、じかに電話を寄越したのには驚いたよ。よほど公にはしたくない事情があるんだろうな」

「向こうの同席者は？」

「自分一人だと言っている。もちろん用心棒は同行するだろうが、べつの部屋で待機させるつもりなんだろう」

「こちらの作戦に気付いている気配はあったか」

「まったくない。そこがかえって薄気味悪くて、知っててなにか仕掛けようとしているようにも勘ぐれるんだが」

「だからといって場所が場所だから、そう手荒なことはできないだろう」

「その点は心配ないと思うが、これまでやってきたことを思えば油断はできないから、うちの若い連中を警護につけることにしたよ。お迎えのハイヤーを尾行させて、店に着いたら目立たない場所で待機させればいい。やばいことがあったら携帯にワン切りで連絡すれば、すぐに動いてくれるように手筈を整えておくよ」

「ハイヤーが本当にその店へ行くかどうかも保証の限りじゃないからな。その場合は直接動かずに三好さんに通報するようにしてくれないか」

「警視庁が動いてくれるのか」

「ケースによっては犯罪として摘発できるからね。木崎本人なりその関係者なりを別件で逮捕できれば、それが大きな突破口になるかもしれない」

「向こうもなかなかそこまでドジは踏んでくれないと思うがな。一応そういう段どりにはしておくよ。ところで三宅の件だが、殺されたのはたぶん間違いないな」

福富は思わせぶりに声を落とす。

「なにか情報でも入ったか」

「そういうわけじゃないんだが、自殺に見せかけた殺人というのは中国マフィアがよく使う手らしくてね。日本国内のだれかから頼まれて、そうした連中に仲介するような話は裏社会でよく聞くよ」

「保険金詐欺のようなことか」

「一定の年数が経っていれば自殺でも保険金が出るからね。はっきり殺人だとわかるような手口だと地元の警察も動くから怪しまれる可能性が高いけど、自殺ならたいがいそれで済んでしまうから」

「だったらいま見張っている気になる二人もそっちの筋の人間なのか」

「あんたもその道のプロだから、背広の下に拳銃を仕込んでいるというのは間違いないだろう。香港でそういう人間というと中国マフィアか官憲しかいない」

「官憲だとしたら挙動が不審だな」

「そう思うよ。もし目当てが三宅や厚子だったらなおさらだ」

「その点がなかなか確認できなくてね。厚子が姿を見せてくれれば、そこで見当がつくんだが」

「あんたたちがしっかり張ってるんだから、動きがあればすぐに対応できる。とりあえず、焦ることはないだろう」

ひたすら相手の神経を逆撫でることに意を注ぐ宮野とは心がけがだいぶ違って、福富はいかにも鷹揚な口ぶりだ。肩の力を抜いて鷺沼も言った。

「いまはそう考えるべきかもしれないな。あまりにも事態が急変してこっちも浮足立ってしまったが、考えようによっては網が絞れてきたとも言えそうだ」

「ああ。そこに意外な大魚がいないとも限らない。木崎とこんど会うとき、それを手土産にできたら吠え面をかくところを見られるかもしれないな」

福富は楽しげに言って通話を終えた。

6

二人の男は一時間経ってもバーから出てこない。どの程度きこしめしているかは知らないが、よからぬ企みがあるとしたら、酔いすぎてはしくじる惧れがあるはずで、狙いが厚子ではないと断定はできないにせよ、いますぐなにかを起こそうという気ではないようだ。

この時間になると、ロビーもラウンジもさすがに静かだ。ここで一晩中張り込むわけにもいかないので、二人が部屋に戻るようならこちらもいったん撤退して、あすの朝早くから仕切り直しをするしかない。

夜のあいだに厚子がチェックアウトする惧れがなくもないが、もし何者かに命を狙われているような状況なら、見知らぬ土地で一人深夜に行動するような危険はまさか冒さないだろう。

「あれからずっと部屋に籠りきりだとしたら、厚子さんは本当に孤立無援なんですね。私たちを信じて心を開いてくれれば、打つ手はいくらでもあるのに」

切なげに彩香は言う。こちらへ来てからも厚子の携帯には何度も電話やメールを入れているが、応答は相変わらずないという。

「兄を殺されたというのは、彼女にとってやはりショックだったんじゃないのかな。そんな状況に置かれたら周りの人間すべてが敵に見えるかもしれない」

井上も同情するような口ぶりだ。厚子を乙彦殺しの実行犯とする見立てはすでに二人の頭のなかからほとんど消えているようだ。鷺沼はまだその答えを留保しているが、心証としては容疑がかなり薄まってきているのは否めない。

いずれにしても、自分たちが引くに引けないところまで踏み込んでしまったのは間違いない。厚子を見殺しにはできないし、太すぎる尻尾をいったんは覗かせた木崎輝正を、このまま野放しにするわけにもいかない。

そのとき彩香が声を上げた。

「二人、出てきましたよ」

バーに目を向けると、例の二人がロビーに出たところだった。どちらも顔がだいぶ赤い。これから部屋へ戻ってお休みということだろう。拉致や偽装殺人といった気の利いたことができる状態ではなさそうだ。

彼らも厚子の登場を待ちあぐねて痺れを切らしたか、あるいはもともと無関係だったのか。その判断はさておいて、とりあえず張りつめていた気持ちが和らいだ。

「部屋に戻るかどうか、一応確認だけはしてきます」

彩香が慌てて立ち上がる。たしかにその必要はあるだろう。

思ったとおり二人はそのままエレベーターホールに向かっていく。彩香は素知らぬ顔であとについていき、エレベーターに一緒に乗り込んだ。怪しまれているような気配はまったくない。

「鷺沼さん、ちょっと気になる男が――」

井上が耳元で囁いた。横目で示す方向を見ると、若い男が一人、エントランスからロビーに入ってくるところだった。

年齢は二十代前半くらいに見える。顎が細く目鼻立ちのはっきりしたいわゆるソース顔。身長は一八〇センチくらいか――。

「だれかに似ていませんか」

声を殺して井上が言う。その意味が鷺沼にもわかった。

「似ているな、あの似顔絵に。しかしまさか――」

井上はタブレットを取り出して何度かタップし、それを鷺沼の目の前にかざした。新宿駅の傷害致死事件の犯人の似顔絵が表示されている。

「あのとき僕らが見た死体よりずっと似ているような気がします」

若い男はロビーの中央付近に人待ち顔で佇んでいる。その顔と似顔絵を見比べて鷺沼は言った。

「たしかに似てはいるが、頬にほくろがないだろう」

それが似顔絵で強調されていた特徴の一つで、鷺沼たちが横浜の乙彦のマンションで発見した死体の特徴でもあった。

「でもほくろは手術で簡単に取れるし、右頬にほくろがある人はとくに珍しくありませんから」

「だったら、あれは乙彦じゃなかったのか」

「あの死体は絞殺されたせいか顔がだいぶむくんでいました。僕らはそれを当人のマンションで発見したから、深く考えずに乙彦だと決めつけたところがありますけど、本当はどうだったのか」

井上は真剣な表情だ。まさかとは思いながらも、そう言われるとますます似ているように見える。乙彦本人の写真があればもっとはっきり判断できるが、プライバシーのこともありマスコミもそこまでは報道していない。

そのときエレベーターのドアが開いて、若い女が出てきた。その男に小さく手を振りながら弾むような足取りで歩み寄る。厚子だった。

第十二章

1

厚子と木崎乙彦とおぼしき若い男はロビーのベンチに並んで座って、肩を寄せ合い、深刻な顔でなにやら話し込んでいる。

気になったのは厚子が旅支度一式が入りそうな大きめのリュックサックを携えている点だった。このままチェックアウトする気かもしれない。だとしたらここでなんとか摑まえないと、ふたたび行方をくらまされてしまう。そうなれば万事休すだ。

井上の携帯が鳴った。彩香からだろう。ひとしきり話を聞いてから、声を落としてこちらの事情を説明する。通話を終えて井上は振り向いた。

「二人はそれぞれの部屋へ戻ったそうです。厚子の話をしたら、すぐに降りてくると言っています。気づかれないよう注意するように伝えておきました」

「ああ。ここで逃がしたら取り返しがつかない。しかし思いがけない獲物がかかったもんだな」

鷺沼は嘆息した。こう立て続けに想定外のことが起きるとさすがに対応に苦慮する。逃がすわけにはいかないといっても、厚子に逮捕状が出ているわけではないし、鷺沼たちにこの地での捜査権はない。

相手の青年が乙彦だとしたらなおさらで、もしここが日本だったとしても、死んだことになっている人間の逮捕状は請求できない。横浜のマンションの死体が別人だったと証明するには神奈川県警の捜査情報の開示が必要だが、そもそもそこが最大の壁だから、こちらも厄介な手段を取らざるを得なかったわけだった。

エレベーターを降りて、彩香がこちらにやってくる。厚子は男と話すのに夢中のようで、それに気づいている様子はまったくない。

ラウンジに戻ると、厚子に背を向けた席に座り、声を潜めて彩香は言った。

「びっくりですよ。あの似顔絵そのものじゃないですか」

「違いはほくろがあるかないかくらいだよ」

井上が身を乗り出して言う。彩香は意に介さない。

「ほくろなんていまはレーザー治療で五分もかからずに取れますから、そんなのぜんぜん問題ないですよ。でもいったいどうしてこんなことが？」

「だったらマンションで死んでいたのはだれかということになるが、乙彦に歳の近い兄弟がいたという事実は確認されていないしな。たまたま顔立ちや背格好が似た人間が身代わりに殺されたということか――」

厚子と青年を横目で見ながら鷺沼は唸った。マンションにあった遺体はすでに荼毘《だび》に付されているはずだから、確認する手立ては県警の鑑識に残っている毛髪その他の試料によるDNA鑑定くらいのものだろう。その際、父親や母親からも試料を採取する必要があり、それには本人の同意が必要だ。

もし応じない場合は令状をとるしかないが、そのためには捜査事由を明らかにする疎明資料が求められる。しかしここまで鷺沼たちタスクフォースがやってきたイレギュラー捜査の成果となると、とても裁判所には提示できない。

けっきょく二人とできるだけ穏便に接触し、その口から真実を語らせる以外に手はないが、その理由がなんであれ、別人の死体を自分に見せかけて海外に逃亡するというような手の込んだことをした人間が、正式な捜査権のない鷺沼たちに簡単に事実を明らかにするはずもない。

「そうだとしたら、乙彦の両親や祖父の木崎輝正はあの死体が別人だったことはわかっていたんじゃないですか。多少時間が経っていたにしても、まだそれほどひどい状態じゃなかったし、似顔絵しか見ていなかった僕らとは違って肉親なんですから」

井上は首を傾げる。そこは確かに頷ける。死体があった場所が当人の自宅で、白骨死体や腐乱死体でなければ、それを見た親族が間違いないと認めた場合、警察はDNA型や歯型の鑑定といった面倒な捜査は行わないのが一般的だ。

「偽装に気づいていながらそれを乙彦の遺体と認めた――。もしそうだとしたら、両親にも木崎輝正にも、あるいは三宅にも偽証せざるを得ない事情があったことになる」

「偽証どころか、もっと積極的に関わっていた可能性もあるんじゃないですか」

井上はロビーの二人に視線を向けながら猜疑を滲ませる。

深刻な様子で話し込んではいるが、どちらの表情にも相手を信じ切っているような安堵の色がある。なにか深い事情を抱えた恋人同士――。それが鷺沼の目に映る二人の率直な印象だ。

「やはり私が厚子さんと話してみるしかなさそうですね」

彩香が言う。そうなれば自分たちがここにいる理由を説明しなければならない。しかしその結果、二人がこの場から逃げ出すようなことがあっても、力ずくで取り押さえるわけにはいかない。ここでは鷺沼たちもただの旅行者に過ぎない。へたに騒ぎを起こせば逮捕されるのはこちらのほうだ。

「問題は厚子が素直に話に応じてくれるかどうかだよ」

井上が首を傾げる。鷺沼は慎重に言った。

「突然、彩香が目の前に現れたら警戒されるし不信感も持たれる。しばらく様子を見たほうがいいだろう。二人が別行動をとるようなら二手に分かれて尾行する。彩香と井上が男のほうを、おれが厚子を担当すれば見破られることもない」

「だったら、こちらもすぐに動けるように場所を変えておきましょう」

機転を利かせて井上が言う。鷺沼は頷いて立ち上がり、支払いを済ませてロビーへ向かった。

井上と彩香は先にラウンジを出て、二人の視界に入らない柱の陰で待機している。顔を見られても問題のない鷺沼はスーベニアショップの店先で品物を物色するふりをして様子を窺った。

しばらくして厚子がベンチから立ち上がってフロントに向かった。案の定、このままチェックアウトする気のようだ。

五分ほどで厚子は手続きを済ませて戻ってきた。青年が厚子の荷物を背負って立ち上がり、二人は連れだってエントランスに向かった。

こんな時間にどこへ向かうつもりなのか。揃って動いてくれるのは有難いが、香港の夜の雑踏に紛れ込まれたらこちらは土地鑑がないから尾行には不利だ。

井上と彩香は気を利かせてエントランスの車寄せに先回りする。鷺沼はさりげない足取りで厚子たちのあとを追う。

二人は客待ちをしていたタクシーに乗り込んだ。運よく別のタクシーが続いてやってきて、井上は片手を挙げてそちらに走り寄る。彩香もそれに続いた。行き先の説明に手間どっているのか、厚子たちの車はまだ停まっている。

鷺沼も乗り込んだところで前のタクシーが走り出した。あとを追ってくれるように彩香がすでに指示をしていたようで、間をおかず運転手はアクセルを踏み込んだ。

そのとき例の二人がエントランスから駆け出してくるのが見えた。ほかに客待ちしているタクシーはない。彼らの車はホテルの駐車場にあり、出してくるには時間がかかる。そのあいだにこちらは視界の外に消えているだろう。むしろ追ってきてくれたほうが一石二鳥で好都合な気もするが。

タクシーが車寄せから滑り出したところで井上が言う。

「あいつら、やっぱり厚子を監視していたんだと思います。彼女がなかなか動いてくれないんで、痺れを切らして一杯やってたんじゃないですか」

「そのようだな。いったん部屋に戻ったが、厚子がいないのに気づいて慌てて飛び出したわけか」

「でもどうして、厚子さんがロビーに降りたのがわかったのかしら」

訝しげな彩香に井上が言う。

「たぶん彼女の部屋がどこか知ってたんじゃないのかな。ホテルの従業員に賄賂を渡して行動を知らせるようにしていたのかもしれない。うっかり油断してバーに行っちゃったのが、連中にすれば大失策だったんじゃないの」

想像力の産物に過ぎないにしても、いかにも当たっていそうに聞こえる。そうなると彼らの目当ては、厚子ではなくあの青年だったとも考えられる。乙彦だとはまだ断定できないが、その可能性はほとんど疑いをいれる余地がない。

旅行者のグループが二台に分乗しているくらいに受けとっているようで、運転手は不審がる様子もなく前方のタクシーを追っている。前を行くタクシーも尾行に気づいたような挙動は見せない。

井上はさっそくタブレットを取り出して地図アプリを表示し、GPSによる位置追跡を試みる。

「コーズウェイ・ベイ――、現地名だと銅鑼湾《トンローワン》方面に向かっているようです。香港有数の繁華街です。深夜まで賑やかで、飲食店も多く、若い人たちに人気があるスポットだそうです」

事前にガイドブックの内容を頭に入れてきたのか、井上の説明はよどみない。穏やかではない気分で鷺沼は言った。

「三宅が死んだというのにいったいどういうことなんだ。二人で祝杯でもあげるつもりなのか」

「厚子さんはそんな人じゃないと思います。やはり三宅が死んだことをまだ知らないんじゃ？」

彩香が慌てて口を挟む。鷺沼は頷いた。

「それもあるかもしれないな」

「だったら厚子さんは、実家からの電話にもやはり出ていないわけね」

彩香はどこか切なげだ。もし厚子が三宅の死を知らないとしたら、それを伝えるのもまずは彼女の仕事になるだろう。

その閉ざされた心を開くことも含め彩香の負担は大きいが、こちらとしては頼る以外に方法がない。頼みもしないのに勝手についてきてくれたことに鷺沼はいま感謝するばかりだ。

タクシーは渋滞気味の道路をのろのろと進む。厚子たちの車とのあいだに数台割り込まれてしまったが、この状態なら見失う心配はない。

道路の左右に並ぶネオンや電飾看板の密度が次第に増して、歩道を歩く人の数も増えてきた。向かっているのは東京で言えば新宿や渋谷といったところだろう。

漢字だけの看板を見れば異国情緒を感じるが、そぞろ歩く青年たちの姿は東京の繁華街と変わらない。どんな理由であれ厚子たちが日本を捨てて身を隠す場所として適しているとは言えそうだ。

そのとき興味深げに車外の様子を眺めていた井上が声を潜めて言う。

「鷺沼さん。尾けてきてますよ、あの連中――」

振り向くと、すぐ真うしろにグレーのセダンがいた。腋の下を膨らませた男は助手席に座り、もう一人が運転している。飲酒運転なのは間違いないが、ハンドル捌きに怪しいところはない。

「厚子たちが出向く先があらかた見当のつく場所だったのかもしれないな。空いている脇道を走って追いついたようだな」

鷺沼たちを意識している様子はなく、目的はあくまで厚子たちのようだ。だからと言って、拳銃を携行している連中が背後にいるというのは気持ちのいいものではない。鷺沼は携帯を取り出した。

「三好さんに報告しとかないと。どうも一騒動起きそうな気配だ」

こちらで警察の厄介になるような事態に巻き込まれたら、三好に動いてもらうしかない。それに乙彦そのものと思える若い男の出現は、捜査の帰趨《きすう》を大きく転換しかねない。

この時間でも三好はすぐに電話に応じた。

「おう、そっちはどんな具合だ」

「じつはまたしてもとんでもないことが起きまして――」

ここまでの事情を報告すると、三好は重苦しく嘆息した。

「えらい方向に話が進み出したな。もし横浜のマンションの死体が偽装されたもので、乙彦の親族や三宅がグルだとしたら、神奈川県警だってそうじゃないとは言い切れない。だとしたらなかなか厄介だぞ」

「そう思います。試料が残っていたとしても、いまさらDNA型の鑑定には応じないでしょう」

「あの死体が乙彦じゃなかったことが明らかになると、県警にとっては単なる恥さらしでは済まなくなる」

「自ら犯罪の隠蔽に手を貸したことになりますね。そんな事実が明らかになったら、県警だけの話じゃない。警察全体への信用が失墜しますよ」

「ああ、そこまでふざけたことはしていないことを願いたいよ。単なる間抜けで、木崎や三宅にしてやられただけならまだましなんだが」

「宮野が大喜びしそうなネタではありますが、問題はどうやって県警の壁を突き崩すかですよ」

「あの死体が別人だと立証しない限り、乙彦に対しては逮捕状もとれないからな」

三好も若い男が乙彦だという結論にほとんど傾いているようだ。鷺沼は言った。

「なんにせよ、穏やかな状況で二人に接触して、本人たちから真相を引き出すしか、いまはなすすべがなさそうです。追ってきている男二人も今回の事件に絡んでなにか企んでいるはずですから、これからどう動くか見ていれば、事件の謎を解くうえでのヒントにはなるでしょう。ここが香港じゃなかったら、銃刀法違反で逮捕してじっくり締め上げられるんですが」

「十分気をつけてな。そいつらが三宅を殺した可能性がなくもない。だとしたら相当危ない連中だ。丸腰で対峙できるような相手じゃないぞ」

「もちろんそのつもりです。ただ厚子たちに命の危険が迫ったような場合には、多少手荒なことをしてでも守らなきゃいけません」

「そのときは公安の外事に動いてもらって地元警察に協力を仰ぐよ。外務省のルートで総領事にも一働きしてもらうことになるだろう。いずれにしても死ぬようなことがあったら取り返しがつかんからな」

不安げな口ぶりで三好は言った。

2

厚子たちはコーズウェイ・ベイの中心部でタクシーを降りた。

一帯はタイムズ・スクウェアと呼ばれる大規模な複合施設で、高層ビルやショッピングモール、映画館、ブティック、ホテル、飲食店が立ち並ぶ。

鷺沼たちもそこでタクシーを降りた。グレーのセダンは少し行き過ぎたところでいったん停まり、腋の下を膨らませた男だけを降ろしてまた走り出した。そのあたりは駐車禁止のようで、駐車場かパーキングメーターのある場所に向かったものと思われる。

厚子と青年は広場の一角の噴水のまえに立ち止まり、なにか語らいながら佇んでいる。

例の男は一〇メートルほど距離を置き、人波に紛れて厚子たちの様子を窺っているが、すでに意識はしているようで、ときおりこちらにも視線を向けてくる。

ホテルでタクシーを拾い、厚子たちのあとを追ったのは見られていたし、ここに来る途中もすぐうしろについていた。向こうも怪しいと感じているのは間違いなさそうだが、正体がわからないから対応に困っているといったところだろう。それがプレッシャーになって危険な行動に出るのを抑止できるとしたらもっけの幸いともいえる。

厚子たちは、久しぶりの逢瀬を楽しんででもいるようだ。三宅の死などなかったかのように、緊張している様子も何かを警戒している様子もない。

「二人はどうしてこんな場所に？」

井上が怪訝そうにつぶやく。

「だれかと待ち合わせしていると考えるのが妥当だろう。噴水を眺めるためだけにタクシーを走らせてきたはずもないからな」

「ええ。とくに由緒ある噴水でもなさそうだし」

「ここで三宅と会う約束をしていたのかもしれませんよ」

彩香が言う。鷺沼は頷いた。

「たしかにそれは考えられる。厚子と乙彦のどちらとも繋がりがあり、香港にいる者といえば、思い当たるのは三宅くらいだ。ただし生きてはいないが」

「死んだことを知らなければ、十分あり得ますよ」

井上も賛意を示す。そうだとしたら男たちの狙いはなんなのか。自ら手を下したかどうかは別にしても、彼らは三宅の死を知っているはずだ。

それでも二人を追ってきたということは、標的が二人のうちどちらか、あるいは両方だとも考えられる。三宅の死だけではまだ足りず、さらに厚子と乙彦まで――。それが木崎の意志によるものなら、感じるのは身の毛もよだつ冷酷さだ。

「もう一人の男が来ましたよ」

彩香が目で示す方向に、運転をしていた男の姿が見える。腋の下の膨らんだ男とは正反対の位置から厚子たちに視線を向けている。

男が左手に提げているビジネスバッグが気になった。もしそこにも銃が仕込まれているとしたら、丸腰の自分たちが二人を守るのは難しい。

これだけ大勢の人がいる公共の場所でまさか銃を使うとは考えにくいが、逆に人波に紛れて逃走しやすい場所ともいえる。二人の命が奪われてしまえば、そこですべてが終わってしまう。

鷺沼は噴水に向かって歩き出した。男が怪訝な視線を向けている。それを無視して厚子たちと男を結ぶ線上で立ち止まる。向こうが危険な動きを見せたら、自分が楯になるしかない。

しかし彼らはおそらく金で雇われている。依頼されたターゲットではない人間を射殺しても金にはならない。プロならそういう無駄なことはしないはずだ。

井上と彩香も同じように移動して、もう一人の男と厚子たちのあいだに入った。厚子と青年に、そんなこちらの動きに気づいている様子はない。

これで狙撃を諦めてくれればいいが、向こうにもそうはいかない事情があるらしく、男は噴水から少し離れて、再び厚子たちを見通せる位置に移動した。もう一人の男も同じような動きを見せている。

鷺沼もまた厚子たちと男のあいだに移動した。井上と彩香もそれに合わせて移動する。

どちらの男の顔にも当惑の色が窺える。撃つはずがないという確信はあるが、それでも万が一ということがある。おかしな挙動が見られたらすかさずダッシュして男に飛びかかる。そう腹は決めているが、そのリスクは井上たちも同様で、いかに彩香の柔道の技でも飛び道具には勝てないだろう。

よしんば彼らを取り押さえられたとしても、その隙に厚子たちに逃げられてしまえば元の木阿弥《もくあみ》だ。全身にピリピリと緊張が走る。背筋に冷たい汗が滲む。

そのときポケットでマナーモードの携帯が唸った。宮野からか三好からか。どちらにしてもこの状況で受けてはいられない。そのまま放っておくといったん止まり、ほとんど間をおかずまた唸る。

留守電にメッセージを入れてくれればいいものを、やけにしつこい。東京で事態の急変でもあったかと不安になって、やむなく携帯を取り出して耳に当てた。耳障りな宮野の声が流れてくる。

「ああ、鷺沼さん。いや、どういう状況かと思ってさ。いったん切るからそっちからかけ直してくれる」

その一瞬を突いて、男が足早に厚子たちに近づいた。黙ってそのまま通話を切り、鷺沼もあとを追う。

男が厚子の肩に手をかけた。青年がその手を払いのけて男に摑みかかる。男が背広の懐に手を差し込んだ。鋭い緊張を覚えながら、鷺沼は背後から男に組みついた。

もう一人の男も素早く駆け寄って、手にしていたバッグで青年をうしろから殴りつけようとする。厚子がその腕をとって勢いよく体をひねる。男は宙を舞い、広場の石畳に叩きつけられた。

井上が駆け寄って伸びている男を押さえ込む。彩香も鷺沼たちともみ合っている男の襟と袖を摑むやいなや、完璧な払い腰で石畳に叩きつけた。

そのとき厚子と青年が弾かれたように駆け出した。石畳に伸びている二人を井上に任せ、鷺沼は彩香とそのあとを追う。

青年は一帯に土地鑑があるらしく、二人は周囲の人波を強引にかき分けて、広場に面したショッピングモールに迷う様子もなく駆け込んだ。

鷺沼たちも追いすがったが、先行する二人の挙動に腹を立てた群衆の壁に阻《はば》まれて、モールに飛び込んだとき、二人の姿はすでに消えていた。

残してきた井上が心配なので慌てて戻ると、困惑した表情で二人の男と立ち話している。男たちは腰を擦《さす》ったり顔を顰めたりはしているものの、救急車を呼ぶほどのことではなさそうだ。

まだ息を切らせている鷺沼に、腋の下の膨らんだ男が言った。

「いったい何者なんだよ、あんたたち。どうして仕事の邪魔をするんだよ」

現地の人間かと思っていたが、喋っているのは日本語だ。思わず問い返した。

「そういうおたくたちは何者なんだよ。迷惑を蒙《こうむ》ったのはこっちじゃないか」

「地元のマフィアじゃないのか」

「そっちこそ、その手の人間じゃなかったのか」

当惑して問い返すと、男は舐めた調子で探りを入れてくる。

「まずそちらから名乗ってくれないか。仕事柄、身分を明かせるかどうかは相手にもよるんでね」

「それはこっちも同じだよ。そもそもなぜあの二人を付け狙った」

「付け狙ったなんて聞こえが悪いな。ちょっと話を聞きたい事情があって、行動確認をしていただけだ」

「行動確認？」

意外なところで警察用語が飛び出した。いわゆる張り込みのことを改まった言葉ではそう呼ぶ。

「あんたたち、日本の警察関係者なのか」

鷺沼が訊くと、男はしくじったというように顔を歪めた。

「まあ、そういったところだ。おまえたちは日本のやくざか」

「そこまで人相は悪くないと思うがね。たぶんおたくたちと同業者だよ」

「だったら聞かせてくれないか。いったいどういう用があってあの二人に付きまとっていたんだよ」

「まず聞いておきたいんだが、三宅省吾の死とおたくたちはなにか関係があるんじゃないのか」

「本来の行動確認のターゲットは三宅だった。死なれたのは予想外だった」

男は無念そうに言う。鷺沼は問い質した。

「殺したのはおたくたちじゃなかったのか」

「冗談じゃない。あんたたちの仕業じゃないかとこっちは見ていたんだ。だとすると、あれはやっぱり自殺なのか」

「わからない。死ぬ動機があったとは思えない。ただし殺したい動機のある人間がいないこともない」

反応を探るように鷺沼は言った。興味を隠せない様子で男は身を乗り出した。

「だったらお互い協力できることがありそうだ。我々は三宅が関与していたとみられる新ココム違反とマネーロンダリング疑惑を追っている。どこかその辺でコーヒーでも飲みながら話さないかね」

3

ショッピングモールにあるセルフサービスのコーヒーショップに入り、注文した飲み物を受けとってテーブルについたところで二人は名刺を差し出した。こちらもやむなく名刺を手渡した。

いま追っている事案について、ややこしい事情を説明しなければならなくなりそうで頭が痛いが、先方からはそれ以上の見返りがありそうな気がして、話し合いに応じたところだった。

腋の下を膨らませた男の名は皆川昭俊《みながわあきとし》。所属はＪＡＦＩＣ（警察庁刑事局組織犯罪対策部犯罪収益移転防止対策室）。階級は警部で、役職は特命調査官となっている。もう一人は田中満男《たなかみつお》で、部署と役職は同じ。階級は鷺沼と同じ警部補だ。

やたら長い名称だが、パリに設置されている政府間機関であるＦＡＴＦ（マネーロンダリングに関する金融活動作業部会）の提言に基づいて国内に設置された政府機関で、当初は金融庁に所属し、そのあと警察庁に移管されている。

鷺沼が知る限りでは、資金洗浄やテロ資金等の疑いのある情報を一元的に集約し、それを警察を始めとする捜査機関に提供するのが主要業務で、自ら捜査活動を行うことはないはずだ。そのことを訊ねると、皆川はあっさり実情を説明した。

「建前はそうなんですがね。言っちゃなんだが、都道府県警のレベルだと、資金洗浄が絡んだ国際的な犯罪に関してはまともな捜査能力がない。けっきょく警察庁内部にも実働部隊をつくらなきゃ対処できないケースがあるということで、我々のような人間が上の役所に引っ張られたんです。私の以前の所属は警視庁刑事部の捜査二課で、田中は公安部の外事課です。あくまで秘匿捜査が専門なもので、捜査官とは名乗らず、調査官ということにしてあるわけでして」

階級は一つ上だが、先ほどとは打って変わって皆川はすこぶる慇懃な口調だ。鷺沼たちと連携することによほどメリットを感じているらしい。そういう話を聞けば、こちらも付き合って損はないという方向に考えが傾く。皆川のプライドをくすぐるように鷺沼は言った。

「だとしたら国際的な金融犯罪に関してはプロフェッショナルですね」

「いやいや、最初は右も左もわからない。金融庁や外務省の専門家にイロハから叩き込まれましてね。アジアを担当するということで、にわか仕込みで中国語も多少は話せるようになりました」

ホテルのドア越しに中国語らしい言葉が聞こえてきたのは、どうやらそういうことのようだった。

鷺沼は腋の下の膨らみのことを確認した。皆川は背広の胸元を広げてみせる。ショルダーホルスターにセットされた拳銃様のものがあるが、本物とはどこか違う。皆川は説明した。

「日本と比べて物騒なところなんで、こちらへ来て仕入れましてね。スタンガンですよ。ピストル型ってやつです。商売柄このかたちのほうが使いやすいもんでね」

こんどは皆川が訊いてくる。

「ところで殺された木崎輝正の孫の事案を扱っているのは、警視庁ではそちらの部署でしょう」

「ええ。三年前に起きた傷害致死事件が捜査の端緒なんですが」

鷺沼はそこで口を濁した。皆川の思惑がまだ把握できたわけではない。率先してこちらの手の内を見せるのが得策だとは思えない。むろん皆川はそこを訊いてくる。

「それがどうして三宅のほうまで手を伸ばしてるんですか」

「いろいろ事情がありまして。かつて警視庁にいらっしゃったんならご存じだと思いますが――」

やむなく神奈川県警による捜査妨害と真相の隠蔽をほのめかすと、皆川はなるほどというように頷いた。

「それで三宅の不審な動きと、その背後での木崎輝正の暗躍に捜査の矛先を向けたということですか」

「そうです。そちらが関心をお持ちの新ココム違反と香港を中継地にしたマネーロンダリング疑惑、それに横浜のマンションでの木崎乙彦、輝正の孫の殺害事件――。それらを一体のものとして捜査を進めてきました」

「なるほど。そうだとすれば我々とそちらは手を組む意味が大いにある。新ココム違反とマネーロンの件に関しては、こちらは単なる噂以上の事実を把握しています。三宅の容疑に関してはほぼ洗い出しが済んで、警視庁の担当部署に情報を渡せばすぐに逮捕という手続きを取れたんですが」

「なにか障害が？」

「それを木崎輝正本人と結びつけるのに苦慮していましてね。もうしばらく泳がせてそのあたりの確証を摑もうとしていた矢先にこの始末でして」

「その点は我々も同様です。それに困った事がもう一つ出てきまして」

「というと？」

皆川は興味深げに聞いてくる。そのことにまだ彼らは気づいていないようだ。鷺沼は問い返した。

「先ほどの若い男、どこかで見た顔だと思いませんでしたか」

「さあ、あの若い女が三宅の妹だということは把握していましたが」

戸惑う皆川に、井上が例の似顔絵を表示したタブレットを手渡した。皆川の顔色が変わった。

「まさか、乙彦は死んだはずでは？」

鷺沼はきっぱりと頷いた。

「我々もそう信じていました。あの青年が目の前に現れるまでは――」

4

ホテルに戻ったときは午前二時に近い時刻だった。

鷺沼の感触では皆川は信じてよさそうな人物だった。というより、この状況で鷺沼たちが頼ることのできる唯一の手蔓と言っていいかもしれない。

もう一歩で厚子と乙彦とおぼしいあの青年に接触できたはずだった。妨害された恨みはもちろんあるが、だからといってそれを責めても始まらない。

彼らのような政府機関は国際的にはFIU（金融情報部門）と呼ばれ、世界のFATF加盟国それぞれに同様の機関が設置され、それぞれが互いに連携し、情報の共有を行っている。

香港にもFIUが存在し、三宅が香港を中継地にして不審な貿易活動に従事しているらしいという情報は香港FIUからもたらされたものだった。

その方面での情報交換は警察と比べてはるかに自由かつ柔軟なようで、国境の壁はないに等しいと皆川は言う。しかし国内での捜査は手こずった。

皆川たちにとっても最終的なターゲットは木崎輝正でありキザキテック本体だったが、犯罪性のありそうな取引はすべて三宅が社長を務めるKTマネージメントが仕切るかたちになっていた。

木崎一族の資産管理会社ではあっても、その関係はあくまで資産管理の委任だけで、不正取引に木崎ないしキザキテックの指示があった証拠が掴めない。

彼らがまだ把握していなかったという厚子と乙彦の関係に皆川は大いに興味をひかれたようだった。

事件解決の鍵を握っているのが乙彦だったのではないか、乙彦が死んでその鍵を引き継いだのが厚子ではないかという鷺沼たちの読みに皆川は賛意を示した。

その乙彦がじつは生きていた——。だとしたら取り逃がしはしたが、別の意味で新たな希望が生まれたことになる。なんとか乙彦の身柄を拘束し、その口から真実を語らせるチャンスがまだあるのだ。

横浜のマンションの死体が乙彦と別人だと立証できれば、死体遺棄容疑で乙彦の逮捕状を請求できる。犯罪者引き渡し協定のない国でも外交関係が安定していれば協定外の捜査共助は比較的行われており、海外逃亡犯が国外で逮捕されて日本の警察に引き渡されるケースは少なくない。

それにＦＩＵが手掛ける事案は一般に国際的な利害に関わるものとみなされ、捜査共助の対象になりやすい。香港ＦＩＵから現地警察に働きかけてもらえば、ある程度の協力は得られるだろうと皆川は言う。

逮捕状がとれるのはまだ先の話だが、ホテルや空港でチェックしてもらえれば所在や移動状況が把握できる可能性はあると言うので、井上が乙彦の似顔絵と、インターネットで拾ったというなにかの大会で優勝したときの厚子の写真をメモリーカードにコピーして渡しておいた。

三宅の身辺捜査に着手したとき、すでに彼らは厚子の存在にも注目していて、どういう方法でか、シンガポール経由で香港に入国したことも投宿先のホテルも把握していたらしい。それも各国FIUとの連携の成果なら厚子と乙彦の行方を追うことにも期待が持てる。

こちらの捜査が現状では公式ではなく、水面下でのものなので外部には漏らさないで欲しいとも言っておいたが、彼らにしてもそのへんは同様だから、機密は守ると皆川は請け合った。

さすがに福富を使った偽装作戦のことまでは言えなかったが、彼らは彼らで法の枠を踏み越えたイレギュラーな捜査手法はしばしば使っているらしく、阿吽《あうん》の呼吸でそこは突っ込んでこなかった。

当然三日後の木崎との会食という美味しいネタもいまは教えられない。こちらは所用があってあさってまでしか滞在できないと伝えておいたが、彼らはもう一週間ほど滞在し、三宅が香港につくったダミー会社についての裏付け捜査をするという。

その過程で三宅の死の真相についても、なにか耳寄りな話が出てくるかもしれないと皆川は期待を覗かせた。

ホテルに戻り、あすの朝食の時間に改めて今後の打ち合わせをしようということにして、皆川たちとは廊下で別れた。

この予期せぬ出会いの経緯について、三好にはタクシーのなかから報告しておいたが、宮野にはまだだった。そもそも乙彦らしい人物の登場自体、いまも知らせてはいない。

皆川たちと話しているあいだ、宮野から電話が入るのは鬱陶しいので携帯の電源は切っていたが、そのあいだに十数件の留守電メッセージが入っていた。すべて宮野からで、こちらが応じないのに癇癪を起こしているのがよくわかる。

厚子たちを取り逃がした話をすればなにを言われるか想像がつくが、このましらばくれるわけにもいかないので重い気分でボタンを押すと、宮野はすぐに応答し、いつまで経っても耳に馴染まないあの癇に障る声でまくし立てる。

「なによ、鷺沼さん。わざわざ高い電話代覚悟でこっちからかけてやったのに勝手に切っちゃって、そのあとはいくら留守電にメッセージを入れても応答しない。これじゃチームワークはがたがたじゃない」

「済まん、済まん。こっちもいろいろ立て込んでてな――」

例の青年が現れてからの経緯をざっと報告すると、案の定、宮野は棘《とげ》のある嫌味を連発する。

「だから言ったのよ。今回の仕事は鷺沼さんには荷が重いって。そういうドジっぷりは神奈川県警の専売特許だと思っていたのに、警視庁もそれじゃ日本の警察は月給泥棒の巣窟《そうくつ》ということになるじゃない。血税で養ってくれる国民の皆さんになんて申し開きするのよ」

月給泥棒を絵にかいたような宮野に言われる筋合いはないが、ここでやり合うのも消耗だから、携帯を耳から離してやり過ごす。嫌味のネタが尽きたころを見計らって携帯を耳に当てると、ようやくことの重大さに気づいたようで、宮野が真剣な声で言う。

「でも乙彦が生きているとしたら面白いことになるじゃない。たぶん木崎と三宅の悪事の真相を乙彦は知ってるよ。木崎が恐れている爆弾は厚子というより乙彦だったのかもしれないね」

「横浜のマンションで死んでいたのが誰かという新たな謎は出てきたが、そこに木崎や三宅が関与していたのはまず間違いないだろう。きょう会った皆川というＪＡＦＩＣの調査官はなかなか頼りになりそうだ。三宅が死んでいったん出口が閉ざされたような気がしたが、どうやら別の方向に新しい出口が見えてきたようだ」

「まあ、その男にしてもどこまで信用していいかわからないけどね。鷺沼さんも三好さんの懐を痛めてわざわざ香港まで飛んで、手ぶらで帰ったんじゃ子供の使い以下だから、木崎が肝を潰すような爆弾を拾ってきてくれないと」

偉そうな口の利き方は気に入らないが、言っていることはもっともだからしようがない。こだわりのない口調で鷺沼は応じた。

「ああ、せっかく木崎のご招待を受けてなんの手土産もなしじゃ失礼だ。あすあさってと、手を尽くしてみるよ」

5

翌朝、皆川たちとはホテルのレストランで落ち合った。

皆川たちにはやはりいろいろ手蔓があるようで、厚子が昨夜チェックアウトしていることはフロントで確認したという。きょうはこれから香港FIUのオフィスに出向いて、厚子と例の青年の足取りを追ってもらえるよう、さっそく依頼してみるとのことだった。

「昨夜、親しい担当官とじかに連絡をとってみたところ、彼らも三宅の死因については不審なものを感じているようです」

しかつめらしい顔で皆川は言う。鷺沼は問い返した。

「そう感じる理由があるんですか」

「ええ。近々数億ドル規模の大口取引を控えているという情報を彼らは得ていたようで、今回香港を訪れたのもその準備のためだったとみています」

「そういう時期に自殺はあり得ないということですね」

鷺沼は言った。とはいえそれだけの大口の取引なら、木崎にとってもそれを失うのは痛手のはずだ。

三宅を殺害する動機のありそうな人間となると木崎しか思い浮かばないが、それだけの損失を度外視しても三宅を殺さざるを得ない理由は果たしてなんだったのか。そう考えると確たる答えが出てこない。鷺沼は訊いた。

「遺体の受けとりはだれが？」

「きのうのうちに総領事館に確認しておきました。実家から親族がこちらにやってきて、いろいろ手続きをすることになるようです。客死の場合、現地の在外公館で埋葬許可証を取得しないと日本へは搬送できないそうなんです。こちらで火葬する場合も火葬許可証が必要です」

「キザキテックの関係者は？」

「聞いていません。ただ三宅の会社と木崎の関係は表沙汰にしたくないはずなので、なんらかのサポートはあるにしても、表立った動きにはならないでしょう」

「我々が親族に接触するというわけにはいかないんですね」

「よしたほうがいいでしょう。おそらく親族は今度のことについてなにも知らないし、それが木崎サイドに伝われば余計な警戒心を煽ることになる」

皆川は慎重だ。その考えには同感せざるを得ない。鷺沼はさらに確認した。

「香港警察に働きかけて、三宅の事件を再捜査するというわけにはいきませんか」

「FIUがプッシュはしてみたようです。ただ最近は中国本土からの移住者の急増で犯罪が多発して、そこまではなかなか手が回らないようでして」

「そうですか。三宅の件はこのまま自殺ということで落着しそうですね」

「大きな声じゃ言えませんが、本来刑事捜査の対象とすべき事案を自殺として処理するようなケースは日本の警察にも少なからずあるようですからね」

皆川はしたり顔で言う。その種の事案は彼の古巣の捜査二課は担当外だから嫌味も気楽に言えるだろうが、捜査一課の鷺沼にすれば耳が痛い。

「そうなると厚子と乙彦を探し出す以外に決め手はないでしょう。なんとか香港警察の協力が得られればいいんですが」

祈るような気分で鷺沼は言った。木崎との会食に出席しないわけにはいかないから、こちらにいられるのはきょうとあすしかない。そのあいだにできることは限られる。というより、香港警察が二人の足取りを摑んでくれるのをひたすら待っているしかないのが実情だ。

「いずれにしても我々にできることはせいぜいそのくらいで、あとは吉報を待つしかありません。こんな話をもっと早くできていれば、あの二人を取り逃がすこともなかったんですがね」

皆川は申し訳なさそうに言うが、責任の半分はこちらにもある。鷺沼は言った。

「役所というのは縦割りが基本で、横方向の風通しが悪いうえに、今回はどちらも公にしにくい捜査ですから、それもやむを得なかったでしょう。むしろこれをきっかけに連携できるようになった意味が大きい。その成果が出てくれることを願うしかありません」

「そう考えるべきでしょうな。我々はこれからFIUのオフィスに出かけます。新しい情報があれば随時ご連絡します」

食べ終えたバイキングのトレーを手にして皆川は田中とともに立ち上がった。鷺沼たちも席を立ち、トレーを返却してロビーに出たところで皆川たちと別れた。

鷺沼たちはいつものラウンジに向かった。ただここにいるだけならきょうにでも日本へ帰ったほうがいいような気もするが、そうしたところでせっかくいい塩梅に離れている宮野との付き合いが再開するだけで、ほかにできることはとくにない。もし厚子と乙彦の消息が摑めた場合はすぐに対応出来るから、やはりこちらにいるほうが有利だろう。

「一歩前進したと考えていいんじゃないですか。もしゆうべあの二人と接触できたとしても、決定的な話が訊けたかどうかわからないし、あの若い男にしても、乙彦じゃないと否定されたらこちらはそれ以上追及しようがなかったわけですから」

さばさばした口調で井上が言う。精神の健康にはたしかにそう考えるほうがよさそうだ。その意味では本来の意味の捜査権はないにせよ、香港FIUとのコネが使える皆川たちとの連携は願ってもない武器と言えるだろう。

あの青年が乙彦だとしたら、不法な旅券で滞在しているのは間違いない。偽名のパスポートを使っていればもちろんだが、本人名義のものを使っているとしても、それも違法旅券の行使に当たる。

所持者が死亡した場合、パスポートは死亡届を添えて旅券事務所に返納する義務がある。そのこと自体に罰則規定はないが、その旅券を行使した場合は国内法上も違法だし、外国の当局にとっても違法旅券による密入国に当たり強制送還の対象になる。

FIUが働きかけて香港警察が動いてくれればその辺も同時に確認できるはずだから、そちらの線で乙彦の身柄が拘束できる可能性がある。

「そうだな。この状況でのんびり香港観光というわけにもいかないが、いまは腹を括ってホテルで待機という選択しかないな」

鷺沼は頷いた。そのときポケットで携帯が鳴った。また宮野からかと気乗りしない思いでディスプレイを覗くと、かけてきたのは福富だった。

「宮野から話は聞いたよ。妙な方向に事態が進んでいるようだな」

「ああ。こっちへ到着して以来、想定外の事態の大盤振る舞いだよ」

「なに、ただ膠着《こうちやく》しているよりはずっとましだ。変化があるということは突破口も見つけやすいということだ」

福富は余裕を見せて受け流す。鷺沼は問いかけた。

「そっちは、なにか変わったことは？」

「それで朝から電話したんだよ。例の古川からさっき連絡が入ったんだが――」

「三宅の一件と木崎の関係をマスコミに垂れ流す件か」

「それもあるんだが、本題はもっと耳寄りな話だ」

「というと？」

「ゆうべ原田隆昭から電話があって、司法当局と取引したいと頼まれたらしい。そういうパイプがあれば紹介してほしいと相談されたそうなんだ」

「取引というと？」

「いよいよ木崎輝正に叛旗を翻す腹を固めたらしい。福岡にある原田の会社はキザキテックの製品の補修用部品を扱っているんだが、そこへときたま入ってくる注文が怪しいという話は知っているだろう」

「宮野から聞いてるよ。その納品先の国では、注文された部品を使っている機械が販売されていないということだったな」

「注文を入れてくるのが香港の会社で、その陰のオーナーがKTマネージメントだという情報もある」

「それも聞いているが、それだけじゃ決定的な証拠にはならないから、いまは隠忍自重しているという話だった」

「ところが最近ひょんなところから、それを補強する新しい証拠が出てきたというんだよ」

「どういう証拠が？」

「まだ明らかにできない。自分の会社が訴追を免れる確約が得られれば、持っている情報をすべて開示する用意があるそうだ」

「それが表に出れば、キザキテックにとっても大打撃だな」

「内容がわからないから、まだどれだけの威力があるかは判然としないがね。原田としては木崎や息子の忠彦を追い落としてキザキテックの実権を掌握するのが狙いなんだろう。キザキテック本体を潰しちまっちゃ意味がないから、木崎一族を対象にした限定攻撃じゃないかと、おれは想像してるんだがね」

「おれたちにしてもそれで十分だ。暴きたいのはあくまで木崎個人の犯罪だから」

「その結果、キザキテック自体もとばっちりを受けるだろうが、そこに救世主として登場するというのが原田の作戦のようだ。仇敵の三宅がいなくなって木崎は孤立しているとみて一気に攻勢に出ることに腹を固めたんだろう」

評論家のような調子で福富は言う。たしかにどこまでの起爆力があるかはまだわからないが、司法当局に取引を申し出るというあたり、半端な覚悟ではないのは確かだろう。首尾よくいかなかったときは藪蛇になって、司法当局の目が逆に原田の会社に向けられる危険もあるはずだ。

「古川氏にその方面の伝手はあるのか」

「司法当局ったっていろいろあるからな。警視庁のほうでそういう取引ができるというんなら、それでも結構だというんだが」

「その方面の担当となると捜査二課だ。この事案についてはすでに三好さんから話を持ち掛けているが、その種の取引となると現場判断じゃ難しい。下手をすると犯人隠避の罪に問われかねない。かといってそんな話を上に上げれば、いまやっているイレギュラー捜査のことも表沙汰になる」

「こっちにもいろいろ都合があるから、それじゃなにかと具合が悪いな」

いろいろ都合があるというところが意味深だ。欲得で動いているわけではないと福富は言っているが、そこになにやら怪しい本音が透けて見える。

「どういう都合かよくわからないが、神奈川県警をあれだけ牛耳っている手管を見れば、木崎が本気で警視庁に影響力を行使したらおれたちの捜査なんて吹っ飛んでしまう。それじゃここまでの苦労が水の泡だ」

「おれが言いたいのもそういうことだよ。今回の偽装作戦には、そうならないようにブロックする意味もあるわけだから」

福富は器用に取り繕う。たしかに木崎がこちらの偽装に騙されてくれている限り、警視庁にはその力は及ばない。しかし原田が希望する取引に乗ろうとすれば、偽装作戦自体が破綻する。

しかし皆川たちが所属するＪＡＦＩＣならその注文に応えてくれそうだ。新ココムに抵触する違法輸出やそれに付随するマネーロンダリングに関しては、関連する司法機関のいわば司令塔的な立場にあるわけで、金融庁から警察庁に所管が変わったことで警察に対する指導力も強化されていると皆川は言っていた。

「だったらおれがＪＡＦＩＣに話を繋いでみようか。その話は宮野から聞いているんだろう」

「ああ、そいつらのお陰で厚子と乙彦をとっ捕まえ損ねたそうだが」

「あの状況では不可抗力というしかないな。おれたちも向こうを悪党の一味だとみていたわけだから。しかしそのあとはいい方向に話が進んだよ」

「胡散臭いところもあるようだが」

「それも考えようによってはツボに嵌っている。一種の国際機関の性格もあるから、各国のＦＩＵとはツーカーの仲らしい。建前上は正式の捜査権を持っていないが、そのぶん法で縛られることもない」

「そのあたりがおれたちと似ているということか」

「それに表の顔は警察庁の部局だから、権威という点でも半端じゃない。日本ではまだ司法取引は認められていないが、捜査段階で融通を利かせるくらいは彼らなら簡単なはずだ」

「こっちの偽装工作については言ってあるのか」

「まだ言ってない。木崎との会食の話もね。しかしいろいろイレギュラーなことをやっているようなことはほのめかしておいた。そこはお互い気は心で、協力できることは協力し合おうということで話は終わってる」

「それなら持ち掛けてみる価値はあるな。古川にはおれのほうから伝えておくから、あんたは皆川とかいう男と話を進めてみてくれないか」

納得した様子で福富は言った。鷺沼も快く応じた。

「わかった。一応、三好さんにも了解をとっておくから、宮野にはあんたのほうから言

「気乗りはしないが、そっちからじゃ電話代が高いだろうからな。あいつの場合は益体《やくたい》もない無駄話が八割だから正直疲れるだけなんだが」

福富にしては珍しく渋々という調子だ。宮野の口害についてはいずこも悩みは同じのようだ。

福富との話を聞かせると、井上は期待をあらわにした。

「どういう内容かわかりませんが、木崎にとって強烈な爆弾なのは間違いないですよ」

彩香も声を弾ませる。

「あの人たち、信じていいと思います。私の技が完璧に決まっちゃってなんだか申しわけない気がしてたんです。痛かったはずなのにゆうべは笑って許してくれて」

「ああ。最悪の状況かと思っていたら、突然いい目が揃い始めたよ」

そう応じてさっそく三好に電話を入れる。原田の話を聞かせると、三好も大いに乗り気だった。

「二課の連中とはきょうも話をしたんだが、どうも決め手を欠いているようだった。そこへもってきて三宅が死んだとあっちゃ、ほとんど絶望だと泣き言を聞かされていたところだよ」

「それなら原田氏の件も、ＪＡＦＩＣと話を進めるほうがよさそうですね」

「そう思う。向こうの係長に聞いてみたんだが、その皆川という男、二課に在籍していた当時は敏腕で鳴らしていたそうだ。とくに経済事犯に滅法強くて、企業犯罪に関しては右に出るものがいなかった。そのころは警部補で、警部に昇進しての警察庁への異動だから、かなりの抜擢人事だな」

「信用していいということですね」

「ＪＡＦＩＣという部署についてはほとんど情報がなかったが、金融庁からの移管に際してはかなり熾烈な綱引きがあったとは聞いている。それだけのことをして引っ張り込んだ部署だから、警察庁も相当力を入れているはずで、ただの情報収集機関という建前の裏で、ＦＢＩまがいのことをやっているという噂は耳にしていた。皆川という男の話でそれが裏付けられたよ」

三好は太鼓判を押す。鷺沼は言った。

「だったらこの話、当面二課には伏せておいてください。ＪＡＦＩＣは間違いなく乗ってくるでしょう。それなら全面的に預けてしまったほうが向こうもやりやすいと思いますから」

「そうするよ。まずＪＡＦＩＣが段取りをつけて、それを二課に下ろしてくれれば妙な邪魔立ては入らない。そっちのほうは任せておいて、おれたちはマンションの死体の疑惑解明に力を注ぐ。その場合の鍵を握っているのは厚子と乙彦だから、その捜索では逆にＪＡＦＩＣの手を借りられる。いい格好での二面作戦だ。これでとことん木崎を追い詰められる」

「ついでに三宅の死についてもなにか答えが出るかもしれません」

「あれは絶対に自殺なんかじゃない。殺しならそこに木崎が絡んでいないはずがない」

三好はきっぱりと言い切った。三好との通話を終えて、今度は皆川の携帯を呼び出した。香港ＦＩＵへ向かう車のなかだろう。皆川は間をおかず応答した。

「鷺沼さん。なにか新しい情報でもありましたか」

「ええ。たぶん皆川さんにとって耳寄りな情報です――」

原田の一件をかいつまんで説明すると、皆川は勢い込んだ。

「それは間違いなく朗報です。こういう事案では内部告発がいちばん重要な情報源です。しかし木崎の社内統治は厳格で、これまでそういうものがまったく得られなかった。もちろん上と相談しての話ですが、原田氏の条件は問題なく通るでしょう」

第十三章

1

貴重な一日が無情にも過ぎようとしていた。

鷺沼たちが土地勘のない香港を闇雲に歩き回っても無駄足でしかない。皆川が請け合ったFIU経由の捜査要請で地元の官憲や入管当局がどれだけ動いてくれるかわからないが、乙彦と厚子の捜索に関していま期待できる材料はそれくらいだ。所在なくホテルで日中を過ごし、ディナータイムが始まる午後六時に井上と彩香と連れだってレストランに入った。

皆川はあれからすぐに連絡を寄こした。原田隆昭からの申し出をJAFICの上司に伝えたところ、取引に応じることに異存はないという。

原田が摑んでいるという事実がなんであれ、木崎の娘婿でキザキテック子会社の社長という立場からの内部告発は重い意味を持つ。上司はすこぶる積極的で、タイミングを見て自分たちのほうから原田に連絡を入れてみるとのことだった。

その話はすでに古川を経由して原田に伝えてある。いまは原田の返答待ちだが、乗り気なのは間違いないとのことで、いま自分と考えの近いキザキテックの取締役を味方として押さえる工作を進めており、その見通しがついた段階でＪＡＦＩＣに情報提供する腹積もりらしい。

三好が日本の入管当局に問い合わせたところ、鷺沼たちが横浜のマンションで死体を発見した一週間前に木崎乙彦名義のパスポートで出国した人物がいるという。行き先はタイだった。きのうの青年がそのパスポートを使って出国したのは間違いない。

しかし金さえあれば海外で偽造パスポートを入手するのはたやすい。とくにタイは闇市場が発達していることで有名で、乙彦がいまも本人名義のものを使っている可能性は低い。それは厚子についても言えるだろう。

「もう二人は香港にはいないかもしれませんね」

弱気な口ぶりで井上が言う。気持ちはわかる。このまま二人の行方を見失うことになれば、鷺沼たちのここまでの捜査は徒労ということになる。

皆川たちはマネロンや外為法違反で木崎を摘発できるかもしれないが、量刑は五年以下の懲役、もしくは不正輸出貨物の価格の五倍以下の罰金といったところで、社会的な信用の失墜や経済的なダメージはあるだろうが、殺人罪と比べれば格段に軽い。

懲役刑には執行猶予が付く可能性が高いし、罰金にしても対象になるのは立証できた分だけだから、木崎にとってさしたる痛手ではないだろう。下手をすれば責任の大半を死んだ三宅に擦《なす》りつけ、持ち前の剛腕でそのまま会長の座に居座りかねない。原田がここへきて慎重な姿勢を見せているのも、そういう木崎の手強さをよく知っているからかもしれない。

そんな結果に終わることを宮野も別の観点から危惧していて、日中何度も電話を寄越してはプレッシャーをかけてきた。

だったらなにか知恵を出せと言い返せば、向こうも気の利いた考えはないようで、もごもご言いながら電話を切ってしまう。毎度のように呼び出すだけでこちらからかけ直させるから、来月の電話料金を考えると頭痛がしてくる。気持ちを奮い立たせて鷺沼は言った。

「ここで弱気になっても始まらない。彼らにはわざわざ香港に来た理由があるはずで、昨夜の出来事を考えれば、まだその目的を果たしたとは思えない」

「その目的って、いったいなんでしょう」

井上が首を傾げる。それがわかれば苦労はしないが、なぜかそういう気がしてならない。もし乙彦があのマンションに別人の死体を残して自らは死んだことにし、海外へ高飛びするような計画的な犯行を行ったとしたら、その後の行動が行き当たりばったりだとは考えにくいのだ。

「きのうの晩、タイムズ・スクウェアに向かったのは三宅と会うのが目的じゃなかったかと思うんだが、いくらなんでもきょうになって二人がまだその死を知らないということはないだろう。厚子の航空券を手配したのが三宅だったことを考えても、彼らが香港にやってきたのは偶然ではないはずだ」

「三人が結託して木崎に挑んでいた――。そんな見方も成り立ちますね」

「ああ。三宅は乙彦の家庭教師で、その乙彦が三宅の妹の恋人だった。そのうえ三宅が木崎の隠し子だという話が本当なら、乙彦は三宅の甥ということだ」

「だとしたら厚子の甥でもあるわけです」

「母親を介してだけの繋がりだから血縁としては薄いが、三親等には違いないから普通なら結婚できない間柄だな。しかし木崎は母親とは婚姻関係がないし、三宅を認知もしていないから、法的にはなんら支障がない」

「しかしそれを知っていたら、二人は果たして交際したかどうか」

「ひどく複雑な結びつきだな」

鷺沼は嘆息した。切なげな顔で彩香が言う。

「そのうえなんだか、とても不幸な結びつきのような気がしますね」

「その一連の繋がりのなかで死者が二人出ている。新宿駅の傷害致死事件の被害者を加えれば三人だ。これ以上だれにも死んで欲しくないな」

暗澹《あんたん》たる気分で鷺沼は言った。自分の力で状況が動かせないときは、先の見通しもつい暗くなりがちだ。井上も彩香も気分は似たようなものだろう。

そのとき彩香の携帯が鳴り出した。いつもと音が違うからメールのようだ。慌ててディスプレイを覗き、彩香が感極まったような声を上げた。

「厚子さんからです」

開いたメールに素早く目を通し、彩香は鷺沼を振り向いた。

「彼女、私の変装を見破ったみたいです」

あの見事な払い腰を目の前で披露したのだから無理もない。彩香は興奮冷めやらぬ様子でメールの文面が表示された携帯を鷺沼に手渡した。内容は次のようなものだった。


彩香さん。何度も電話やメールをもらったのに、返事をしないで済みません。

あなたが香港にいるのを知って驚きました。一緒にいたのはきっと警察の人ね。私には逮捕状が出ているの？　だったら逃げても無駄ね。それに、もう疲れたの。

兄が死んだことは、きょう母からの留守電を聞いて初めて知りました。居場所を知られたくないので、用心のためにずっとスマホを切っていたんです。

私と一緒にいた人がだれだか、もうわかっていると思います。私たちにはもう逃げ場がないのです。兄を追い詰めた男が私たちを探しています。

すべてを終わりにしたい気分です。さっきも彼とそんな話をしました。けっきょくなにも知らないのがいちばんよかったんです。

私たちを探さないでください。電話もメールも要りません。いまはただこの世界から人知れず消えてしまいたいのです。　厚子

「まるで遺書だな」

ただならぬ慄きを覚えて鷺沼は携帯を井上に手渡した。彩香が切なげな声を上げる。

「自殺しようと思っているんです。早く二人を見つけないと」

「文面からすると、二人はまだ香港にいるような気がするな。空港や国際フェリーのターミナルには顔写真や似顔絵による手配が回っているから、むしろ出国してくれるほうが身柄を押さえやすいだろう。しかしこのまま香港に潜伏されるとなると――」

鷺沼は困惑した。携帯から顔を上げて井上が言う。

「三宅の死因についてはなにも言っていませんね。あと気になるのは、自分に対して逮捕状が出ているのか気にしている点です」

言いたいことの意味がわかったように、彩香が身を乗り出す。

「横浜のマンションの死体がだれであれ、その殺害の実行犯が厚子さんだということ?」

「実行犯かどうかはともかく、なんらかのかたちでかかわったことは認めているような

気がする。死体遺棄だけでも逮捕状は出るし、少なくとも自分が捜査の対象になるような事実があったことを認めているのは間違いないんじゃないのかな」

井上は慎重な口ぶりだ。厚子に対する彩香の複雑な心情を考慮しているのかもしれないが、井上が言うとおり、この文面が、少なくとも厚子が逮捕状を請求されるような犯罪に加担したことを示唆しているのはたしかだ。

「あの青年が乙彦だと認めているようなところもあります」

井上がさらに指摘する。たしかにそのとおりで、曖昧なところが多分にあるものの、このメールが事件の真相に関わる重要な事実を語っているのは間違いない。

「三宅を追い詰めた男が自分たちを探しているというところも大いに気になりますよ。ここまでの流れだと、木崎の意を受けた何者かということになりますが」

「三宅が死んだのは、その男に追い詰められてのことだと厚子は見ているようだな」

「そして自分たちにもその手が伸びることを惧れている――」

「二人が命を狙われることもあり得ますね」

彩香は気が気ではないという表情だ。自殺であれ他殺であれ、いまやるべきは二人の命を護ることだ。そこは自明なのだが、その手立てが思い浮かばない。苛立ちを隠さず鷺沼は言った。

「皆川氏に事情を話して捜索態勢を強化してもらわないと。もし狙われているとしたら、二人は木崎にとってよほど都合の悪い事実を知っている可能性がある。その情報がJAFICにとっても有用なのは間違いないから、協力は惜しまないだろう」

携帯から呼び出して事情を説明すると、打てば響くように皆川は応じた。

「無事だとわかったのはとりあえず朗報じゃないですか。ついさっきこちらの入管当局に当たってもらったところ、最近一ヵ月のあいだに木崎乙彦名義のパスポートで入国した者はいないそうです。三宅厚子も同様です」

「不法入国の容疑で二人を逮捕することが可能ですね」

「そういうことになります。不法入国それ自体は当地では日常茶飯で当局も手いっぱいなのが実情ですが、香港FIUの強いプッシュもあって、検挙に全力を尽くしてくれるそうです」

「当面はそこに期待するしかないですね」

「とりあえずこちらの官憲に身柄を押さえられてしまうんで、我々がすぐに事情聴取というわけにはいきませんが、少なくとも生命は護れます」

「メールの文面からしても、二人が木崎をそこまで怖れさせるだけの情報を持っているのは間違いない。だとしたら我々にとっては虎の子ですよ」

「そのとおりです。我々も木崎の訴追に全力を上げますが、とことん潰すにはそれだけじゃ不足です。最後の仕上げにはそちらが追っている刑事事案での訴追がどうしても欲しいところです」

皆川は言葉に力を込める。木崎という巨悪に対して蚊に刺されたほどのダメージしか与えられないようでは、なんのためのＪＡＦＩＣかと言いたげだ。大いに期待している、こちらも頑張ると告げて通話を終え、今度は三好に連絡した。勢い込んで三好は応じた。

「ここはなんとしてでも二人の身柄を押さえないとな。それさえできればゴールは見えたも同然だ。それと、きょうの夕刊紙に記事が出たぞ。三宅の会社が木崎一族の資産管理会社だという報道だった。三宅の自殺を不審死として扱い、木崎一族との確執を匂わせるような内容だ」

「古川氏が仕事をしてくれたようですね」

「これからほかのメディアも追随すれば、木崎の尻にも火がつくだろう」

「厚子のメールは、乙彦の件についても県警に圧力をかける材料になるでしょう」

「そうだな。乙彦名義のパスポートで出国した人間がいるわけで、常識としてはいったんすべてを白紙に戻して、あの死体の身元特定から再捜査すべきところなんだが――」

「こちらの捜査がイレギュラーだから、話を持って行きにくいところはありますね」

「パスポートの件についてはおまえたちの動きと関連させることもないから、圧力をかける材料にはなるだろう。おれのほうで上を煽って突っ込みを入れさせるよ。県警が素直に言うことを聞くかどうかはわからないが」

三好は半信半疑だが、いまはやれることをすべてやるしかない。これまで木崎の意のままだった県警が期待に背く動きを始めれば、それも木崎にとっては困った事態だろう。

「我々は乙彦と厚子の捜索に全力を傾けます。お使い立てして申し訳ありませんが、ここまでの状況を係長から宮野に伝えておいてもらえませんか。じつは——」

毎度こちらから電話をかけさせられて無駄話を聞かされて、通話料がかさんで困ると愚痴を言うと、三好はお安い御用だと請け合った。なにかと頼りになる上司だが、宮野と妙に馬が合うところだけは理解しがたい。

2

彩香はすぐに厚子に返信し、居場所を教えて欲しい、逮捕状は持参していないし、香港での捜査権はないから、身柄を拘束される心配はない、困った状況にあるならぜひ助けたいと思いのこもった文面で伝えたが、それに対する返事はまだ来ていない。

三好はすぐに話を伝えたようで、さっそく宮野が電話を寄越した。いつものようにこちらからかけ直せというのを無慈悲に拒絶したら、背に腹は代えられなかったようで、渋々自前での通話に応じた。

「鷺沼さんたち、しばらく帰ってこなくていいよ。その代わり命を懸けてでも二人を押さえてもらわないと。木崎との会食はおれと福富でいい塩梅にやるから」

「そうはいかない。このヤマは警視庁のものだ。そんな重要な局面を部外者には任せられない」

「その警視庁が役立たずだから、おれたちでタスクフォースを立ち上げたんじゃない。くだらない縄張りにこだわって木崎を取り逃がしたら、責任はぜんぶ鷺沼さんに取ってもらうからね」

責任うんぬんはともかくとして、言うことの大半はある意味で正論だ。だからといって木崎との会食を宮野と福富に任せるのは、空き巣に留守を預けるのと変わらない。

「まだだめだと決まったわけじゃない」

「強がり言ったって見え透いてるよ。鷺沼さんはすでに乙彦と厚子に逃げられるという致命的な失策をやらかしているんだから」

「その落とし前はつけると言っているだろう。いまは接触する手立てがないだけで、二人が香港にいるのはわかっている。きのうまでの状況から考えれば何歩も前進だ」

強い口調で鷺沼は言った。見下すように宮野は応じる。

「だったらあすまでに決着をつける方法を聞かせて欲しいね」

「皆川氏がFIUのパイプを使ってプッシュしてみるそうだよ」

「なんでもそっち頼みだね。あとで分け前を寄越せって言われたらどうするの」

「なんの分け前だよ」

「いや、要するに言葉の綾よ。せっかくおれたちがここまで追い詰めて、手柄を横取りされたら堪らないからね」

いつものように宮野は言い繕うが、木崎との会食の席で勝手に手打ちをされてしまってはこちらが堪らない。

「最悪の場合は皆川氏と井上たちにこっちを任せて、おれは東京へ帰ることにする、ここまでのところでも揺さぶる材料はある。現状で追い詰めるだけ追い詰めておいて、状況の変化に応じて二の矢、三の矢を放てばいい」

「鷺沼さんも意外に商売熱心だね。タックスヘイブンの風に当たって、マネーゲームに目覚めたってとこだね」

宮野は親愛の情を滲ませる。苦い思いで鷺沼は応じた。

「そういう目的じゃない。あんたに好き放題やられたら困るからだよ」

「疑り深い人だね。まあいいや。そこまですがりつかれて無下にするのも気の毒だから。じゃあ、あさっては帰ってくるんだね」

「午後早く着くようにするよ。木崎に会うまえに打ち合わせする必要があるから」

「例の無線のマイク、井上君から使い方をよく聞いといてよ」

「そうするよ。福富にもよろしく言っといてくれ」

そう言って通話を終えたとき、また彩香の携帯の着信音が鳴りだした。今度もメールのようだ。ディスプレイを開いて、小躍りするように彩香は言った。

「厚子さんからです」

鷺沼も彩香が手渡した携帯を覗き込む。


彩香さん。あれからいろいろ考えました。

できたらあす、会ってくれませんか。お話ししたいことがあるの。ただし、あなた一人にしてください。香港の警察にも通報しないで。もしOKなら、あとで時間と場所をお知らせします。

厚子

「いい流れになってきたな。彩香が来てくれたのはやはり正解だったよ」

言いながら携帯を手渡すと、素早く文面に目を走らせた井上が不安げに問いかける。

「でも一人で大丈夫？」

彩香は顔を曇らせる。

「疑っちゃ可哀そうよ。あの二人がいまどんなに追い詰められているのか想像できるもの。それでもこんなメールを寄越したのは、私を信じてくれたからよ。このチャンスを逃がしたら、二度と会う機会がないかもしれないわ」

鷺沼は頷いた。

「彩香の言うとおりだな。重要な話になりそうだから、例の無線式のマイクロフォンを彩香がつけていけばいい。おれたちは少し離れたところで録音しながらモニターする。危険な状況になれば、そのときはおれたちが駆けつける」

「皆川さんたちには？」

井上が確認する。鷺沼はきっぱりと言った。

「知らせないわけにはいかないが、ここはおれたちだけで対処しよう」

「香港警察へは――」

「もちろん知らせない。そのことは皆川氏にも頼んでおく。そうじゃないと厚子からの信頼を裏切ることになる。そうなったらもうなにも話してくれなくなるだろう」

「いま置かれている状況からなんとか救ってあげたいんです。厚子さんが殺人を犯したというのは濡れ衣です。逃げているのはきっと別の理由です」

彩香は切々と訴える。鷺沼は大きく頷いた。

「おれもぜひそうあって欲しい。そのためにもこのチャンスはなんとしても生かさないとね」

三好と皆川にその件を報告すると、二人とも鷺沼の考えに異議は唱えなかった。

彩香はぜひ会いたいと返信した。厚子からは五分もせずに折り返しのメールが届き、あすの正午にビクトリアピークのピークタワー内にあるアジア料理の店でと指定してきた。

さっそく井上がタブレットで観光案内のページを開く。ピークタワーはピークトラムと呼ばれるケーブルカーの山頂駅にある展望台を兼ねた商業施設で、レストランやショッピングモールがあり、海抜三九六メートルの山頂から百万ドルの夜景が望める香港有数の観光スポットということだった。

日中でも大勢の観光客が訪れるそんな場所をどうして厚子が選んだのかとも思うが、そもそも人口密度の高い香港の市街に人気のない場所はほとんどない。いっそそんな場所のほうが人の海に紛れやすいとも言えるだろう。現に前夜、タイムズ・スクウェアの人波のなかに二人は姿を消してしまったわけだった。

3

翌日は余裕をみて午前十時三十分にホテルを出て、タクシーでガーデンロードのピークトラム駅に向かった。そこから山頂駅まではわずか十分ほどで、十一時前には到着した。

厚子が指定したのはアジア系エスニック料理のレストランで、店内は広々していた。この時間はまださほどではないが、昼食どきには込み合うはずで、鷺沼たちも少し離れて席をとれば、厚子に感づかれずに済みそうだった。

万一に備えて施設内を一巡して下見をし、鷺沼たちは十五分前に店に入った。彩香は鷺沼と井上から十卓分ほど離れた席に着き、厚子が到着するのを待っている。受信機とレコーダーを音声コードで接続し、鷺沼と井上はそこに繋いだイヤホンを耳に挿した。無線式のマイクロフォンは彩香がウェイトレスと話す声をクリアに拾っている。

厚子は十分後に現れた。あの青年を伴ってはいない。別の場所で待機しているのか、店内を見回してもそれらしい姿は見えない。

「彩香さん、ご免なさい。本当に心配をかけちゃって」

異国での逃亡生活の心労は並大抵ではないのだろう。言いながら席に着く厚子は、きのうよりさらに憔悴して見える。

「ううん、いいのよ。私こそ余計なことをしちゃって。それよりお兄さんのこと、お気の毒だわ」

彩香は手探りするように優しく語りかける。できれば質問攻めにしたいところだろうが、そこを冷静に抑制できるところは心強い。いつの間にか店内はほぼ満席になっていて、周囲では騒々しい中国語が飛び交うが、二人の会話が埋もれてしまうほどではない。

「あの、兄のことで彩香さんはこちらにきたの？　それとも私のことで？」

厚子は不安げな調子で聞いてくる。彩香は率直な答えを返した。

「横浜のマンションで殺された木崎乙彦さんの事件の捜査なの。私たちもはっきりしたことがまだ見えていないんだけど、事件が起きたと推定される時刻に、防犯カメラに女性の姿が写っていた。そのすぐあとにあなたは会社に無断で日本を離れた。一方でお兄さんは、神奈川県警の捜査本部に働きかけて捜査にブレーキをかけるようなことをしていた。あなたと乙彦さんが交際していることも私たちは把握したの」

「そんなことまで調べていたの」

厚子はがくりと肩を落とす。労るような調子で彩香は続けた。

「でもまだ逮捕状が請求できるような容疑じゃないし、私個人としてはあなたが事件に関与したなんて信じられなかったの。あなたの口から本当のことを聞きたいと思って香港にやってきたのよ」

ややこしい事情は誤魔化し、肝心な部分だけを要領よく説明する。彩香には持って生まれた刑事としてのセンスがあるようだ。またウェイトレスが近づいて声をかける。二人は手早く注文を済ませ、ふたたび会話を続ける。厚子が問いかける。

「私を逮捕しに来たわけじゃないのね」

「もちろんよ。ただ真実を明らかにしないと、あなたへの容疑が深まってしまうから」

「でも、もう気がついたんでしょ。横浜のマンションで殺されたのが乙彦さんじゃないことに――」

鷺沼は井上と顔を見合わせた。それは初めて当事者の口から聞けた重要な証言だった。彩香は動揺する様子もなく問いかけた。

「きのう一緒にいた人が乙彦さんね」

厚子は黙って頷いた。彩香は穏やかな調子でさらに訊いた。

「どういうことがあったの」

「彼を救いたいの。どんなことをしてでも――」

厚子は意を決したような口調で言った。彩香は身を乗り出した。

「例えば、彼が命を狙われているとか？」

厚子は大きく頷いた。遠目にもその瞳に涙が溢れ出るのが見えた。鷺沼は固唾を呑んで会話に聞き入った。彩香はハンカチを差し出しながら問いかけた。

「いったいだれに？」

厚子は肩を震わせた。それは悲しみによるもののようにも憤りによるもののようにも見えた。

そのとき香港警察の制服を着た警官が店内に入ってきた。鷺沼は不安を覚えてその動きを注視した。警官はなにごとかとざわつく店内を素早く横切って、厚子たちのテーブルに歩み寄る。

一人が厚子の背後に、もう一人が傍らに立って詰問する。最初は中国語だったが、通じないとわかると今度は英語に切り替える。訛《なまり》の強い英語だが、鷺沼にもなんとか聞き取れた。パスポートを見せろと言っている。

厚子は観念したようにブレザーの胸ポケットからパスポートを取り出した。警官は矯《た》めつ眇《すが》めつチェックして、返却はせずに命令口調でなにか言った。背後の警官が腕をとって厚子を立ち上がらせ、両手に手錠をかけるのが見えた。

警官は今度は彩香に向き直り、同じようにパスポートの提示を求めた。こちらはパラパラとページを繰っただけですぐに返却し、二人は厚子だけを引き立てて足早に出入り口へ向かった。

「厚子さん。気持ちをしっかり持って。私たちがなんとかするから」

彩香が切ない声で呼びかける。厚子は一瞬振り向いただけで、あとは悲しみを堪えるように唇を嚙みしめて店の外へ消えていった。

茫然と立ち尽くす彩香を促し、急いで支払いを済ませて建物の外に出ると、広場の一角に二台のパトカーが停まっていて、それぞれの後部席に警官に挟まれた厚子と乙彦の姿が見えた。乙彦もどこか近くにいて逮捕されたようだった。

事情を聞こうと歩み寄るより先にパトカーは走り去った。まるで仕組まれでもしていたかのような逮捕劇に釈然としないものを覚え、鷺沼は携帯で皆川を呼び出した。事情を説明すると、皆川も驚きを隠さない。

「まさか、そういう場所で——」

「ここで会う話を、皆川さんはだれかにされましたか」

「いや、FIUにも話していません。しかしまずいタイミングでしたね。せっかく厚子に接触できたのに、香港警察に頼んだことが藪蛇にならなきゃいいが。これからすぐに状況を確認します」

皆川はそう言ってそそくさと通話を切った。彩香が自分を責めるように言う。

「話が核心に向かうところだったのに。あれだと私が騙し討ちしたことになっちゃいます。彼女はもう私に心を開いてくれないかもしれない」

「彩香は誠意を込めて話をしていた。それは厚子にも通じたはずだよ。旅券法違反なら強制送還になる可能性が高い。皆川さんに動いてもらえば香港での面会も可能かもしれない。所在がはっきりしただけでも、きのうまでと比べればずっとましだよ」

宥めるように鷺沼は言った。しかし彩香の不安もわからないではない。厚子にすればよほど思い詰めたうえでの決断だっただろう。結果において逮捕はしないという保証を裏切ったのは間違いない。それが木崎を標的とする今後の捜査に不利に働きはしないかという思いは鷺沼も拭いがたい。

4

ホテルへ戻って一時間ほどしたところで皆川から電話が入った。

「困りました。思ってもいなかった問題が発生しましてね」

「というと?」

「当初の二人の逮捕理由は偽造旅券の行使でした。どちらもマレーシア国籍のものを所持していたようです。ところがそのあとホテルの二人の部屋を捜索したところ、違法薬物が見つかりまして」

心臓を鷲摑みされたようなショックを受けた。もしそうなら最悪の事態だ。偽造旅券の行使だけなら当局と交渉して日本へ強制送還させてもらえば済むと踏んでいた。しかし違法薬物の所持となると話が違ってくる。

「それは事実なんですね」

「大麻が一〇〇グラム出てきたそうなんです。それでいったん警察署に連行してから、急遽、そちらの容疑で再逮捕したとのことです」

「青年は間違いなく木崎乙彦だったんですね」

「身元については二人とも黙秘しているそうでして」

「確認はできていないということですか」

「例の似顔絵と顔写真を配布したホテルから、人相特徴が似た二人が宿泊しているとの通報があったそうなんです。それでしばらく尾行をし、ビクトリアピークのレストランに入ったのを確認して職務質問し、パスポートが明らかに偽造されたものと判明したため、まずそこで現行犯逮捕されたようです」

「ほかに身元を証明するようなものは?」

「パスポートと同一名義のクレジットカードがあったそうです。香港には一定金額の預金をすれば無審査で即日発行してくれる銀行があります。そういうところにマネーロンダリングや脱税目的の口座を開設するために渡航する日本人も大勢いるんです」

「携帯とかスマホは?」

「どちらもスマホを所持していましたが、ロックがかかっていて、警察では解除できないそうです」

「つまり警察のほうでは、まだどちらも公式には身元が確認できていないんですね」

「ええ。乙彦に関しては、香港の日本総領事館に確認を求めたところ、死亡しているという回答だったそうです」
「日本で死亡届が出されているので、扱いはそうなるでしょうね。厚子のほうは？」
「戸籍上実在することは確認できましたが、本人が認めないので困っているようです。
厚子のほうはこちらから提供した写真と見比べる限り、同一人物で間違いないと当局は
見ているようですが」
皆川もすっきりしない口ぶりだ。だからといって本人の自供がない限り、こちらには
それを証明する術がない。
「違法薬物の所持は中国では重罪ですね」
「本土では死刑もあり得ます。ただし香港は死刑を廃止しているのでそれはない。だか
らといって罪が軽いわけではありません」
「なんとか我々が接触して、身元を明かすよう説得するしかないでしょう」
「しかしそうしたとしても、果たして二人が日本での事件の真相を喋ってくれるかどう
か。厚子にすれば鷺沼さんたちが騙したということになりかねませんから」
皆川は悲観的だ。そのあたりの考えは彩香と同様のようだ。鷺沼は言った。
「木崎乙彦がじつは生きていたということが香港警察によって立証されれば、横浜のマ
ンションの死体について神奈川県警は再捜査を余儀なくされると思います。それだけ大
きな事実を見逃したとなれば、木崎の意向に沿って捜査に手加減を加えるのは難しいで

しょうから」

「たしかに木崎にとってそこは厄介でしょう。しかし二人はどうして違法薬物なんかを」

皆川は困惑をあらわにする。そこは鷺沼も引っかかる。これまで調べたところでは、乙彦に違法薬物使用の前科はなく、横浜のマンションからもその種のものが発見されたという事実は公表されていない。

もっとも神奈川県警が捜査情報のほとんどを仕舞い込んでいるから確実なことは言えない。アメリカ滞在中に覚えたのかもしれないが、死亡を装ってまで海外に逃亡し、厚子のメールからは命さえ狙われている可能性が読みとれた。そんな切迫した状況で、発覚すれば重罪なのを承知で大麻に手を出したりするだろうか。

大麻の場合は依存性がさほど高くない。禁断症状に苦しんでということも考えにくい。だれかに嵌められたのではないかという気さえする。二人が懲役刑を受け、香港で収監されてしまえば、日本の捜査機関は手の出しようがなくなる。鷺沼は提案した。

「その件について香港警察の捜査担当者と話をする機会は持てませんか。我々のほうから提供できる情報もある。向こうも興味を示すと思うんですが」

「そうですね。非公式の捜査協力ということなら向こうも異存はないかもしれない。大麻の件が濡れ衣だといいんですがね」

皆川もそこに不審なものを感じているようだ。鷺沼は訊いた。

「逮捕のニュースはメディアに公表されるんですか」

「違法旅券のほうはとくに珍しくもない事件なので、公表したとしてもメディアはわざわざ報道しないでしょう。違法薬物に関しては、取り締まりが厳しいので報道されるかもしれません。ただ国籍や氏名についてはまだ公式に確認がとれていないので、乙彦と厚子の名前が表に出ることはないと思います」

「出来ればしばらく伏せておきたいですね。こちらにとっては重要な隠し球ですから」

「木崎に対してということですね」

「ええ。これからある仕掛けをする予定があるんです――」

あすの木崎との会食の件を含め、ここに至るまでの経緯を鷺沼はざっと説明した。皆川との連携がいまや木崎の犯罪を追及するうえで大きな武器になっているのは間違いない。これから先、よりデリケートなレベルでの協力や情報のやり取りも必要になるだろう。それを考えれば、こちらの手の内を隠しておくことはむしろデメリットになる。皆川は感嘆した。

「よくそこまで思い切ったことを」

「手ごわい相手ですから、通常の捜査手法ではとても尻尾が摑めない。苦肉の策といったところです」

「おとり捜査は日本では禁じ手ですが、じつは我々もよく使います。そういうことならJAFICもバックアップできます。どこかからクレームがついても、裏から手を回して障害を取り除くことも可能です」

皆川は平気で恐ろしいことを言う。警察庁直属のJAFICの実働部隊にとって、建前としての捜査ルールなど無きに等しいと言いたげだ。

「木崎の意図がどこにあるにせよ、三宅が死んでも会食がキャンセルにならなかったわけで、よほど本気ではあるようです」

「木崎にすれば、そこで最後の蓋を閉じるつもりなんでしょう。我々にとってもラストチャンスになるかもしれません」

「その機会を有効に生かすには、いろいろ爆弾を抱えていく必要があります。時間はあまりありませんが、乙彦と厚子からできるだけ情報を引き出しておくことが無意味だとは思えません」

「たしかにそうです。できるものならその会食の場に我々も同席したいくらいですよ」

皆川は興味津々という調子だ。意を強くして鷺沼は言った。

「木崎が懸命の防御に出ているのがよくわかります。工作資金に二億というこちらの言い値を呑んだ。県警に対する工作も含め、そのターゲットは横浜のマンションで起きた殺人事件だった。そのためにそういう巨額の出費を惜しまないという点に、重要な真実が隠されていると思うんです」

「横浜の殺人事件で、被害者はいまのところ木崎乙彦とされている。普通ならその犯人の検挙を願うのが肉親としての情のはずなのに、逆に隠蔽に走った。一方、新ココム違反やマネーロンダリングは本来は別の事案です。しかし三宅の行動やその死を考えたとき、殺人事件の隠蔽とそちらの事案はどう考えてもリンクしている。その不可解さこそがすべてを解明する鍵かもしれませんね」

納得したように皆川は言った。

5

皆川の動きは速く、ＦＩＵの伝手を使ってすぐに香港警察当局と連絡をとってくれた。

皆川たちと連れ立って香港警察の本部に出向くと、応対したのはマイケル・ウーという警部だった。日本語は話せないから会話は主に中国語で、通訳は皆川に任せるしかない。しかしそれも完璧とは言いがたく、必要に応じて英語も交えたやり取りになった。

警部の話によると、尿検査の結果、二人から薬物の陽性反応は出なかったという。部屋にあったのは乾燥大麻一〇〇グラムで、当人たちは身に覚えがないと主張しているらしい。

不審な点は未開封のパッケージから二人の指紋が検出されなかったことだった。別の指紋がついていたわけでもないから確実なことは言えないが、偽造旅券行使の容疑で逮捕されたあと、何者かが自分の指紋が付かないように注意して部屋に置いていった可能性も否定しきれないとの見方だった。

もちろん持つこと自体が違法で、宿泊していたホテルの室内で発見された以上、彼らの所持品と見なされるのはやむを得ない。

偽造パスポートに関しては疑いがない。精巧につくられてはいるが、不法入国の取り締まりに慣れている警察官にとっては一目瞭然で、押収して精査した結果、インクや紙の材質が本来のマレーシアのパスポートと明らかに異なっていたとのことだった。

二人の身元については、こちらから説明はしたものの、本人たちの供述が得られない以上、やはり手続き上は身元不明者として扱わざるを得ないという。

指紋やDNA鑑定の試料になる毛髪や皮膚などが得られればそれで特定することも可能だが、どちらも過去に犯歴がないため、指紋の採取は行われていない。県警が横浜のマンションで採取した指紋のなかに本物の乙彦のものがあるかもしれないが、いまのところそれを提供してくれる見通しは立たない。

今後取り調べは進めるが、どうしても判明しない場合は氏名不詳で起訴することになると警部は言う。自分たちが事情聴取できれば供述が引き出せると鷺沼は主張したが、それでは外国の官憲による現地での無許可の捜査活動を認めることになり、主権の侵害にあたる。どうしてもというなら外交ルートを通じて正式に申し入れして欲しいと言う。

その考えを少しだけ曲げてくれれば、当地のＦＩＵにとっても懸案の、キザキテックが関係した新ココム違反とマネーロンダリング疑惑の解明にも資すると皆川は説得したが、逆に鷺沼たちが当地で捜査に類する活動をした場合、地元警察として見逃すことはできないと釘を刺された。

やむなく取り調べの状況については可能な限り情報を提供して欲しいと申し入れると、それについても直接というのは問題があるため、ＦＩＵ経由で適宜報告を入れるという。

一度は見えてきた希望が再び絶たれたかたちだが、大麻所持の件について警部が疑義を呈した点は注目すべきだと皆川は言う。とはいえそれも本腰を入れて捜査するかどうかは向こう次第で、室内に薬物があったというだけで訴追は可能だから、大きな期待はできないと見るべきだろう。

「外交ルートを通じてという話なら、私が警察庁を動かしますよ。外務省を介さなくてもインターポールのルートもありますから」

皆川は言うが、必ずしも自信があるというふうでもない。

6

「おれはあす木崎との会食があるから帰らなきゃならない。しかしそれまでに事態が大きく進展するとは思えない。二人はしばらく香港に残ってくれないか」

ビクトリアピークで昼食をとり損ねたので、ホテルのカフェテラスで夕食までの繋ぎの腹ごしらえをしながら鷺沼は言った。井上も彩香も異存はないと頷いた。

「そちらは福富さんと宮野さんという役者がそろっていますから、僕らの出る幕はありません。このまま香港にいれば、乙彦と厚子の動向に迅速に対応できます」

井上はさらりと言う。鷺沼にしても出る幕はないと言いたげなのが癪《しゃく》に障るが、自分としてもうしろ髪を引かれるところはある。かといって一連の事件の真の黒幕とじかに接触する機会は、この捜査でのもっとも重要なターニングポイントになるだろう。

「皆川さんが動けば勾留中の二人と話をする機会がないとも言えません。そのときは私がお役に立てると思います。休暇は一週間とっていますから、まだ余裕があります。それでも足りなければ延長しますから」

彩香も積極的だ。なんとかここまで捜査が進んだのは彩香のおかげで、いまはそのボランティア精神に甘えるしかない。三好にはすでに状況を報告したが、やはりそうするしかないという判断だった。鷺沼は言った。

「木崎に大したお土産を持参できないのが残念だが、向こうは向こうでこちらの手の内を知らないはずだから、気前よくぼろを出すこともあるだろう」

そのとき井上がテーブルの上に置いていたタブレットが鳴った。

「メールが来たようです」

怪訝な表情で手にとって、井上は二、三度タップする。画面を眺めてしきりに首を傾げる。鷺沼は訊いた。

「だれからなんだ」

「知らないメールアドレスです。差出人はディープスロート――。アドレスの末尾がhkですから、香港域内から送られたようです」

ディープスロートといえば、ウォーターゲート事件の際、政府高官だとされる内部告発者につけられたニックネームとして知られている。当時大ヒットしたポルノ映画の題名からとられたものらしい。不審な思いで問いかけた。

「内容は？」

「添付ファイルがあるだけで、本文はなにもないんです。ファイル名からすると動画のファイルです」

「危険じゃないのか」

「心配ですから、いまウイルスチェックをしています」

少し間を置いて、井上はタブレットをテーブルに置いた。

開いた動画はどこかの廊下のような場所だった。カメラに向かって二人の男が歩いてくる。映像は俯瞰気味のアングルで、屋内の防犯カメラに写ったものだと想像がつく。

前を歩いている男の顔には明らかに見覚えがある。三宅だった。その顔がどこか引き攣っていて歩き方もぎごちない。うしろの男はありきたりのスーツ姿だが、その上からも上半身の筋肉の発達ぶりが想起できる。右頰に五センチほどの傷跡がある。顔立ちはアラブ系のように見える。

三宅の背後にいてカメラには写らないが、歩行に伴って動いているのが左腕だけで、右腕は固定している。拳銃もしくは刃物を背後から突きつけているように見える。

画面の右下隅にある日時は、三宅が転落死したあの日のほぼあの時刻――。二人は十秒ほどでカメラから外れた。

映像はホテルのロビーらしいものに切り替わる。出入りする人の流れのなかに先ほどの男の姿が見える。男はなにもなかったようにエントランスの外に出て行った。表示されている時刻は先ほどのほぼ十分後だ。動画はそこで終わっている。

「三宅が死亡したホテルじゃないですか」

井上が声を上げる。そのロビーで厚子と三宅の接触を監視していたから鷺沼もよく覚えている。

「香港にいる人間で、おまえのメールアドレスを知っているのは？」

問いかけると、井上は首を傾げる。

「マイケル・ウー警部くらいだと思います。さっき名刺を渡しましたから」

それならわかる。名刺にメールアドレスが書いてあるのは井上だけだった。

「でもあの警部、あまりこちらに協力的だとは思えませんでしたけど。三宅の事件でこれほどの情報を持っているんなら、さっき教えてくれれば済んだんじゃないかしら」

彩香は鋭く指摘する。たしかに先ほどは話のついでに三宅の死のことも出たが、ウーはほとんど興味を示さなかった。

「ほかに思い当たることと言えば、ホテルのＷｉＦｉを使うのにメールアドレスを登録しました。それが漏れた可能性がなくもないですが、そうだとしても僕がこのホテルに泊まっていることを知っている人間はそうはいないでしょう」

「いずれにしても、この映像は三宅の死が自殺だという結論を覆す重大な証拠だよ。とりあえずこれをどう扱うかだ」

「香港警察に渡したとして、再捜査に乗り出すでしょうか」

井上が訊く。鷺沼は首を振った。

「送ってきたのがだれであれ、この映像が存在していたことを香港警察が知らなかったはずがない。それでも自殺として片づけた裏にはなにかある」

「そこにも木崎の手が回っていたと?」

「断言はできないが、三宅の死を自殺として片づけたい連中がこの土地にもいると考えたほうがよさそうだな」

「新ココム違反とかマネロンとか、そっちの関係でしょうか」

「かもしれない。今回の事案に利害の絡んだネットワークは世界規模で広がっているような気がするよ。乙彦と厚子の部屋から出てきた大麻の件にしても、やはりなにか裏がありそうだ」

怖気立つものを感じながら鷺沼は言った。

7

映像を転送すると、皆川はすぐに電話を寄越した。

「大変な証拠です。三宅がこの男に殺害されたのはほぼ間違いないでしょう。しかしこの情報の送り主も十分怪しい」

「メールアドレスから特定することはできませんか」

「香港の当局なら可能でしょうが、そういう依頼をすることがこの場合適切かどうか」

皆川もその点は自信がなさそうだ。そもそも香港FIUの協力を仰いで進めたここまでの捜査が適切だったのかと、鷺沼も不安に駆られた。

「FIUとの連携も、これからは慎重に進めたほうがいいかもしれませんね」

「そうですね。ところで例の原田氏の件ですが――」

皆川はこんどは声を弾ませて切り出した。

「うちの上司のほうから連絡をとったそうです。こちらとしてはあくまで木崎輝正が本命で、原田氏に累が及ぶようなことは一切しないと確約したところ、取引に応じてくれたそうで、あすうちの担当者が九州に出向き、事情を聴取することになりました」

「それはよかった。それで原田氏が提供する情報とは？」

「まだわかりません。すべて面談の上でということでして。ただおぼろげに匂ってきたところでは、核開発疑惑をもたれている中東のある国への工作機械の輸出に関することで、品目は核兵器製造工程で必要な精密加工をするための装置です。もちろん新ココムに抵触します。原田氏が入手したのはそれを明白に立証する文書のようです」

「それが提供されれば木崎を訴追できると？」

「三宅が香港のダミー会社を使ってやっていたマネロン疑惑がそちらと密接な関係にあることが明らかになりますよ。木崎一族の資産管理会社を使ってやっていたわけだから、訴追の対象は会社というより木崎個人になる可能性が高いでしょう」

「三宅は死亡しましたが、それでも立証は可能ですか」

「必要な証拠はすでに集めてあります。三宅に関する疑惑をそれによって木崎に繋げられる。我々としてはそこで方程式が解けることになるんですがね──」

皆川は言葉を濁す。言いたいことはわかる。木崎をとことん失墜させるにはそれだけでは足りないということだ。鷺沼は言った。

「仕上げをするのは我々ですね」

「そのとおりです。そのためにこちらができることがあれば、なんなりと言ってください」

「ええ。お互い協力し合うことで巨悪に対する真の制裁が可能です。我々はここで退く気はありません」

自分を励ますように言って通話を終え、今度は三好に電話を入れた。あの動画はすでに井上が三好のアドレスにも転送しておいた。三好は驚きをあらわにした。

「こいつはどえらい証拠だぞ。男の正体はわからないが、三宅が殺害されたのは間違いない。それが木崎の差し金だということも容易に想像がつく」

「木崎を揺さぶるネタには十分使えそうです。それからＪＡＦＩＣがあす原田隆昭氏と接触するそうです。そこで新ココム違反とマネロン疑惑の決定的な証拠が出てきたら、木崎の屋台骨も相当ぐらつくと思います」

「いい流れになってきた。じつはこっちからも朗報があってな。例の古川のマスコミ対策が功を奏したようだ」

「というと?」

「三宅の会社と木崎の関係を新聞やテレビがあることないこと報道し始めて、そこにいた女性社員が慌てたらしい。自分に事件への関与の疑惑が持たれたら大変だとばかりにタレ込んできたんだよ」

「いったいなにを?」

「興味深い話だ。三宅は最近、求人雑誌に社員募集の広告を出していたそうなんだ。条件はそこそこ良くて、この不景気だから応募者はどんどんやって来る。その女性から見ると見込みのありそうなのがいくらでもいたんだが、三宅はまったく興味を示さない。それが一ヵ月ほど前に応募してきた、あまり気の利かない若い男を雇うことに決めた。女性社員は反対したんだが、三宅は押し通した」

本題がなかなか見えてこない。苛立ちながら鷺沼は訊いた。

「つまり、どういうことなんです」

「その女性に言わせると、その若い男が乙彦と瓜二つと言っていいほどよく似ていたらしいんだよ」

「乙彦のそっくりさんを探すためだと？」

「そうとしか考えられない」

「つまり乙彦の身代わりに殺害するためだったと――」

「その女性は本物が香港にいるなんて知らないからそこまでは考えていないが、いまもそれが不思議でならないらしい」

「じつに興味深い話ですね。その若者はどうなったんですか」

「マンションで死体が見つかる一週間くらい前から事務所に来なくなったそうだ」

三好は思わせぶりに言う。鷺沼も手応えを感じた。

「だんだん辻褄が合ってきますね。ほかにその女性からの証言は？」

「三宅がしょっちゅう香港へ行っているという話が裏付けられたくらいで、とくに目ぼしいものはなかった。マネロン関係のことは一切その女性にタッチさせていなかったらしい。知っているのは木崎一族の資産管理の部分だけで、それ以外はすべて三宅が取り仕切っていたというんだよ」

「なにか隠しているということは？」

「どうもなさそうだ。その女性、話を聞いていると、香港と台湾の区別もまともについていないようだったから」

「すべては三宅に集中していたんですね」

「その三宅が死んで二課の連中はお手上げといったところだが、そっちのほうはＪＡＦＩＣが固めているわけだろう」

「そこは抜かりないでしょう。あすの木崎との会食が楽しみになりましたよ」

気持ちが奮い立つのを覚えながら鷺沼は言った。

8

驚くべき知らせが届いたのはその日の午後九時過ぎだった。厚子と乙彦が自殺を図った──。

連絡を寄越したのは皆川で、香港ＦＩＵ経由でマイケル・ウー警部から連絡があったという。遅めの食事を終え、ラウンジで互いの役割分担を確認し合っていたときだった。

どちらも拘置所のトイレで首を吊っており、乙彦は職員が発見したとき、すでに絶命していた。厚子は発見までの時間が短く、一命をとりとめてすぐに病院へ搬送されたらしい。

まるで事前に打ち合わせでもしていたようにほぼ同時刻の出来事だったという。その道のプロであるべき拘置所の職員がどうして予見できなかったのかと思えば憤りが抑えられない。もし厚子もこのまま回復しなければ、事件のいちばん重要な謎が解けない。あるいは三宅を殺害したあの男が——。そんな思いも頭をよぎったが、いくらなんでも拘置所に忍び込んで、自殺を装って二人の人間の殺害を試みるなどということが可能だとは思えない。

彩香は病院に駆けつけたいと皆川に訴えた。皆川はそれをマイケル・ウーに伝えてくれたが、いまは面会謝絶で、ウー自身も接触できない状態だという。

三宅、乙彦、いまも予断を許さない厚子——。このまま事件の核心が解明されずに終わり、いちばんの悪党だけが生き延びるのなら余りに切ない。

いまは厚子の回復を祈りつつ、ＪＡＦＩＣの皆川たちの力も借りて、総力を挙げて木崎を追い詰めるだけだ。それをやってこそタスクフォースの真骨頂だ。

「厚子さんのことは任せてください。絶対に死なせません」

彩香は声を詰まらせる。井上も切実な調子で訴える。

「こちらのことは僕らに任せて、鷺沼さんは心置きなく木崎と勝負してください」

「ああ、必ず首根っこを押さえてやる」

心強い思いで鷺沼は言った。

翌日、午前八時四十五分に鷺沼は機上の人となった。羽田着は午後一時五十五分。木崎との会食のまえに福富や宮野と打ち合わせする時間は十分ある。

朝七時に皆川から、厚子がＩＣＵから一般病棟に移ったという連絡を受けた。彩香と井上は搬送先の病院へ駆けつけた。勾留中のため面会できるのは本来は親族か弁護士に限られるが、特殊な事情を考慮してマイケル・ウーが取り計らってくれたらしい。

空港へ向かう途中で彩香から連絡を受けたところでは、まだ意識は回復していないが、脳機能に大きなダメージはないという。

二人の自殺の件はゆうべのうちに三好に報告してあったが、厚子が回復に向かっていると伝えると、三好は手放しで喜んだ。

「それはよかった。乙彦のほうは残念だが、どちらも死なせたりしたら、一生やり切れないものを背負うところだった」

「宮野にも伝えておいてください。いよいよ勝負が始まりますよ」

「ああ。とりあえずここまでの材料だけでも十分闘えるだろう」

三好は期待を覗かせた。ＪＡＦＩＣの調査官がきょう原田の会社のある九州に向かう。そこでも木崎を追い詰める新たな材料が出てくるはずだ。そして最後の決め手が厚子の証言になるだろう。いまは無事に回復してくれることを願うほかはない。

9

「初めまして。このたびはご多用のところ、わざわざご足労いただきまして」

九段下の高級割烹店の奥座敷で、木崎輝正は慇懃に挨拶した。テレビや新聞でよく見るとおりの恰幅の良さで、実年齢より一回りは若く見える。

想像どおり姿を見せたのは木崎一人だ。いくらなんでもボディーガードがいるはずだが、たぶん別室で待機しているのだろう。

こちらは寺尾参事官を演じる福富と鷺沼と宮野。鷺沼は無線式のマイクロフォンを胸ポケットに忍ばせ、その電波は近くに停めた覆面パトカーで待機する三好の受信機に届いている。三好の配下の特命捜査対策室二係の刑事たちも料亭の周辺で待機している。

皆川からは二時間ほどまえに連絡があった。原田は極めつきの情報を出してくれたらしい。さっそく三好のところにそのコピーを送ってもらった。

「そちらこそなにかと立て込んでいるさなかに、身に余るご招待をいただきまして」

福富も慇懃に応じるが、相手の急所をちくりと刺すのは忘れない。木崎はいかにもというように困惑してみせる。

「根も葉もない疑惑が世間を駆け巡って株価は下落する一方です。まあ、すべて身に覚えのないことですから、でんと構えていればいいんですが」

「右腕の三宅さんを失われて、なにかとお困りなんじゃ？」

「そこなんですよ。生前の三宅との約束、いまも生きていることをぜひ確認させていただきたいと思いましてね」

「お孫さんの殺害教唆疑惑と、新ココムに抵触する違法貿易疑惑、香港を舞台にしたマネーロンダリング疑惑——。ご希望のお品書きはそんなところでしたかね」

福富がずばり切り込む。木崎は顔を顰める。

「濡れ衣で警察に動かれるのは大変迷惑なんですよ」

「しかし根も葉もないことなら、我々ごときに話を持ち込まなくても——」

「三宅からもお聞きのとおり、そういう思惑捜査をやめさせていただきたい。その力をお持ちだと聞いてお願いした次第でしてね」

木崎は苛立ちを覗かせる。福富はさらにねちねちと攻めていく。

「お引き受けするのはやぶさかじゃないんです。ただし我々にとってもリスクがないわけじゃない。ついては本当のところをお聞きしたいんです。私も警察に奉職して長いからわかります。現場は少ない予算と人員で動いていまして、絵空事の事件で捜査に乗り出すなんてことはまずしません」

「なにが言いたいのかね」

木崎は気色ばむ。福富は気を持たせるように前菜に舌鼓を打つ。

「これは絶品だ。さすが木崎会長ご推薦の店ですな」

「私や三宅への容疑は絵空事じゃないと言いたいのかね」

木崎は不快感を隠さない。口の利き方がぞんざいになっている。福富はけろりとして応じた。

「三宅さんにも申し上げましたが、我々にすればどちらでもいいことです。ただ本当のところシロかクロかという点は、工作を進めるうえで重要なキーポイントなんですよ。シロなら現場の間違いを正すだけで済む。しかしクロをシロに塗り替えるとなると大仕事でしてね。場合によってはこちらも返り血を浴びることになる」

「シロに決まっているでしょう。それとも私が人殺しだなどという荒唐無稽な疑惑を信じると?」

木崎は勝手が違うと動揺したようで、手にした箸の先が震えている。こんどは鷺沼が口を開いた。

「我々も危ない橋を渡る以上、リサーチは十分しないといけません。これを観ていただけますか」

井上から借りてきたタブレットを取り出して、例の動画の再生ボタンをタップし、木崎の目の前に掲げて見せた。それを凝視する木崎の顔が青ざめた。鷺沼は続けた。

「ある筋から入手した動画です。前を歩いているのは三宅さんですね。うしろの男に銃か刃物で脅されているようです。場所は三宅さんが自殺したとされる香港のホテルです」

「三宅は殺されたというのかね」

「そう推測する根拠があります。これをご覧ください」

鷺沼は一枚のコピーを手渡した。一瞥した木崎の顔から表情が消えた。

「どうしてこんなものが？」

「木崎会長宛のファックスですね。核開発疑惑をもたれている中東のある国の政府高官が送ったものです。ところが送り先の番号を間違えたようでして」

「馬鹿な――」

木崎は絶句した。鷺沼は続けた。

「ファックス番号の下一桁が違っていたようです。『1』なら会長室直通です。しかしそちらは『7』になっている。キザキテックの本社ビルに入っているキザキ部品販売の東京営業所のファックス番号です。たしかその会社の社長は木崎会長の娘婿の原田さんでしたね。営業所長が不審に思い、九州にいる原田さんに転送したもののようです」

木崎はがくりと肩を落とした。鷺沼は追い打ちをかけた。

「内容は御社の最新型工作機械売却へのお礼です。その国に対するその種の機械の輸出は新ココム規制に抵触します。さらに重要なのは追伸の部分です。会長から頼まれていた、アル・アッタールなる人物への仕事の委嘱について、手配が済んだ旨の記述があります」

「それがどうしたというんだね」

問い返す木崎の顔は青いというより土気色だ。その反応を楽しむように鷺沼は続けた。

「アル・アッタールは中東出身のフリーの殺し屋です。国際指名手配されていますが、数多くの偽名を持ち、手配の網をすり抜けて世界各国を自在に行き来しています。彼の仕事とみなされる政府要人や民間人の不審死は枚挙にいとまがありません。インターポールのデータベースで確認したところ、三宅さんの背後の男がそのアル・アッタールでした」

「もう観念したほうがいいんじゃないの、木崎さん。事件がそこまでワールドワイドだと、やっぱりおれたちの手に余るのよ」

引導を渡すように宮野が口を挟む。木崎は懇願するように言う。

「二億で引き受けるという約束じゃなかったのか。おたくたちにとっては決してはした金じゃないはずだ」

「うん。正直言って喉から手が出るほど欲しいけど、正義は札束より重いからね」

「最初から私を騙したわけか」

「金の力を過信しすぎたあんたが悪いのよ。これまでもいろいろな悪事に金の力で蓋をしてきたんだろうけど、そういうことに屈しない骨のある刑事もいるってことよ」

普段の宮野には似合いそうもない台詞が、きょうは馬鹿に板についている。鷺沼はポケットから二通の逮捕状を取り出した。

「木崎さん。外為法違反ならびに殺人教唆の容疑で逮捕します」

「おとり捜査は法で禁じられているんじゃないのか」

「残念ながら今回の逮捕状は、その話とは別の証拠に基づくものでね。それともさらに贈賄罪の逮捕状も付け加えて欲しいわけ？　すでにそれだけで極刑もあり得る罪状なのに」

足下を見すかすように宮野が言った。

10

三日後、厚子は退院した。再び収監されたが、薬物所持については嫌疑不十分で不起訴とされ、間もなく強制送還されるという。

三宅の遺体を引き取りにきた母親はまだ香港にいて、彩香が連絡をとると、すぐに病院へ駆けつけた。母親にすれば危うく二つの遺体を引きとって日本へ帰ることになりかねなかったわけで、彩香に対しては涙ながらに感謝したという。

彩香はそのとき、思い切って三宅の父親のことを訊ねた。母親は驚いたようで、三宅が非嫡出子であることは認めたが、実の父親が木崎輝正だということはきっぱりと否定した。

ただ三宅があまりに木崎の寵愛を受けるので、キザキテックの社内でそんな噂が立っているという話は聞いていたらしい。

木崎とは一面識もなく、今回の遺体引き取りに際しても木崎サイドからはなんの手助けもなく、そこに言い難い非情さを感じ、息子から聞いていた話とのギャップに戸惑ったという。

厚子は乙彦の死を知って意気消沈し、ふたたび自殺を図るのではと危ぶまれたが、体調が回復するに従って落ち着きを取り戻し、木崎輝正が逮捕されたことが死んだ兄と乙彦へのせめてもの手向けになると、かすかな微笑みで喜びを表した。

マンションで殺害されていたのは、三宅の会社の女性社員の証言から、三宅が雇用した川西勇太《かわにしゆうた》という二十六歳の男だと判明した。

隣戸の住人が物音を聞いた日、厚子はマンションを訪れていたという。いつも会うのはほとんど外で、乙彦の部屋を訪れることはめったになかった。

それでも胸騒ぎを覚えてわざわざ出向いたのは、その一週間ほどまえに、乙彦がだれかに命を狙われているようなことを言っていたからだった。身体のがっしりした外国人のような男に付きまとわれているという。

マンションを訪ねる前に乙彦の携帯に連絡を入れたが通じなかった。

乙彦は留守のようだった。合鍵は預かっていたので、厚子は部屋に入って帰りを待つことにした。

明かりが消えていたのでダイニングの照明を点け、コーヒーでも淹れようとキッチンへ向かったとき、背後に人の気配を感じた。振り向くと若い男が立っていた。

一瞬、乙彦だと思った。しかしよく似た別人だとすぐにわかった。なぜそんな男がこの部屋にいるのか——。戸惑っているとうしろから抱きすくめられた。

体を密着してくる男を得意の投げ技で仕留めようとしたが、男も武道の素養があるらしくなかなか技がかからない。かつて全日本クラスの選手だった厚子でも、そういう男が相手では力負けする。

もみ合ううちに苦し紛れの内股が決まったが、狭い場所のために男は受け身が取れず、後頭部を壁にぶつけて失神した。

そのとき携帯が鳴った。乙彦からだった。いま起きたばかりのことを説明し、どういうことなのかと問い質すと、乙彦はあとで説明するからすぐに逃げるように言う。そこにいると危険な目に遭うと――。

厚子は急いで部屋を出た。なにがなんだかわからないが、異常なことが起きているのは間違いない。そのまま自分のアパートに帰り、乙彦と連絡をとろうとしたが、また携帯が通じない。

兄に電話すると、乙彦はいま外国にいるとのことだった。つい二ヵ月ほど前にアメリカから帰って来たのに、また外国に――。そこがどこか、兄は理由があって教えられないという。

大変なことに巻き込まれたのを知ったのは、あるニュースが目に留まったからだ。横浜市港北区のマンションで男性の絞殺死体が見つかった。被害者は木崎乙彦――。死んだのはあのときの乙彦によく似た男だろう。しかし投げ技で失神はさせたものの、絞め技は使っていないし、部屋を出るとき呼吸も心拍も確認した。間違いなく生きていた。

それからしばらくして、兄からシンガポール行きのチケットとホテルの予約券が届いた。理由を訊くと、そこへ行けば乙彦に会えるという。

乙彦と知り合ったのは五年前に兄の事務所へ遊びに行ったときだった。その晩、兄と乙彦と食事をした。初対面なのに不思議に波長が合った。それから交際が始まった。キザキテックの社長の御曹司だということはむろん知っていたが、そんなことはどうでもよかった。というより、それが厚子にとっては気が重くなる唯一の悩みだった。

その二年後、乙彦は突然渡米した。自分にはなにも相談してくれなかった。厚子は傷心の日々を送った。その乙彦が突然帰国したのが二ヵ月ほど前で、以前と変わりない交際が始まった矢先だった。

もう乙彦を失いたくない。どんな理由であれ、そこに乙彦がいるならいますぐ飛んでいきたい。

兄は出発に際して注文を出した。会社にはなにも言わずに出国するようにと。あとはすべて自分がうまくやるからと——。

厚子はシンガポールへ向かった。兄が予約したホテルには乙彦がいた。

いったいなにが起きたのかと、堪らず厚子は問いかけた。乙彦は驚くべきことを語った。自分は祖父の木崎輝正に命を狙われていたと言うのだ。

三年前に新宿駅で傷害致死事件が起きて、その犯人の似顔絵が公開された。それが乙彦とあまりに似ていた。新宿駅は乙彦が当時通っていた大学への通学ルートに入っていた。

乙彦には突然激高する癖があり、高校生のとき、家庭教師をしていた三宅をバットで殴ったこともあった。そのとき乙彦を許し、警察に告訴するでもなく自分に忠誠を誓った兄を木崎は寵愛するようになった。

当人も自覚してはいたものの、そんな癖はその後もときおり顔を出し、厚子を悩ませることもあった。木崎輝正も当然それを知っており、乙彦が犯人で間違いないと確信した。

木崎は完璧主義者だった。部下にはもちろん、自らの後継者にも疵がないことを要求した。その意味で、木崎は乙彦に失格の烙印を押したことになる。

発覚して、逮捕されるようなことがあれば会社はダメージを受ける。米国留学は一種の島流しだった。

そのまま永住権をとり、日本へは戻るなというのが木崎からの命令だった。それを無視して乙彦は帰国した。

即刻アメリカへ戻れと木崎は命じたが、乙彦は頑として聞かず、あくまで無実を主張した。しかし木崎にとって、そんなことはどうでもいい。疑惑をもたれること自体が、致命的な痛手だった。

乙彦はキザキテックの後継者の目はもうないと腹を括った。そして切り札に使おうとしたのが新ココムに抵触する違法輸出の件だった。今後の自分に対する処遇次第では、それを世間に暴露すると脅した。乙彦がそれを知ったのは三宅からだった。

三宅としては、キザキテックの後継者となる乙彦が、それを知らずにいれば将来に禍根を残すことになりかねないと考えてのことで、木崎にも進言し、了承を得ていた。それはアメリカへ渡る以前のことで、逆にそのことが禍根になったのは三宅にとっても木崎にとっても皮肉なことだった。

乙彦には死んでもらうしかない——。三宅はそんな言葉を木崎が漏らすのを聞いたという。木崎がその手段を持っていることも知っていた。中東出身の殺し屋を使って、外国のライバル企業の社長を暗殺したことがある。木崎はそういうことができる経営者だった。

三宅にとって乙彦は心の通い合う弟のような存在でもあった。

その弟が殺されるのを黙って見過ごすのは堪え難かった。そして一たび木崎に睨まれるようなことがあれば、自分にも同じ運命が待っていることが想像できた。

自ら容認したにもかかわらず、乙彦に新ココムの件を教えた三宅に対し、木崎が強い不信感を抱いていることもひしひしと感じた。

三宅は一計を案じた。それが乙彦と似た男を使った身代わり作戦だった。同時に三宅は香港に蓄積している数百億円に上る違法輸出の代金を横領する。乙彦は死んだことにし、自分も国外に脱出して、カリブ海あたりのタックスヘイブンでその資金を元手に新事業を始める。その作戦はまさに成功目前だった。

しかし厚子と乙彦は身辺に怪しい男たちが付きまとっていることに気付いた。木崎は替え玉作戦を察知したらしい——。

それは皆川たちだったかもしれない。あるいは本物の殺し屋、アル・アッタールだったかもしれない。いずれにせよ厚子たちは、木崎が自分たちに刺客を差し向けてきたと思った。兄がけっきょく木崎の言いなりになり、自分たちの所在を教えたのかもしれない。

厚子が三宅を疑うようなメールを直美に送ったのはそんな経緯によるものらしいが、会ってその疑念は解けた。三宅が死んだのはまさにその直後のことだった。

そのあと彩香や鷺沼たちと遭遇した。彩香が警察官になっていることを厚子は知っていたという。それでこんどは自分が警察に追われているとわかった。

兄がいなくなり、新天地で別人として生まれ変わる夢も消えた。乙彦の身代わりになって殺された青年への罪責感も堪えがたい。二人にとって思い描ける未来――。それが自殺でしかないことが、二人にとってはすでに暗黙の了解事項だった。

注目すべきは乙彦の右頰にほくろがないことだった。彩香が厚子に確認したが、五年前に初めて会ったときからそうで、手術でほくろをとったような話も聞いていないという。

一方で殺された川西勇太にはほくろがあった。三宅の会社の女性社員は、当時の指名手配の似顔絵を見て、似ているのは乙彦よりもむしろ川西のほうだと明言した。

調べてみると、川西は三年前の傷害致死事件当時、新宿駅にほど近いビルにある通販会社に勤めていたが、事件の直後に退職していることがわかった。

川西は空手の有段者で、ときおり粗暴な行動をすることがあった。社内では似顔絵が公表されたとき、犯人は川西ではないかと疑う者もいたらしい。

いまとなっては証明するすべもないが、もし真犯人が川西だとしたら、乙彦にとっても川西にとってもその偶然は不幸な因縁だったと言うほかはない。

神奈川県警が開示した捜査資料には、川西が殺害されたとみられる日、マンションの近くをうろつく外国人の姿を見かけたという証言があった。鷺沼たちが提供したアル・アッタールの映像を見せると、住民はこの男で間違いないと答えた。

県警が再調査した結果、マンションには防犯カメラの死角が何ヵ所もあった。県警は急遽アル・アッタールを国際指名手配したが、その名前で日本に入国した記録はむろんなかった。しかしそれによって厚子の容疑が晴れたのは言うまでもない。

その日の夜遅く、皆川が思わぬ訃報を伝えてきた。マイケル・ウー警部が自宅近くで殺害されたという。帰宅途中に刃物で刺殺されたとみられ、当局は警察に恨みを持つマフィアの仕業と見て捜査を進めているが、犯人逮捕の見通しはまだ立っていないらしい。あくまで想像ですがと前置きして皆川は言った。

「そちらもアル・アッタールの仕業かもしれません。もちろん地元のマフィアも絡んでいるでしょう。三宅の殺害にしても、そういう連中の手引きなしには無理でしょうから」

「だったらディープスロートの正体は？」

「ウー警部だった可能性があります」

重いため息とともに皆川は言った。

11

翌日、彩香と井上は香港から戻ってきた。

夕刻には鷺沼の自宅にタスクフォースの全員が集まって、宮野の手料理による晩餐会が始まった。祝勝会と銘打つには死んだ人間が多すぎた。

「二億の金が目の前にぶら下がっていたというのに、それに目もくれなかったなんて、おれたち本当に正義の警察官だね」

妙にさばさばした調子で宮野が言う。皮肉な口ぶりで福富が応じる。

「それが普通の警察官で、金に目がくらむような奴が普通じゃないんだよ。そういうのが大勢いるから、おれたちもタスクフォースなんてのを仕立てなきゃいけない」

「まあ、木崎の場合は悪党にもほどがあるからね。金に目がくらんで生きながらえさせるようなことがあったら、おれも死ぬまで後悔しそうだったから、今回は商売抜きでという気分になったわけだけど――」

宮野の言い草は恩着せがましい。井上も彩香も宮野のそういう癖には慣れたようで、気にする様子もなく料理に箸を伸ばす。

「それでもなんとか木崎を挙げられた。おれの長い刑事人生でもこれだけ大物のホシは初めてだ。いい仕事をしてくれたよ、あんたたち」

三好は相好を崩してビールを傾ける。鷺沼は銘々皿に鍋物を取り分けている彩香に目をむけた。

「今回の主役は彩香だよ。彼女がいなかったら、事件解決は覚束なかった」

「またそうやって甘やかして。おれだって、もし香港に行ってたら鷺沼さんみたいなドジは踏まなかったよ。もっと手っ取り早く片付けて、ついでにカジノも楽しめたし」

天敵の彩香に対するライバル心というより、宮野はどうしてもカジノに未練があるらしい。

「その点もよかったよ。カジノの損を埋め合わせようと木崎と裏取引されたら堪らない」

「相変わらず性格悪いね、鷺沼さん。人生、金だけじゃないくらい、おれだって百も承知だよ」

無理に恬淡としたところを見せているのが胡散臭い。転んでもただでは起きない男だから、ここはまだまだ油断はできない。

「ところで例の五千万円なんだが——」

唐突に三好が切り出した。三宅から手付金として預かって、警視庁の証拠品ロッカーに隠してあるあの札束の話らしい。宮野は待ってましたという顔つきだ。

「三宅の事務所にガサ入れした二課の係長に聞いてみたんだが、帳簿からは県警に渡した多額の賄賂の存在が把握できなかったらしい。裏帳簿のようなものも見つからなかった」

「ということはあの五千万円に関しても——」

宮野が生唾を呑み込む音が聞こえる。

「ああ。そっちも痕跡ひとつ見つかっていないはずだ」

鷺沼は問いかけた。

「事件が解決したら返す予定じゃなかったんですか」

「返そうにも三宅の事務所の銀行口座は、マネロン絡みの調べで金融庁が凍結している」

「だったら現金で突っ返せば？」

「相手の三宅は死んじまったし、そもそも証文があるわけじゃないからな」

「木崎が贈賄を自供したらばれますよ」

「二課の話だと、それについては頑として口を割らない。県警の分にしてもそうなんだが、証拠がないから立件は難しい」

「それじゃしようがないですね。気は進まないけど山分けするしかないんじゃない」

宮野は大乗り気の様子だが、三好は微妙な口ぶりだ。

「それもいいかと思ってたんだが、どうも落し物をネコババするようで落ち着きが悪い。そこで考えてみたんだよ」

「考えないでいいよ、係長。もう答えは出ちゃったんだから」

宮野は偉そうにため口を叩く。意に介さずに三好は言った。

「どこかで災害が起きたときの義援金にでも使ったらと思ってな。それまでおれがプールしておくから」

鷹揚な調子で福富が身を乗り出す。

「そりゃいいね、係長。マイケル・ウーとかいう人みたいに正義感で行動して殺されちゃったのもいる。それと比べりゃ無事に一件落着して、こうやって旨いものを食っていられるおれたちは幸せだよ」

彩香と井上も頷いている。鷺沼ももちろん賛成だ。宮野は慌てふためいた。

「ちょっと、係長。それじゃおれはただ働きじゃない。清く貧しい一庶民からそうやってしぼり取るのが天下の警視庁のやり方なの?」

そんな宮野のいつもの言い草をBGMのように聞き流し、差しつ差されつの宴は佳境に向かう。

よく冷えたビールを呷りながら鷺沼は思った。今回のような大きな仕事をやり遂げた満足感はやはり金には換えられない。そこを勘違いするとやがては木崎のような人間になり下がる。

解説

細谷正充（文芸評論家）

越境する文学。小説の評論などを読んでいると、このような言葉が使われていることがある。ジャンルや作家の立場など、文章の内容によって〝越境〟の意味は変わる。そして私が越境する文学といわれ、まず思い出すのが、笹本稜平の警察小説「越境捜査」シリーズだ。シリーズ名からの単純な連想というなかれ。物語の主人公である刑事たちが法と無法の一線を越境する内容は、まさに越境する文学であるのだ。

ファンにとっては周知の事実だろうが、あらためてシリーズの軌跡をなぞってみよう。警視庁捜査一課特命捜査対策室第二係で、継続捜査を担当している鷺沼友哉警部補。神奈川県警瀬谷警察署刑事課勤務の不良刑事・宮野裕之巡査部長。このコンビが、周囲に集まった仲間たちと共に巨大な権力悪に挑むというのが、シリーズの基本ラインだ。第一弾『越境捜査』では、鷺沼と宮野がタッグを組み、都と県をまたぐ大事件にぶつかっていった。犬猿の仲である警視庁と神奈川県警の関係を背景に、互いの領域を犯す捜査そのものが、越境になっていたのである。

それと同時に、ふたりの刑事が、法と無法の一線をいかにして越境するのかが、読みどころになっていた。これはシリーズを通じてのテーマでもある。また、第三弾『破断越境捜査』までは、警察組織の悪が剔抉《てっけつ》されていた。そのことに関連して注目したい、作者の発言がある。「文蔵」二〇一〇年八月号のインタビューで、

「警察という組織は、日本の組織社会の悪い部分が集積しているようなところがあると思います。古い体質といいますか。それは程度の差こそあれ、日本の企業社会が普遍的に抱えている問題なのではないか。その組織なかで苦しんでいる警察官一人ひとり……彼らの気持ちをなんとかすくいあげてやりたい。そういう意味で、現代の警察小説はある種、サラリーマン小説的な読み方もできると思います」

「私が書きたいのは、組織に埋没しない個人なんです。巨大な組織のなかで生きつづけるためには、呑み込まれるか対立するか、という二つの両極があって、多くの人はその中間で苦しんでいる。

私は基本的には、組織と個人というのは対峙するものだと考えています。そのなかで現状に安住せず、どこまで個を貫いていけるか。それが組織にとっての正義に反するこ

とになっても、あくまで自分の信念に忠実であろうとする」

と、自身の警察小説について語っているのだ。警察という組織と対立したとき、個を貫く。その方法が越境なのではないか。だから、シリーズのテーマたりえているのである。

そして第四弾『逆流　越境捜査』から、作品は次のステージに突入。もちろん警察組織の悪も描かれているのだが、それはバックに横たわっており、政治家の悪が追究されていた。第五弾となる本書もその流れを汲み、大企業の悪が題材となっている。テーマを守りながら、さらに物語の世界が拡大しているのだ。

本書『偽装　越境捜査』は、「小説推理」二〇一三年十一月号から翌一四年十一月号にかけて連載。単行本は二〇一五年四月、双葉社より刊行された。粗筋を簡単に記しておこう。三年前の傷害致死事件の容疑者・木崎乙彦の死体が、神奈川県で発見された。どうやら絞殺されたようだ。乙彦は、大手金属加工メーカー、キザキテックの創業者の孫である。死体を見つけたのは警視庁捜査一課で継続捜査をしている鷺沼友哉と井上拓海だが、場所が神奈川県であり、さらに大手企業の関係者ということで、捜査の困難を予想する。しかもキザキテックは神奈川県警に、太いパイプがあるようだ。例によって金の匂いを嗅ぎつけた神奈川県警の不良刑事・宮野裕之がやって来るが、鷺沼も最初から利用やむなしと割り切った。上司の三好と、元やくざ者で今はイタリアン・レストランのオーナーをしている福富、井上の恋人で所轄刑事の山中彩香を仲間にして、またもやタスクフォースを結成。ひそかに捜査を開始する。

地道な調査により、キザキテックのブラックな体質が、しだいに浮かび上がる。かつて乙彦の家庭教師をしていて、今は木崎一族の資産管理会社の社長をしている三宅省吾を突破口にしようと、宮野が非合法な揺さぶりをかける。省吾の妹で、キザキテックの柔道部に所属している厚子にも目を付けた。だが、三宅の会社がかかわっているとされる違法行為と脱税疑惑が浮上するなど、事件は予想外の広がりを見せていく。それでも事件を追う鷺沼たちの前に、大手企業と警察組織の闇が立ち塞がるのであった。

本書は鷺沼と井上が、乙彦の死体を発見する場面から始まる。この冒頭がいい。乙彦の死により、三年前の傷害致死事件の真相を解明するのが難しくなったこと。死体の発見現場から、犬猿の仲である神奈川県警が事件を担当するため、鷺沼たちの捜査がやりづらくなることなど、最初から困難が予測される。それゆえに、物語の展開が楽しみでならない。読者の興味を強く惹く、見事な冒頭になっているのだ。

事実、鷺沼たちの捜査は難航する。上司の三好のゴー・サインにより、最初からいつものメンバーによるタスクフォースを立ち上げたのだが、大企業の厚い壁に阻まれる。それでも、じりじりと前進していく鷺沼たちの行動が、歯ごたえのある読みどころになっているのだ。また正義感の強い鷺沼が、警察官の規範から外れる〝越境捜査〟に慣れてきたのも、留意すべきだろう。こういうキャラクターの変化は、シリーズ物ならではの、お楽しみポイントなのである。

とはいえ鷺沼は、相変わらず不良刑事の宮野を警戒している。ギリギリのところで刑事の誇りを示すものの、いつも事件に嚙んで金儲けをしようと考えている宮野の発言を勘繰り、嫌味をいわずにはいられない。にもかかわらず鷺沼が宮野を自宅に居候させるのは、彼の料理の腕が抜群だからだ。つまりは胃袋を摑まれているのである。そんなふたりの腐れ縁のような言葉の応酬が、重厚な物語の息抜きになっているのだ。おっと、言葉の応酬といえば、宮野と、彼の天敵である彩香のやり取りも愉快だ。

さらに、ストーリーの面白さも見逃せない。要所々々で、意外な事実や、予想外の情報がもたらされることで、ページを繰る手が止まらないのだ。しかも事件の関係者を追って、鷺沼たちが香港に飛んでからの展開は、リーダビリティー抜群である。その果てに明らかになる乙彦殺しの真相に驚き、連動して浮かび上がってくる三年前の傷害致死事件の真相に感嘆する。ミステリーとしの魅力も横溢しているのだ。

その一方で鷺沼は、事件の規模が拡大しても、捜査の発端である傷害致死事件のことを忘れない。亡くなった被害者の遺族や関係者にとって、犯人が捕まることは悲願といっていい。そうした人々の気持ちを感じているから、自分のやるべきことを見失わないのだ。鷺沼、いい刑事だなと、しみじみ思ってしまったのである。

ところで本書を読み進めるうちに、私は〝越境〟の意味を、あらためて考えてしまった。先にも少し触れたが、本シリーズで越境するのは、鷺沼を始めとする刑事たちである。しかし、それだけだろうか。そもそも、なぜ正義感の強い鷺沼が、法の一線を乗り越えて、無法の側へと越境してしまうのか。そう思ったとき、犯罪者の側も越境していることに気づいたのだ。

警察・政治家・大企業の経営者。彼らは国家を成立させる上で、重要な役割を持った存在である。社会の秩序を守ったり、オピニオン・リーダーとして活動することで、この国をよりよき方向へと進ませる責任がある。笹本作品では、そんな彼らが自らの権力や金の力により、唾棄すべき犯罪を起こす。法や倫理を踏みにじり、悪の側へと越境しているのだ。だからこそ彼らが許せない。本書の中で鷺沼が、

「金の力で正義がねじ曲げられるようではまさに世も末ですよ」

「金と権力があればなにをやっても許される世の中にはしたくありません」

といっているが、全面的に同意する。時に鷺沼たちが無法の側へと越境するのは、そうしなければ理不尽な〝越境した犯罪者〟を捕らえられないからだ。越境者同士による

戦いを描いた物語のシリーズ名として、「越境捜査」ほど相応しいものはないのである。

なお本書の後も、シリーズは順調に続いている。二〇一七年には第六弾『孤軍 越境捜査』を刊行。そして二〇一七年冬から「小説推理」で連載を開始した第七弾『転生 越境捜査』も大団円を迎えたばかりだ。巨大な権力の闇がある限り、鷺沼たちの〝越境〟が、終わることはない。

本作品は二〇一五年四月、小社より刊行されました。
作中に登場する人物、団体名は全て架空のものです。

双葉文庫

さ-32-06

偽装《ぎそう》
越境捜査《えっきょうそうさ》

2018年11月18日　第1刷発行

【著者】
笹本稜平《ささもとりょうへい》

【発行者】
稲垣潔

【発行所】
株式会社双葉社
〒162-8540 東京都新宿区東五軒町3番28号
［電話］03-5261-4818（営業）　03-5261-4831（編集）
www.futabasha.co.jp
（双葉社の書籍・コミックが買えます）

【印刷所】
大日本印刷株式会社

【製本所】
大日本印刷株式会社

【表紙・扉絵】南伸坊
【フォーマット・デザイン】日下潤一
【フォーマットデジタル印字】恒和プロセス

落丁・乱丁の場合は送料双葉社負担でお取り替えいたします。
「製作部」宛にお送りください。
ただし、古書店で購入したものについてはお取り替えできません。
［電話］03-5261-4822（製作部）

定価はカバーに表示してあります。

ISBN978-4-575-52161-0 C0193
Printed in Japan